닥터 블러드머니
Dr. Bloodmoney

DR. BLOODMONEY

3

필립 K. 딕 걸작선

닥터 블러드머니
Dr. Bloodmoney

고호관 옮김

폴라북스

◑ 등장인물

하피 해링턴 | 해표지증에 걸린 수리공

브루노 블루스겔드 | 물리학자스톡스틸 박사 | 정신과 전문의

보니 켈러 | 웨스트 마린에 거주하는 미모의 여성

에디 켈러 | 7살. 보니의 딸

빌 켈러 | 에디의 남동생

월터 데인저필드 | 화성발사 로켓 최초의 탑승객

스튜어트 맥콘치 | 흑인 판매원

앤드류 길 | 담배 제조업자

딘 하디 | 맘씨 좋은 스튜어트의 상사

◑ 차례

밝은 햇살이 비치는 이른 아침, 스튜어트 맥콘치는 샤터크 거리를 지나는 자동차들과 서둘러 사무실로 향하는 여비서들의 하이힐 소리를 들으며 '모던TV 판매 및 수리' 상점 앞의 보도를 빗자루로 쓸었다. 훌륭한 판매원이 성과를 올릴 수 있는 새로운 시간, 한 주의 시작을 알리는 기분 좋은 냄새가 풍겼다. 그는 10시쯤에 커피와 함께 따뜻한 빵 한 조각을 먹어야겠다고 생각했다. 스튜어트는 어제 상담했던 고객이, 어쩌면 바로 오늘 모두 되돌아와 TV를 구매해서, 그 성경에 나온다는 컵처럼 판매 장부가 가득 차 넘치게 만들어주는 광경을 상상했다. 빗자루질을 하면서 그는 새로 나온 버디 그레코의 앨범에 수록된 노래를 흥얼거렸다. 세계적으로 유명한 가수가 된다는 건 어떤 기분일지, 얘기는 많이 들었지만 한 번도 본 적은 없는 레노에 있는 하라나 라스베이거스의 비싸고 멋진 클럽 같은 곳에서 공연을 하고, 그 공연에 사람들이 돈을 내고 몰려든다는 건 어떤 기분일지 궁금했다.

스튜어트는 금요일 늦은 밤이면 널찍한 10번 고속도로를 따라 버클리에서 새크라멘토로 그리고 시에라를 지나 레노로 도박과 여자가 있는 곳을 찾아다니곤 하는 스물여섯의 청년이었다. '모던TV'의 사장인 짐 퍼제슨 밑에서 일하며 기본급에 성과급을 더해 월급을 받았는데, 괜찮은 판매원이었기에 돈을 꽤 잘 벌었다. 어쨌거나 당시는 1981년이었고 경기가 나쁘지 않았다. 미국은 더욱 크고 강해지고 있었으며, 사람들 역시 더 많은 돈을 벌어가던 좋은 시절이었으므로 연초부터 분위기가 좋았다.

"안녕, 스튜어트." 샤터크 거리 건너편에서 보석상을 하는 크로디 씨가 지나가며 고개를 끄덕였다. 가게로 출근하는 중이었다.

가게와 사무실이 모두 문을 여는 시간이었다. 9시가 지나 있었고, 정신과 전문의인 스톡스틸 박사조차도 손에 열쇠를 들고 나타나 유리벽으로 둘러싸인 오피스 빌딩에서 운영 중인 자신의 고소득 사업에 시동을 걸었다. 그 건물은 보험회사가 남아도는 돈을 조금 들여 지어놓은 것이었다. 스톡스틸 박사의 외제차는 전용 주차 공간에 서 있었다. 하루에 5달러 정도의 비용은 그에게 큰 돈이 아니었다. 잠시 후 키 크고 늘씬한 스톡스틸 박사의 비서가 나타났다. 그 예쁘장한 비서는 박사보다 머리 하나는 더 컸다. 그리고 스튜어트가 빗자루에 기대 쳐다보는 사이 아주 당연하다는 듯 오늘의 첫 번째 미친놈이 죄라도 지은 사람인 양 정신과 병원을 향해 움직이고 있었다.

미친놈들의 세상이라니까. 그 모습을 바라보던 스튜어트는 생각했다. 그러니까 정신과 의사가 돈을 많이 벌지. 나라면 뒷문으로 들어가겠다. 아무도 날 보고 비웃지 못할 거 아냐. 어쩌면 그러는 놈도 있을지 모르지. 스톡스틸 박사가 벌써 뒷문을 만들었을지도 몰라. 상태가 심한 놈들, 아니면(그는 생각을 바꿨다) 남들한테 보이기 부끄러워하는 놈들을 위해서 말이야. 그러니까 그냥 문제만 좀 있는, 예를 들어 쿠바에서 펼쳐지고 있는 치안 활동에 대해 걱정하는 놈들, 미친놈은 아닌데 그냥 걱정이 많은 놈들 말이야.

사실 스튜어트도 걱정이 좀 됐다. 쿠바 전쟁에 징집될 가능성이 아직은 많이 남아 있기 때문이었다. 교활한 쿠바 놈들이 아무리 땅굴을 파고 숨어도 골라내서 죽일 수 있는 대인용 폭탄이 있었음에도 불구하고, 쿠바 전쟁은 산속에서 교착 상태에 빠지고 말았다. 스튜어트는 대통령을 탓하지 않았다. 중국인들이 협정을 준수하기로 결정한 건 대통령 잘못이 아니었다. 문제는 그 교활한 놈들과 싸우고 돌아온 사람 중 거의 대부분이 뼈에 바이러스가 감염됐다는 거였다. 30살짜리 참전군인 하나는 문지방에 백 년은 매달아놓아 바짝 말라버린 미라 꼴을 한 채 돌아왔다……. 게다가 전쟁에서 돌아온 뒤에 다시 스테레오 TV를 파는 예전의 직업으로 돌아가 소매업에서 경력을 쌓는 모습이 잘 상상이 되지 않았다.

"안녕, 스튜어트." 여자 목소리에 그는 깜짝 놀랐다. 에디의 사탕 가게에서 일하는 조그맣고 눈이 검은 종업원이었다. "아침부터 딴생각이나 하는 거야?" 여자가 보도를 따라 옆을 지나가며 미소 지었다.

"흥. 무슨 소리야." 다시 열심히 빗자루질을 하며 스튜어트가 대답했다.

길 건너편에서 은근슬쩍 움직이던 미친놈은 검은 머리에 검은 눈, 그리고 밝은색 피부를 크고 시커먼 코트로 단단히 감싸고 있었다. 그가 잠시 걸음을 멈추더니 담배에 불을 붙이고는 주위를 힐끔거렸다. 스튜어트는 남자의 공허해 보이는 얼굴과 어딘가를 응시하는 눈, 그리고 입, 특히 입을 보았다. 남자는 입을 단단하게 오므리고 있었는데도 어딘가 모르게 축 늘어져 보였다. 마치 압박감과 긴장감이 이미 오래전에 이빨과 턱을 갈아서 없애버리기라도 한 듯이. 불행해 보이는 남자의 얼굴에는 여전히 긴장감이 남아 있었다. 스튜어트는 고개를 돌렸다.

원래 저런 건가? 그는 궁금했다. 미친다는 건 저런 건가? 저렇게 마음을 좀먹는 건가? 뭔가에 잡아먹힌 것 같잖아……. 그게 뭔지는 스튜어트도 잘 몰랐다. 시간이나 물처럼 느리지만 절대 멈추지 않는 것. 정신병자들이 오가는 모습을 보다 보니 망가진 모습의 사람들은 전에도 본 적이 있었다. 하지만 이렇게 나빠진 경우, 이렇게까지 완전히 망가진 모습은 처음이었다.

가게 안에서 전화가 울렸다. 스튜어트는 전화를 받으러 안으로 들어갔다. 잠시 후 거리를 내다봤을 때 검은 옷으로 감싼 남자는 사라지고 없었다. 하루가 다시 광명을, 희망과 아름다움의 향기를 되찾기 시작했다. 스튜어트는 몸을 떨며 빗자루를 집어 들었다.

저 사람을 알아. 그는 중얼거렸다. 사진을 본 기억이 있거나 아니면 우리 가게에 온 적이 있어. 예전에 왔던 손님, 어쩌면 퍼제슨 씨의 친구이거나 아니면 유명인사일지도.

스튜어트는 생각에 잠긴 채 빗자루질을 계속했다.

"커피 한잔 드릴까요? 아니면 차나 음료수라도?" 스톡스틸 박사가 새로 온 환자에게 말했다. 그는 비서인 퍼셀 양이 책상에 놓아둔 작은 쪽지를 읽으며 큰 소리로 말했다. "트리 씨, 혹시 유명한 영국 문학가 집안과 관련이 있나요? 아이리스 트리, 맥스 비어봄……."

"아, 이건 사실 제 진짜 이름이 아닙니다." 악센트가 강한 목소리로 트리 씨가 말했다. 예민하고 초조하게 느껴지는 목소리였다. "아까 비서와 얘기할 때 그냥 주워댄 거지요."

스톡스틸 박사는 의아한 표정으로 환자를 바라보았다.

"전 세계적으로 유명한 사람입니다. 절 알아보지 못하다니 놀랍군요. 세상일에 관심이 없거나 뭐 그런 것 같군요." 트리 씨는 떨리는 손으로 길고 검은 머리를 쓸어 넘겼다. "세상에는 날 싫어해서 죽이고 싶어 하는 사람이 수천, 아니 수백만 명이나 있어요. 당연히 나도 조치를 취해야죠. 그래서 지어낸 이름을 댄 겁니다." 그는 헛기침을 하고 급히 손에 끼고 있던 담배를 빨았다. 담배를 쥔 모양은 유럽식이었다. 불이 붙은 쪽이 안쪽으로, 거의 손바닥에 닿을 정도였다.

맙소사! 스톡스틸 박사가 생각했다. 이 사람, 누군지 알겠어. 물리학자 브루노 블루스겔드잖아. 그 말이 맞아. 여기에서나 동양에서나 이 사람 손 좀 봐주고 싶어 하는 사람이 한둘이 아니지. 1972년에 하늘 높은 데서 터뜨린 폭탄에서 나온 끔찍한 낙진 때문에 말이야. 이 사람이 사전에 계산해서 **증명**한 대로라면 안전했어야 했는데 그렇지 않았지.

"제가 환자분을 알아보는 게 좋겠습니까?" 스톡스틸 박사가 물었다. "아니면 그냥 '트리 씨'로 접수할까요? 좋을 대로 하세요. 저는 어느 쪽이든 상관없습니다."

"그냥 이대로 합시다." 트리 씨가 뭔가 거슬리는 목소리로 대답했다.

"좋아요." 스톡스틸 박사는 자세를 편안히 하고 클립보드에 끼운 종이 위에 연필로 끼적거렸다. "말씀하세요."

"일반적인 버스에 못 타는 것도 무슨 의미가 있나요? 그러니까 잘 모르는 사람들하고 같이 타기가 그렇다는 건데……." 트리 씨가 스톡스틸 박사를 응시했다.

"그럴 수도 있죠." 박사가 대답했다.

"사람들이 날 쳐다보는 것 같아요."

"무슨 이유라도 있나요?"

"왜냐하면 내 얼굴이 기형이기 때문이에요."

스톡스틸 박사는 눈에 띄지 않을 정도로 시선을 들어 힐끗 환자를 살펴봤다. 체격은 크고 검은 머리에 턱수염을 깎은 자국이 특이할 정도로 하얀 피부와 대조되어 보이는 중년 남자였다. 눈 아래로 피로와 긴장 때문에 생긴 다크서클이 있었고, 눈빛에는 절망이 담겨 있었다. 피부는 나빴고, 이발도 해야 했으며, 얼굴 전체가 마음속 고민으로 망가졌다……. 그러나 기형은 아니었다. 얼굴에 드러나는 피로를 빼면 정상이었다. 사람들 사이에서 눈에 띌 정도는 아니었다.

"검버섯이 보이죠?" 트리 씨가 쉰 목소리로 말하며 뺨과 턱을 가리켰다. "이 지저분한 자국 때문에 사람들이 쳐다본다니까요."

"안 그래요." 스톡스틸 박사는 결과를 운에 맡긴 채 직설적으로 대답했다.

"있는 건 있는 겁니다." 트리 씨가 말했다. "물론 피부 안쪽이긴 하지만요. 그래도 사람들은 용케도 그걸 알아채고 쳐다봐요. 난 버스도 못 타고 식당이나 극장에도 못 가요. 샌프란시스코에서 하는 오페라도, 발레도, 교향악단 연주회도, 포크송 가수의 공연을 보러 나이트클럽에도 못 가죠. 어떻게든 들어간다고 해도 사람들이 쳐다보는 바람에 바로 나와야 해요. 그리고 한다는 말이……."

"사람들이 뭐라고 하는지 말해보세요."

트리 씨는 침묵했다.

스톡스틸 박사가 말했다. "아까 말씀하셨듯이 환자분은 세계적인 유명인사 아닙니까. 그런 사람이 들어와 보통 사람들 사이에 끼면 사람들이 웅성거리는 게 자연스러운 일 아닐까요? 평소에는 이렇지 않았나요? 게다가 직접 언급하셨듯이 환자분 연구에 논란이 있는 상황이니만큼 적대감을 느끼거나 비방하는 말을 들을 수 있어요. 하지만 유명인이란 건 항상……."

"그런 게 아닙니다." 트리 씨가 말을 끊었다. "그런 건 나도 예상하고 있어요. 난 글도 쓰고 TV에도 나가요. 그런 반응은 예상할 수 있어요. 안다고요. 그런데 이건 내 사적인 문제예요. 가장 깊은 내면의 생각 말입니다." 트리 씨는 스톡스틸 박사를 가만히 쳐다보더니 말했다. "사람들은 내 생각을 읽고 내 개인적인 삶에 대해 내게 얘기해요. 아주 세부적인 것까지요. 내 뇌에 접속할 수 있는 거라고요."

편집증이로군. 스톡스틸 박사가 생각했다. 몇 가지 검사는 해야겠지만 말이야. 로르샤흐 검사*는 꼭 해야겠군……. 꽤 진행된 잠행성 정신분열증일 수도 있어. 평생 달고 사는 만성 질병이 막바지까지 온 건지도 모르겠군. 아니면─.

"어떤 사람들은 내 얼굴의 검버섯이나 내 생각을 다른 사람보다 더 정확하게 보고 읽어요." 트리 씨가 말했다. "정도 차이는 꽤 있지만요. 어떤 사람들은 간신히 알아채기만 하고, 어떤 사람들은 내가 다르다는 걸 읽어내곤 내게 찍힌 낙인을 곧바로 자기 일처럼 느껴버린답니다. 예를 들자면, 아까 여기로 오는 길에 건너편에서 바닥을 쓸고 있는 검둥이 하나가 있었는데,

---

* Rorschach test. 스위스의 정신의학자 H. 로르샤흐가 발표한 인격진단 검사. 투영법의 대표적인 방법임.

비질을 멈추더니 나를 빤히 보는 거예요. 비웃기에도 먼 거리였는데 말이에요. 그런데도 날 봤어요. 하층 계급 사람은 보통 그 정도예요. 난 알아요. 배워서 교양 있는 사람들은 더 잘 알아채고요."

"왜 그런지 알 것 같군요." 스톡스틸 박사가 뭔가를 적으며 말했다.

"그러시겠죠. 능력 있는 분이시라니까. 당신을 추천한 사람은 당신이 아주 뛰어나다고 했거든요." 트리 씨는 마치 아직 어떤 점이 뛰어난지는 모르겠다는 눈빛으로 스톡스틸 박사를 쳐다보았다.

"환자분의 과거 이야기를 더 자세히 들어야 할 것 같습니다만." 스톡스틸 박사가 말했다. "보니 켈러 씨가 추천한 건 압니다. 보니는 잘 지내나요? 지난 4월인가, 그 이후로는 본 적이 없어서⋯⋯. 얘기하던 대로 남편이 시골의 문법학교 일을 그만뒀나요?"

"난 조지와 보니 부부 얘기를 하러 여기 온 게 아니에요." 트리 씨가 말했다. "난 심한 압박을 받고 있다고요, 선생. 지금 당장이라도 사람들이 나를 완전히 파멸시키기로 작정했는지도 몰라요. 벌써 아주 오래된 골칫거리라고요⋯⋯." 그는 잠시 말을 멈췄다. "보니는 내가 아프다고 생각해요. 난 보니의 말을 아주 존중하죠." 말소리가 낮아져 거의 들을 수 없을 정도였다. "그래서 온다고 한 겁니다. 최소한 한 번은요."

"그 부부는 아직 웨스트 마린에 사나요?"

17

트리 씨는 고개를 끄덕였다.

"거기에 여름용 별장이 있어요." 스톡스틸 박사가 말했다. "전 요트광이에요. 시간만 나면 토메일스 베이로 가죠. 배를 타본 적이 있으신가요?"

"없습니다."

"언제 어디서 태어나셨죠?"

"부다페스트에서요. 1934년에요."

스톡스틸 박사는 숙련된 솜씨로 질문을 해가며 환자가 살아온 삶의 역사를 사실대로 세세하게 기록했다. 일을 하려면 반드시 필요한 정보였다. 먼저 진단을 한다. 그리고 가능하면 치료를 한다. 분석과 치료. 전 세계에 얼굴이 알려진 남자가 사람들이 모두 자기를 쳐다본다는 망상을 겪고 있다. 이럴 경우 어떻게 환상과 현실을 구별해낼 수 있을까? 그 둘을 가르는 기준은 뭘까?

스톡스틸 박사는 여기서 병적인 측면을 찾아내기가 아주 쉽다는 사실을 깨달았다. 매우 쉬워— 그리고 매우 끌리는군. 이렇게 미움을 받는 사람이라……. 사람들 의견을 들어봐야겠어. 스톡스틸 박사는 속으로 생각했다. 블루스겔드, 아니 트리 씨가 얘기하는 **사람들** 말이야. 어쨌거나 나도 이 사람의 말도 안 되는 엄청난 계산 실수 때문에 위험에 처한 문명의 일부이자 사회의 일원이니까. 이 사람이 건방지게 자기는 실수할 리 없다고 생각한 탓에 말라 죽은 게 내 아이들이었을지도 모르니까. 앞으로도 어찌 될지 몰라.

그러나 거기엔 뭔가 또 다른 게 있었다. 바로 그때 스톡스틸 박사는 그 남자에게서 뭔가 뒤틀린 것 같은 느낌을 받았다. 스톡스틸 박사는 블루스겔드가 TV에 나와 인터뷰를 하거나 연설을 하거나 직접 쓴 환상적인 반공 연설문을 읽는 모습을 보고, 그가 **인간**에 대한 깊은 증오, 무의식중에 계산 실수를 해서 수백만 명의 생명을 위험에 처하게 만들고자 하는 심원한 욕구를 품고 있다고 잠정적으로 결론을 내린 적이 있었다.

FBI국장인 리처드 닉슨이 "과학계 고위층에 호전적인 아마추어 반공주의자"가 있다고 강경하게 목소리를 높인 것도 당연했다. 닉슨은 1972년의 비극적인 실수가 있기 오래전에 위기감을 느꼈던 것이다. 편집증과 함께 관계망상은 물론 과대망상증까지 있는 게 분명한 사람들, 빈틈없는 판단력의 소유자인 닉슨과 다른 많은 사람들은 진작부터 그런 사람들을 관찰하고 있었던 것이다. 그리고 명백하게도 그들이 옳았다.

트리 씨는 계속 이야기하는 중이었다. "난 날 죽이려는 공산당 앞잡이들을 피해서 미국으로 왔어요. 그 뒤에도 날 쫓아오긴 했지만……. 물론 나치도 그랬죠. 다들 나를 추적했어요."

"그렇군요." 스톡스틸 박사가 기록하며 말했다.

"그놈들은 아직도 날 쫓고 있어요. 하지만 결국에는 실패할 겁니다." 트리 씨가 새 담배에 불을 붙이며 쉰 목소리로 말했다. "하느님이 내 편이거든요. 그분은 날 돌봐주고 가끔은 말도 걸어주시죠. 내가 추적을 피해 살아갈 수 있는 지혜를 주십니다. 지금 나는 리버모어에서 새로운 계획을 짜고 있어요. 그 결과는 우리의 적에게 결정적인 한 방을 먹일 수 있을 거예요."

우리의 적이라니. 스톡스틸 박사는 생각했다. 우리의 적이라면…… 바로 당신 아닌가, 트리 씨? 여기 앉아서 편집증적 망상을 늘어놓고 있는 당신 아닌가? 애초에 어떻게 '고위층'에 올라간 거지? 당신에게 수많은 사람들의 생명을 좌지우지할 수 있는 힘을 주고, 1972년에 엄청난 실수를 저지른 뒤에도 그 힘을 유지할 수 있게 해준 책임은 누가 져야 하지? 그자들이야말로 우리의 적이라고.

당신에게서 느꼈던 두려움의 실체를 확인했어. 당신은 미친 거야. 여기 온 사실이 그걸 증명하지. 그렇지? 스톡스틸 박사는 다시 생각했다. 아니지. 그렇게 생각하는 건 내가 자격이 없다는 뜻이야. 어쩌면 당신을 치료하는 게 비윤리적인 일일지도 몰라. 내 감정을 고려하면…… 난 공정한 태도를 취할 수 없어. 순수한 과학적 관점으로 볼 수 없기 때문에 내 분석이나 진단도 틀릴 거야.

"왜 그렇게 보시죠?" 트리 씨가 묻고 있었다.

"뭐라고 하셨죠?" 스톡스틸 박사가 어물거렸다.

"내 기형 때문에 불쾌한가요?"

"아뇨, 그런 거 아닙니다."

"그럼 내 생각 때문에요? 내 생각을 읽고 역겨워져서 내가 상담하러 오지 않으면 좋겠다는 건가요?" 트리 씨는 갑자기 일어나 사무실 문으로 향했다. "안녕히 계십시오."

"기다리세요." 스톡스틸 박사가 따라갔다. "최소한 살아온 일

대기라도 끝내야죠. 이제 시작했잖아요."

트리 씨는 잠시 박사를 바라보다가 입을 열었다. "난 보니 켈러를 믿습니다. 정치적인 의견이 어떤지 알아요……. 보니는 절대 날 죽이려 하는 국제 공산당 음모집단의 일원이 아니에요." 그는 다소 침착해진 표정으로 다시 앉았다. 신중해 보이는 자세였다. 스톡스틸 박사는 그것이 자기 앞에서는 한순간도 안도하지 않겠다는 뜻임을 알아챘다. 그는 절대로 자기 자신을 솔직하게 열어놓지 않을 터였다. 앞으로도 계속 의심의 끈을 놓지 않으리라고, 어쩌면 그게 당연하다고 스톡스틸 박사는 생각했다.

자신의 차를 주차하던 모던TV의 사장 짐 퍼제슨은 직원인 스튜어트 맥콘치가 가게 앞에서 빗자루에 기댄 채, 몽상을 하는지 어쩌는지 길은 쓸지도 않고 가만히 서 있는 모습을 보았다. 스튜어트의 시선을 따라가 보니 지나가는 여자나 특이한 자동차—스튜어트는 여자와 차를 좋아했는데, 사실 그 정도는 평범했다—가 아니라, 건너편 병원으로 들어가는 환자 쪽을 향해 있었다. 그건 평범하지 않았다. 스튜어트 녀석이 거기랑 무슨 상관이 있담?

"어이." 퍼제슨이 빠른 걸음으로 가게 쪽으로 가며 불렀다. "정신 차려. 언젠간 너도 아플 수 있잖아. 그런데 병원에 가려고 할 때마다 웬 머저리들이 멍하니 쳐다보면 기분이 좋겠나?"

"안녕하세요." 스튜어트가 고개를 돌리며 말했다. "방금 어떤 유명한 사람이 들어가는 걸 봤는데요, 누군지 잘 기억이 안 나서요."

"미친놈이나 미친놈을 쳐다보는 거야." 이렇게 말하며 퍼제슨은 가게로 들어가 출납기를 열고 그날 쓸 잔돈과 지폐를 채워 넣기 시작했다.

내가 수리공으로 누굴 뽑았는지 이따가 잘 보라고. 퍼제슨은 생각했다. 그때야말로 정말 뚫어지게 쳐다보게 될걸.

"스튜어트 군." 퍼제슨이 말했다. "자네, 팔다리가 없어서 카트를 타고 다니는 그 녀석 알지? 60년대에 엄마가 약을 먹는 바람에 있으나 마나 한 지느러미 같은 것만 달려서 태어난 해표지증* 친구 말이야. TV 수리공이 되고 싶다고 이 주변에서 항상 얼쩡거렸잖아?"

스튜어트는 빗자루를 든 채 서서 말했다. "녀석을 고용하셨군요."

"그래. 어제 자네가 영업하러 나갔을 때."

잠시 후 스튜어트가 말했다. "장사에 안 좋을 텐데요."

"왜? 보이지도 않을 텐데. 지하의 수리부서에서 일할 거라고. 어쨌든 그런 친구들에게 일자리를 줘야 해. 팔다리가 없는 게 그 사람들 잘못은 아니잖아. 독일 놈들 탓이지."

잠시 조용하던 스튜어트가 다시 말했다. "먼저 사장님은 절 고용하셨죠. 검둥이를요. 그리고 이제는 기형아를 고용하시고요. 인정할 수밖에 없네요, 사장님. 옳은 일을 하려고 노력하시

---

* 팔다리의 뼈가 없거나 극단적으로 짧아 손발이 몸통에 붙어 있는 기형.

는 거 압니다."

퍼제슨은 화를 내며 말했다. "노력하는 게 아니라 그렇게 하고 있다니까. 난 자네처럼 몽상에 빠져 있는 사람이 아니야. 마음먹으면 하는 사람이라고." 그는 금고 문을 열러 갔다. "이름은 하피야. 오늘부터 출근할 걸세. 그 애가 전자기계팔로 물건 움직이는 걸 보라고. 그건 현대 과학의 경이야."

"저도 봤어요."

"거슬렸나?"

스튜어트가 몸짓을 해 보이며 대답했다. "그건, 음…… 자연스럽지 않았어요."

퍼제슨이 그를 바라보았다. "어이, 그 친구를 놀리거나 그런 비슷한 소리도 하지 말라고. 자네 말고 우리 직원 다른 누구라도 나한테 걸리면……."

"알겠습니다." 스튜어트가 웅얼거렸다.

"자네는 지루해하고 있군." 퍼제슨은 말했다. "그건 자네가 최선을 다하지 않았다는 뜻이기 때문에 좋지 않네. 자넨 근무 시간에 빈둥거리고 있어. 열심히 일하고 있다면 빗자루에 기대서 불쌍하고 아픈 사람들이 병원에 가는 걸 비웃고 있을 시간이 없을 테니까. 앞으로 절대로 길가에 서 있지 말게. 한 번만 더 걸리면 해고야."

"아, 밥도 먹어야 하고 어차피 왔다 갔다 해야 하는데요? 애초에 출근은 어떻게 하라는 겁니까? 벽을 통과해서요?"

"왔다 갔다 할 수는 있어." 퍼제슨이 말했다. "하지만 어슬렁거리면 안 돼."

스튜어트는 우울한 표정으로 퍼제슨의 뒷모습을 보며 투덜거렸다. "아, 빌어먹을!"

퍼제슨은 신경도 쓰지 않고 전시해놓은 제품과 표지판으로 가 그날 장사를 준비하기 시작했다.

02

해표지증에 걸린 하피 해링턴은 보통 11시쯤에 '모던TV 판
매 및 수리'에 도착해서는, 카트를 타고 가게로 굴러들어와 계
산대에서 멈춘 뒤, 사장인 짐 퍼제슨에게 지하로 내려가 TV 수
리공이 일하는 모습을 구경하게 해달라고 부탁했다. 하지만 퍼
제슨이 없을 때는 포기하고 잠시 머물다 가버렸다. 판매직원은
하피가 지하로 내려가게 해주지 않았기 때문이다. 그자들은 그
저 하피를 놀리고 속여 넘기기 일쑤였다. 하피는 신경 쓰지 않
았다. 적어도 스튜어트가 보기에는 그랬다.

그러나 스튜어트는 자기가 하피를 전혀 이해하지 못하고 있
음을 깨달았다. 반짝이는 눈에 선이 날카로운 얼굴, 초조한 나
머지 가끔씩 더듬게 되는 말투를 지닌 하피의 심리를 그는 전
혀 이해하지 못했다. 왜 TV를 수리하고 싶어 할까? 왜 그걸 그

25

리 대단하게 생각할까? 하피의 행동거지만 보면 마치 그게 세상에서 가장 고귀한 직업인 것 같다는 생각이 들 정도였다. 사실 수리공이란 어렵고, 더럽고, 돈도 별로 못 버는, 이른바 3D 직업이었다. 그러나 하피는 TV를 수리하는 일에 열정을 갖고 있었다. 그리고 퍼제슨이 세상의 모든 소수자에 정당한 권리를 제공하기로 결심하면서 마침내 하피는 수리공이 되는 데 성공했다. 퍼제슨은 미국시민자유연맹과 전미유색인종지위향상협회, 그리고 장애인후원연맹의 회원이었다. 그중 마지막 단체는 스튜어트가 보기에 1972년의 블루스겔드 재앙으로 생긴 많은 수의 장애인 같은 현대 의학과 과학의 희생자들에게 눈먼 돈을 안겨주기 위해 생긴 국제적인 규모의 로비 단체일 뿐이었다.

그럼 난 뭐가 되지? 스튜어트는 가게 사무실에 앉아 판매 장부를 뒤적거리며 자문했다. 그 기형아 자식이 여기서 일하면……, 나도 마찬가지로 방사능 괴물이 되는 거잖아. 무슨 검은 피부가 방사능으로 인한 화상인 것처럼 말이야. 그 생각을 하자 우울해졌다.

그는 계속 생각했다. 아주 오래전에는 지구인이 모두 백인이었는데, 어떤 말똥 같은 새끼들이 한 1만 년 전에 고고도高高度 폭탄을 터뜨려서 일부 사람들을 시꺼멓게 태웠단 거지. 영구히 말이야. 그게 유전자에 영향을 끼쳐서 지금 우리 흑인이 있는 거고.

동료 판매사원인 잭 라이트하이저가 들어와 맞은편 책상에 앉아 코리나 시거에 불을 붙였다. "사장님이 카트 타고 다니는 애를 뽑았다면서? 왜 뽑았는지 알지? 다 홍보를 위해서야. 샌프란시스코 신문이 기사를 쓰겠지. 사장님은 신문에 이름이 실리는 걸 좋아하니까. 할 수만 있다면 똑똑한 거지. 기형아를 고용한 이스트 베이 최초의 판매상, 뭐 이런 식이지."

스튜어트가 불만 섞인 소리를 냈다.

"사장님은 이렇게 이상적인 이미지를 만드는 거야." 잭이 계속 말했다. "단순한 상인이 아니다, 현대의 로마인이다, 공익에 신경 쓴다. 어쨌거나 사장님은 배운 사람이잖아. 스탠포드에서 석사학위도 받았다고."

"학위 따윈 의미 없어." 스튜어트가 말했다. 스튜어트도 1975년에 칼텍에서 석사 학위를 받았지만, 일자리란 결국 여기였다.

"그땐 의미 있었어." 잭이 반박했다. "사장님은 1947년에 졸업했잖아. 제대군인으로 지원을 받았다고."

아래쪽 가게 입구에 카트가 나타났다. 가운데에는 조종간이 있었고 호리호리한 사람 하나가 앉아 있었다. 스튜어트가 신음하자 잭이 쳐다보았다.

"저 놈은 골칫거리야." 스튜어트가 말했다.

"일단 일을 시작하면 안 그럴걸." 잭이 말했다. "저 녀석은 온통 두뇌뿐이라고. 몸도 거의 없잖아. 쟤는 정신력이 강해. 야망도 있고. 이제 17살짜리가 학교 안 가고 일을 하고 싶다잖아. 훌륭한 자세지."

둘은 하피가 카트를 타고 들어오는 걸 지켜보았다. 하피는 카트를 굴려 수리부서로 내려가는 계단 앞까지 갔다.

"아래층 녀석들도 알고 있나?" 스튜어트가 물었다.

"그럼. 사장님이 어젯밤에 말했어. TV 수리공들이 어떤지 알잖아. 걔들은 철학적이라고. 투덜대긴 했지만 그냥 그러는 거지. 원래 항상 투덜대잖아."

판매사원 둘이 떠드는 목소리가 들리자 하피가 빈틈없는 동작으로 위를 올려다보았다. 마르고 창백한 얼굴이 그들을 마주보았다. 하피가 눈빛을 빛내며 더듬더듬 말했다. "저기, 퍼제슨 씨 계시나요?"

"아니." 스튜어트가 대답했다.

"퍼제슨 씨가 절 고용하셨는데요." 기형아가 말했다.

"그렇다더군." 스튜어트가 말했다. 잭이나 스튜어트나 둘 다 움직이지 않고 책상에 앉은 채 아래층에 있는 기형아를 내려다보았다.

"아래층으로 내려갈 수 있을까요?" 하피가 물었다.

잭은 어깨를 으쓱해 보였다.

"난 커피나 한잔 마셔야겠어." 스튜어트가 일어서며 말했다. "10분 있다 올게. 가게 좀 봐줘. 알았지?"

"물론." 잭이 담배를 문 채 고개를 끄덕였다.

스튜어트는 아래층으로 내려갔다. 기형아는 아직 그 자리에 그대로 있었다. 계단을 내려가는 까다로운 일을 아직 시작하지 않은 상태였다.

"1972년의 영혼이구만." 스튜어트가 지나가며 말했다.

기형아 하피는 얼굴을 붉히며 더듬거렸다. "난 1964년생이에

28

요. 그 폭발하고는 상관없다고요." 스튜어트가 문을 열고 나서는데 뒤에서 애처로운 외침이 들렸다. "탈리도마이드*라는 약 때문이라고요. 다들 알아요."

스튜어트는 아무 말도 하지 않고 커피숍으로 향했다.

팔다리 없는 사람이 카트를 조종해 TV 수리공들이 일하는 지하로 향한 계단을 내려가기는 힘들었다. 그러나 잠시 후 그는 미국 정부가 사려 깊게 제공해준 수동 기계팔로 난간을 잡고 내려가는 데 성공했다. 사실 수동 기계팔은 그다지 쓸모는 없었다. 몇 년 전에 받았는데 부분적으로 닳은데다 구식이었다. 이건 해당 주제에 대한 최신 문헌을 읽다가 알게 되었다. 원래대로라면 정부는 최신품으로 교체해줬어야 했다. 레밍턴 법안에 따르면 말이다. 하피도 그 내용에 대해 캘리포니아 상원의원 알프 M. 파트랜드에게 편지를 썼지만, 아직 답장은 받지 못했다. 하지만 하피는 끈질겼다. 그는 여러 차례 의회에 다양한 주제로 편지를 보냈다. 보통 답장은 늦었고, 그나마 단순한 인쇄물이 대부분이었다. 때로는 그조차 없었다.

그러나 이 경우 법은 하피의 편이었다. 누군가가 법의 권위에 굴복해 하피가 받아야 할 것을 내주는 건 오로지 시간문제였다. 하피는 단호했다. 끈질기고 단호했다. 정부는 원하건 원치 않건 간에 그를 도와야 했다. 그것이 바로 소노마 밸리에서

---

* 1950년대 후반부터 1960년대까지 임산부들의 입덧 방지용으로 판매된 약. 부작용으로 기형아들이 양산되자 사용이 금지되었음.

양 목장을 운영했던 하피의 아버지가 가르쳐준 교훈이었다. 받아야 할 건 언제나 요구해라.

큰 소리가 들렸다. 수리공들이 작업을 하고 있었다. 하피는 잠시 머뭇거리다가 문을 열었다. 각종 장비와 측정기, 다이얼, 도구 그리고 이리저리 분해해놓은 TV 여러 대가 놓여 있는 길고 어수선한 작업대에 앉아 있는 남자 둘이 보였다. 하지만 그 둘은 하피를 보지 못했다.

"잘 들어." 수리공 중 한 명이 갑자기 말하는 바람에 하피는 깜짝 놀랐다. "사람들은 노동을 무시한다고. 왜 머리를 쓰는 일을 하지 않는 거야? 왜 학교를 다녀서 학위를 따지 않지?" 수리공 하나가 궁금하다는 듯 하피에게 물었다.

아니야. 하피가 생각했다. 난 내 손으로 일을 하고 싶은 거야.

"과학자가 될 수도 있잖아." 다른 수리공이 일에서 손을 떼지 않은 채 말했다. 전압계를 보며 회로를 검사하는 중이었다.

"블루스젤드처럼요?" 하피가 말했다.

그러자 수리공이 이해한다는 듯 안쓰럽게 웃었다.

"사장님이 일거리를 주실 거라고 했는데요." 하피가 말했다. "처음이니까 쉬운 것부터요. 괜찮죠?" 하피는 그들이 대꾸하지 않을까 봐 걱정하며 기다렸다. 잠시 후 한 사람이 레코드 교환기를 가리켰다. "어디가 고장 난 거예요?" 하피가 고장 내용을 표시한 수리 지시표를 읽으며 말했다. "고칠 수 있을 것 같아요."

"용수철이 부러졌어." 수리공 하나가 말했다. "마지막 레코드 판이 끝나도 꺼지질 않아."

"그렇군요." 하피가 말했다. 그는 수동 기계팔로 레코드 교환기를 들고 빈 공간이 있는 작업대 끄트머리로 굴러갔다. "전 여기서 일할게요." 아무도 뭐라 하지 않아서 하피는 펜치를 집어 들었다. 이건 쉬워. 하피는 속으로 생각했다. 집에서 연습했잖아. 그는 레코드 교환기에 집중하면서 동시에 곁눈으로 다른 두 수리공을 관찰했다. 여러 번이나 연습했어. 거의 다 통했잖아. 늘 누구보다 더 뛰어나고 정확했다고. 예측하기도 더 쉬워. 용수철은 작지. 그는 생각했다. 정말 작아. 너무 가벼워서 불면 날아갈 정도야. 내 눈엔 네가 부러진 모습이 보여. 금속 분자가 서로 떨어져 있는 게 보여. 하피는 가까이 있는 수리공이 자기를 보지 못하도록 펜치를 들고 부러진 부분에 의식을 집중했다. 그리고 용수철을 잡아당겨 빼려는 척했다.

일을 끝낸 하피는 등 뒤에 누군가가 서서 자신이 일하는 모습을 지켜보았음을 깨달았다. 몸을 돌리자 짐 퍼제슨이 보였다. 사장은 주머니에 손을 찌른 채 기묘한 표정을 지으며 아무 말 없이 서 있었다.

"다 됐어요." 하피가 초조한 목소리로 말했다.

"어디 보자." 퍼제슨이 교환기를 집어 머리 위 형광등 불빛에 비춰 보며 말했다.

내가 하는 걸 봤을까? 하피는 궁금했다. 내가 뭘 했는지 이해했을까? 그랬다면 어떻게 생각할까? 신경을 쓰기나 할까? 혹시 무서워하는 건 아닐까?

퍼제슨이 교환기를 검사하는 동안 침묵이 흘렀다.

"새 용수철은 어디서 났지?" 갑자기 그가 물었다.

"굴러다니는 걸 주웠어요." 하피가 곧바로 대답했다.

퍼제슨이 보고도 이해 못한 건 상관없었다. 하피는 안도했다가 곧 즐거워졌다. 초조함이 우월감에서 오는 즐거움으로 바뀌자 기분이 들떴다. 그는 다른 두 수리공을 향해 웃어 보이고는 다른 일거리를 찾아 눈길을 돌렸다.

퍼제슨이 말했다. "사람들이 쳐다보는 게 신경 쓰이니?"

"아뇨." 하피가 말했다. "아무리 쳐다봐도 상관없어요. 저도 제가 다른 걸 알아요. 태어난 뒤로 쭉 사람들이 쳐다봤는걸요."

"일할 때 말이야."

"괜찮아요." 하피가 대답하는 소리는 자기가 듣기에도 다소—어쩌면 너무—크게 들렸다. "정부에서 지원이 나오기 전에 카트가 없을 때는 아빠가 가방 같은 데 넣어서 등에 업고 다녔어요. 갓난아기처럼요." 그는 소심하게 웃었다.

"그렇구나." 퍼제슨이 말했다.

"소노마 근처였어요." 하피가 말했다. "어렸을 때 살았지요. 양도 있었고. 한 번은 숫양한테 받혀서 날아가기도 했어요. 공처럼요." 하피는 또 웃었다. 다른 수리공들은 잠시 일손을 놓고 조용히 하피를 바라보고 있었다.

"틀림없이 말이야……."

한 명이 잠시 뒤 입을 열었다. "땅에 떨어졌을 때 굴렀겠구만."

"맞아요." 하피가 웃으며 대답했다. 이번에는 퍼제슨 씨와 수리공들까지 그 모습을 상상하며 모두 웃었다. 팔다리가 없어

오로지 머리와 몸통뿐인 7살짜리 하피가 고통과 두려움 속에서 비명을 지르며 땅 위를 구르는 모습을. 우스운 광경이었다. 하피도 그건 알았다. 애초에 웃으라고 한 얘기였다. 그리고 결국 모두 웃었다.

"이제 카트가 있으니까 훨씬 낫구나." 퍼제슨이 말했다.

"당연하죠." 하피가 대답했다. "지금은 새 카트를 설계하고 있어요. 제가 직접이요. 전자공학기술을 쓸 거예요. 뇌전극에 관한 글을 읽었는데, 스위스하고 독일에서는 이미 쓰고 있는 기술이래요. 뇌의 운동중추와 직접 연결돼 시간 지연이 없어요. 어……, 보통의 생리학적 구조보다도 빨리 움직일 수 있죠." 그는 하마터면 **사람보다도**라고 말할 뻔했다. "몇 년 안에 완벽하게 끝낼 수 있을 거예요. 스위스에서 만든 모델보다 더 뛰어날 테고요. 그러면 정부에서 준 이 고물을 갖다 버릴 수 있겠죠."

퍼제슨이 진지하게 말했다. "아주 훌륭한 마음가짐이야."

하피가 웃으며 살짝 더듬거렸다. "가, 감사합니다, 사장님."

수리공 중 한 명이 하피에게 다중 FM 동조기 하나를 건넸다. "고정이 잘 안 돼. 제대로 정렬할 수 있는지 좀 봐."

"네." 하피가 금속팔을 뻗어 받았다. "할 수 있을 거예요. 집에서 많이 해봤어요. 경험이 많아요." 하피는 그 일이 가장 쉬웠다. 별로 집중할 필요도 없었다. 마치 그가 지닌 능력에 안성맞춤 같았다.

부엌 벽에 걸린 달력을 본 보니 켈러는 오늘이 바로 버클리에서 브루노 블루스겔드가 자기가 추천해준 정신분석의인 스톡스틸 박사를 만나는 날이라는 사실을 깨달았다. 사실 그때 이미 블루스겔드는 스톡스틸 박사를 만나 첫 번째 상담을 마친 뒤 리버모어에 있는 방사능 연구소, 그러니까 몇 년 전 보니 켈러가 임신하기 전까지 일했던 연구소로 돌아가는 중이었다. 보니는 1975년 그곳에서 블루스겔드를 만났다. 올해 31살의 보니는 웨스트 마린에 살았다. 남편인 조지는 현지 문법학교의 교감이었고, 보니는 아주 행복했다.

아니, 사실 **그렇게** 행복하지는 않았다. 그냥 평범하게, 무난한 정도로 행복했다. 보니는 아직 일주일에 한 번—예전엔 세 번이었지만—심리 분석을 받아 여러 측면에서 자기 자신을, 그러니까 자신의 무의식적인 충동이나 현실 상황을 다양하고 체계적으로 왜곡하는 증상 따위를 잘 이해하고 있었다. 6년에 걸친 심리 분석은 그녀에게 큰 도움이 됐다. 하지만 완전히 나은 건 아니었다. 사실 완전히 낫는다는 건 없었다. 그런 '병'은 삶 그 자체였고, 언제나 커지기만 하거나(아니면 현실 적응력이 늘어나거나) 심적으로 정체되기 마련이었다.

보니는 정체되지는 않기로 결심했다. 현재 보니는 『서구의 몰락』을 독일어 원전으로 읽고 있었다. 이제 50쪽을 넘겼는데 읽을 만한 가치가 있었다. 보니가 아는 사람 중에 이 책을 읽은 사람이 어디 또 있으랴? 하물며 영어로라도.

독일 문화, 특히 문학이나 철학 분야에 대해 관심을 갖기 시작한 것은 블루스겔드와 일하던 몇 년 전부터였다. 대학에서 3년 동안 독일어 수업을 듣긴 했지만 그때는 성인이 된 후의 삶에서 독일어가 이렇게 중요한 역할을 하게 될 줄은 몰랐다. 학생 때 성심성의껏 배운 내용은 졸업 후 취직과 동시에 무의식속으로 사라져버렸다. 보니가 학문에 대한 관심이나 음악과 예술에 대한 애정을 되살리고 더욱 키울 수 있었던 건 블루스겔드라는 매력적인 존재 덕분이었다. 보니는 블루스겔드에게 많은 빚을 지고 있었고, 그에게 감사했다.

이제 리버모어 사람들 모두가 알듯이 블루스겔드는 건강하지 않았다. 그에겐 뿌리 깊은 죄책감이 있었다. 블루스겔드는 1972년에 계산 실수를 저지른 이후 끊임없이 괴로워했다. 사실당시 리버모어에서 거기에 관련됐던 사람들은 모두 그게 전적으로 그의 잘못이 아니라는 걸 잘 알았다. 한 개인이 짊어져야할 짐은 아니었지만 블루스겔드는 그렇게 하기로 했고, 그로인해 생긴 병은 해마다 심해졌다.

그 잘못된 계산에는 수많은 숙련된 인원, 정교한 장비, 당대최고 수준의 컴퓨터가 관여했다. 1972년의 지식 수준에 비춰본다면 틀리지 않았지만, 현실 상황이라는 면에서 잘못된 계산이었다. 방사능 구름은 날아가버리지 않고 지구의 중력에 이끌려다시 대기권으로 돌아왔다. 리버모어의 직원들보다 더 놀란 사람은 없었다. 지금은 제이미슨-프렌치층에 대해 모든 게 알려져 있었고, 심지어는 《타임》이나 《US 뉴스》 같은 대중지마저 그때 뭐가 잘못됐고 왜 그렇게 됐는지 알기 쉽게 설명할 정도였다. 그러나 그건 9년이나 지난 뒤였다.

제이미슨-프렌치 층에 대해 생각하자 보니는 깜빡 잊고 있던 일이 떠올랐다. 즉시 거실로 달려간 그녀는 TV를 켰다. 벌써 쐈나? 보니는 시계를 보며 궁금해했다. 아니, 아직 30분이나 남아 있었다. 화면이 들어오자 당연하다는 듯 로켓과 발사대, 사람들, 그리고 차량들과 각종 장비가 보였다. 아직 땅 위에 있었다. 월터 데인저필드와 그의 부인은 아마도 탑승하지 않은 듯했다.

화성으로 이주하는 최초의 부부라……. 보니는 재미있다는 듯 중얼거렸다. 키가 큰 금발 여자, 리디아 데인저필드는 지금 어떤 기분일까. 화성에 무사히 도착할 확률을 컴퓨터로 계산하면 6퍼센트밖에 안 된다는 사실을 알 텐데…….

하지만 거대한 장비로 드넓은 지역을 파헤치고 건물을 지을 일이 그들을 기다리고 있었다. 가는 길에 불에 타버린다고 한들 또 어떤가? 여하튼 이 일은 달 거주지 건설에 실패한 소비에트 연방에 강한 인상을 줄 터였다. 러시아인들은 달 거주지 건설을 위해 기꺼이 질식하거나 굶어 죽었다. 정확히 어떻게 죽었는지는 아무도 몰랐다. 어쨌거나 거주지는 사라졌다. 생겼을 때와 마찬가지로 수수께끼처럼 역사에서 사라져버렸다.

집단이 아니라 달랑 부부만 보낸다는 나사의 생각은 소름이 끼쳤다. 보니는 본능적으로 그들이 일부러 성공 확률을 높이지 않음으로써 실패를 자초하고 있다고 느꼈다. 뉴욕에서 좀 뽑고, 캘리포니아에서 좀 뽑고 그랬어야지. 보니는 화면 속에서 기술자들이 로켓을 최종 점검하는 모습을 보며 생각했다. 안정적으로 하는 걸 뭐라고 부르더라? 어쨌든 달걀을 한 바구니에 담으면 안 되는 법이지……. 그래도 나사는 늘 그랬는걸 뭐. 처음부터 한 번에 한 명씩만 보냈잖아. 홍보 효과는 톡톡히 챙기고. 1967년에 헨리 챈슬러가 우주에서 불타버렸을 때도 전 세계가 그 모습을 TV로 봤잖아. 다들 슬픔에 휩싸인 건 사실이지만 방송이 중단되지는 않았어. 그리고 여론 때문에 서구의 우주 계획은 5년이나 뒤처졌지.

"보시다시피 최종 점검이 진행 중입니다." NBC방송국의 아나운서가 부드럽지만 조급한 목소리로 말했다. "데인저필드 부부가 곧 나타날 예정입니다. 잠시 기록을 위해 현재 진행 중인 방대한 양의 준비 작업을 정리해보겠……."

어쩌고저쩌고……. 보니는 속으로 중얼거리며 몸을 한 번 떨고는 TV를 껐다. 못 보겠어.

그런데 할 일이 없었다. 앞으로 6시간, 아니 2주 동안 앉아서 그저 손톱이나 깨물어야 하나? 그날이 인류 최초로 부부가 화성으로 떠나는 날이라는 사실을 떠올리지 않는 게 유일한 해법이었다. 그러나 이제 그러기는 너무 늦었다.

보니는 그 부부를 감성적인 고전 과학소설에 나올 법한 인물들이라고 생각하고 싶었다. 또 다른 아담과 이브. 하지만 월터 데인저필드는 아담과는 달랐다. 뒤틀리고 신랄할 유머감각과 기자를 대할 때 나오는 더듬거리면서도 냉소적인 어투는 첫 번째 인간이라기보다는 최후의 인간에 더 어울렸다. 데인저필드는 새로운 임무를 하나씩 처리해나가는 신참 공군이나 상고머리를 하고 기계처럼 일하는 금발의 젊은이도 아니었다. 월터는 진정한 인간이었고, 바로 그 이유 때문에 나사가 선발했다는 데는 의심의 여지가 없었다. 그의 유전자에는 아마도 4천 년 동안의 문화, 즉 인류가 쌓아온 유산이 넘쳐흐를 정도로 가득 차 있을 터였다. 월터와 리디아는 새로운 지구를 발견할 것이고…… 곧 화성에는 작고 섬세한, 지적인 대화를 나누면서도 데인저필드의 때 묻지 않은 활발한 면이 엿보이는 아이들이 뛰어다니게 될 터였다.

"아주 긴 고속도로라고 생각하세요." 데인저필드는 예전에 한 인터뷰에서 여행의 위험에 대해 묻는 기자의 질문이 이렇게 대답했다. "10차선 고속도로가 백만 마일이나 펼쳐진 거죠. 다른 차도 없고, 천천히 기어가는 트럭도 없는. 새벽 4시에 다른 차 없이 혼자 달린다고 생각하면 돼요. 흔히 하는 말처럼, 걱정할 게 뭐가 있겠어요?" 그리고는 다시 사람 좋은 미소를 지었다.

보니는 허리를 굽혀 다시 TV를 켰다.

화면에 안경을 쓴 월터 데인저필드의 얼굴이 나타났다. 그는 우주복을 입고—아직 헬맷은 쓰지 않았다—리디아 옆에 서 있었다. 월터가 대답하는 동안 침묵이 흘렀다.

"듣자 하니." 월터는 마치 껌을 씹듯이 턱을 움직이며 대답했다. "아이다호 주 보이즈에는 저를 걱정하는 작노부가 있다더군요." 방 뒤에서 누가 질문을 했는지 월터가 시선을 위로 올렸다. "작노부요?"

월터가 말을 이었다. "아, 그건 이제는 고인이 된 허브 캐언이 작은 노부인을 가리켜 쓰던 말이랍니다. 그분들은 어디에나 있죠. 아마 화성에도 벌써 한 분 계실 거예요. 우리는 그분 바로 아랫집에 살겠죠. 어쨌거나 보이즈였나, 거기에 계신 분은 저와 리디아에게 무슨 일이 생길까봐 걱정하고 계신답니다. 그래서 저희에게 행운의 부적을 주셨습니다." 데인저필드가 우주복 장갑 때문에 굼뜬 동작으로 부적을 들어 보였다.

기자들은 재미있다는 듯 웅성거렸다.

"멋지죠?" 데인저필드가 말했다. "이게 무슨 역할을 하는지 알려드릴게요. 류머티즘에 좋다네요."

기자들이 웃었다.

"우리가 화성에서 류머티즘에 걸리면, 아니 통풍이었던가? 통풍인가 보네요. 편지에 그렇게 쓰여 있었어요." 월터가 아내를 쳐다보았다. "통풍, 맞지?"

그렇겠지. 보니가 생각했다. 운석이나 방사능을 막으려고 부적을 만들지는 않으니까. 그녀는 무슨 징조이기라도 한 듯 갑자기 슬퍼졌다. 아니면 그저 그날이 블루스겔드가 정신분석의를 찾아가는 날이라서였을까? 죽음과 방사능, 잘못된 계산, 그리고 끝나지 않는 끔찍한 병에 대해 생각하자 슬픔이 밀려왔다.

블루스겔드가 편집증적 정신분열증 환자라고는 생각하지 않아. 보니는 중얼거렸다. 이건 그냥 잠시 나빠진 거고, 정신과에서 약이나 좀 처방받으면 괜찮아질 거야. 내분비장애가 정신에 영향을 미친 거야. 원래 그렇다고. 스트레스 때문에 성격장애나 정신병적 특성이 드러난 게 아니라고.

그런데 내가 어떻게 알지? 보니는 우울한 생각이 들었다. 조지와 나는 사실 블루스겔드가 자리에 앉아서 **'그들'**이 자기가 마시는 물에 독을 탔다고 말하기 전까지는 아픈 줄도 몰랐잖아……. 그냥 우울해 보였을 뿐인데.

바로 이 순간에도 보니는 블루스겔드가 대뇌피질을 자극하거나 간뇌의 활동을 억제하는 약을 처방받아 나오는 모습을 상상할 수 있었다. 지금 당장이라도 현대 중국의 약초의학에 해당하는 서양의 최신 약품이 작용하기 시작해, 블루스겔드의 뇌에 거미줄처럼 쳐져 있는 망상을 몰아내고 있을지도 모른다. 그러면 모든 게 정상으로 돌아갈 터였다. 보니와 조지, 블루스겔드는 다시 함께 웨스트 마린 바로크 연주 모임 회원으로 돌아가 저녁마다 바하와 헨델을 연주하는 것이다. 예전에 그랬던 것처럼. 진짜 블랙 포레스트로 만든 나무 리코더 두 개와 보니 자신이 맡은 피아노. 집 안은 바로크 음악과 갓 구운 빵 냄새, 캘리포니아에서 가장 오래된 양조장에서 나온 부에나 비스타 와인 냄새로 가득하고…….

TV 화면에서는 월터 데인저필드가 재치 있는 경구를 읊고 있었다. 볼테르와 윌 로저스를 합친 듯했다. "아, 맞아요." 월터는 웃기게 생긴 모자를 쓰고 있는 여자 기자에게 말했다. "화성에서 다양한 생명체를 발견하기를 기대하고 있어요." 그리고 그는 마치 '거기도 하나 있네요.' 라고 말하듯 기자의 모자를 쳐다보았다. 그러자 또다시 기자들이 모두 웃었다. "모자가 움직인 것 같은데." 데인저필드가 차분한 눈빛으로 조용히 서 있는 아내에게 모자를 가리키며 말했다. "우릴 잡으러 오고 있어, 여보!"

아내를 정말로 사랑하는구나. 둘의 모습을 보던 보니는 문득 깨달았다. 조지도 그럴까? 솔직히 안 그런 것 같아. 그랬다면 내가 두 번이나 치료용 낙태를 하게 내버려두지 않았겠지. 그런 생각을 하자 보니는 더 슬퍼졌다. 일어나 TV 쪽으로 등을 돌리고 그 자리를 떴다.

조지를 화성으로 보내야 하는데. 보니는 씁쓸하게 생각했다. 아니면 우리를 함께 보내든가. 조지랑 나, 그리고 데인저필드 부부를. 조지는 리디아 데인저필드와 바람을 피우고—할 수만 있다면—나는 월터랑 침대에 눕는 거야. 그런 엄청난 모험에는 적절한 파트너를 찾는 게 바람직하니까. 안 그래?

무슨 일이라도 터지면 좋겠어. 보니는 혼자 중얼거렸다. 블루스겔드가 전화해서 스톡스틸 박사가 완전히 치료해줬다고 하면 좋겠어. 아니면 데인저필드가 갑자기 안 가겠다고 하거나, 중국이 제3차 세계대전을 일으키거나, 조지가 만날 말로만 그러지 말고 정말로 학교 이사진과 체결하기로 한 계약을 파기해버리면 좋을 텐데. 아무 일이나. 도자기 만드는 물레를 다시 꺼내 올까? 다시 창조적인 생활로 돌아가는 거야. 아니면 항문 섹스를 하거나, 아니면 뭐든 말이야. 외설적인 도자기를 만드는 거야. 빚어서 바이올렛 클랏의 가마에서 굽고, 샌 안셀모의 크리에이티브 아트워크에서 파는 거야. 작년에 내 보석 디자인을 거절했겠다. **잘 만든** 도자기라면 분명히 받아줄 거야.

소규모 군중이 모던TV 앞에 모여서 커다란 스테레오 컬러 TV를 보고 있었다. 데인저필드 부부의 출발은 집이든 회사든 미국 전역에서 볼 수 있었다. 스튜어트는 군중 뒤에서 팔짱을 끼고 구경하는 중이었다.

"존 루이스*의 유령이라면 시간제 임금의 진가를 알 겁니다." 월터 데인저필드가 특유의 천연덕스러운 어투로 이야기하고 있었다. "루이스가 없었다면 아마 전 이 여행을 하는 대가로 5달러를 받았을 거예요. 거기에 도착하기 전에는 일이 시작되지 않으니까요." 이번에는 월터가 진지한 표정을 지어 보였다. 우주선에 탑승할 시간이 거의 다 됐다. "이것만 기억해주세요. 만약 우리한테 무슨 일이 생기거나 실종돼도 찾으러 올 필요 없어요. 집에 계시면 리디아와 제가 어디선가 나타날 겁니다."

"행운을 빌어요." 기자들이 웅성거리며 인사했다. 나사의 직원과 기술자들이 나타나 데인저필드 부부를 TV 카메라 앵글 밖으로 데리고 갔다.

"얼마 안 남았어." 스튜어트는 옆에서 구경하던 잭에게 말했다.

"저치는 바보야." 잭이 이쑤시개를 씹으며 말했다. "다신 못 돌아올걸. 다들 대놓고 그러던데 뭐."

"돌아올 이유가 어디 있는데?" 스튜어트가 말했다. "여기 있는 게 뭐가 좋아?" 스튜어트는 월터 데인저필드가 부러웠다. TV 카메라 앞에서 전 세계의 시선을 받는 사람이 바로 자기였

* John Lewis(1880~1969). 미국 노동운동 지도자.

으면 좋겠다고 생각했다.

지하실에서 하피가 카트를 타고 열심히 올라왔다. "벌써 쐈어요?" 하피가 화면을 힐끗 보며 초조하고 성급한 말투로 물었다. "불에 타버릴 거예요. 65년이랑 똑같아요. 저야 당연히 기억 못하지만……."

"닥쳐줄래?" 잭이 말하자 기형아는 얼굴을 붉히며 조용해졌다. 그들은 각자 자기만의 생각을 품고 화면 속에서 최종 점검팀이 로켓 꼭대기에서 기계팔을 타고 움직이는 모습을 다 함께 지켜보았다. 카운트다운이 얼마 남지 않았다. 연료도 가득 채웠다. 점검이 끝나자 데인저필드 부부가 안으로 들어갔다. TV를 둘러싼 사람들이 흥분해 웅성거렸다.

잠시 뒤 오후쯤, 사람들의 기다림은 더치맨 4호가 발사되면서 보상받을 터였다. 로켓은 1시간 정도 지구 궤도를 돌 예정이었고, 사람들은 TV 앞에서 로켓이 지구 주위를 도는 모습을 지켜볼 것이다. 그리고 마침내 아래쪽 관제소의 누군가가 결정을 내리면 마지막 단계를 점화하고 로켓은 지구를 떠나는 궤도로 들어가게 된다. 예전에도 본 적 있는 광경이었다. 언제나 비슷했다. 하지만 이번에는 그 안에 탄 사람이 다시는 돌아오지 않는다는 점이 달랐다. TV 앞에서 하루를 보낼 만했다. 사람들은 기꺼이 기다렸다.

스튜어트는 점심을 먹고 돌아와서 다시 봐야겠다고 생각했다. 다시 여기로 돌아와 다른 사람들 틈에 끼면 하루 종일 거의, 아니 아무 일도 못 할 테고 결국 TV도 못 팔 게 분명했다. 하지만 이게 더 중요했다. 놓칠 수 없었다. 언젠가 저기 올라가는 사람이 내가 될지도 몰라. 스튜어트는 생각했다. 어쩌면 나도 돈을 충분히 벌어서 결혼하면 아내와 아이들을 데리고 화성으로 이주해서 새로운 삶을 시작할지도 몰라. 거기에 아주 괜찮은 거주지가 생기면 말이야. 기계만 있는 것 말고.

스튜어트는 월터 데인저필드처럼 우주선 꼭대기에 아주 매력적으로 생긴 여자와 나란히 탑승해 있는 자기 모습을 상상했다. 새로운 행성에서 새로운 문명을 일으키는 개척자. 그러나 그때 뱃속이 꼬르륵거렸고, 그는 허기를 느꼈다. 더 이상 점심을 미룰 수는 없을 것 같았다.

TV 화면 속에 우뚝 서 있는 로켓을 바라보고 있으면서도 스튜어트의 생각은 '프레드의 파인 푸드'에서 파는 수프와 빵, 고기, 스튜, 아이스크림을 얹은 애플파이로 향하고 있었다.

03

스튜어트 맥콘치는 거의 매일 점심을 가게 위쪽에 있는 커피숍에서 먹었다. 오늘은 '프레드의 파인 푸드'를 갔는데, 거슬리게도 하피의 카트가 가게 뒤에 주차돼 있는 모습이 보였다. 그리고 그곳에서는 하피가 마치 여기 자주 오곤 했다는 듯이 아주 자연스럽고 느긋한 태도로 점심을 먹고 있었다. 빌어먹을. 스튜어트는 생각했다. 여기를 빼앗을 작정이야. 저 기형아 녀석이 여길 빼앗을 거라고. 가게에서 나가는 것도 못 봤는데.

그러나 스튜어트는 칸막이 자리에 앉아 메뉴판을 집어 들었다. 날 쫓아낼 순 없을 거다. 스튜어트는 오늘의 특별 메뉴가 뭔지, 얼마인지 살피며 혼자 중얼거렸다. 월말이 다가온 관계로 돈이 거의 떨어진 상태였다. 스튜어트는 항상 한 달에 두 번 들어오는 급료를 목이 빠지게 기다렸다. 급료는 그 주가 끝나는 날에 사장이 손수 건네주었다.

스튜어트가 수프를 삼키는데 기형아의 날카로운 목소리가 들렸다. 하피는 허풍 같은 이야기를 늘어놓고 있었다. 누구한테 하는 소리지? 웨이트리스인 코니인가? 고개를 돌리자 웨이트리스와 튀김 전문 요리사인 토니가 하피의 카트 곁에 서서 이야기를 듣는 모습이 보였다. 둘 다 하피의 기형에 불쾌함을 느끼지는 않는 것 같았다.

그때 하피가 스튜어트를 알아보고 외쳤다. "안녕하세요!"

스튜어트는 고개를 끄덕이고는 다시 수프로 시선을 돌렸다.

기형아 녀석은 자기 발명품에 대해 떠들고 있었다. 무슨 전자 기계라는데 직접 만들었는지 만들 계획이라는 건지 분간이 잘 안 됐고, 사실 관심도 없었다. 하피가 뭘 만들었건, 녀석의 작은 두뇌에서 어떤 괴상한 아이디어가 떠올랐건 스튜어트와는 상관없었다. 뭔가 이상한 물건일 게 뻔해. 스튜어트가 중얼거렸다. 뭔가 덜컹거리는 장치겠지, 영구 운동 기관이라든가…… 자기가 타고 다닐 영구 운동 카트일지도 몰라. 스튜어트는 자기가 생각해놓고도 웃겼다. 잭에게 이 얘길 해야겠군. 스튜어트는 생각했다. 하피의 영구 운동—그때 또 다른 생각이 떠올랐다—포코모빌(기형아 카트). 이번에는 스튜어트가 큰 소리로 웃었다.

하피는 그 소리를 듣고는 자기 이야기 때문에 웃었다고 생각한 모양이었다. "스튜어트, 이쪽으로 오세요. 맥주 한잔 살게요." 하피가 외쳤다.

병신. 스튜어트가 생각했다. 사장님이 점심에 맥주 마시는 걸 금지했다는 걸 모르나? 규칙인데. 맥주를 마셨다가는 곧바로 잘리고 남은 급료는 우편으로 받게 될걸.

"어이." 스튜어트가 몸을 돌려 하피에게 말했다. "사장님하고 조금만 더 일해봤어도 그런 바보 같은 소리는 안 할 텐데."

기형아가 얼굴을 붉히며 중얼거렸다. "무슨 뜻이죠?"

토니가 말했다. "퍼제슨 씨는 직원들이 술을 못 마시게 해. 종교 때문이라나. 맞지, 스튜어트?"

"맞아." 스튜어트가 말했다. "알아두는 게 좋을 거야."

"몰랐어요." 하피가 말했다. "어차피 제가 마시려던 건 아니었어요. 그런데 아무리 사장이라고 해도 직원이 자유 시간에 먹는 음식까지 간섭할 수 있는 권리가 있는지 모르겠어요. 지금은 점심시간이고 맥주를 먹고 싶으면 그럴 수 있어야 해요." 하피의 목소리는 날카롭고 강한 분노로 가득 차 있었다. 더 이상 농담이 아니었다.

스튜어트가 말했다. "사장님은 직원들이 술 냄새를 풍기면서 가게로 돌아오지 않길 바랄 뿐이야. 그럴 권리는 있다고 봐. 나이 많은 여자 손님들은 싫어할 테니까."

"영업 사원이라면 이해는 가요." 하피가 말했다. "하지만 난 아니잖아요. 난 수리공이라고요. 맥주를 먹고 싶으면 먹는 거예요."

다소 불편한 기색이던 토니가 입을 열었다. "이봐, 하피……"

"맥주 마시기에 넌 너무 어려." 스튜어트가 말했다. 이제 식당에 있는 사람들이 모두 그쪽을 쳐다보며 대화를 듣고 있었다.

하피의 얼굴이 빨갛게 물들었다. "나이 돼요." 하피가 조용하고 긴장한 목소리로 말했다.

"개한테 맥주 주지 마." 웨이트리스인 코니가 토니에게 말했다. "아직 애라고."

하피는 기계팔을 주머니에 넣어 지갑을 꺼내더니 계산대에 올렸다. "21살이라고요." 하피가 말했다.

스튜어트는 웃었다. "웃기시네." 스튜어트는 하피가 가짜 신분증을 갖고 있다고 생각했다. 저 머저리가 직접 인쇄했거나 위조했거나 무슨 수를 쓴 게 분명해. 녀석에겐 다른 사람과 모든 게 똑같아야 한다는 강박증이 있어.

토니가 지갑 속의 신분증을 살펴보더니 말했다. "맞아. 술 마셔도 되는 나이야. 그런데 저번에 여기 왔을 때 내가 맥주를 가져다줬잖아. 그때……."

"가져다 달라고요." 하피가 말했다.

토니는 투덜거리며 안으로 들어가더니 맥주 한 병을 가져와 뚜껑도 안 열고 하피 앞에 놓았다.

"병따개 좀 줘요." 하피가 말했다.

토니가 들어가 병따개를 갖고 나왔다. 토니는 병따개를 카운터 위로 던졌고, 하피는 그걸로 병뚜껑을 땄다.

하피는 깊은 숨을 들이키고는 맥주를 마셨다.

뭐 하는 거지? 토니와 코니는 물론 몇몇 손님까지, 하피를 쳐다보는 사람들의 표정을 본 스튜어트는 의아했다. 기절이라도 하나? 아니면 발광이라도? 스튜어트는 왠지 혐오스럽고 심히 불편했다. 식사가 끝났으면 좋으련만. 스튜어트는 생각했다. 여기서 나갔으면 좋겠어. 뭔지는 모르겠지만 보고 싶지 않아. 가게로 돌아가 로켓 발사나 다시 봐야겠군. 이런 병신이 아니라 우리나라에 아주 중요한 데인저필드의 비행을 봐야지.

그러나 스튜어트는 그 자리에 머물렀다. 하피에게 뭔가 기이한 일이 벌어지고 있었기 때문이었다. 스튜어트는 아무리 노력해도 거기서 시선을 뗄 수가 없었다.

그 기형아는 마치 잠든 것처럼 카트 한가운데 깊숙이 파묻혀 있었다. 머리는 카트를 움직이는 조종간에 기댔고, 눈은 거의 감은 채였다. 눈빛이 흐리멍덩했다.

"망할." 토니가 말했다. "또 그런다." 토니는 뭐라도 해보라는 듯 주위 사람들을 돌아보았다. 하지만 아무도 움직이지 않았다. 다들 제자리에 앉거나 서 있었다.

"그럴 줄 알았어." 코니가 책망하는 목소리로 말했다.

하피의 입술이 떨리더니 우물거리는 소리로 말했다. "물어봐요. 이제 물어봐요."

"뭘 물어봐?" 토니가 화를 내며 말했다. 토니는 역겹다는 몸짓을 하고는 요리하고 있던 석쇠로 돌아가버렸다.

"물어봐요." 하피는 발작이라도 한 듯 멍하고 현실과 동떨어진 투로 계속 말했다. 그 모습을 보던 스튜어트는 그게 발작, 일종의 간질 같은 것이라고 생각했다. 나가고 싶은 마음이 간절했지만 아직도 움직일 수 없었다. 그 역시 다른 사람들처럼 남아서 봐야만 했다.

코니가 스튜어트에게 말했다. "쟤 좀 가게로 밀고 갈 수 없어? 그냥 밀고 가!" 코니가 노려보았지만 그건 스튜어트의 잘못이 아니었다. 스튜어트는 어쩔 수 없다는 듯 어깨를 으쓱해 보였다. 하피가 웅얼거리며 카트 위에서 꿈틀거렸고, 플라스틱과 금속으로 된 기계팔이 함께 움직였다. "물어보라니까요." 하피는 계속 말하고 있었다. "빨리요. 늦기 전에. 지금 말해줄 수 있어요. 보인다고요."

석쇠 앞에 서 있던 토니가 큰 소리로 말했다. "누가 그냥 물어봐줘. 빨리 끝내버리라고. 누가 물어보지 않으면 내가 물어볼 거야. 난 질문할 것도 몇 개 있다고." 토니는 주걱을 내려놓고 하피에게 다가갔다. "하피." 토니가 큰 소리로 말했다. "지난번에는 사방이 어둡다고 했잖아. 맞아? 빛이 전혀 없었어?"

기형아의 입술이 뒤틀렸다. "있었어요. 약한 빛. 막 꺼져버린 듯한 노란색."

스튜어트 옆으로 길 건너에서 보석 가게를 운영하고 있는 크로디 씨가 나타났다. "지난번에 나도 여기 있었어." 그가 스튜어트에게 속삭였다. "쟤가 뭘 보는지 알고 싶어? 말해주지. 스튜어트, 저 아이는 **너머**를 봐."

"어디 너머요?" 좀 더 잘 보고 들으려고 자리에서 일어서며 스튜어트가 말했다. 다들 한마디도 놓치지 않으려고 가까이 다가가고 있었다.

"알잖아." 크로디 씨가 말했다. "무덤 너머. 사후 세계 말이야. 우습겠지만 사실이야, 스튜어트. 쟤는 맥주를 마시면 지금처럼 혼수상태에 빠져. 그리고 신비스런 광경을 보지. 토니나 코니, 아니면 다른 사람들한테 물어봐. 다들 봤다고."

이제 코니는 카트 중앙에 구부정하게 앉아서 꿈틀거리고 있는 몸뚱이 위로 몸을 기울이고 있었다.

"그 빛은 어디서 나오는 거야, 하피? 신이야?" 코니는 약간 신경질적으로 웃으며 말했다. "알잖아. 성경처럼 말이야. 내 말은, 그러니까 진짜야?"

하피가 웅얼거리듯 말했다. "회색빛 어둠. 재 같아요. 거대한 평원. 타오르는 불과 거기서 나오는 빛 말고는 아무것도 없어요. 영원히 불에 타요. 아무것도 살아 있지 않아요."

"그럼 넌 어디 있는데?" 코니가 물었다.

"난 떠 있어요." 하피가 대답했다. "땅 근처에 떠 있어요. 아니, 이제 아주 높아요. 난 무게가 없어요. 몸이 없어서 원하는 만큼 높이 올라갈 수 있어요. 원한다면 그대로 떠 있을 수도 있어요. 밑으로 내려갈 필요도 없어요. 여기 있는 게 좋아요. 이대로 영원히 지구를 돌래요. 내 밑에 지구가 있어요. 그냥 이대로 계속 빙글빙글 돌래요."

크로디 씨가 카트 쪽으로 가며 말했다. "음. 다른 사람은 아무도 없나, 하피? 우리 모두 각자 고립되는 거냐?"

하피가 웅얼거렸다. "이, 이제 다른 사람이 보여요. 다시 떨어지고 있어요. 회색빛 한가운데 내려앉고 있어요. 난 걸어서 돌아다녀요."

걸어서라, 스튜어트가 생각했다. 뭘로? 몸만으로는 못 걸을 텐데. 사후 세계라니. 스튜어트는 혼자 속으로 웃었다. 아주 멋진 쇼로군. 그는 생각했다. 거지 같아. 하지만 스튜어트도 제대로 보려고 카트 옆으로 끼어들었다.

"동양에서 말하는 다른 삶으로 환생한 거야?" 코트를 입은 노부인 하나가 물었다.

"맞아요." 하피가 의외로 시원하게 대답했다. "새로운 삶이죠. 지금 내 몸과 달라요. 다양한 일을 할 수 있다고요."

"좋아졌네." 스튜어트가 말했다.

"맞아요." 하피가 웅얼거렸다. "좋아졌죠. 다른 사람하고 같아요. 사실 다른 사람들보다 훨씬 좋아졌죠. 난 사람들이 할 수 있는 것보다 더 많은 걸 할 수 있어요. 난 가고 싶으면 아무 데나 가지만 사람들은 그렇게 못해요. 사람들은 움직이지 못해요."

"왜 움직이지 못하는데?" 토니가 물었다.

"그냥요." 하피가 말했다. "날지도 못하고 걷지도 못하고 배를 타지도 못해요. 그냥 있어요. 완전히 달라요. 사람들을 하나씩 볼 수 있는데, 마치 죽은 듯해요. 마치 바닥에 못 박혀 죽은 것 같아요. 시체처럼요."

"말은 할 수 있어?" 코니가 물었다.

"네." 하피가 대답했다. "서로 이야기할 수 있어요. 하지만……." 하피가 입을 다물더니 미소를 지었다. 선이 가늘고 뒤틀린 얼굴에 즐거운 기색이 떠올랐다. "사람들은 오로지 나를 통해서만 이야기할 수 있어요."

저게 무슨 소리야. 스튜어트가 생각했다. 과대망상증 환자가 세상을 지배하는 꿈을 꾼 것 같은데. 기형아라서 생긴 보상 심리인가…… 딱 기형아들이나 상상할 법한 이야기군.

그런 생각이 들자 흥미가 떨어졌다. 스튜어트는 자기 자리로 돌아가 점심을 먹기 시작했다.

토니가 말했다. "거긴 좋은 세상이야? 여기보다 더 좋아, 아니면 나빠?"

"나빠요." 하피가 한마디 덧붙였다. "여러분한텐 더 나빠요. 그럴 만도 하죠. 이건 정의에요."

"그리고 너한테는 더 좋고?" 코니가 물었다.

"맞아요." 기형아가 대답했다.

"어이." 스튜어트가 앉은 채로 웨이트리스에게 말했다. "쟤 장애 때문에 보상 심리로 그러는 거 모르겠어? 그렇게 위안을 삼는 거라고. 생각해봐. 저걸 심각하게 받아들이는 게 이해가 안 가네."

"심각하게 받아들이는 건 아니야." 코니가 말했다. "하지만 재미있잖아. 나도 영매니 뭐니 하는 것에 대해 읽어봤다고. 그 사람들도 혼수상태에서 저세상하고 얘기하거든. 지금 쟤가 하는 것처럼 말이야. 그런 얘기 못 들어봤어? 그건 과학적인 사실일 거야. 맞지, 토니?" 코니가 토니에게 동의를 구했다.

"몰라." 토니가 석쇠로 돌아가 국자를 집어 들면서 퉁명스럽게 말했다.

그 기형아는 이제 맥주가 일으킨 혼수상태에 더 깊이 빠져든 듯했다. 솔직히 말하면 잠든 것 같았다. 더 이상 아무것도 못 보고, 주위 사람을 의식도 못하고, 자기가 본 광경을—그게 뭐가 됐든—설명하지도 않았다. 강령회는 끝이었다.

흠, 이제 어쩌려나. 스튜어트가 속으로 중얼거렸다. 사장님이 뭐라고 할지 궁금하군. 육체적으로만 불구인 게 아니라 간질 같은 병까지 있는 놈을 그대로 쓰시려나. 가게로 돌아가면 이 얘기를 해야 하나, 말아야 하나. 듣고 나면 곧바로 하피를 잘라버리실 텐데. 당연하겠지. 아무래도 아무 얘기 말아야겠다. 스튜어트는 마음을 굳혔다.

하피가 눈을 뜨며 힘없는 목소리로 말했다. "스튜어트 씨."

"왜?" 스튜어트가 말했다.

"전⋯⋯." 방금 전의 그 일이 하피의 허약한 몸에 꽤나 부담이었는지, 목소리가 무슨 병에라도 걸린 듯 약했다. "저기, 혹시⋯⋯." 하피는 몸을 일으키더니 카트를 몰고 천천히 스튜어트의 자리로 다가왔다. 하피가 나직하게 말했다. "혹시 절 가게까지 밀어주실 수 있어요? 당장이 아니라 다 드시고 난 뒤에요. 정말 부탁드려요."

"왜?" 스튜어트가 물었다. "혼자서 못 해?"

"몸이 안 좋아서요."

스튜어트는 고개를 끄덕였다. "좋아. 다 먹고 나서."

"고마워요."

스튜어트는 냉정하게 하피를 무시한 채 점심을 먹었다. 내가 저놈을 안다는 게 티가 안 나면 좋을 텐데. 스튜어트가 생각했다. 어디 다른 데서 기다리면 좋겠구만. 하지만 하피는 가만히 그 자리에서 왼쪽 기계팔로 이마를 문지르고 있었다. 힘을 너무 써서 식당 반대편까지 움직일 기운도 없는 것 같았다.

잠시 후, 스튜어트는 그 기형아가 탄 카트를 밀고 길가로 나와 가게로 향했다. 하피가 나직하게 말했다.

"저세상을 본다는 건 책임이 큰 일이에요."

"아무렴." 스튜어트는 일부러 흥미 없다는 티를 내며 중얼거렸다. 그는 그저 할 일만 했다. 카트를 밀어주면 그걸로 끝이었다. 내가 이걸 밀어준다고 해서 너랑 이야기하겠다는 건 아니야.

"처음에 어떻게 시작했냐면요." 하피가 계속 말했지만, 스튜어트가 말을 끊었다.

"관심 없어. 난 그저 돌아가서 이미 로켓이 발사되었는지 보고 싶을 뿐이야. 아마 지금쯤 궤도에 올랐을 거야."

"그렇겠죠."

그들은 교차로에서 신호등이 바뀌기를 기다렸다.

"처음에는 무서웠어요." 하피가 말했다. 그는 스튜어트가 카트를 밀고 길을 건너는 도중에도 말을 계속했다. "보자마자 내가 뭘 보고 있는지 알았어요. 연기와 불……. 모든 게 연기를 내뿜고 있었어요. 광산의 구덩이나 슬래그를 처리하는 곳처럼요. 끔찍했죠." 하피는 몸을 떨었다. "하지만 지금 이대로가 멋진 것이겠죠? 제겐 아니지만."

"난 좋아." 스튜어트가 짧게 대답했다.

"당연하죠." 하피가 말했다. "스튜어트 씨는 돌연변이가 아니니까요."

스튜어트가 툴툴거렸다.

"내 어릴 적 첫 기억이 뭔지 아세요?" 하피가 조용히 말했다.

"담요에 싸여서 교회에 가던 거예요. 의자에 누운 게 마치……." 하피는 말을 잇지 못했다. "담요에 싸여 들어갔다 나왔죠. 아무도 못 보게요. 엄마 생각이었어요. 엄마는 아빠가 날업으면 사람들이 쳐다볼 수 있는 게 싫었대요."

스튜어트는 불편한 티를 냈다.

"끔찍한 세상이에요." 하피가 말했다. "예전에는 스튜어트 씨같은 검둥이가 괴로움을 당했죠. 만약 남부에 사셨다면 지금도 그렇겠죠. 스튜어트 씨가 그걸 잊을 수 있는 건 사람들이 잊도록 허락했기 때문이에요. 하지만 전 그렇지 않아요. 어쨌든 전잊고 싶지도 않아요. 저 자신에 대해서 말이에요. 다음 세상에서는 모든 게 다를 거예요. 알게 되실 거예요. 스튜어트 씨도그 세상이 있을 테니까요."

"아니." 스튜어트가 말했다. "죽으면 그냥 죽는 거야. 난 영혼같은 건 믿지 않아."

"있어요." 하피가 말했다. 흡족한 표정이었다. 그의 목소리에서 악의와 잔혹함이 엿보였다. "난 알아요."

"네가 어떻게 알아?"

"본 적이 있으니까요."

스튜어트는 다가오는 두려움을 억누르지 못했다. "아……."

"한 번요." 하피가 더욱 확고하게 강조했다. "스튜어트 씨가 분명해요. 뭘 하고 있었는지 알고 싶으세요?"

"아니."

"죽은 쥐를 날것으로 먹고 있었어요."

스튜어트는 아무 말도 하지 않았다. 대신 카트를 점점 더 빠르게, 가능한 한 최대한 빨리 밀며 가게로 향했다.

가게로 돌아왔을 때도 사람들은 여전히 TV 앞에 몰려 있었다. 로켓은 이미 발사된 뒤였다. 막 지상을 떠났는데, 아직은 발사가 제대로 이뤄졌는지 알 수 없었다.

하피는 제 스스로 카트를 몰고 지하의 수리부서로 내려갔고 스튜어트는 TV 앞에 남았다. 그러나 그 기형아의 말이 너무나 거슬려서 TV 화면에 집중할 수 없었다. 스튜어트는 위층 사무실에 있는 퍼제슨을 만나러 자리를 떴다.

퍼제슨은 책상에 앉아 계약서와 가격표 더미를 점검하는 중이었다. 스튜어트가 다가가며 말했다.

"사장님, 그 망할 놈의 하피 녀석이……."

퍼제슨이 고개를 들었다.

"아니에요." 스튜어트는 갑자기 말하기 싫어졌다.

"녀석이 일하는 걸 봤다." 퍼제슨이 말했다. "내려가서 말이야. 녀석은 내가 있는 줄도 모르고 일하더군. 뭔가 이상한 냄새가 난다는 데는 나도 동의해. 하지만 녀석은 꽤 능력이 있어.

고쳐놓은 걸 봤는데 제대로 했더군. 그게 중요한 거야." 퍼제슨이 스튜어트를 향해 꾸짖듯 말했다.

"아니라니까요."

"로켓을 샀나?"

"방금요."

"그놈의 서커스 때문에 오늘은 아직 한 대도 못 팔았어."

"서커스라뇨!" 스튜어트는 아래층을 내려다볼 수 있는 방향으로 몸을 돌려 퍼제슨 맞은편에 있는 의자에 앉았다. "이건 역사적인 사건이라고요!"

"자네들처럼 어슬렁거리면서 아무 일도 안 하는 사람한테나 그렇지." 퍼제슨은 다시 가격표를 정리하기 시작했다.

"사장님, 하피가 무슨 짓을 했는지 좀 들어보세요." 스튜어트가 퍼제슨 쪽으로 몸을 기울였다. "프레드의 파인 푸드에서 있었던 일이에요."

퍼제슨이 손을 멈추고 바라보았다.

"발작을 하더라고요." 스튜어트가 말했다. "완전히 미쳤어요."

"거짓말하지 마라." 퍼제슨은 불쾌한 기색이었다.

"맥주 한 잔 마시고 뻗었다니까요. 저세상을 본대요. 제가 죽은 쥐를 먹는 걸 봤대요. 날것으로요. 그렇게 말했어요."

퍼제슨이 웃었다.

"웃기는 얘기가 아닌데요."

"아니긴 뭐가 아니야. 네가 계속 놀리니까 녀석이 반대로 널 놀린 거잖아. 멍청하게도 그걸 곧이곧대로 받아들이다니."

"정말로 봤다니까요." 스튜어트가 단호하게 말했다.

"나도 봤대?"

"그런 말은 안 했어요. 거기서 항상 그 짓을 하나 봐요. 맥주를 먹으면 혼수상태에 빠지고 사람들이 질문을 해요. 저세상이 어떤지요. 전 점심을 먹느라 우연히 거기 있었어요. 걔가 점심 먹으러 나가는 것도 못 봤다니까요. 거기 올 줄 몰랐어요."

퍼제슨은 잠시 얼굴을 찡그리며 생각에 잠겼다가, 곧 손을 뻗어 사무실과 수리부서를 연결하는 인터폰 스위치를 눌렀다. "사무실로 올라와라, 하피. 얘기 좀 해야겠다."

"걔한테 해코지를 하려던 건 절대 아니었어요." 스튜어트가 말했다.

"아니긴 뭐가 아니야." 퍼제슨이 말했다. "어쨌든 알아야겠어. 난 내 직원들이 공공장소에서 가게의 명성에 금이 가게 할 수도 있는 행동을 하고 다니는지 알 권리가 있어."

잠시 기다리자 사무실로 이어지는 계단을 카트로 힘겹게 오르는 소리가 들렸다.

하피는 올라오자마자 말했다. "점심시간에 뭘 하든 그건 제 일이에요, 사장님. 그게 제 생각입니다."

"틀렸어." 퍼제슨이 말했다. "내 일이기도 해. 저세상에서 스튜어트 말고 나도 봤나? 난 뭘 하고 있었지? 말해봐. 똑바로 대답하지 않으면 여기서 일하는 건 끝이야. 취직한 바로 그날 끝나는 거지."

기형아는 나직하지만 침착한 목소리로 말했다. "사장님은 못

59

봤어요. 사장님의 영혼은 소멸해서 다시 태어나지 않거든요."

퍼제슨은 잠시 하피를 바라보았다. "왜지?" 마침내 퍼제슨이 물었다.

"사장님의 운명이에요."

"난 범죄를 저지른 적도 비도덕적인 짓을 한 적도 없어."

"우주가 돌아가는 방법일 뿐이에요, 사장님. 절 탓하지 마세요." 그리고 하피는 입을 다물었다.

퍼제슨은 스튜어트를 돌아보며 말했다. "맙소사. 바보 같은 질문에 바보 같은 답변이구만." 퍼제슨은 다시 하피에게 말했다. "내가 아는 다른 사람, 내 아내는 봤나? 아니, 내 아내를 본 적이 없구나. 잭은? 그 친구는 어떻게 되지?"

"못 봤어요."

"그 교환기는 어떻게 고쳤지? **솔직히** 어떻게 한 거냐? 그건 마치 치유한 것 같았어. 부러진 용수철을 교체한 게 아니라 용수철을 아예 새로 만든 것 같았다고. 어떻게 한 거지? 그것도 네 초감각인지 뭔지 하는 그런 힘인가?"

"교체한 거예요." 하피가 딱딱한 어투로 대답했다.

퍼제슨이 스튜어트에게 말했다. "말을 안 하는군. 하지만 내가 봤어. 뭔가 특이한 방식으로 용수철을 집중해서 보더라니까. 어쩌면 네가 맞을지도 모르겠다, 스튜어트. 애를 고용한 게 실수였을지도 몰라. 그래도 중요한 건 결과겠지. 잘 들어, 하피. 이제 넌 내 직원이니까 다시는 이 근처 공공장소에서 혼수상태에 빠지거나 그러지 마라. 예전엔 괜찮았을지 모르지만 이제는 안 돼. 그런 건 집에서 혼자 있을 때 해. 알겠지?" 퍼제슨은 다시 가격표를 집어 들었다. "이제 됐어. 둘 다 가봐. 어슬렁거리지 말고 일 좀 하라고."

하피는 곧바로 카트를 돌려 계단을 향해 움직였다. 스튜어트도 주머니에 손을 찔러 넣은 채 천천히 뒤를 따랐다.

스튜어트는 다시 TV 앞에 모인 사람들 쪽으로 갔다. 아나운서가 격앙된 목소리로 로켓의 첫 3단계 점화가 모두 성공했다는 소식을 전하고 있었다.

좋은 소식이군. 스튜어트는 생각했다. 인류 역사를 밝혀주는 일이야. 그러자 기분이 조금은 좋아졌다. 스튜어트는 화면이 잘 보이는 계산대에 앉았다.

내가 왜 죽은 쥐를 먹는다는 거야? 스튜어트가 속으로 중얼거렸다. 환생해서 그렇게 살아야 한다니 끔찍한 세상이 분명해. 요리도 안 하고 잡아서 그대로 삼켜버리다니. 가죽도 안 벗기고 먹을지도 몰라. 꼬리까지, 전부. 스튜어트는 몸을 떨었다.

이래서야 도대체 어떻게 새 역사의 시작에 대해 생각할 수 있겠어? 스튜어트는 화가 났다. 자꾸만 그놈의 죽은 쥐만 생각나니 말이야. 난 지금 내 눈앞에서 펼쳐지는 장엄한 광경에 몰입하고 싶다고. 그런데 사장님이 뽑아버린 방사능에 오염된 사디스트 같은 병신 자식이 머릿속에 집어넣은 쓰레기만 떠오르잖아. 빌어먹을!

스튜어트는 흐느적거리던, 하지만 이제는 더 이상 카트에 매여 있지 않고 팔과 다리도 있는, 그러면서도 어떻게 해서인지 공중에 뜰 수 있다는 병신 같은 자식에 대해 생각했다. 어떻게 해서인지 모두의—녀석의 말에 따르면 세상의—지배자가 된 병신. 그 생각을 하자 쥐 생각을 할 때보다 더 기분이 나빴다.

분명히 본 건 많을 거야. 스튜어트는 혼자 중얼거렸다. 말을 안 할 뿐이지. 일부러 말 안 하고 있는 거야. 딱 우리가 당황할 정도만 말하고 입을 닫는 거지. 혼수상태에 들어가 다음 삶을 본다면 **전부** 볼 수 있을 텐데. 달리 볼 게 뭐가 있겠어? 하지만 난 그런 동양의 개똥철학 같은 건 안 믿어. 기독교도 아니잖아.

하지만 스튜어트는 하피의 말을 믿고 있었다. 두 눈으로 직접 봤기 때문이었다. 혼수상태는 진짜였다. 그것만큼은 확실했다.

하피는 **뭔가**를 봤다. 끔찍한 것임은 분명했다. 의심의 여지가 없었다.

또 뭘 봤을까? 스튜어트는 궁금했다. 그 조그만 개자식의 입을 열게 했으면 좋겠는데. 그 사악하고 뒤틀린 정신 상태로 나와 다른 사람들을 어떻게 생각할까?

나도 볼 수 있으면 좋겠다. 스튜어트는 생각했다. 그 일이 너무나 중요하게 느껴진 나머지 TV 화면도 쳐다보지 않았다. 스튜어트는 데인저필드 부부와 막 탄생하고 있는 역사에 대해 잊어버렸다. 오로지 하피와 식당에서 있었던 일에 대해서만 생각할 뿐이었다. 그만 머릿속에서 지워버리고 싶었지만 그럴 수가 없었다.

스튜어트의 생각은 거기에 달라붙어 있었다.

04

멀리서 덜컹거리는 소리가 들리자 오스투리아스는 고개를 돌려 누가 길을 따라오는지 살폈다. 그는 작은 떡갈나무 숲 가장자리에 있는 언덕 옆에 서서 손으로 햇빛을 가린 채 하피가 작은 포코모빌을 타고 오는 모습을 지켜보았다. 카트 한가운데 앉은 그 기형아는 혼자서 길에 난 구멍을 요리조리 피하며 움직였다. 그러나 덜컹거리는 소리는 배터리로 움직이는 포코모빌에서 나오는 게 아니었다.

트럭이구나. 오스투리아스는 깨달았다. 오리온 스트라우드가 나무 연소 장치로 만든 것 중 하나였다. 이제 트럭이 하피를 깔아뭉갤 것처럼 엄청난 속도로 움직이는 모습이 보였다. 기형아는 뒤에서 다가오는 트럭 소리를 전혀 듣지 못한 듯했다.

도로는 스트라우드의 소유였다. 작년에 스트라우드는 주 당국으로부터 도로를 사들이면서, 도로를 보수하는 책임과 다른 차량의 통행을 허용하거나 금지할 수 있는 권리를 부여받았다. 하지만 통행료를 받는 행위는 금지였다. 그러나 지금 나무 연료 트럭은 계약을 무시하고 허가받지 않은 포코모빌을 길에서 쓸어버리기로 작정한 듯 속도를 줄이지 않고 똑바로 다가서고 있었다.

맙소사. 오스투리아스가 생각했다. 그는 자기도 모르게 손을 들어 트럭에게 비키라는 신호를 보냈다. 트럭은 카트를 거의 덮칠 지경이었지만 하피는 신경도 쓰지 않는 것 같다.

"하피!" 오스투리아스가 외쳤다. 오후의 조용한 숲에 그의 목소리와 트럭 엔진이 덜컹거리는 소리가 메아리쳤다.

하피는 고개를 들었지만 오스투리아스를 보지는 못했고, 트럭은 너무 가까이 다가왔다. 오스투리아스는 그만 눈을 감아버렸다. 다시 눈을 뜨자 갓길로 밀려난 포코모빌이 보였다. 트럭은 굉음을 내며 지나갔다. 하피는 안전했다. 마지막 순간에 길에서 벗어난 듯했다.

하피는 트럭을 향해 씩 웃어 보이며 기계팔을 흔들었다. 애초에 트럭이 자기를 납작하게 뭉개버리려던 것을 알았지만 그 일에 신경 쓰지도 않고 놀라지도 않았다. 하피는 몸을 돌려 오스투리아스에게도 기계팔을 흔들었다. 보지는 못했어도 그가 있다는 것은 알고 있었다.

초등학교 선생님이었던 오스투리아스는 손이 떨렸다. 그는 허리를 굽혀 빈 바구니를 집어 들고 짙은 그림자를 드리우고

있는 오래된 떡갈나무를 향해 언덕을 올라갔다. 오스투리아스
는 버섯을 따는 중이었다. 그는 하피가 안전해지자 길을 등지
고 어둑어둑한 곳으로 떠났다. 하피, 그리고 하피가 방금 한 일
을 잊을 수 있도록. 오스투리아스는 재빨리 마음속에 커다란
오렌지색 꾀꼬리버섯을 떠올렸다.

그랬다. 동그랗게 덮인 검은 부식토 한가운데 오렌지색이 빛
나고 있었다. 포동포동하고 생기 있어 보이는 꽃은 거의 썩은
것 같아 보이는 잎 사이에 묻혀 있었다. 벌써부터 버섯의 맛이
느껴지는 듯했다. 이 꾀꼬리버섯은 크고 신선한 녀석이었다.
최근에 내린 비가 불러낸 모양이었다. 오스투리아스는 어느 한
부분도 놓치고 싶지 않아 손을 깊숙이 넣어 버섯을 끊어냈다.
하나만 더 따면 저녁거리로 충분했다. 그는 제자리에서 몸을
웅크리고 사방을 뒤졌다.

하나 더 있었다. 좀 덜 밝고, 아마도 좀 더 오래된……. 오스
투리아스는 몸을 일으켜 부드러운 동작으로 버섯을 향해 다가
갔다. 마치 버섯이 도망가거나 아니면 잃어버릴 수도 있는 것
처럼. 오스투리아스는 꾀꼬리버섯이 가장 맛있었다. 최고급 먹
물버섯보다도 나았다. 그는 웨스트 마린 카운티, 떡갈나무로
뒤덮인 언덕, 숲속 등 꾀꼬리버섯이 사는 곳을 여러 군데 알고
있었다. 그곳에서 숲이나 초원에서 사는 버섯 여덟 종류를 찾
아냈다. 어떤 버섯을 어디서 찾을 수 있는지를 알게 되는 데는
거의 버섯 종류만큼이나 많은 시간이 필요했다. 그래도 그럴
만한 가치는 있었다. 사람들은 대부분 버섯을 꺼렸다. 비상사

태 이후로는 특히 더 그랬다. 무엇보다도 책에 나오지 않는 새로운 변종 버섯을 꺼렸다.

예를 들자면, 방금 딴 버섯은 색깔이 좀 다르지 않았나? 오스투리아스는 생각했다. 뒤집어서 잎맥을 조사해보자. 어쩌면 가짜 꾀꼬리버섯일지도 몰라. 이 지역에서는 아직 독이 있거나 치명적인 변종을 본 적이 없는데. 냄새를 맡자 곰팡내가 났다.

이 녀석을 먹으면 안 될까? 그 기형아가 침착하게 위기를 마주할 수 있다면 나도 그래야 해.

오스투리아스는 꾀꼬리버섯을 바구니에 넣고 길을 떠났다.

아래쪽 도로에서 이상한, 거칠게 삐걱거리는 소리가 들렸다. 오스투리아스는 걸음을 잠시 멈추고 귀를 기울였다. 다시 소리가 들렸다. 오스투리아스는 발걸음을 서둘러 아까 왔던 길을 따라 다시 도로로 나섰다.

포코모빌은 아직 갓길에 있었다. 아까 그 자리 그대로였는데, 거기엔 팔다리가 없는 수리공이 엎드린 채 앉아 있었다. 뭘 하는 거지? 하피가 경련을 일으키며 고개를 들었다. 놀랍게도 그 기형아는 울고 있었다.

무서웠구나. 오스투리아스는 깨달았다. 하피 역시 무서웠지만 드러내지 않았을 뿐, 트럭이 사라질 때까지 숨기느라 무척 애를 쓴 게 분명했다. 다른 사람들이 보지 못하는 곳에 혼자 남아 마음껏 감정을 드러낼 수 있을 때까지.

그렇게 무서웠다면 도대체 왜 트럭 앞에서 그토록 오래 버텼던 거지?

저 아래쪽에서 기형아의 마른 몸이 떨리며 앞뒤로 흔들렸다. 뼈가 앙상한 매 같은 몸뚱이는 비탄으로 가득했다. 마을 의사인 스톡스틸 박사가 봤다면 뭐라고 했을지 궁금하군. 비상사태 전에 스톡스틸 박사는 정신분석의였다. 그는 언제나 하피와 하피를 지탱하는 힘에 대한 갖가지 이론을 생각해냈다.

오스투리아스는 바구니 안의 버섯 두 개를 만지며 생각했다. 우리는 지금 항상 죽음과 아주 가까이 있어. 하지만 예전이라고 해서 지금보다 얼마나 더 나았던 거지? 암을 유발하는 살충제, 도시를 오염시키는 스모그, 자동차와 비행기 사고……. 그때도 그렇게 안전하지는 않았지. 쉽지 않은 삶이었어. 그때나 지금이나 이리저리 뛰어서 피해야 했지.

우리는 가능한 한 갖고 있는 것을 최대한 활용해 인생을 즐겨야 해. 오스투리아스는 중얼거렸다. 진짜 버터와 마늘, 생강, 손수 만든 소고기 국물로 맛을 낸 꾀꼬리버섯을 프라이팬에서 튀길 때 나오는 맛좋은 향기가 다시 머릿속에 떠올랐다. 얼마나 멋진 저녁인가. 누구를 불러서 함께 저녁을 먹을까? 좋아하는 사람이나 중요한 사람으로. 하나만 더 찾으면……. 조지 켈러를 초대할 수 있겠군. 오스투리아스는 생각했다. 내 상사인 교장선생님 조지나 아니면 이사회 회장인 오리온 스트라우드, 그 덩치 크고 뚱뚱한 남자를.

물론 그는 웨스트 마린에서 가장 예쁜 여자인 조지의 아내 보니 켈러를 초대할 수도 있었다. 요즘 같은 세상에서 아주 잘 살아남은 사람이지. 사실 조지와 보니 부부는 비상사태 이후로 아주 잘 해왔다. 오히려 예전보다 더 나았다.

오스투리아스는 태양의 고도를 보고 시간을 계산했다. 4시가 돼가는 것 같았다. 마을로 돌아가 위성이 지나가면서 쏘아주는 방송을 들을 시간이었다. 은화 백만 달러를 준다고 해도 놓칠 수 없지. 그는 중얼거리며 걸음을 옮겼다. 돈의 액수는 툭하면 올라가곤 했다. 『인간의 굴레』를 읽어주고 있는데 벌써 40부가 끝났고 이제부터 정말 흥미로워지는 대목이었다. 이 낭독 방송에는 모두가 참석했다. 의심의 여지가 없었다. 위성에 탄 남자가 이번에는 정말 끝내주는 책을 골랐다. 그 사람도 이걸 알까? 궁금했지만 알아낼 방법은 없었다. 그저 듣기만 할 뿐. 웨스트 마린에서 메시지를 보낼 방도는 없었다. 안타까운 일이었다. 오스투리아스에게는 큰 의미가 있는 일일 수도 있었다.

월터 데인저필드는 저 위의 위성 안에서 끔찍하게 외로울 거야. 오스투리아스가 중얼거렸다. 매일 지구를 돌기만 하다니. 아내가 죽은 건 아주 끔찍한 일이었지. 그 뒤의 변화는 누구나 알 수 있었어. 그가 예전과 같을 수는 없을 거야. 만약 우리가 그를 착륙시킬 수 있다면…… . 그런데 그러면 그 사람이 방송을 못하잖아. 안 돼. 오스투리아스는 생각을 접었다. 그건 좋은 생각이 아니야. 만약 그랬다가는 두 번 다시 올라간다고 하지 않을 테니까. 지난 몇 년간 그런 일을 겪었으니 아마 지금쯤은 거기서 벗어나려고 반쯤은 미쳐 있을 거야.

오스투리아스는 버섯이 든 바구니를 들고 포인트 러예스 역쪽으로 급히 향했다. 거기엔 위성에서 방송하는 월터 데인저필드와, 그리고 그를 통해 바깥 세계와 접촉할 수 있는 라디오가 있었다.

"강박감에 사로잡힌 사람들은 모든 게 썩어가는 세상에 살아. 이건 아주 굉장한 통찰이야. 상상해보라고." 스톡스틸 박사가 말했다.

"그러면 우리는 모두 강박적인 사람이겠네요." 보니가 대꾸했다. "요즘 우리 주위를 보면……, 그렇지 않나요?" 보니는 미소를 지어 보였고, 스톡스틸 박사도 화답하지 않을 수 없었다.

"웃을지는 모르겠지만, 그래서 정신과가 필요한 거라고." 스톡스틸 박사가 말했다. "예전보다 더 말이야."

"전혀 그렇지 않아요." 보니가 담담한 투로 반박했다. "예전에도 필요하긴 했던 건지 잘 모르겠어요. 하지만 당시에는 확실히 그렇게 생각했죠. 아시다시피 몰두해 있었으니까요."

커다란 방 앞쪽에서 준 라웁이 라디오를 만지작거리며 말했다. "조용히 해주세요. 신호가 잡히려고 합니다."

권위자이신 스피커님이 말씀하시는 대로 따르지. 스톡스틸 박사가 생각했다. 그러다가 준이 비상사태 전에는 그저 지역 은행의 타자수였을 뿐이라는 데 생각이 미쳤다.

보니가 얼굴을 찡그리며 준에게 대꾸하려 했다. 그러다 갑자기 스톡스틸 박사에게 몸을 기대며 말했다. "밖으로 나가요. 조지가 에디를 데려오고 있어요. 어서요." 보니는 스톡스틸 박사의 팔을 잡고 의자에 앉은 사람들 사이를 지나 문으로 이끌었다. 스톡스틸 박사는 어느새 현관으로 나와 있었다.

"그 준 말이에요." 보니가 말했다. "너무 으스대요." 보니는 포레스터 홀을 지나는 길을 위아래로 살폈다. "남편하고 딸이 안 보이네요. 훌륭하신 우리 선생님도 안 보이고요. 물론 오스 투리아스 선생님은 숲에서 우리 모두를 죽일 수 있는 독이 있 는 두꺼비똥을 모으고 있겠죠. 하피가 지금 뭘 하고 있는지는 아무도 모를 테고요. 괴상한 짓을 하며 빈둥거리고 있을지도 모르죠." 보니는 생각에 잠겼다. 늦은 오후의 석양을 받고 서 있는 모습이 스톡스틸 박사에게는 특히나 매력적으로 보였다. 보니는 울 스웨터와 손수 만든 길고 두꺼운 치마를 입고 있었 고, 붉은 머리를 질끈 묶고 있었다. 참 괜찮은 여자란 말이야. 스톡스틸 박사가 속으로 중얼거렸다. 유부녀란 게 아쉬워. 곧 심술궂은 생각이 저절로 떠올랐다. 남자가 한둘이 아니란 것 도.

"저기 남편이 오네요." 보니가 말했다. "겨우 학교 일에서 빠 져나왔나 봐요. 에디도 같이 와요."

문법학교의 교장인 키가 크고 날씬한 남자가 길을 따라 걸어 오고 있었다. 그 옆에는 보니를 작게 만들어놓은 듯 빨간 머리 에 밝고 영리해 보이지만 기이할 정도로 짙은 색깔의 눈을 지 닌 어린 소녀가 손을 잡고 함께 걸어왔다. 가까이 다가오자 조 지가 미소를 지어 보였다.

"시작했어?" 조지가 물었다.

"아직." 보니가 말했다.

에디가 말했다. "잘됐어요. 빌이 놓치기 싫어했거든요. 그러면 아주 화를 내요."

"빌이 누구지?" 스톡스틸 박사가 에디에게 말했다.

"남동생이요." 에디가 7살짜리다운 태도로 차분하게 대답했다.

켈러 부부한테 아이가 둘 있었는지는 몰랐는데. 스톡스틸 박사는 어리둥절했다. 게다가 다른 아이는 안 보였다. 에디뿐이었다. "빌은 어디 있는데?" 스톡스틸 박사가 물었다.

"저랑 같이 있어요." 에디가 대답했다. "항상 그래요. 빌을 모르세요?"

"상상 속의 친구예요." 보니가 피곤한 듯 한숨을 쉬며 말했다.

"상상이 아니에요." 에디가 말했다.

"알았어." 보니가 성가시다는 듯 말했다. "진짜래요. 빌한테 인사하세요." 보니는 스톡스틸 박사에게 말했다. "우리 딸의 남동생이랍니다."

잠시 에디가 집중하는 듯한 표정을 짓더니 말했다. "빌이 드디어 스톡스틸 박사님을 만나서 반갑대요. '안녕하세요'라고 하는데요."

스톡스틸 박사가 웃었다. "나도 만나서 반갑다고 전해주렴."

"오스투리아스 선생님이 오는군요." 조지가 손으로 가리키며 말했다.

"저녁거리를 찾았나 봐." 보니가 투덜거렸다. "왜 우리한테는 버섯 찾는 법을 안 가르친대? 선생님 맞아? 무슨 선생님이 그래? 언제 한번 말해야겠다고 생각했는데, 조지, 난 가끔씩 저 사람이······."

"만약 가르쳐준다면 우리는 매끼 버섯만 먹어야 할걸." 스툭
스틸 박사가 말했다. 그는 보니의 불만이 단순히 수사적 표현
일 뿐이라는 사실을 잘 알았다. 사람들도 그다지 좋아하지는
않았지만 오스투리아스가 비법을 가르쳐주지 않는 데 큰 불만
은 없었다. 균류학 지식을 혼자 간직하는 건 그의 권리였다.
누구나 그런 자기만의 분야가 있었다. 그렇지 않았다면 지금
까지 살아남을 수 없었을 것이다. 발아래 죽은 채 누워 있는
수많은 사람들, 어떻게 보느냐에 따라 운이 좋았을 수도 혹은
나빴을 수도 있는 수백만 명의 사람들 중 하나가 됐을 터였다.
때때로 비관주의적인 분위기에 빠질 때면 죽은 사람들이 운이
좋았다는 생각이 들곤 했다. 그러나 비관주의는 잠시일 뿐이
었다. 보니와 손만 뻗으면 닿을 수 있을 정도로 가까이 서 있
는 지금은 그런 생각이 전혀 들지 않았다. 물론 손을 뻗어 건
드릴 수는 없었다. 보니가 코를 한 방—아주 매섭게—날린 뒤
소리를 지르면 조지가 듣고 달려올 터였다. 보니에게 한 대 맞
는 것으로 끝날 일이 아니었다.

스툭스틸 박사가 소리 내어 킬킬거리자 보니가 의심스러운
눈으로 쳐다보았다.

"미안." 스툭스틸 박사가 말했다. "잠깐 딴생각을 했어."

오스투리아스가 성큼성큼 다가왔다. 얼굴이 빨갛게 달아오
른 채로 헐떡이며 말했다. "빨리 들어가시죠. 데인저필드의 낭
독을 들어야죠."

"어차피 내용은 다 알잖나." 스톡스틸 박사가 말했다. "밀드레드가 돌아와 다시 그의 인생에 끼어들고 그를 비참하게 만들지. 나만큼이나 그 책에 대해서는 잘 알잖아. 다들 알고 있지." 스톡스틸 박사는 오스투리아스가 낭독을 놓칠까 걱정하는 모습이 우스웠다.

"난 안 들을 거예요." 보니가 말했다. "준이 자꾸 조용히 하라고 주의 주는 건 못 참겠어요."

스톡스틸 박사가 보니를 힐끗 보며 말했다. "그럼 다음 달에 마을 지도자가 되도록 해."

"준은 정신분석을 좀 받아야 할 것 같아요." 보니가 스톡스틸 박사에게 말했다. "너무 공격적이고 너무 남성적이에요. 자연스럽지가 않아요. 박사님이 따로 불러서 몇 시간 상담해보는 게 어때요?"

스톡스틸 박사가 말했다. "또 나한테 환자를 보내는 건가, 보니? 지난번 환자는 아직도 기억이 나네만." 기억하기는 그다지 어렵지 않았다. 바로 그날이 베이 에어리어에 폭탄이 떨어진 날이었으니까. 몇 년 전이었지. 스톡스틸 박사가 생각했다. 하피 말대로라면 또 다른 삶에서였겠군.

"잘해줬을 텐데요." 보니가 말했다. "치료할 수 있었을 거예요. 다만 시간이 없었죠."

"위로해줘서 고맙군." 스톡스틸 박사가 미소를 지으며 말했다.

오스투리아스가 말했다. "그런데 박사님. 전 오늘 우리 작은 기형아가 이상한 행동을 하는 걸 봤어요. 기회가 된다면 의견을 듣고 싶어요. 개 때문에 혼란스러워졌습니다. 궁금하기도 하고요. 하피에게 희박한 확률을 뚫고 생존하는 능력이 있는 건 분명해요. 제 말이 무슨 뜻인지 아신다면, 이건 우리 모두에게 고무적인 일이에요. 만약 하피가⋯⋯." 그때 오스투리아스가 말을 끊었다. "그런데 우리 지금 안으로 들어가야 해요."

스톡스틸 박사가 보니에게 말했다. "누가 그러던데 데인저필드가 며칠 전 당신의 오랜 친구를 언급했다던데."

"블루스겔드를요?" 보니가 경계심을 품으며 말했다. "아직 살아 있나, 뭐 그런 얘기요? 제 생각엔 살아 있을 것 같아요."

"아니, 데인저필드가 한 얘기는 그게 아니었어. 첫 번째 대재앙에 대해 비꼬는 말을 했지. 알잖아. 1972년."

"네." 보니가 짧게 대답했다. "기억나요."

"나한테 얘기해준 사람에 따르면." 사실 스톡스틸 박사는 데인저필드의 명대사를 누가 얘기해줬는지 생생하게 기억했다. 준이었다. 하지만 괜히 보니를 짜증나게 하고 싶지는 않았다. "데인저필드가 이렇게 말했대. 우리는 모두 블루스겔드가 저지른 사고 속에서 살고 있습니다. 우리는 모두 1972년의 정신입니다. 물론 독창적인 대사는 아니야. 예전에도 들어본 말이니까. 데인저필드가 어떤 식으로 말했는지는 당연히 나도 모르지만 그 사람이 이야기하는 특징이 있잖아. 그 사람처럼 비꼬는 말은 누구도 못 한다고."

오스투리아스는 포레스터 홀 입구까지 갔다가 몸을 돌려 이야기를 듣고 있다가 다시 돌아와 말했다. "보니, 비상사태 전에 브루노 블루스켈드를 알았어요?"

"그래요." 보니가 말했다. "리버모어에서 잠깐 같이 일한 적이 있어요."

"물론 그 사람은 죽었겠죠." 오스투리아스가 말했다.

"난 항상 그 사람이 어딘가 살아 있을 거라고 생각했어요." 보니가 다소 멍한 태도로 말했다. "예나 지금이나 블루스켈드는 훌륭한 사람이에요. 1972년의 사고는 그 사람 잘못이 아니라고요. 사람들이 아무것도 모르고 그 사람 탓을 하는 거예요."

오스투리아스는 아무 말 없이 등을 돌려 건물 안으로 들어가 버렸다.

"한 가지만 충고하지." 스톡스틸 박사가 말했다. "자기 의견을 숨긴다고 해서 뭐라 할 사람은 없어."

"누군가는 사람들한테 어디에 화를 내야 하는 건지 알려줘야 해요." 보니가 말했다. "데인저필드는 블루스켈드에 대해 신문에서 떠들어댄 것 말고는 아는 게 없어요. 신문이요. 지금은 사라져서 차라리 나은 것 중 하나죠. 나는 신문으로 치지도 않은 그 바보 같은 《뉴스 앤 뷰》를 빼고는 이제 신문이 없어요. 데인저필드와 관련해 이 얘기는 해야겠어요. 그 사람이 거짓말쟁이는 아니니까요."

보니와 스톡스틸 박사는 조지와 에디와 함께 오스투리아스를 따라 사람이 가득 찬 포레스터 홀로 들어가 데인저필드가 위성에서 내보내는 방송을 들었다.

오스투리아스는 잡음과 익숙한 목소리를 들으면서 브루노 블루스겔드와 그가 살아 있을 가능성에 대해 생각했다. 어쩌면 보니가 맞을지도 몰랐다. 보니는 블루스겔드를 알고 있었다. 게다가 스톡스틸 박사와 나누는 대화를 엿들은 결과(요즘 같을 때 엿듣는 건 위험한 행동이었지만, 유혹을 떨칠 수 없었다) 보니는 블루스겔드가 정신과 치료를 받아 마음 속 깊이 박힌 죄책감 하나를 없앨 수 있도록 의사에게 소개했다. 즉, 브루노 블루스겔드 박사는 비상사태 직전 몇 년 동안 정신적으로 고통을 받아왔다. 그건 분명히 개인적인 삶이나 그보다 더욱 중요한 공적인 삶 모두를 위협할 정도로 미친 짓이었다.

그러나 실제로는 그다지 이상할 것도 없었다. 사람들은 각자 나름대로 블루스겔드에게 뭔가 근본적인 문제가 있다는 사실을 의식하고 있었다. 대중을 상대로 한 발언에는 강박증과 병적인 징후가 담겨 있었고, 말할 때 표정 가득 괴로움이 묻어났다. 그리고 블루스겔드는 적들에 대해, 그리고 그들이 집이나 학교, 기관을 비롯해 가정생활까지 체계적으로 오염시키는 침투 전략에 대해 이야기했다. 블루스겔드는 책이나 영화, 사람, 정치조직 중 자기와 다른 관점을 지닌 곳 어디에서나 적을 찾았다. 물론 그는 배운 사람답게 자기의 의견을 개진했다. 블루스겔드는 시대에 뒤처진 남부에서나 볼 수 있는 무식하고 시끄러운 사람은 아니었다. 반대로 블루스겔드는 고상하고 학구적이고 교양 있고 생각이 깊어 보이는 태도를 견지했다. 물론 그렇다고 해도 결과적으로는 술 먹고 여자나 쫓아다니는 난봉꾼인 조 맥카시나 그 일당과 비교해 특별히 이성적이라거나 정신이 맑다고 할 수는 없었다.

사실 오스투리아스는 학생 시절 조 맥카시를 만난 적이 있었다. 꽤 괜찮은 사람이었다. 하지만 블루스겔드는 전혀 괜찮지 않았다. 실제로 만난 것은 한 번이지만, 오스투리아스는 그 이상으로 블루스겔드를 잘 알고 있었다. 그와 블루스겔드는 같은 시기에 캘리포니아 대학에서 근무했다. 둘 다 직원이었지만, 블루스겔드가 전임 교수이자 학과장이었던 반면 오스투리아스는 강사에 불과했다. 그런데 어느 날 그들은 만나서 논쟁을 벌였고, 공적으로나 사적으로—강의 후 복도에서—충돌했다. 그리고 마침내 블루스겔드는 오스투리아스가 해임되도록 만들었다.

어려운 일은 아니었다. 당시 오스투리아스는 소련과 중국과 평화를 맺어야 한다고 주장하는 갖가지 급진적 학생 단체를 후원하고 있었다. 거기다 1972년 이후에도 블루스겔드가 계속 주장했던 폭탄 실험에 반대 발언을 한 일도 있었다. 오스투리아스는 1972년의 실험을 비난하며 최상위 수준의 정신병적 발상의 한 예라고 불렀다. 블루스겔드를 향한 발언이었고, 블루스겔드도 당연히 그렇게 알아들었다.

뱀을 찌르면 물릴 위험에 처하기 마련이지······. 오스투리아스는 생각했다. 해임을 당한 일로 놀라지는 않았지만, 그로 인해 원래 생각은 더욱 굳어졌다. 그리고 아마도 애초에 생각을 해봤다면 말이지만, 블루스겔드도 입장을 더욱 굳혔을 터였다. 그러나 블루스겔드는 그 사건에 대해 두 번 다시 생각하지 않았을 공산이 컸다. 오스투리아스는 눈에 띄지 않는 강사에 불과했고, 대학에서도 별로 신경 쓰지 않았다. 학교는 원래대로 계속 돌아갔고 블루스겔드도 분명 그랬다.

그 사람에 대해서 보니와 이야기해봐야겠어. 오스투리아스가 생각했다. 그 여자가 뭘 아는지 알아내야지. 입이 무거운 여자는 아니니까 어렵지 않을 거야. 그리고 스톡스틸 박사가 어떻게 하겠다고 얘기했는지도 궁금해. 블루스겔드를 한 번이라도 봤다면 분명히 내가 내린 진단을 확인해줄 수 있을 거야. 편집증적 정신분열증이라고.

라디오 스피커에서는 월터 데인저필드의 목소리가 윙윙거리며 『인간의 굴레』를 읽고 있었다. 오스투리아스는 다시 주의를 기울이기 시작했고, 항상 그렇듯 곧 강력한 서사에 이끌렸다. 옛날이야기지만 지금 우리에게도 아주 중요하게 느껴진다니까. 오스투리아스는 생각했다. 불행한 인간관계에서 탈출하지 못한다니…… . 이제 우리는 그 **어떤** 인간관계도 소중히 여기지. 큰 교훈을 배운 거야.

오스투리아스와 그리 멀리 떨어지지 않은 곳에 앉은 보니도 생각에 잠겨 있었다. 블루스겔드를 찾는 사람이 하나 더 생겼어. 블루스겔드에게 책임을 지워 모든 사건의 희생양으로 삼으려는 사람이 더 생기다니. **한 사람**이 세계 전쟁을 일으켜 수백만 명을 죽음으로 몰아넣을 수 있다고 생각하다니, 설령 그러고 싶다 해도 그게 가능한 일이냐고.

나를 통해서는 그 사람을 찾을 수 없을걸. 보니는 생각했다. 내 도움이 필요하겠지만, 도와줄 생각은 없어, 오스투리아스 씨. 그러니까 얌전히 표지도 없는 책 무더기나 읽으며 살라고. 버섯이나 쫓아다니면서 살아. 브루노 블루스켈드에 대해서는 잊으라고. 아니 지금은 트리 씨라고 부르지. 7년 전 폭탄이 떨어지기 시작하고, 무슨 일이 일어났는지도 모르는 채—우리 모두 마찬가지였지—파편으로 가득한 버클리의 길거리를 돌아다니던 그날 이후로 그렇게 불렀어.

05

블루스겔드는 팔에 외투를 걸친 채 캘리포니아 대학 캠퍼스를 가로지르는 옥스퍼드 거리를 걷고 있었다. 몸을 굽힌 채 주위를 살펴보지도 않았다. 그는 이 길을 잘 알고 있었고, 젊은 학생들과 마주치고 싶지 않았다. 지나가는 차나 새로 생긴 건물에는 관심을 두지 않았다. 버클리에는 관심도 없었고, 보고 싶지도 않았다. 블루스겔드는 생각에 잠겨 있었다. 이제 자기가 아픈 이유를 확실히 알 것 같았다. 거기엔 의심의 여지가 없었다. 그는 깊은 아픔을 느꼈고, 오염의 원인이 어디 있느냐의 문제만 남아 있었다.

블루스겔드가 생각하기에 이 병, 마침내 스톡스틸 박사까지 보러 가게 만든 이 끔찍한 감염은 외부에서 들어온 것이다. 오늘 처음 상담한 결과만으로 정신분석의가 그럴 듯한 이론을 세울 수 있을까? 그럴 것 같지는 않았다.

그런 생각을 하며 걷고 있을 때 블루스겔드는 왼쪽으로 향하는 교차로가 기울어졌음을 눈치챘다. 마치 도시가 한쪽으로 기울어지는 듯했다. 아니 점점 가팔라지고 있었다. 블루스겔드는 이 왜곡을 인식하자 흥겨워졌다. 스트레스를 받으면 심해지는 난시 때문이었다. 그랬다. 블루스겔드는 자기가 한쪽이 올라가 미끄러지게 되어 있는 보도를 따라 걷는 기분이었다. 아주 천천히 몸이 미끄러졌다. 발걸음을 떼는 데는 아무런 문제가 없었지만, 다른 물건과 함께 왼쪽으로 기우뚱거렸다.

감각에 관한 자료는 아주 중요하지. 블루스겔드가 생각했다. 무엇을 인지하느냐가 아니라 어떻게 인지하느냐 말이야. 그는 걸으면서 혼자 웃었다. 난시 증상이 심하면 균형을 잃을 수도 있다. 블루스겔드가 중얼거렸다. 균형 감각이 우리가 주위의 세상을 인식하는 데 이렇게 영향을 끼치는구나……. 청각은 균형 감각에서 나오지. 그건 다른 감각에 묻혀 잘 인식하지 못하는 기본 감각이야. 어쩌면 내가 내이염에 걸렸거나 중이中耳가 바이러스에 감염됐을지도 몰라. 검사해봐야겠군.

그랬다. 이제 예상대로 균형 감각의 왜곡이 청력에도 영향을 끼치기 시작했다. 눈과 귀가 하나의 게슈탈트를 이루다니 아주 매혹적이었다. 처음에는 시력, 다음에는 균형, 그리고 이제는 소리가 일그러져 들렸다.

길을 걷던 블루스겔드는 자기 신발이 도로에 부딪칠 때마다 나는 둔중하고 낮은 반향음을 들었다. 여자 신발에서 나는 날카롭고 딱딱거리는 소리가 아니라 마치 동굴이나 깊은 구덩이 속에서 울려 퍼지는 듯한 육중한 소리였다.

기분 좋은 소리는 아니었다. 아주 고통스러운 여운이 더해지면서 머리가 아팠다. 블루스겔드는 걷는 속도를 늦추고 소리가 나는 타이밍을 예측하기 위해 신발이 도로에 닿는 모습을 주시했다. 뭣 때문인지 알겠어. 그는 생각했다. 과거에도 이렇게 평범한 소리가 내이를 지나며 울렸던 적이 있었다. 몇 년 동안이나 블루스겔드를 혼란스럽게 하고 또 두렵게 했던 일이지만, 시야가 왜곡되는 것과 마찬가지로 단순한 생리적 현상이었다. 확인을 위해 머리를 좌우로 돌려보았다. 목뼈에서 짧고 날카롭게 우두둑거리는 소리가 나면서 그 즉시 엄청난 고통이 귓속에서 메아리쳤다.

오늘은 많이 조심해야겠군. 블루스겔드는 중얼거렸다. 감각이 훨씬 더 이상해졌기 때문이었다. 게다가 익숙하지 않은 점도 하나 있었다. 거무칙칙한 연기가 주위를 감싸기 시작하면서 건물과 자동차가 색깔도 없고 움직이지도 않는 생기 없는 음울한 빛깔의 흙무더기처럼 보였다.

사람들은 다 어디 갔지? 캐딜락을 주차해놓은 곳을 향해 옥스퍼드 거리를 걷던 블루스겔드는 이 기울어진 길을 걷는 고단한 여정을 가는 사람이 오로지 자기뿐이라는 느낌을 받았다. (이상한 생각이었지만) 다들 실내로 들어갔나? 마치 비를 피하러 간 것 같군. 블루스겔드가 생각했다. 이 미세한 재 같은 입자의 비는 공기를 가득 채운 채 호흡이나 시야는 물론 앞으로 움직이는 것까지 막는 듯했다.

블루스겔드는 발걸음을 멈추고 교차로에 서서 어두침침한 공간을 향해 옆쪽 내리막길을 바라보았다. 길은 오른쪽으로 꺾이더니 위로 솟아오르며 끊어졌다. 마치 뒤틀려서 부러진 것 같았다. 놀랍게도—이건 어떤 생리 기능의 결함으로는 바로 설명할 수 없었다—땅에 균열이 있었다. 왼편에 있는 건물들은 반으로 갈라지며 거친 틈을 드러냈다. 물질 중에서 가장 단단하며, 도시를 지탱하고 거리와 건물을 만드는 재료인 시멘트, 바로 그의 주위 환경을 이루는 토대가 부서져내리는 것 같았다.

맙소사. 블루스겔드가 생각했다. 이게 뭐지? 그는 거무스름한 안개를 자세히 보았다. 하늘은 어느새 사라지고 비오듯 내리는 어둠에 사방이 완전히 막혀 있었다.

그리고 그때 어둠 속에서, 무너진 콘크리트 잔해 사이에 긴작고 뒤틀린 형체가 보였다. 사람이었다. 조금 전까지 길을 걷다가 사라진 사람들이었다. 사라졌다 다시 나타났지만 모두 오그라들어 있었다. 블루스겔드는 초점 없는 눈으로 바라보며 말도 못하고 그저 아무 목표 없이 팔을 흔들 뿐이었다.

이게 뭐지? 블루스겔드는 다시, 이번에는 큰 소리로 말했다. 자기 목소리가 둔중하게 되돌아왔다. 모두 망가져 있었다. 마을 전체가 산산조각 났다. 뭐에 맞았나? 무슨 일이 일어난 거지? 블루스겔드는 인도를 벗어나 조각조각 부서져내린 버클리 사이로 길을 찾아 걸었다. 이건 내가 한 게 아니야. 블루스겔드는 깨달았다. 어떤 거대하고 끔찍한 재앙이 닥친 거야. 귓가에 소음이 웅웅거렸다. 소리의 진동 때문에 허공에 날리던 재가 살랑거렸다. 자동차 경적 소리였다. 하지만 아주 멀리서 희미하게 들렸다.

모던TV 앞에서 데인저필드 부부의 발사 중계방송을 보던 스튜어트는 갑자기 화면이 꺼지는 바람에 깜짝 놀랐다.

"꺼졌네." 잭이 짜증내며 말했다. 모여 있던 사람들도 화를 내며 웅성거렸다. 잭은 이쑤시개를 씹었다.

"다시 나오겠지." 그 방송은 모든 채널에서 중계했으므로, 스튜어트가 채널을 돌리며 말했다.

그러나 모든 채널이 다 먹통이었다. 소리도 안 나왔다. 스위치를 껐다가 켰다. 여전히 먹통이었다. 지하실에서 수리공 한 명이 뛰어나오더니 정문으로 향하며 소리쳤다. "공습경보다!"

"뭐라고?" 잭이 어리둥절한 투로 묻더니 곧 얼굴이 팍삭 늙은 것 같은 표정을 지었다.

그 모습을 본 스튜어트는 말하거나 생각할 필요도 없이 사태를 이해했다. 생각하고 자시고 할 필요도 없었다. 그냥 본능적으로 알았다. 스튜어트는 가게 밖으로 뛰어나가 텅 빈 보도 위에 섰다. TV 앞에 모인 사람들도 스튜어트와 뛰어 도망가는 수리공을 보고 곧 사방으로 뛰어가기 시작했다. 어떤 사람들은 길을 건너 자동차 속으로 뛰어들기도 했고, 어떤 사람들은 제자리에서 빙빙 돌기도 했다. 또 어떤 사람들은 똑바로 달렸다.

마치 각자가 서로 다른 것을 본 것처럼, 서로 다른 일이 벌어졌다고 생각한 듯했다.

스튜어트와 잭은 보도를 따라 지하 창고로 이어지는 회녹색 금속문을 향해 달렸다. 그곳은 한때 약국이 재고를 보관하던 창고였지만 지금은 비어 있었다. 스튜어트는 문을 두드렸다. 잭도 마찬가지였다. 문이 열리지 않자 둘 다 소리를 질렀다. 지하실 안쪽에서 열지 않는 한 문은 열리지 않았다. 남성의류를 파는 가게 입구에 점원이 나타나 그들을 바라보았다. 잭은 점원에게 지하로 내려가 문을 열라고 소리쳤다. "문 열어줘!" 잭과 스튜어트 두 사람이 함께 외쳤다. 이제 문가에 몰려든 사람들 몇 명도 합세해 소리치며 문이 열리길 기다렸다. 그러자 점원은 몸을 돌려 다시 가게로 들어갔다. 잠시 후 스튜어트의 발밑에서 철컹거리는 소리가 들렸다.

"물러나." 한 초로의 남자가 말했다. "문에서 물러나라고." 사람들은 문 아래 펼쳐진 차갑고 어두운 동굴, 빈 공간을 바라보았다. 다들 그 아래쪽 바닥으로 뛰어들었다. 사람들은 축축한 콘크리트 바닥 위로 겹겹이 쌓이고 공처럼 둥그렇게 엉키며 죽은 쥐며느리가 섞여 썩은 냄새가 나는 무른 흙 위로 빽빽하게 밀고 들어왔다.

"위에서 문 좀 닫아!" 한 남자가 외쳤다. 여자는 한 명도 없거나 입을 다물고 있는 듯했다. 머리를 콘크리트 벽 구석에 처박고 있던 스튜어트는 남자 목소리밖에 듣지 못했다. 사람들이 문을 잡고 닫으려는 소리가 들렸다. 이제 더 많은 사람들이 몰려와 굴러떨어지며 소리를 질렀다. 마치 하늘에서 사람들이 쏟아져내리는 것 같았다.

"오, 주여. 얼마나 남았나요?" 남자 하나가 말했다.

스튜어트가 말했다. "지금이야." 지금이었다. 폭탄이 터질 거라는 느낌이 왔다. 몸 안에서 느껴졌다. 쾅. 쾅. 쾅. 쾅. 폭탄이 터졌다. 아니면 군대에서 사람들을 구하기 위해 쏘아 올린 것일지도 몰랐다. 폭탄을 저지하기 위한 방어수단일 수도 있었다. 나 좀 내려가자. 스튜어트가 생각했다. 최대한 낮게. 땅에 달라붙게 해줘. 스튜어트는 몸을 돌리며 아래로 힘을 주었다. 스튜어트 위에 쌓인 다른 사람들은 코트와 소맷자락에 숨이 막히고 있었다. 스튜어트는 기뻤다. 숨 쉬는 건 상관없었다. 다만 주위가 허전한 게 싫었다. 사방이 꽉 차 있는 느낌이 좋았다. 숨을 쉴 필요는 없었다. 눈을 감았다. 그리고 몸에 있는 다른 구멍, 입과 귀와 코도 모두 닫았다. 스튜어트는 벽을 세워 그 안에 숨은 뒤 기다렸다.

쾅. 쾅. 쾅.

땅이 들썩였다.

우린 괜찮을 거야. 스튜어트가 말했다. 여기 있으면 안전해. 안전한 곳에 있으니 안전해.

머리 위로 지나갈 거야. 바람.

지상에서는 바람이 엄청난 속도로 지나갔다. 스튜어트는 공기 그 자체가 마치 한 몸처럼 함께 움직인다는 사실을 알고 있었다.

더치맨 4호의 꼭대기에서 아직은 몸에 가해지는 중력을 느끼고 있던 월터 데인저필드는 이어폰을 통해 통제실에서 나오는 목소리를 들었다.

"3단계 성공. 월터, 자네는 궤도에 올라갔어. 15시 44분이 아니라 15시 45분에 최종 단계를 점화한다고 하네." 탈출 속도라. 월터 데인저필드는 아내를 살펴보기 위해 애를 쓰면서 생각했다. 아내는 정신을 잃었다. 아내가 괜찮다는 사실을 확인한 그는 그녀가 고통받는 모습을 보고 싶지 않아 곧바로 고개를 돌려 산소 잔량을 확인했다. 괜찮군. 월터는 생각했다. 우리 둘 다 괜찮아. 궤도에서 마지막 점화의 순간을 기다리는 기분도 그리 나쁘지는 않았다.

이어폰에서 목소리가 들렸다. "지금까지는 완벽해, 월터. 대통령께서 기다리고 계신다네. 4단계 점화에 대비한 첫 보정을 시작할 때까지 8분 6초 남았어. 만약 사소한⋯⋯." 갑자기 잡음이 목소리를 덮었다. 목소리가 더 이상 들리지 않았다.

만약 보정할 때 우주선의 자세에 사소하지만 치명적인 오류가 있다면 완벽한 성공은 물 건너가는 거잖아. 월터 데인저필드가 중얼거렸다. 우리는 다시 지상으로 내려가겠지. 예전 로봇 실험에서 그랬던 것처럼. 그리고 나중에 다시 시도하겠지. 위험할 건 없어. 재진입이란 예전부터 하던 일이니까. 월터는 기다렸다.

이어폰에서 다시 말소리가 들렸다. **"월터, 우린 지금 공격을 받고 있어."** 뭐? 월터가 말했다. 뭐라고 했어?

"신이시여 구원해주소서." 이미 죽은 자의 목소리였다. 목소리가 느낌이 전혀 없이 공허했다. 그리고 곧 조용해졌다. 목소리가 사라졌다.

"누구한테서?" 월터 데인저필드가 마이크에 대고 말했다. 피켓을 든 폭도가 떠올랐다. 벽돌을 던지는 성난 군중도 떠올랐다. 미치광이들이 공격한 건가?

그는 간신히 몸을 고정하는 띠를 풀어내고 창문을 통해 아래쪽에 놓인 세상을 바라보았다. 구름과 바다, 지구의 모습이 보였다. 여기저기 불꽃이 있었다. 연기와 화염이 보였다. 조용히 우주 공간을 움직이면서 지구 곳곳에 흩어진 불꽃을 내려다보던 그는 두려움에 휩싸였다. 저게 뭔지 알고 있었다.

죽음이야. 그가 생각했다. 죽음이 빛나며 지구의 생명을 불태워버리는 거야. 매초마다.

그는 계속 지구를 바라보았다.

스톡스틸 박사는 커다란 은행 지하에 방공호가 있다고 알고 있었다. 하지만 어느 은행인지 도무지 기억이 나지 않았다. 그는 비서의 손을 잡고 건물을 뛰어나와 중앙로를 건너며 수천 번이나 봤던 흑백 표지판을 찾아 헤맸다. 매일 사무실로 가는 거리에서 보았던 한결같은 배경 중 하나인 표지판이었다. 영원히 변하지 않을 것처럼 배경에 녹아드는 그 표지판을 찾아야 했다. 스톡스틸 박사는 표지판이 모습을 드러내기를 바랐다. 처음 생겼을 때처럼, 의미 없는 배경이 아니었던 때처럼. 중요한,

생명을 보존할 수 있는 무언가를 의미하는 표지판으로서.

비서가 팔을 잡아끌며 손으로 어느 한 방향을 가리켰다. 그녀가 몇 번이나 소리친 뒤에야 스톡스틸 박사는 알아채고 그 방향으로 몸을 돌렸다. 그들은 함께 생명을 잃고 멈춰버린 자동차 사이를 뚫고 길을 건너 사람들 사이에 꼈다. 그리고 건물 지하에 있는 방공호로 들어가기 위해 필사적으로 싸웠다.

지하 방공호로 깊이 들어가면 갈수록 사람들의 무리가 압박해왔다. 스톡스틸 박사는 방금 전에 본 환자인 트리 씨를 떠올렸다. 마음속에서 분명한 목소리가 들렸다. 당신이 한 짓이지. 무슨 짓을 했는지 보라고. 우리 모두를 죽였어.

비서가 어디론가 떨어져 나가 이제 스톡스틸 박사 혼자 모르는 사람들 사이에서 그들의 얼굴을 향해 숨을 내뱉고 들이마셨다. 끊임없이 울부짖는 소리가 들렸다. 여자와 아마도 아이들이 낮에 백화점에 쇼핑하러 왔다가 방공호로 들어온 모양이었다. 문이 닫혔나? 스톡스틸 박사는 궁금했다. 시작됐나? 맞아, 시작되었어. 스톡스틸 박사는 눈을 감고 큰 소리로 시끄럽게 기도하기 시작했다. 소리를 좀 들어보려고 했지만 들리지 않았다.

"시끄러워요!" 어떤 여자가 귓가에 대고 귀가 아플 정도로 소리를 질렀다. 스톡스틸 박사는 눈을 떴다. 중년 여성 한 명이 자기를 노려보고 있었다. 마치 그게 전부인 듯, 시끄러운 기도 소리 말고는 아무 문제도 없다는 듯한 태도였다. 중년 여성은 기도를 중단시키는 데만 주의를 기울였고, 스톡스틸 박사는 놀라서 기도를 멈췄다.

지금 그게 문제란 말이야? 그는 의아했다. 그 여자에게, 그녀의 주의력의 협소함에, 그리고 그 어이없는 엄격함에 놀랐다. "그러죠." 스톡스틸 박사가 여자에게 말했다. "바보 같으니라고." 그가 말했지만 여자는 듣지 못했다. "내가 성가시게 했다는……." 스톡스틸 박사가 신경 쓰지 않고 말을 계속했지만, 여자는 이제 다른 사람을 처다보고 있었다. 부딪쳤거나 밀친 모양이었다. "미안하다고." 스톡스틸 박사가 말했다. "미안하다고, 이 머저리 같은 늙은……." 그는 여자를 향해 저주를 퍼부었다. 기도 대신 저주를 하자 기분이 편안해졌다. 좀 더 저주를 퍼부었다.

저주하던 중간에 괴상하고도 생생한 생각이 떠올랐다. 전쟁은 시작됐고 사람들은 아마도 폭탄에 맞아 죽을 터였다. 하지만 폭탄을 떨어뜨리고 있는 게 중국이나 러시아가 아니라 미국이라는 생각이 떠오른 것이다. 우주에 있는 자동 방어 시스템에 뭔가 문제가 생겨서 이런 방식으로 임무를 수행하고 있다고. 그리고 아무도 막을 수 없다고.

전쟁과 죽음. 실수였다. 의미는 없었다. 스톡스틸 박사는 머리 위로 떨어지는 폭력에서 어떤 적의도 느낄 수 없었다. 복수심도 뚜렷한 동기도 없었다. 그저 공허함과 완전한 차가움뿐이었다. 마치 자동차가 깔아뭉개는 것 같았다. 실제로 일어나고 있지만 의미는 없었다. 정책이 아니라 고장과 실패, 우연일 뿐이었다.

그러자 적에게 복수해야 한다는 증오가 사라졌다. 무엇이 적인지 상상할—실제로 믿거나 이해할—수도 없기 때문이었다. 조금 전 환자였던 트리 씨 또는 블루스겔드, 그가 누구건 간에 증오심을 모두 흡수해 조금도 남겨놓지 않은 듯했다. 블루스겔드는 스톡스틸 박사를 다른 사람으로 만들어놓았다. 그런 쪽으로는 생각조차 할 수 없는 사람으로. 블루스겔드는 스스로 미침으로써 적이라는 개념을 믿을 수 없게 만들어놓았다.

"우리는 반격할 거야. 우리는 반격할 거야. 우리는 반격할 거야." 스톡스틸 박사 근처에 있는 한 남자가 계속 읊조렸다. 스톡스틸 박사는 놀라서 그 남자를 바라봤다. 도대체 누구에게 반격을 한다는 건지 궁금해하면서.

위에서 뭔가가 떨어져내렸다. 반격이라니, 복수라도 한답시고 하늘로 솟아오르기라도 할 셈인가? 필름을 거꾸로 돌리듯 자연의 힘을 뒤집을 수 있다는 건가? 괴상하고 말도 안 되는 생각이었다. 그 남자는 무의식에 사로잡힌 듯했다. 더 이상 이성적인, 자아가 조종하는 존재가 아니었다. 무의식의 원형에 굴복한 상태였다.

비인간적인 힘이 우리를 공격했어. 스톡스틸 박사가 생각했다. 바로 그거야. 안과 밖에서 모두 우리를 공격했지. 우리를 하나로 묶어놓았던 협력의 종말이야. 이제 원자만이 남았지. 창문조차 없는 격리. 부딪쳐도 소리 하나 나지 않아. 그저 웅웅거릴 뿐이야.

짐 퍼제슨은 주위의 소리를 듣지 않으려 손가락으로 귀를 막았다. 어처구니없게도 소리는 아래에서 올라오는 것 같았다. 퍼제슨은 웃고 싶었다.

공격이 시작됐을 때 그는 막 지하에 있는 수리부서로 내려가던 중이었다. FM라디오를 통해 공습경보가 발령되고 대륙 경보 시스템이 즉시 효력을 발휘했을 때 마주 보던 하피의 표정이 보였다. 퍼제슨은 가늘고 앙상한 하피의 얼굴에서 탐욕스러운 듯한 웃음을 보았다. 그 소식을 듣고 무슨 상황인지 이해한 하피는 기쁨으로, 생명 그 자체의 기쁨으로 가득 찬 것 같았다. 하피는 순간 불타올랐다. 그를 구속하고 지상에 붙잡아두던, 그를 굼뜨게 만들던 모든 것을 내던졌다. 눈이 빛나며 입술이 뒤틀렸다. 마치 혀를 내밀고 퍼제슨을 놀리는 듯했다.

퍼제슨이 하피에게 말했다. "이 더러운 병신이⋯⋯." 기형아가 외쳤다. "이제 끝이야!" 얼굴에 떠올랐던 표정은 이미 사라져 있었다. 하피는 퍼제슨의 말을 듣지 못했을지도 몰랐다. 일종의 자아도취 상태에 빠져 있는 것 같았다. 하피는 몸을 떨었다. 기계팔이 카트에서 튀어나와 채찍처럼 흔들렸다.

"잘 들어." 퍼제슨이 말했다. "우리는 지하에 있다." 퍼제슨이 수리공인 밥 루벤스타인을 붙잡았다. "이 바보 녀석아, 제자리에 가만히 있으라고. 내가 올라가서 사람들을 데리고 내려올 테니까. 사람들이 들어올 공간을 최대한 많이 만들어." 퍼제슨은 수리공을 놔두고 계단을 올라갔다.

퍼제슨이 난간을 붙잡고는 지렛대 삼아 한 걸음에 두 계단씩 뛰어 올라가는데 다리 쪽이 이상했다. 그의 하체가 아래로 떨어지더니 뒤로 굴러 떨어지면서 동시에 그 위로 하얀 모르타르가 떨어졌다. 머리가 콘크리트 바닥에 부딪쳤다. 퍼제슨은 건물이 폭격당했음을 깨달았다. 건물이 날아갔으니 사람들은 이미 죽었을 게 분명했다. 퍼제슨의 몸도 반으로 잘렸다. 이제 남은 건 하피와 밥뿐이었고, 그 둘도 얼마다 더 살지 몰랐다.

퍼제슨은 말을 해보려고 했지만 그럴 수 없었다.

아직 일하던 자리에 있던 하피는 충격을 느낌과 동시에 출구가 흩날리는 조각으로 변한 천장과 나무 계단으로 막히는 모습을 보았다. 나무 조각 사이에는 부드러운 살 조각도 섞여 있었다. 천장의 전등이 깜빡이더니 아무것도 보이지 않았다. 암흑. 밥은 비명을 지르고 있었다.

하피는 카트를 뒤로 굴러 어두운 지하실의 빈 공간을 찾아갔다. 기계팔이 느끼는 감촉을 이용했다. 부품 보관함, TV가 담긴 종이 상자 사이로 길을 찾았다. 하피는 최대한 깊숙이, 천천히 그리고 조심스럽게 가능한 한 입구에서 먼 구석으로 찾아들어갔다. 머리 위로 아무것도 떨어지지 않았다. 퍼제슨이 옳았다.

지하실은 안전했다. 지상은 온통 산산조각 난 사람과 한때 건물이었던 하얗고 메마른 가루로 가득할 터였다. 하지만 지하는 달랐다.

아직은 때가 아니야. 하피는 생각했다. 공습을 알리자 곧 시작됐지. 아직 진행 중이야. 하피는 지상에서 부는 바람을 느낄 수 있었다. 앞을 가로막는 게 모두 무너지자 바람은 거침없이 휘몰아쳤다. 방사능이 있으니 나중에라도 위로 올라가선 안 돼. 하피는 깨달았다. 쪽바리들이 그런 실수를 했지. 곧바로 밖으로 기어 나와서 살았다고 웃다니.

얼마나 오래 여기 있어야 하지? 하피는 속으로 궁리했다. 한 달? 수도관이라도 부러지지 않는 한 물은 구할 수 없고. 파편 사이로 공기가 통하지 않으면 나중엔 공기도 부족할 거야. 그 래도 밖으로 나가는 것보단 낫지. 밖으로 나가지 말아야지. 하 피는 되뇌었다. 난 달라. 다른 사람들처럼 멍청하지 않아.

이제 아무 소리도 들리지 않았다. 충격도 주위로 떨어지는 파편도 없었다. 쌓아두거나 선반에 올려놓은 작은 물건들이 헐 거워져서 덜컹거렸을 뿐이었다. 조용했다. 밤의 목소리도 안 들렸다. 성냥. 하피는 주머니에서 성냥을 꺼내 불을 붙였다. TV 상자가 무너질 듯 주위를 둘러싸고 있는 게 보였다. 하피는 자 기만의 공간에 혼자 있었다.

오호라! 하피는 몹시 기뻤다. 이렇게 운이 좋을 수가. 딱 나 를 위한 공간이야.

이대로 여기 있어야지. 며칠 동안이고 여기서 살 수 있어. 나 는 **살게 되어 있다고.**

퍼제슨은 바로 죽을 운명이었어. 신의 뜻이지. 신은 자기가 할 일이 뭔지 알아. 신은 언제나 보고 계시는 게 분명해. 이런 위대한 세상 청소도 모두 보고 계실 거야. 나 같은 사람들을 위 해 새로운 공간을 만들어야 해.

성냥불을 끄자 다시 어둠이 돌아왔다. 상관없었다. 카트에 가만히 앉아 기다리며 하피는 생각했다. 이건 내게 온 기회야. 의도적으로 나를 위해 만들어진 기회지. 내가 나타나면 모든 게 달라질 거야. 내가 태어나기 전부터 시작된 운명이라고. 이제 알겠어. 다른 사람과 내가 이렇게 크게 다른 이유를.

시간이 얼마나 지났지? 곧 시간이 궁금해졌다. 초조해지기 시작한 것이다. 1시간? 참을 수가 없어. 하피가 생각했다. 기다려야 한다는 건 알아. 하지만 바로 위로 올라가고 싶다고. 하피는 위에서 사람 소리가 들리는지 귀를 기울였다. 군대에서 나온 구조대가 사람들을 꺼내주고 있나 했지만, 아직은 아니었다.

너무 오래 걸리지 않으면 좋겠어. 하피가 중얼거렸다. 할 일이 많단 말이야. 일이 산더미처럼 쌓였어.

여기서 나가면 바로 사람들을 조직해야겠어. 그게 필요하니까. 조직과 방향성. 사람들은 이리저리 방황할 테니까. 슬슬 계획을 짜볼까.

어둠 속에서 하피는 계획을 짰다. 온갖 영감이 떠올랐다. 하피는 시간을 낭비하지 않았다. 어쩔 수 없다고 한가하게 있지 않았다. 머릿속은 독창적인 발상으로 분주하게 움직였다. 계획이 어떻고 실행하면 정말 어떻게 될지 궁금해 참을 수가 없었다. 대부분은 생존과 관련이 있었다. 아무도 거대한 사회에 의존하지는 않을 터였다. 아인 랜드*가 책에서 이야기했듯이 작은 마을과 개인 위주의 사회가 될 공산이 컸다. 사회에 대한 순응

* Ayn Rand(1905~1982). 러시아 태생의 미국 소설가이자 철학자.

과 집단 지성 또는 집단 쓰레기의 종말이었다. 지금 주위를 둘러싸고 있는 컬러 입체 TV처럼 공장에서 만든 저질 상품도 끝이었다.

하피는 흥분과 조바심 때문에 심장이 두근거렸다. 가만히 서서 기다리기가 어려웠다. 벌써 백만 년은 지난 것 같았다. 그러나 아직 생존자를 바삐 찾고 있음에도 불구하고 하피를 찾지는 못했다. 하피는 구조대가 점점 가까이 다가오는 것을 느낄 수 있었다.

"빨리!" 하피가 기계팔을 휘두르며 큰 소리로 외쳤다. 기계팔 끝이 TV 상자에 흠집을 내는 소리가 들렸다. 하피는 초조함을 이기지 못하고 상자를 두드리기 시작했다. 마치 혼자가 아니라 수많은 생존자가 있는 듯, 상자를 두드리는 소리가 어둠을 채웠다.

웨스트 마린 카운티의 한 언덕에 사는 보니는 거실에서 울려 퍼지던 고전음악이 멈췄다는 사실을 깨달았다. 보니는 침실에서 나와 손에 묻은 물감을 문질러 닦으며 저번처럼 진공관이―조지가 그렇게 말했다―망가졌는지 궁금해했다.

그때 창문을 통해 남쪽 하늘에 연기 기둥이 솟아 있는 모습이 보였다. 살아 있는 나무 그루터기처럼 짙은 갈색이었다. 보니는 숨을 몰아쉬었다. 그리고 곧 창문이 깨져나갔다. 창문이 가루가 되면서 동시에 보니는 뒤로 밀려나 가루와 함께 바닥을 가로질러 미끄러졌다. 집 안의 물건이 모조리 흔들리고 떨어져 산산조각 나며 그녀의 옆으로 미끄러졌다. 집이 한쪽으로 기운 것 같았다.

샌안드레아스 단층*인가. 보니가 생각했다. 80년 전에 있었던 끔찍한 지진. 지어놓은 모든 게 파괴됐던. 보니는 빙글빙글 미끄러져 반대편 벽에 부딪쳤다. 바닥이 수직으로 곤추서며 다시 수평이 됐다. 전등과 탁자, 의자가 아래로 떨어져 부서지는 모습이 보였다. 평소 쓰던 물건이 이렇게 약했다니 정말 놀라웠다. 보니는 몇 년 동안이나 잘 쓰던 물건이 어떻게 이렇게 쉽게 부서질 수 있는지 이해할 수 없었다. 단단한 것이라고는 이제 벽—지금은 바닥이 된—밖에 없었다.

내 집이 사라졌어. 보니는 생각했다. 내게 의미가 있던 모든 게 사라졌어. 오, 이건 말도 안 돼.

머리가 아팠다. 보니는 숨을 헐떡이며 누워 있었다. 옷매무새를 바로잡는 손이 하얗고 미세한 가루로 뒤덮여 있는 게 보였다. 손은 떨렸고, 손목에서는 피가 흘러내렸는데 어디를 다친 건지는 알 수가 없었다. 머리인가. 보니가 생각했다. 보니가 이마를 문지르자 머리에 붙어 있던 먼지와 부서진 조각이 떨어졌다. 정신을 좀 차려보니 다시 예전처럼 바닥이 바닥으로 돌아왔고 벽은 수직으로 서 있었다.

정상으로 되돌아오긴 했지만 물건은 모두 부서진 채 그대로였다. 쓰레기집이 됐어. 보니는 생각했다. 몇 주, 아니 몇 달이 걸릴 거야. 다시 예전처럼 만들지는 못하겠지. 우리 인생과 행

---

* 캘리포니아 주에 있는 대표적인 변환단층.

복의 종말이야.

보니는 일어서서 잠시 걸었다. 그녀는 발 옆에 부서진 의자 조각을 걷어찼다. 잔해를 발로 차며 문을 향해 걸었다. 작은 파편이 공기와 섞여 일렁였고, 보니는 그대로 들이마셨다. 파편 때문에 기침이 났다. 유리 조각이 여기저기 흩어져 있었다. 보니가 사랑했던 아름다운 유리창도 모두 부서져버렸다. 뻥 뚫린 네모난 창구멍에서는 아직도 유리 파편이 흔들거리다 떨어져 내리곤 했다. 보니는 문을 찾았다. 문은 휘어져 있었다. 체중을 실어 밀었다. 문을 옆으로 밀어낸 보니는 간신히 집을 빠져나와 몇 미터 떨어진 곳에 서서 무슨 일이 일어났는지를 살폈다.

두통이 더욱 심해졌다. 내 눈이 멀었나? 보니는 의아했다. 눈을 뜨고 있기가 힘들었다. 불빛이 보였나? 순간적으로 빛이 깜빡했던 것 같았다. 마치 사진기 셔터가 갑자기 순식간에 열렸다 닫히는 바람에 시신경이 반응하지 못해 실제로는 **보지** 못하는 것처럼. 눈이 아팠다. 부상을 입은 듯했다. 그도 그럴 것이 온몸이 상한 것 같았다. 하지만 땅은 갈라지지 않았다. 집은 서 있었지만 창문과 살림살이가 모두 파괴된 채였다. 속이 텅 빈 껍데기처럼 오로지 구조물만 남아 있었다.

보니는 천천히 걸으며 생각했다. 도움을 청하러 가야겠어. 의사가 필요해. 그러다가 휘청거리며 넘어질 뻔했다. 주위를 둘러보다 하늘을 보니 남쪽에 갈색 연기가 솟아오르는 모습이 또 보였다. 샌프란시스코에 불이 났나? 보니가 중얼거렸다.

불에 타고 있어. 보니는 그게 불이라고 확신했다. 도시에 재난이 일어난 거야. 여기 웨스트 마린뿐만이 아니라.

여기야 시골 사람 몇 명밖에 안 살지만 도시에는 사람이 많잖아. 수천 명이 죽었을 거야.

국가비상사태를 선포하고 적십자와 군대를 불러와야 해. 죽을 때까지 오늘을 잊지 못할 거야. 보니는 걸어가며 손으로 얼굴을 감싸고 울기 시작했다. 어디로 가는지 보이지도 않았고, 상관도 없었다. 이제 보니가 우는 이유는 자기 자신과 파괴된 집 때문만이 아니었다. 남쪽에 있는 도시 때문이었다. 보니는 도시에 사는 사람과 도시에 있는 것들, 그리고 거기에 일어난 일 때문에 울었다.

다시는 보지 못할 거야. 보니는 알았다. 이제 샌프란시스코는 없다는 것을. 모두 끝이었다. 오늘 종말이 다가왔어. 보니는 울면서 대충 마을이 있는 곳을 향해 걸었다. 벌써부터 아래쪽 평지에서 울려 퍼지는 사람들의 목소리가 들렸다. 보니는 소리가 나는 쪽으로 움직였다.

자동차 한 대가 보니 옆에 와서 섰다. 문이 열리고 남자 한 명이 손을 내밀었다. 보니가 모르는 남자였다. 이 근처에 사는지, 아니면 그냥 지나가는 건지도 구별할 수 없었다. 그래도 보니는 남자를 안았다.

"괜찮아요." 남자가 보니의 허리를 감싸안으며 말했다.

보니는 울면서 남자를 더욱 힘껏 끌어안았다. 자동차 좌석에 몸을 깊숙이 누이고 남자를 자기 쪽으로 끌어당겼다.

잠시 후, 보니는 자기가 다시 걷고 있다는 사실을 깨달았다.

이번에는 떡갈나무 사이로 난 좁은 길이었다. 오래되어 여기저기 마디가 생긴 떡갈나무가 있는 길로, 보니가 좋아했던 곳이었다. 머리 위 하늘은 북쪽을 향해 단조롭게 흘러가는 짙은 회색빛 구름으로 뒤덮여 황폐해 보였다.

베어 밸리 랜치 로드구나. 보니가 중얼거렸다. 발이 아파서 멈춰 보니 맨발이었다. 어디선가 신발을 잃어버린 듯했다.

보니는 물감으로 얼룩덜룩한 청바지를 아직 입고 있었다. 지진이 일어나고 라디오가 꺼졌을 때 입고 있던 그대로였다. 지진이 맞기는 한 건가? 자동차에 타고 있던 남자, 두려움에 아이처럼 더듬거리던 그 남자는 뭔가 다른 말을 했다. 하지만 공황 상태에 빠져 듬성듬성 얘기한 터라 이해할 수가 없었다.

집에 가고 싶어. 보니는 중얼거렸다. 집에 가고 싶어. 신발도 신고 싶어. 그 남자가 신발을 가져간 게 분명해. 분명히 차에 있을 거야. 아마 다시는 찾을 수 없겠지.

보니는 아파서 절룩거리는 발로 터덜터덜 걸으며 누군가를 만나면 좋겠다고 생각했다. 머리 위 하늘은 왜 저런지 궁금했고, 시간이 갈수록 외로워졌다.

06

폭스바겐 버스를 몰고 가던 앤드류 길은 방금 헤어진 물감 묻은 청바지와 스웨터를 입고 있던 여자를 마지막으로 한 번 바라보았다. 맨발로 길을 따라 무거운 발걸음을 옮기는 여자는 차가 굽은 길을 지나면서 시야에서 사라졌다. 앤드류는 여자의 이름을 몰랐지만, 아마도 지금까지 본 여자 중에서 가장 예쁜 여자인 것 같았다. 붉은 머리에 작고 섬세하게 생긴 발. 길은 멍하니 중얼거렸다. 방금 그 여자와 버스 뒤에서 사랑을 나눴어.

앤드류에게 있어 남쪽에서 일어나 교외까지 파괴하고 하늘을 회색으로 물들인 폭발과 그 여자는 꾸며낸 연극과 같았다. 앤드류는 그게 전쟁이거나 적어도 세상이나 앤드류 자신에게 완전히 생소한 최신 기술이 빚어낸 불행한 사건이라는 사실을 알았다. 앤드류는 그날 아침 포인트 러예스 스테이션에 있는 약종상藥種商에 영국에서 수입한 브라이어 파이프*를 배달하기 위해 페타루마에서 웨스트 마린으로 차를 몰고 왔다. 그의 사업 영역은 술, 특히 와인과 담배, 니켈 도금을 한 파이프 청소 도구부터 담배를 눌러 담는 도구까지 애연가에게 필요한 모든 것이었다. 앤드류는 차를 몰며 자기 가게가 어떻게 됐을지 궁금해했다. 이 사건이 페타루마에도 영향을 끼쳤을까? 빨리 돌아가서 어떻게 됐는지 봐야겠어. 그는 중얼거렸다. 그러자 버스에 잠시 탔던―아니면 버스에 태워도 가만히 있던―붉은 머리의 자그마한 여자가 다시 생각났다. 이제 앤드류는 무슨 일이 벌어진 건지 확신할 수 없었다. 차로 쫓아가 여자가 괜찮은지 확인해야 했다는 생각이 들었다. 근처에 사는 여잔가? 앤드류는 중얼거렸다. 어떻게 하면 다시 찾을 수 있을까? 앤드류는 벌써 그 여자가 다시 보고 싶어졌다. 그런 여자는 한 번도 본 적이 없었다. 충격 때문에 그랬던 걸까? 그는 궁금했다. 그때 제정신이었을까? 예전에도 그런 적이 있나……, 아니 그보다 또 그렇게 해줄까?

그러나 앤드류는 차를 돌리지 않고 계속 나아갔다. 손이 생명을 잃은 듯 감각이 없었다. 피곤했다. 폭탄은 더 터질 거야. 앤드류는 중얼거렸다. 베이 에어리어에 하나 떨어뜨렸고 계속 쏠거야. 머리 위 하늘에서 불빛이 연속적으로 번쩍이더니 잠시 후 멀리서 우르릉거리는 소리가 들리며 차가 이리저리 덜컹거렸다. 저기서 폭탄이 터지고 있군. 앤드류는 확신했다. 어쩌면

---

* 지중해 연안에 자생하는 브라이어의 뿌리를 절단·가공해 만든 파이프.

우리가 수비를 하고 있는 걸지도 몰라. 하지만 더 심해지겠지.

그리고 방사능도 있었다.

앤드류가 알기로는 치명적인 방사능을 품은 구름이 지금 머리 위에서 북쪽으로 향해 흐르고 있었다. 길이나 도로를 따라 있는 덤불이나 나무 같은 지상의 생명체에 영향을 끼칠 정도로 낮아 보이지는 않았다. 우리는 몇 주 안에 말라 죽을지도 몰라. 그는 생각했다. 아니면 시간문제일지도 모르지. 숨는 게 의미가 있을까? 탈출하려면 북쪽으로 가야 할까? 하지만 구름이 북쪽으로 움직이고 있었잖아. 여기 있는 게 나을지도 몰라. 앤드류가 중얼거렸다. 여기서 방공호를 찾아보자. 전에 이런 곳이 안전하다는 글을 읽은 것 같아. 바람은 웨스트 마린을 지나 새크라멘토 같은 내륙으로 부니까.

아직 사람은 아무도 안 보였다. 그 여자는 첫 번째 폭탄이 터지고 그게 무슨 뜻인지 깨달은 이후 만난 유일한 사람이었다. 자동차도, 길을 걷는 사람도 없었다. 땅속에 숨어 있다가 곧 다시 나오겠지. 앤드류는 추측했다. 수천 명씩 기어 나와 죽어나가겠지. 피난민들. 내가 도와야 할지도 몰라. 하지만 그의 차에 실린 물건이라고는 담배 파이프와 담배, 소규모 양조장에서 나온 캘리포니아 와인이 전부였다. 의약품도 없고 지식도 없었다. 게다가 앤드류는 50살이 넘은 남자였고, 발작성 빈맥이라는 만성 심장질환을 앓고 있었다. 솔직히 조금 전 그 여자와 관계를 가질 때 심장마비가 오지 않은 게 이상할 정도였다.

아내와 두 아이들은 어떡하지. 그는 생각했다. 어쩌면 죽었을지도 몰라. 페타루마로 돌아가야겠어. 전화? 말도 안 돼. 전화는 분명히 끊어졌을 거야. 앤드류는 어디로 가서 무엇을 해야 할지도 모르는 채 계속 차를 몰았다. 적의 공격이 끝났는지, 아니면 시작일 뿐인지, 지금 얼마나 큰 위험에 처해 있는 건지도 알 수 없었다. 몇 초 뒤에 바로 죽을지도 몰라. 앤드류는 생각했다.

하지만 벌써 6년이나 몰아 익숙한 차 안에 있으니 안전하다는 느낌이 들었다. 그런 일이 일어났어도 차는 아직 멀쩡했다. 세상의 다른 모든 게 영원히 계속될 것 같은 끔찍한 변형을 겪고 있는 와중에도 차는 튼튼하고 믿음직스러웠다.

앤드류는 보고 싶지 않았다. 바바라와 아들이 죽었다면 어떻게 하지? 앤드류는 중얼거렸다. 이상하게도 그런 생각을 하자 안도의 한숨이 흘러나왔다. 아까 그 여자를 만났던 것처럼 새로운 삶이 시작되는 것이다. 과거는 끝났다. 이제 담배와 와인은 더욱 값어치 있게 되지 않을까? 난 이 버스 안에 큰 재산을 갖고 있는 게 아닐까? 난 페타루마로 돌아갈 필요가 없어. 사라지는 거야. 바바라는 절대 날 찾지 못할 거야. 그는 붕 뜨는 듯한 기분을 느꼈다. 이제 즐거웠다.

하지만 그건 가게를 포기해야—정말 그러고 싶지 않지만—한다는 뜻이었다. 위기감과 고독이 점철되어 끔찍한 생각을 한 것이다. 그건 포기 못해. 앤드류는 마음을 굳혔다.

가게는 20여 년 동안 꾸준히 쌓아온 양질의 고객과 그들을 상대하며 깨달은 고객의 진정한 욕망을 뜻했다. 그러나 그 사람들도 아마 지금쯤 죽었을 거야. 앤드류는 생각했다. 내 가족과 함께. 받아들여야 해. **모든 게** 변했어. 내가 상관하지 않던 부분만 바뀐 게 아니야.

앤드류는 천천히 차를 몰며 여러 가지 가능성에 대해 생각했다. 하지만 생각하면 할수록 혼란스럽고 불안해졌다. 아무도 살아남지 못할 거야. 아마 우리 모두 방사능에 노출됐을걸. 아까 그 여자랑 관계를 가진 게 내 인생에서 마지막으로 주목할 만한 사건일 거야. 그 여자도 마찬가지겠지. 이제 끝장이라고.

빌어먹을. 앤드류는 씁쓸한 생각이 들어었다. 펜타곤의 어떤 머저리 탓이겠지. 두세 시간 전에 경고를 했어야지. 기껏 5분 전이라니!

앤드류는 적을 향한 증오심을 느낄 수 없었다. 그저 부끄러웠고, 배신감을 느꼈다. 워싱턴의 군인 녀석들은 아마 아돌프 히틀러가 막판에 그랬던 것처럼 콘크리트 벙커 안에서 안전하고 쾌적하게 지내고 있겠지. 우리는 땅 위에서 죽어가고 있고. 당황스러웠고 끔찍했다.

그때 문득 조수석에 신발 한 켤레가 놓여 있는 게 보였다. 누군가가 신었던 슬리퍼였다.

그 여자 거로군. 앤드류는 피로한 듯 한숨을 쉬었다. 기념품인 셈이네.

그때 다시 신나는 생각이 떠올랐다. 이건 기념품이 아냐. 징조지. 나보고 웨스트 마런에 정착해서 다시 시작하라는 거야. 여기서 살면 그 여자를 다시 볼 수 있을 거야. 분명히 그럴 거야.

참고 기다리기만 하면 돼. 그래서 그 여자가 신발을 놓고 간 거야. 내가 여기서 다시 삶을 시작할 걸 알고 있었어. 이 일이 벌어진 뒤에 내가 떠나지 않을—떠날 수 없다는—걸. 가게 따위 엿이나 먹으라지. 페타루마에 있는 마누라나 애들도 필요 없어.

한숨 돌린 앤드류는 즐거운 마음으로 휘파람을 불며 차를 몰았다.

블루스겔드의 마음속에는 한 점의 의심도 없었다. 블루스겔드는 교외로 향하는 고속도로를 향해 자동차가 끊임없이 한 줄로 움직이는 광경을 보았다. 버클리는 거대한 체가 된 것 같았다. 오클랜드와 산 레안드로, 그리고 새너제이에서 온 사람들이 모두 위쪽을 향해 움직이며 작은 구멍을 빠져나가느라 서로를 밀어내고 있었다. 사람들은 모두 이제 일방통행이 된 도로를 따라 움직였다. 내가 아니야. 블루스겔드는 길 건너편에 있는 자동차로 가지 못해 보도에 선 채로 중얼거렸다. 그러나 그는 이내 깨달았다. 비록 이게 현실이 아니더라도, 비록 이게 모든 것의 종말이 아니더라도, 도시와 사람들이 파멸하게 된 건 바로 나 때문이야. 블루스겔드는 생각했다. 어떤 면에서 보면 내가 이렇게 만든 거야.

내 행동을 바로잡아야겠어. 블루스겔드는 중얼거렸다. 그는 걱정 때문에 바짝 긴장한 두 손을 맞잡았다. 되돌려야 해. 다시 되돌려야 해. 지금 일어난 일은 바로 이거야. 블루스겔드는 생각했다. 놈들은 내게 해를 입히려고 계획을 꾸미고 있었어. 그런데 내 무의식 속에 살짝 숨어 있는 능력을 계산에 넣지 못했지. 나 역시 마음대로 통제할 수 없는 능력이야. 그게 초개인적인 수준에서 발휘됐지. 융이라면 집단무의식이라고 불렀겠지. 반동으로 작용하는 내 초능력 에너지의 무한한 가능성을 계산에 넣지 못했고, 그게 놈들의 계획에 반응해 거꾸로 작용한 거야. 내가 일부러 한 게 아니라고. 자극과 반응이라는 심리 법칙을 따랐을 뿐이야. 어쨌든 내가 도덕적인 책임을 져야겠지. 왜냐하면 그건 나였으니까. 더 위대한 나, 의식이 있는 자아를 뛰어넘는 나. 그것과 싸워야 해. 방금 녀석은 반작용으로 일을 저질렀어. 아주 충분히 저질렀지. 사실 큰 피해를 입히지 않았나?

하지만 아니었다. 순수한 물리적인 관점에서, 순수한 작용과 반작용의 영역에서 보자면 그리 큰 피해는 아니었다. 에너지 보존의 법칙, 등가원리와 관련이 있었는데, 블루스겔드의 집단무의식은 상대방이 의도한 피해의 크기에 상응해 반응했다. 이제는 속죄할 시간이었다. 논리적으로 그게 다음 단계였다. 그건 자기 자신을 다 써버렸······을까? 블루스겔드는 의심스러웠다. 심각한 혼란도 느꼈다. 반작용 과정, 초생물학적인 방어 체계가 반응 주기를 마쳤을까, **아니면 아직 남았을까?**

그는 공기를 들이마시며 예상해보았다. 하늘은 떠다닐 정도로 가벼운 입자로 가득했다. 그 뒤에서 자궁 속에 있는 것처럼 숨어 있는 건 무엇일까? 여기 이렇게 서서 논쟁하는 내 안에 있는 순수한 정수로 이루어진 자궁. 블루스겔드는 생각했다. 저 자동차를 타고 가는 사람들, 공허한 표정을 한 남자와 여자들은 내가 누군지 알고 있을까? 내가 이 재앙의 중심 혹은 중추라는 사실을 알까? 블루스겔드는 지나가는 사람들을 바라보다 이윽고 정답을 알아냈다. 사람들은 블루스겔드가 이 모든 일의 원천이라는 사실을 꽤 잘 알고 있었다. 하지만 감히 그에게 해를 끼치려는 엄두를 내지 못했다. 교훈을 얻었던 것이다.

블루스겔드는 사람들을 향해 손을 뻗으며 외쳤다. "걱정하지 마시오. 더 이상은 없을 거요. 약속하리다."

사람들이 그 말을 이해하고 믿었을까? 블루스겔드는 사람들의 생각이 자기를 향하고 있다고 느꼈다. 공황, 고통, 블루스겔드를 향한 증오가 방금 보여준 엄청난 결과로 인해 잠시 멈춘 게 느껴졌다. 당신들이 어떻게 느끼는지 알아. 블루스겔드는 생각했다. 어쩌면 큰 소리로 말했을지도 몰랐다. 기억이 나지 않았다. 당신들은 아주 크고 쓰라린 교훈을 얻었어. 나도 마찬가지고. 난 나 자신을 더욱 조심스럽게 관찰해야 해. 앞으로 나는 믿을 수 있는 장소에서 더욱 큰 경외심을 품고 공손히 머리 숙여 내 힘을 지켜야 해.

이제 어디로 가야 하지? 블루스겔드는 중얼거렸다. 여기서 멀리 떨어진 곳으로? 이곳이 서서히 저절로 죽어갈 수 있도록 말이야. 좋은 생각이야. 친절하고 인간적이며 정당한 해결책이지.

여기서 떠날 수 있나? 블루스겔드가 혼잣말로 물었다. 물론이었다. 지금 효과를 발휘하고 있는 힘은 적어도 어느 정도는 없앨 수 있었다. 지금처럼 알고 있기만 하면 소환이 가능했다.

이전에 잘못됐던 건 그저 그 힘을 무시했기 때문이었다. 어쩌면 집중적인 정신분석을 통해서 제때 그 힘에 접근했다면 이 커다란 소동은 처음부터 피할 수 있었을지도 몰랐다. 하지만 이미 늦은 뒤였다. 블루스겔드는 걸어온 길을 따라 돌아가기 시작했다. 이 차들을 지나 여기서 사라질 수 있어. 블루스겔드는 마음을 놓았다. 이를 증명하기 위해 그는 굽은 길에서 그대로 차가 빽빽이 들어찬 도로로 나갔다. 다른 사람들도 그러고 있었다. 많은 사람들이, 대다수는 살림살이와 책, 전등, 심지어는 새가 든 새장이나 고양이를 든 채로 걷고 있었다. 블루스겔드는 그 사람들 틈에 끼어 자기를 따라서 길을 건너야 한다고, 자기는 마음대로 차 사이를 뚫고 갈 수 있으니 따라오라고 손짓했다.

차는 거의 멈춰 있었다. 길옆에서 계속 끼어들려는 차량 때문인 것 같았지만, 블루스겔드는 생각이 달랐다. 이유는 명백했다. 그가 길을 건너고 싶어 한다는 점, 그것이 진짜 이유였다. 자동차 사이의 열린 공간이 바로 앞에 있었다. 블루스겔드는 걸어가는 사람들을 이끌고 길을 건넜다.

어디로 가야 할까? 블루스겔드는 중얼거렸다. 고맙다고, 얼마나 큰 빚을 졌는지 모르겠다고 하는 사람들의 목소리는 무시했다. 도시를 벗어나 시골로 가야 할까?

난 도시에서는 위험한 사람이야. 블루스겔드가 생각했다. 80, 90킬로미터쯤 동쪽으로 가야겠어. 아예 시에라스나 보다 먼 곳으로 가야 할지도 몰라. 웨스트 마린. 다시 거기로 갈 수도 있겠군. 보니가 거기 살잖아. 보니와 조지와 함께 지낼 수 있을 거야. 그 정도면 충분히 멀겠지. 그렇지 않다면 더 멀리 가야 해. 이 사람들 근처에 내가 없어야 해. 더 이상 고통받지 않아도 되는 사람들이야. 필요하다면 영원히 멀어지겠어. 한 곳에서 멈추지 않을 거야.

웨스트 마린까지 차로 가는 건 당연히 안 되겠지. 블루스젤드는 생각했다. 지금 움직이는 자동차란 없으니까. 앞으로도 없을 테고. 너무 혼잡해. 리차드슨 다리는 없어졌을 게 분명하고. 아무래도 걸어야겠어. 며칠이 걸리겠지만 갈 수 있을 거야. 블랙 포인트 로드로 갔다가 발레이오로 가서 진창길을 가로질러 가야겠어. 땅은 평평하니까 필요하면 직선으로 가로지를 수도 있을 거야.

어쨌거나 내가 저지른 일에 대한 속죄의 길이니까. 영혼을 치유하기 위해 자발적으로 떠나는 순례의 길이야.

블루스젤드는 길을 걸었다. 걸으면서 주변의 피해 상황에 집중했다. 블루스젤드는 치유한다는 생각으로, 가능하다면 순수한 상태로 도시를 복구한다는 마음가짐으로 바라보았다. 무너진 건물이 있으면 다가가 걸음을 멈추고 말했다. **"이 건물이 복구되기를."** 다친 사람을 보면 말했다. **"이 사람이 결백하다는 판정을 받고 용서받기를."** 블루스젤드는 매번 자기가 만든 손동작을 했다. 이런 일이 다시는 일어나지 않도록 하겠다는 결심을 나타내는 동작이었다. 어쩌면 사람들도 굳은 교훈을 얻었을지 몰라. 블루스젤드는 생각했다. 이제 나를 내버려두겠지.

하지만 어쩌면 사람들은 반대로 행동할지도 모른다는 생각이 떠올랐다. 파괴된 건물의 잔해 아래서 블루스겔드를 파멸시키겠다는 결심을 더욱 단단히 다지고 있을지도 몰랐다. 이런 일은 장기적으로 보면 증오를 없애는 게 아니라 오히려 크게 만들 수도 있었다.

복수에 대해 생각하자 두려움이 몰려들었다. 숨는 게 낫겠어. 블루스겔드는 생각했다. '트리'라는 이름을 계속 쓰자. 아니면 신분을 숨길 수 있는 다른 가짜 이름을 만들거나.

지금은 나를 경계하고 있지만……, 얼마나 갈지 몰라.

그런 생각을 하는 와중에도 블루스겔드는 계속 그 특이한 손짓을 하며 길을 걸었다. 여전히 복구해주겠다는 생각으로 애를 썼다. 블루스겔드는 적개심을 품고 있지 않았다. 그것으로부터 초연했다. 증오를 품은 건 다른 사람들이었다.

만의 가장자리에 다다라 자동차 사이를 빠져나온 블루스겔드의 눈에 산산조각이 나 하얗게 보이는 유리 같은 샌프란시스코의 전경이 보였다. 서 있는 것은 아무것도 없었다. 머리 위로는 연기와 불길이 믿을 수 없는 광경을 연출하고 있었다.

도시가 마치 흔적조차 남지 않고 타버린 나무 장작이 된 것 같았다. 하지만 그대로 사람들이 도시에서 쏟아져 나왔다. 물 위에 둥실 떠 있는 물체가 보였다. 사람들은 온갖 물건을 띄워놓은 채 그걸 붙잡고 마린 카운티를 향해 헤엄치려 했다.

블루스겔드는 앞으로 나갈 수가 없어 멈춰 섰다. 순례의 길은 잊은 상태였다. 먼저 사람들을 치유해야 했다. 가능하다면 도시도. 자기 자신에 대해서는 잊었다. 블루스겔드는 두 손으로 전에 한 번도 해본 적이 없는 새로운 동작을 하며 도시에 집중했다. 온 힘을 쏟자 잠시 후 연기가 옅어지기 시작하는 게 보였다. 희망이 생겼다. 바다를 건너 탈출하는 사람들의 수도 줄어들기 시작했다. 수는 점점 줄어들더니 마침내 만은 텅 비고 둥둥 떠 있는 잔해만 남았다.

이제 블루스겔드는 사람들을 구하는 데 집중했다. 북쪽으로 가는 탈출로에 대해 고민했다. 어디로 가야 하는지, 무엇을 찾아야 하는지. 먼저 물과 식량이 필요했다. 보급품을 가져올 군대와 적십자가 떠올랐다. 그리고 필요한 물건을 얻을 수 있는 작은 마을이 필요했다.

마침내 그가 바라던 일이 서서히 일어나기 시작했다. 블루스겔드는 그 자리에 서서 오랫동안 그게 이뤄지도록 만들었다. 상황이 나아졌다. 블루스겔드는 사람들이 화상 치료법을 알아내게 만들었고, 끔찍한 공포를 치유할 수 있게 만들었다. 중요한 일이었다. 최소한 가장 기본적인 방법으로만나 상황을 추스를 수 있도록 단초를 만들어주었던 것이다.

하지만 동시에 사람들을 돕느라 그는 자신을 희생했다. 블루스겔드는 자기 모습을 보고 깜짝 놀라며 충격을 받았다. 다른 사람들을 위해 봉사하느라 모든 걸 잃어버린 상태였다. 옷은 다 해져 부대 자루처럼 변했고 발가락은 신발 밖으로 삐져나와 있었다. 턱수염은 축 늘어졌고, 콧수염은 입을 덮었으며, 머리는 귀를 덮을 정도로 흘러내려 목깃에 스쳤다. 그리고 이는 다 빠져 있었다. 늙고 병들고 공허했지만, 그럴 가치가 있었다. 얼마나 오랫동안 여기 서서 그 일을 했을까? 자동차의 행렬은 오래전에 멈춘 뒤였다. 오른편에 있는 도로 위에는 사람들이 버리고 간 부서진 자동차만 늘어서 있었다. 몇 주가 지났나? 몇 달이 지났을지도 몰랐다. 블루스겔드는 배가 고팠고 추위로 다리가 떨렸다. 그는 다시 걷기 시작했다.

난 내가 가진 모든 걸 줘버렸어. 블루스겔드는 중얼거렸다. 그 생각을 하자 단순한 화를 넘어 분노가 느껴졌다. 나는 뭘 되돌려 받을 수 있지? 난 머리도 깎고 밥도 먹고 치료도 받아야 해. 나도 필요한 게 있다고. 그걸 어디서 얻지? 생각해보자. 너무 지쳐서 마린 카운티까지 걷지는 못할 거야. 쉬면서 체력을 회복할 때까지는 여기 머물러야겠어. 천천히 걸어가는 동안 분노는 점점 커졌다.

그래도 어쨌든 할 일은 다 한 셈이었다. 그리 멀지 않은 앞쪽에 칙칙한 텐트가 줄지어 서 있는 응급치료소가 있는 게 보였다. 간호사로 보이는 여자들이 완장을 차고 있었다. 헬멧을 쓰고 총을 든 남자들도 보였다. 치안요원들이군. 블루스겔드는 생각했다. 내 노력 덕분에 여기저기서 다시 체계가 잡히는 거야. 내 공이 커. 물론 사람들은 모르겠지만, 넘어가도록 하자.

가장 가까운 텐트에 닿자 총을 든 남자 한 명이 다가와 걸음을 멈추게 했다. 클립보드를 든 다른 남자가 다가와 물었다.

"어디서 오는 거죠?"

"버클리요." 블루스겔드가 대답했다.

"이름은?"

"잭 트리요."

그들은 이름을 받아쓰더니 카드를 한 장 찢어서 건네주었다. 거기엔 숫자가 쓰여 있었는데, 그게 있어야 식량 배급을 받을 수 있다고 설명했다. 그리고 다른 구호소에서 배급을 받으려다 가는 총에 맞을 수도 있다는 이야기도 덧붙였다. 두 남자는 숫자 카드를 쥔 블루스겔드를 두고 다른 곳으로 가버렸다.

내가 한 짓이라고 말해야 할까? 블루스겔드는 고민했다. 순전히 내 책임이라고, 이 일을 초래한 끔찍한 죄악 때문에 영원히 저주받았다고 말해야 할까? 아니. 블루스겔드는 결심했다. 그러면 내 카드를 빼앗아갈 거야. 그러면 식량 배급을 못 받잖아. 블루스겔드는 정말 지독하게 배가 고팠다.

그때 간호사 한 명이 다가와 물었다. "구토나 현기증이나 배변 색의 변화가 있으신가요?"

"아뇨." 블루스겔드가 대답했다.

"치료하지 못한 피부 화상이 있나요?"

블루스겔드는 고개를 저었다.

"저쪽으로 가세요." 간호사가 가리키며 말했다. "옷을 벗으세요. 이를 제거하고 머리를 밀어줄 거예요. 주사도 맞을 수 있어요. 티푸스 혈청은 다 떨어졌으니 찾지 마세요."

블루스겔드는 휘발유 발전기에 연결된 전기면도기를 가지고 남자고 여자고를 가리지 않고 머리를 밀어주는 사람을 보고 당황했다. 사람들은 얌전하게 줄을 서서 기다렸다.

위생 때문인가? 블루스겔드는 궁금했다. 그 문제는 내가 해결한 줄 알았는데. 내가 질병은 생각 못했었나? 아니 분명히 했어. 블루스겔드는 모든 걸 고려하지 못한 자신의 실수에 당황한 채 그쪽으로 걸어갔다.

내가 중요한 요소를 여러 개 빠뜨린 게 분명해. 블루스겔드는 머리를 밀기 위해 줄을 서서 기다리는 사람들 뒤에 서면서 생각했다.

버클리 힐즈, 체다 거리에 있는 무너진 집의 지하실에 있는 스튜어트는 부서진 벽돌 뒤에서 튀어나와 옆의 벽돌 뒤로 숨은 통통한 회색 쥐를 감시하고 있었다. 그는 부러져서 한쪽 끝이 뾰족해진 빗자루를 내밀고 이리저리 흔들었다. 지하실에서 함께 지내는 사람은 마르고 혈색이 나쁜 켄이라는 남자였는데, 방사능 노출로 죽어가고 있었다. 켄이 말했다. "그걸 먹을 생각은 아니겠지."

"왜 아니겠어." 스튜어트가 하늘로 뚫린 지하실로 들어와 쌓인 먼지들 사이로 부서진 시멘트 벽돌에 닿을 때까지 빗자루를 쑤시며 말했다. 스튜어트의 공격을 받은 쥐가 두려운 듯 찍찍거리는 소리를 냈다. 버클리의 하수구를 통해 들어온 쥐는 다시 지하실 밖으로 나가려 했다. 그러나 하수구와 지하실 사이에 스튜어트가 있었다. 암컷인가. 스튜어트는 생각했다. 덩치 큰 암컷이 분명했다. 수컷은 더 날씬했다.

쥐가 놀라서 허둥지둥 달려가는 사이 스튜어트가 날카로운 빗자루 끝을 쥐의 몸뚱이에 박아 넣었다. 쥐가 고통에 가득 찬 소리를 오래도록 냈다. 빗자루 끝에 꽂힌 쥐는 아직 살아 있었다. 계속 찍찍거리는 소리가 났다.

스튜어트는 빗자루를 바닥으로 향해 쥐를 바닥에 닿게 한 뒤 발로 머리를 으스러뜨렸다.

"적어도 요리 정도는 할 수 있잖아." 함께 지내는 남자가 말했다.

"싫어." 스튜어트는 대꾸하고는 자리에 앉아 주머니칼을 꺼냈다. 어느 죽은 남학생의 바지 주머니에서 찾은 물건이었다. 스튜어트는 쥐의 가죽을 벗기기 시작했다. 죽어가는 동료가 불만스럽게 쳐다보는 가운데 스튜어트는 죽은 쥐를 날로 먹었다.

"날 안 먹는 게 놀랍군." 잠시 후 켄이 말했다.

"날새우 먹는 거랑 뭐가 다르다고 그래." 스튜어트가 말했다. 전보다 훨씬 기분이 나아졌다. 며칠 만에 처음으로 먹은 음식이었다.

"어제 헬리콥터가 날아가면서 방송한 대로 구호소를 찾아보는 게 어때?" 켄이 말했다. "내가 제대로 들었는지는 모르겠지만, 힐사이드 문법학교 근처에 구호소가 하나 있다는데, 여기서 몇 블록밖에 안 돼. 그 정도는 갈 수 있잖아."

"싫어."

"왜?"

말하기 싫었지만, 그 이유란 단순하게도 지하실 밖 거리로 나가는 모험을 하는 게 두려워서였다. 내려앉은 재 속에 알 수 없는 무언가가 움직이고 있다는 점 말고도 딱 짚어 말하기 어려운 이유가 있었다. 스튜어트는 방송하는 사람들이 미국인이라고 생각했지만, 중국인이나 러시아인일 가능성도 있었다. 목소리가 좀 이상했고, 낮에도 좀 울리듯 들렸다. 헬리콥터도 마찬가지였다. 확신할 수 없었다. 사람들을 끌어내려 총으로 쏘려는 적의 수작일 수도 있었다. 아직도 도시 안에서 총소리가 들렸던 것이다. 희미한 총소리는 해가 뜨기 직전부터 해가 질 때까지 간헐적으로 들렸다.

"평생 여기 있을 수는 없잖아." 켄이 말했다. "그건 말이 안 된다고." 켄은 어느 집 침대에서 가져온 담요를 두른 채 누워 있었다. 침대는 집이 무너질 때 밖으로 내동댕이쳐진 듯 뒷마당에 놓여 있었다. 침대 위에는 담요와 오리털 베개 두 개도 함께 온전한 상태로 놓여 있었다.

스튜어트의 생각은 이랬다. 스튜어트는 체다 거리를 따라 줄지어 있는 집의 잔해나 거기서 발견한 시체의 옷 주머니에서 돈을 빼내 모았는데, 5일 만에 수천 달러를 모을 수 있었다. 다른 사람들은 음식이나 칼, 총 같은 물건을 찾아 헤매는데, 혼자만 돈을 모은다고 생각하니 마음이 불편했다. 이제 밖으로 나가 구호소를 찾아가면 돈이 쓸모없어졌다는 진실을 알게 될 것만 같았다. 만약 그렇다면 돈을 모은 건 정말 바보 같은 짓이었다. 돈으로 가득 찬 베개 커버를 들고 구호소에 나타난다면 모두가 비웃을 터였다. 바보가 조롱당하는 건 당연했다.

게다가 다른 사람은 아무도 쥐를 먹지 않는 것 같았다. 아무래도 스튜어트가 모르는 더 좋은 식량이 있는 것 같았다. 지하실에서 다른 사람이 버린 걸 주워 먹다니 스튜어트다운 짓이긴 했지만, 어쩌면 공중에서 캔으로 된 비상식량을 떨어뜨려주는지도 몰랐다. 스튜어트가 잠에 빠져 있는 이른 새벽에 떨어뜨리기 때문에 다른 사람이 모두 주워 가서 한 번도 못 봤을지도 몰랐다. 지난 며칠 동안 스튜어트는 자기가 잊혀가고 있다는, 자기만 빼고 모두에게—어쩌면 환한 대낮에—공짜 구호품을 뿌리고 있다는 심원한 공포를 점점 키워가고 있었다. 내 팔자지. 스튜어트는 중얼거렸다. 그러자 우울하고 씁쓸해졌다. 방금 먹은 쥐도 아까처럼 배부르게 느껴지지 않았다.

체다 거리의 어느 무너진 집 지하실에 숨어 있던 며칠 동안 스튜어트에게는 생각할 시간이 많았다. 그는 다른 사람들이 무엇을 하는지 알아내기가 언제나 어려웠다는 점을 깨달았다. 언제나 엄청난 노력을 들여야만 사람들의 행동을 따라해 똑같이 보일 수 있었다. 검둥이어서가 아니었다. 백인뿐만 아니라 흑인도 마찬가지였다. 일상적으로 말하는 사회성이 아니라 그보다 훨씬 깊은 문제였다. 바로 지하실 반대편에서 누운 채 죽어가고 있는 켄만 해도 그랬다. 스튜어트는 켄을 이해할 수 없었다. 완전히 단절된 것 같았다. 어쩌면 켄은 죽어가고 있었고, 스튜어트는 그렇지 않아서인지도 몰랐다. 그래서 장벽이 생겼을 가능성도 있었다. 세상은 이제 확연히 두 부분으로 갈라졌다. 시간이 갈수록 점점 약해지는, 죽어가는 사람들, 그리고 스튜어트처럼 살아남을 사람들. 둘은 너무 다른 세계에 살고 있어 소통이 불가능했다.

하지만 그것만이 아니었다. 스튜어트와 켄 사이에는 뭔가가 더 있었다. 폭격이 만들어냈다기보다는 오래된 문제가 단지 표면으로 드러났을 뿐이었다. 이제 그 간극은 훨씬 넓어졌다. 스튜어트가 사실상 자기 주위에서 일어나는 일의 의미를 대부분 이해하지 못했다는 사실은 명백했다. 매년 자동차 면허증을 갱신하러 차량국에 가던 일만 해도 그랬다. 지하실에 누워 생각해보니 다른 사람들은 **그럴 듯한 이유**가 있어서 새크라멘토 거리에 있는 차량국으로 간 것이지만, 자기는 그저 다른 사람들이 가니까 따라갔던 게 분명한 것 같았다. 어린아이처럼 그냥. 그런데 이제는 따라갈 사람이 아무도 없었다. 혼자였다. 그러므로 뭘 따라해야 할지도 떠오르지 않았다. 어떤 결정을 내릴 수도 어떤 인생 계획을 따를 수도 없었다.

그래서 스튜어트는 가만히 기다렸다. 기다리면서 가끔씩 머리 위를 지나가는 헬리콥터, 거리를 헤매는 모호한 형체, 그리고 무엇보다도 자기가 바보인지 아닌지에 대해 생각했다.

그러자 어느 순간 갑자기 뭔가 떠올랐다. 프레드의 파인 푸드에서 하피가 자신의 모습을 봤다고 했던 게 기억났다. 하피는 스튜어트가 쥐를 날로 먹고 있는 모습을 봤다고 했다. 하지만 그 후 일어난 일들로 인한 흥분과 두려움 때문에 그만 잊고 있었다. 그 기형아가 봤던 광경이 바로 지금이었다. 사후 세계 따위가 아니라 바로 지금!

빌어먹을 병신 꼬마 새끼. 스튜어트는 철사 조각으로 이를 쑤시며 중얼거렸다. 사기꾼 새끼. 우리 모두를 속였어.

사람들이 얼마나 잘 속는지! 스튜어트는 중얼거렸다. 녀석이 특이하게 생겼다는 이유만으로 우리 모두 믿었잖아. 그렇게 생기니까—지금은 어떤지 모르겠지만—왠지 믿게 됐잖아. 지금은 아마 죽어서 수리실에 묻혀 있겠지. 이 전쟁에 좋은 점이 하나 있다면 바로 그거겠군. 병신들을 모두 쓸어버린 거. 하지만 그때 스튜어트는 깨달았다. 이 전쟁 때문에 병신들이 또 무더기로 생겼을 거 아냐. 앞으로 백만 년 동안은 병신들이 돌아다닐 거야. 블루스겔드의 천국이로군. 블루스겔드는 지금쯤 아주 좋아하고 있겠지. 이거야말로 진짜 폭탄 실험이니까.

켄이 몸을 움직이더니 중얼거렸다. "기어서 길을 건너가줄 수 있어? 저쪽에 시체가 있는데 담배가 있을지도 몰라."

담배 같은 소리 하고 있네. 스튜어트는 생각했다. 하지만 돈이 가득한 지갑이 있을지도 몰랐다. 켄의 시선을 따라가자 반대편에 부서진 돌 사이에 누워 있는 여자 시체가 보였다. 아직도 불룩한 가방을 붙잡고 있는 모습을 보자 맥박이 빨라졌다.

켄이 힘없는 목소리로 말했다. "돈은 내버려둬, 스튜어트. 집착일 뿐이야. 신이 보고 있다는 상징이라고." 스튜어트가 지하실에서 기어 나가는 사이 켄이 목소리를 높여 외쳤다. "풍요로운 사회의 상징이라고." 켄이 기침하며 구역질을 했다. "이제는 사라졌지만." 켄이 간신히 덧붙였다.

엿 먹으라지. 스튜어트는 가방을 향해 길을 가로질러 기어가면서 생각했다. 그럼 그렇지. 가방을 열자 지폐 다발이 보였다. 1달러, 5달러, 20달러까지. 가방 안에는 캔디바도 있었다. 스튜어트는 그것도 챙겼다. 하지만 지하실로 기어서 돌아오자 캔디바가 방사능에 오염됐을지도 모른다는 생각이 들었다. 스튜어트는 캔디바를 던져버렸다.

"담배는?" 켄이 물었다.

"없어." 스튜어트는 지하실에 가득한 재 속에 입구까지 묻어놓은 베개 커버를 열었다. 그리고 돈을 넣고는 다시 묶어놓았다.

"체스 한 판 어때?" 켄이 간신히 몸을 일으키며 잔해 속에서 발견한 체스 상자를 열었다. 켄은 예전에 스튜어트에게 기본적인 규칙을 가르쳤다. 스튜어트는 전쟁 전에는 체스를 해본 적이 없었다.

"싫어." 스튜어트가 말했다. 스튜어트는 회색빛 하늘 먼 곳을 바라보는 중이었다. 비행기나 로켓 같은 원통형 물체가 움직이고 있었다. 맙소사. 스튜어트가 생각했다. 폭탄일까? 스튜어트는 우울한 심정으로 그게 점점 낮게 가라앉는 모습을 보았다. 이제는 처음 몇 분 동안 그랬던 것처럼—덕분에 목숨을 건졌지만—눕거나 숨을 곳을 찾지도 않았다. "저게 뭐지?" 스튜어트가 물었다.

켄이 쳐다보더니 말했다. "풍선이야."

스튜어트가 못 믿겠다는 듯 말했다. "중국 놈들이야!"

"풍선이 맞다니까. 작은 거야. 비행선이라고 하는 것 같은데. 어렸을 때 이후로 처음 보는 거야."

"중국 놈들이 비행선을 타고 태평양을 건널 수 있나?" 스튜어트는 얼굴이 납작한 중국 농민 병사들이 체코산 자동소총을 들고 작은 회색 시거 모양의 비행선 수천 대에 다닥다닥 매달려 있는 모습을 상상하며 말했다. "놈들이라면 그러고도 남아. 발전은커녕 세상을 몇 세기나 뒤로 후퇴시킬 놈들이잖아!" 스튜어트는 비행선 옆구리에 영어로 쓰인 글자를 보고 말을 멈췄다.

해밀턴 공군 기지

켄이 젠체하며 말했다. "우리 편이라니까."

"저게 어디서 났지?" 스튜어트가 말했다.

"머리 좋네." 켄이 말했다. "안 그래? 휘발유랑 등유는 이제 없을 거야. 다 써버려서. 이제부터 우리는 희한한 운송수단을 많이 보게 될 거야. 아니, 너만 볼 수 있겠지."

"네 상황을 너무 유감스럽게 생각하지 마." 스튜어트가 말했다.

"누구의 상황도 유감스럽게 생각하지 않아." 켄이 조심스럽게 체스 말을 늘어놓으며 말했다. "이건 좋은 체스 세트야. 멕시코산이로군. 수공예품이 분명해. 그런데 아주 약해."

"비숍이 어떻게 움직이는지 다시 설명해줘." 스튜어트가 말했다.

하늘에서는 해밀턴 공군 기지 비행선이 가까워지면서 더 크게 보였다. 지하실의 두 남자는 거기에 신경도 쓰지 않고 체스판 위로 허리를 구부렸다. 사진을 찍고 있거나 전술 임무를 수

행하거나, 어쩌면 무전기가 내장돼 있어 샌프란시스코 남쪽에 있는 제6군과 통신하고 있을지도 몰랐다. 누가 알랴? 또 누가 신경 쓰겠는가? 비행선은 켄이 킹 앞의 폰을 두 칸 앞으로 전진시켜 게임을 시작하는 중에도 계속 공중을 비행했다.

"시작이야." 켄이 말했다. 그리고 낮은 목소리로 덧붙였다. "스튜어트, 앞으로 기이하고 익숙하지 않은 새로운 게임이 널 기다리고 있어……. 원한다면 네 돈주머니를 걸 수도 있어."

스튜어트는 투덜거리며 생각에 잠겼다가 첫 수로 성장城將 앞의 폰을 움직이기로 결정했다. 그리고 폰에 손을 대자마자 그게 바보 같은 수였다는 걸 깨달았다.

"무를 수 있나?" 스튜어트가 물었다.

"일단 손을 대면 움직여야 해." 켄이 나이트를 전진시키며 말했다.

"그건 공정하지 않은 것 같아. 난 배우는 중이라고." 스튜어트가 말했다. 그는 켄을 쳐다보았지만 창백한 얼굴에는 단호한 표정이 떠올라 있었다. "좋아." 스튜어트는 단념하고 이번에는 켄처럼 킹 앞의 폰을 움직였다. 저 녀석이 하는 대로 그대로 따라 해야겠다. 스튜어트는 그렇게 마음먹었다. 그게 안전해.

이제 바로 머리 위에 와 있는 비행선에서 하얀 종잇조각들이 펄럭거리며 떨어졌다. 스튜어트와 켄은 잠시 게임을 멈췄다. 종이 한 장이 지하실 안으로 들어와 근처에 떨어졌다. 켄이 종이를 들어 읽어본 뒤 스튜어트에게 건넸다.

"벌링에임!" 스튜어트가 말했다. 군대에 자원하라는 호소문이었다. "여기서 벌링에임까지 걸어가서 입대하라고? 이쪽 만에서 돌아서 걸어가려면 80, 90킬로미터는 될 텐데. 미쳤구먼!"

"미쳤지." 켄이 말했다. "인정머리 없는 놈들."

"빌어먹을. 난 르콩티 거리에 있는 구호소까지도 못 간다고." 스튜어트가 말했다. 그는 분개하여 공중을 지나가는 해밀턴 기지 비행선을 바라보았다. 날 입대시킬 순 없을걸. 스튜어트는 중얼거렸다. 웃기지 말라고.

"벌링에임에 오면 물과 식량을 주고, 예방접종도 해주고, 방사능으로 입은 화상 치료도 해준대." 켄이 종이 뒷면을 읽으며 말했다. "이건 어때? 그런데 여자는 없어."

"이 상황에서 섹스 생각이 나?" 스튜어트는 몰랐다. "빌어먹을. 폭탄이 떨어진 뒤로 한 번도 그런 충동을 느껴본 적이 없다. 무서워서 아예 사라진 것 같다고. 아예."

"위험이 닥치면 간뇌가 성적 충동을 억제해서 그래." 켄이 말했다. "하지만 곧 돌아올 거야."

"아니." 스튜어트가 말했다. "이제부터 낳는 아이들은 다 병신이 될 거야. 앞으로 10년 동안은 섹스를 하면 안 돼. 법으로 만들어야 한다고. 그런 경험이 있어서인지 난 세계가 병신들로 가득 찬다는 생각조차도 참을 수 없어. 예전에 TV 판매점에서처럼, 아니 걔는 수리공이었지만, 여튼 일한 적이 있거든. 그런 일은 한 번이면 충분해. 정말이지 블루스겔드가 저지른 짓을 생각하면 불알을 묶어서 거꾸로 매달아야 한다니까."

"70년대에 블루스겔드가 한 일은 이거에 비하면 아무것도 아니야." 켄이 지하실을 가리키며 말했다.

"그건 인정하지만, 그게 시작이었다고."

이제 공중에 떠 있던 비행선은 왔던 방향으로 되돌아가고 있었다. 소식을 전할 종이가 다 떨어져 만 건너편이나 대강 그쪽에 있는 해밀턴 기지로 돌아가는 듯했다.

스튜어트가 하늘을 올려다보며 말했다. "얘기나 좀 더 해주지."

"못 해." 켄이 말했다. "그게 다라고. 아주 단순한 기계야. 그런데 너 체스 둘 거야, 말 거야? 아니면 내가 대신 둘까? 마음대로 해."

스튜어트는 아주 신중하게 비숍을 움직였다. 그리고 곧바로 바보 같은 수였다는 걸 깨달았다. 켄의 얼굴을 보면 알 수 있었다.

지하실 구석의 시멘트 벽돌 사이에서 날렵하고 두려움에 가득 찬 뭔가가 안전한 곳을 찾아 튀어나왔다. 녀석은 사람을 보고 불안해서 찍찍거리며 종종걸음을 쳤다. 스튜어트의 마음은 체스판을 떠나 쥐로 향했다. 시선은 빗자루를 찾아 움직였다.

"두라니까!" 켄이 화를 내며 말했다.

"알았어. 알았어." 스튜어트가 불만스럽게 말했다. 스튜어트는 아무렇게나 말을 놓았다. 생각은 여전히 쥐에 가 있었다.

07

오전 9시, 엘던 블레인은 끈으로 묶인 닳아빠진 서류 가방을 팔에 낀 채 포인트 러예스 스테이션에 있는 약국 앞에서 기다리고 있었다. 건물 안에서는 약사가 사슬을 풀고 금속문을 열려고 애쓰는 중이었다. 그 소리가 들리자 엘던은 초조해졌다.

"잠깐만요." 약사가 말했다. 웅얼거리는 듯한 목소리였다. 마침내 문이 열리자 약사가 사과했다. "이게 원래는 트럭 짐칸 문이었거든요. 열려면 손발을 다 써야 하오. 들어오세요." 약사가 문을 열어 잡아주자 엘던은 어두운 약국 내부를 들여다보았다. 불 꺼진 전구가 오래된 전선에 고정되어 천장에 매달려 있었다.

"제가 여기 온 이유는요." 엘던이 재빨리 말했다. "광범위 항생제를 구하려고요. 호흡기 감염을 치료하는 데 쓰던 걸로요." 엘던은 가능한 평상시 투로 말했다. 지난 며칠 동안 걸어서 그리고 차를 얻어 타며 방문한 캘리포니아 북부의 마을이 몇 개인지는 말하지 않았다. 딸이 얼마나 아픈지도. 그런 말은 가격만 올릴 뿐이었다. 게다가 약품 재고도 별로 없어 보였다. 항생제도 없을 가능성이 컸다.

약사가 엘던을 응시하며 말했다. "가진 게 없어 보이는데. 필요한 게 나한테 있다면 뭘로 그걸 살 생각이오?" 약사는 신경질적인 동작으로 숱이 별로 없는 회색 머리카락을 뒤로 넘겼다. 나이 들고 조그만 남자였는데, 엘던을 도둑으로 의심하고 있는 게 분명했다. 아마 그 누구도 의심할 터였다.

엘던이 말했다. "내가 사는 곳에서 난 안경 장수로 통해요." 엘던은 가방을 열고 약사에게 멀쩡한 렌즈와 거의 멀쩡한 렌즈, 안경테, 완제품 안경 등 베이 에어리어, 특히 오클랜드 근처의 커다란 창고에서 수집한 상품을 보여줬다. "눈이 아무리 나빠도 문제없어요." 엘던이 말했다. "다양하게 갖고 왔습니다. 시력이 어떤가요? 근시? 원시? 난시? 렌즈만 바꿔 끼면 10분 안에 맞춰서 만들어드릴 수 있어요."

"원시요." 약사가 천천히 말했다. "하지만 선생이 원하는 게 나한테 없는 것 같은데." 약사는 안경을 갈망하듯 바라보았다.

그러자 엘던이 화를 내며 말했다. "그러면 그냥 가게 왜 처음부터 말 안 했어요? 난 오늘 페타루마까지 가야 한다고요. 거긴 약국이 많은데……. 트럭만 잡아타면 갈 수 있는데."

"다른 거랑 안경 하나 바꾸지 않겠수?" 약사가 그곳을 떠나는 엘던을 따라오며 애처롭게 물었다. "아주 귀한 심장약도 있고 퀴니딘 글루콘산염도 있수. 원하는 대로 가져가도 돼요. 마린 카운티에서 퀴니딘 글루콘산염이 있는 건 나뿐이라고."

"근처에 의사가 있나요?" 엘던은 몇몇 가게와 집이 있는, 잡초가 무성한 길가에서 걸음을 멈추며 물었다.

"있지." 약사가 자랑스럽다는 듯 고개를 끄덕이며 말했다. "스톡스틸 박사라고, 몇 년 전에 이사 왔수. 하지만 그 양반도 약은 없수다. 나밖에 없지."

가방을 겨드랑이에 낀 엘던은 행여나 캘리포니아 시골의 조용한 이른 아침을 뚫고 나무 연료 트럭이 털털거리는 소리가 들리지 않을까 귀 기울이며 길을 따라 걸었다. 하지만 소리는 점점 멀어졌다. 안타깝게도 반대쪽으로 가는 트럭이었다.

샌프란시스코 바로 북쪽에 있는 이 지역은 한때 부유한 농장 주들의 소유였다. 소가 풀을 뜯던 곳이었지만, 이제 양이나 다른 가축과 함께 소도 사라졌다. 누구나 알다시피 땅에는 곡물이나 야채를 심는 게 더 효율이 좋았다. 주변에 빨리 익는 품종의 옥수수가 빽빽이 줄지어 있는 게 보였다. 그 사이로는 볼링 공처럼 생긴 이상한 노란 호박이 달려 있는 커다란 작물이 있었다. 껍질부터 씨까지 모두 먹을 수 있는 독특한 동양 호박이었다. 캘리포니아에서는 천대받던 종류지만 이제는 상황이 바뀌었다.

앞쪽으로 일단의 어린이들이 인적이 드문 길을 따라 학교에 가는 모습이 보였다. 엘던은 너덜너덜한 책과 도시락 통을 보고 아이들의 소리를 들으며, 비록 자기 자식은 죽어가고 있지만 다른 아이들은 건강하고 활발하다는 사실이 참으로 마음을 차분하게 해준다고 생각했다. 만약 딸인 그웬이 죽는다 해도 다른 아이가 그 자리를 대체할 터였다. 엘던은 무감각하게 그 사실을 받아들였다. 사람은 그렇게 배워나간다. 아니, 배워야만 했다.

오른편의 두 언덕 사이에 자리 잡은 학교는, 전쟁 직전 야심 많고 공공정신이 충만한 사람들이, 자기가 살아서 보상받으리라고는 꿈에도 모른 채 10년 동안이나 헌신한 끝에 세운 1층짜리 현대식 건물이었다. 의도치 않게 학교가 공짜로 생긴 셈이었다.

창문을 보자 웃음이 나왔다. 옛날 도심에 있던 건물에서 이것저것 주워서 만든 탓에, 크고 작은 유리에 장식판을 덧대 고정해놓은 상태였다. 물론 원래 있던 유리창은 폭발과 동시에 날아가버렸다. 유리라……. 엘던은 생각했다. 요즘엔 귀하지. 어떤 형태든 유리만 갖고 있으면 부자라고 할 수 있어. 엘던은 가방을 더욱 세게 끌어안고 길을 갔다.

낯선 남자가 눈에 띄자 아이들 몇몇이 걸음을 멈추고 호기심과 걱정이 가득한 눈으로 쳐다보았다. 엘던은 아이들을 향해 씩 웃어 보였다. 학교에서 뭘 배우는지, 선생님이 어떤 사람인지 궁금했다. 은퇴했다 다시 학교로 불려와 교탁에 선 노부인일까? 대학을 나온 지역 사람일까? 엄마들 몇 명이 뭉쳐 도서관에서 한 아름 빌려온 책으로 가르치고 있을 가능성도 컸다.

등 뒤에서 누군가가 부르는 소리가 들렸다. 여자 목소리였다. 엘던은 자전거가 삐걱거리는 소리를 듣고 돌아섰다. "안경 장수인가요?" 여자가 다시 불렀다. 수수했지만 매력적인 검은 머리의 여자로, 남성용 셔츠와 청바지를 입고 위아래로 덜컹거리며 페달을 밟아 그를 뒤따르고 있었다. "잠깐만요. 방금 우리 약사인 프레드 퀸하고 얘기했는데 당신이 들렀다고 해서요." 여자는 엘던을 따라잡자 자전거를 멈추고 숨을 몰아쉬었다. "안경 장수가 지나간 지 몇 달이나 됐거든요. 더 자주 들를 수는 없어요?"

"안경 팔러 온 거 아닙니다. 항생제를 구하러 왔어요." 엘던은 짜증이 났다. "난 페타루마에 가야 해요." 그 순간 자신이 부러운 눈길로 자전거를 바라보고 있다는 사실을 깨달았다. 얼굴에 드러났을 게 뻔했다.

"구해줄 수 있어요." 여자가 말했다. 여자는 처음 생각보다 나이가 들어 보였다. 얼굴에 주름도 졌고, 작은 검버섯도 있었다. 대략 마흔쯤 돼 보였다. "전 여기 웨스트 마린의 위원회에 있어요. 저랑 가서 잠깐만 기다리면 필요한 걸 찾을 수 있을 거예요. 2시간만요. 우린 안경 몇 개가 필요해요. 그냥 보내드릴 수는 없어요." 단순히 설득하려는 게 아니라 확고한 말투였다.

"혹시 준 라웁인가요?" 엘던이 물었다.

"맞아요." 여자가 말했다. "어떻게 알죠?"

엘던이 말했다. "볼리나스에서 왔어요. 여기서 당신이 한 일은 잘 알고 있지요. 우리 위원회에도 당신 같은 사람이 있으면 좋을 텐데요." 엘던은 그녀가 좀 무서웠다. 그녀가 언제나 원하는 걸 얻는다는 이야기를 들은 적이 있었다. 준 라웁은 남편인 래리와 함께 전운이 사라진 뒤 웨스트 마린을 다시 조직했다. 전쟁 전 그녀는 특별난 인물이 아니었다. 그런데 다른 사람들과 마찬가지로 비상사태 덕분에 자신의 진정한 가치를 보여줄 수 있는 기회를 얻었다.

함께 걸어 돌아가는 길에 준이 말했다. "항생제는 누가 필요한 거죠? 당신은 아닐 거고. 아주 건강해 보이는데요."

"딸이 죽어가고 있어요."

준은 위로의 말을 아꼈다. 더 이상 세상에 그런 건 남아 있지 않았다. 그저 고개만 끄덕일 뿐이었다.

"감염성 간염인가요?" 준이 물었다. "거기 물 사정은 어때요? 염소 소독기가 있나요? 아니면……."

"아니에요. 인두염 같아요."

"어젯밤에 위성에서 그러던데, 독일의 제약회사가 다시 가동됐대요. 운이 좋으면 독일 약이 다시 팔릴지 몰라요. 적어도 동부 해안에서는요."

"위성 방송을 들어요?" 엘던이 흥분해 말했다. "우리는 라디오가 죽었어요. 수리공은 냉장고 부품을 찾으러 샌프란시스코 남쪽 어딘가로 갔고요. 앞으로 한 달은 안 돌아올 거예요. 요새는 뭘 읽어주고 있어요? 마지막으로 들은 게 정말 오래전인데, 그때 파스칼의 『시골사람에게 보내는 편지』를 읽고 있었어요."

"데인저필드는 지금 『인간의 굴레』를 읽고 있어요."

"그거 자기가 만난 여자를 못 떨어내는 남자 얘기 아닌가 요?" 엘던이 말했다. "몇 년 전에 읽어줬던 게 기억나요. 그 여자가 계속 인생에 끼어들었죠. 결국 마지막에 그 남자의 인생을 망치지 않았나요?"

"몰라요. 그때는 방송을 못 들었었나 봐요."

"그 데인저필드란 친구는 참 대단한 DJ예요." 엘던이 말했다. "비상사태 前에 들었던 것까지 합쳐도 최고라니까요. 진짜 우리는 방송을 절대 놓치지 않아요. 보통 200명이 매일 밤 소방서에 모이죠. 누구 하나쯤 그 망할 라디오를 고칠 수도 있을 것같은데 위원회는 수리공이 돌아올 때까지 건드리지 못하게 해요. 언제 돌아올지도 모르지만요. 지난번 수리공은 부품을 구하러 나갔다가 사라졌거든요."

"이제 당신들도 예비용 장비의 필요성을 깨달았겠군요. 난항상 그게 필수라고 말하고 다녔어요."

"혹시 우리가 대리인을 보내서 여러분과 라디오를 함께 듣게한 뒤 돌아와서 이야기해달라고 해도 될까요?"

"물론이죠. 하지만……."

"직접 듣느니만은 못하겠죠. 아무래도."

엘던은 인정했다. 매일같이 머리 위를 지나가는 인공위성에타고 있는 데인저필드는 어떨까? 세상과 접촉한다라……. 데인저필드는 아래쪽에서 벌어지는 모든 일을 볼 수 있었다. 재건설과 좋건 나쁘건 벌어지고 있는 온갖 변화를. 모든 방송과기록을 청취하고 보존해 다시 틀어주는 데인저필드를 통해 사람들은 함께할 수 있었다.

엘던은 마음속에서 이미 그의 마을에서는 오래전에 사라진 익숙한 목소리를 들었다. 낮고 풍성한 웃음소리, 진지한 말투, 친근하고 진실된 그 목소리를 아직도 떠올릴 수 있었다. 그것은 슬로건과도, 독립기념일에 듣는 훈계와도, 지금까지 사람들을 이끌어왔던 모든 것과도 달랐다.

한번은 데인저필드가 이렇게 말했다. "제가 왜 전쟁에서 빠졌는지 알고 싶어요? 왜 저를 바로 직전에 우주로 쏘아 올렸는지를요? 저한테 총을 주면 안 된다는 걸 알았거든요. 아마 전장교를 하나 쐈을 거예요." 그런 농담을 한 뒤 킬킬 웃었다. 하지만 그건 사실이었다. 데인저필드가 해준 이야기는 농담이라 할지라도 모두 사실이었다. 데인저필드는 정치적으로 안정된 사람은 아니었다. 그래도 그는 해가 바뀌면 언제나 사람들의 머리 위를 날아갔다. 그리고 사람들은 데인저필드를 믿었다.

라웁 부부의 집은 웨스트 마린 카운티의 채소밭과 관개수로, 때에 따라 사람들이 말뚝에 묶어놓은 염소나 말들의 모습이 내려다보이는 산등성이에 있었다. 엘던은 거실 창가에 서서 농장 근처에서 쟁기를 끌고 있는 커다란 말을 내려다보았다. 보급품을 날라야 할 때가 되면 말은 소노마 카운티까지 엔진 없는 차량도 끌었다.

잠시 후, 길을 따라 움직이는 마차가 보였다. 준이 엘던을 찾아오지 않았더라면 그 차를 타고 곧 페타루마에 도착했을 터였다.

언덕길을 따라 준이 항생제를 찾아 내려가고 있었다. 놀랍게도 그녀는 엘던이 아무것이나 집어 갈 수 있는데도 집에 혼자 내버려두었다. 엘던은 집에 뭐가 있는지 돌아보았다. 의자와 책, 식량과 와인 한 병이 있었고, 옷장에는 옷이 있었다. 엘던은 집 안을 어슬렁거리며 이것저것 구경하였다. 쓸모없는 전자 제품을 오래전에 내다버린 걸 빼면 전쟁 전과 거의 똑같았다.

뒷 창문 밖으로는 초록색으로 칠한 커다란 나무 물탱크가 보였다. 라웁 부부는 자체적으로 물 저장고를 갖고 있는 모양이었다. 밖으로 나가자 오염되지 않은 깨끗한 개울이 있었다.

개울가에 기묘한 기계장치가 있었다. 바퀴 달린 카트 같았다. 엘던은 그 장치를 뚫어지게 쳐다보았다. 거기에 달린 기계 팔은 양동이에 물을 담느라 바쁘게 움직였다. 한가운데는 팔과 다리가 거의 없는 남자 하나가 앉아 있었다. 남자는 마치 악단을 지휘하듯 고개를 끄덕였고, 그에 맞춰 주위의 기계가 움직였다. 엘던은 그가 포코모빌을 타고 있는 해표지증 장애인임을 깨달았다. 카트와 수동 기계팔이 없는 사지를 대신해주고 있었던 것이다. 뭘 하는 거지? 물을 훔치고 있나?

"안녕." 엘던이 말했다.

기형아는 그 즉시 고개를 돌리더니 놀란 눈으로 엘던을 노려보았다. 그러자 뭔가 엘던의 몸통을 세게 때린 듯했다. 엘던의 몸이 뒤로 젖혀졌다. 엘던은 비틀거리며 균형을 잡으려고 애썼지만 팔은 허리에 붙은 채 움직이지 않았다. 철사로 된 올가미가 포코모빌에서 날아와 엘던을 동여맨 것이다. 기형아의 방어 수단이었다.

"당신 누구야?" 기형아가 궁금한 나머지 더듬거리며 말했다. "여기 살지 않잖아. 내가 모르는 사람인데."

"볼리나스에 살아요." 엘던이 말했다. 엘던이 숨을 몰아쉴 정도로 올가미가 조여왔다. "난 안경 장수예요. 준 라웁이 여기서 기다리라고 했어요."

그러자 올가미가 느슨해졌다. "혹시 몰라서요." 기형아가 말했다. "준이 올 때까지는 풀어줄 수 없어요." 양동이가 다시 물속에 잠겼다. 양동이는 포코모빌 옆에 매달린 물통이 넘쳐흐를 때까지 질서정연하게 물을 퍼 날랐다.

"그렇게 그녀의 개울에서 물을 가져가도 돼요?" 엘던이 물었다.

"난 돼요." 기형아가 말했다. "난 받는 것 이상으로 주니까요. 여기 사는 누구에게나."

"풀어줘요." 엘던이 말했다. "난 딸아이 줄 약을 구하러 온 것뿐이에요. 딸은 죽어가고 있어요."

"딸아이가 죽어가고 있어요." 기형아가 놀라울 정도로 정확하게 목소리의 특징을 짚어내며 흉내 냈다. 그는 카트를 굴려 엘던 쪽으로 더 가까이 다가왔다. 그의 탈것이 번쩍거렸다. 부품이 모두 새것인 듯 반짝반짝했다. 엘던이 본 기계 중 가장 정교한 물건이었다.

"풀어달라니까요." 엘던이 말했다. "안경 하나 공짜로 줄게요. 아무거나."

"내 눈은 완벽해요." 기형아가 말했다. "난 모든 게 완벽해요. 부품은 몇 개 없지만 상관없어요. 없어도 더 잘할 수 있으니까요. 당신보다도 더 빨리 언덕을 내려갈 수도 있어요."

"그 탈것은 누가 만든 거죠?" 엘던이 물었다. 7년이면 다른 것들처럼 녹슬고 여기저기 망가지는 게 당연할 터였다.

"내가 만들었죠." 기형아가 말했다.

"어떻게 자기가 직접 만들죠? 말이 안 되는데요."

"예전에 난 몸에 전선이 연결돼 있었죠. 지금은 뇌에 연결돼 있어요. 그것도 내가 했죠. 내가 여기 수리공이에요. 전쟁 전에 정부가 준 구식 기계팔은 당신의 진짜 팔보다도 좋지 않았어요." 기형아가 씩 웃어 보였다. 선이 가늘고 유연한 얼굴에 코는 날카롭고 이는 굉장히 하얀색이다. 방금 엘던에게 보여준 감정을 나타내는 데 이상적인 얼굴이었다.

"데인저필드는 수리공이 세상에서 가장 가치 있는 사람이라고 했어요." 엘던이 말했다. "세계적인 수리공의 주를 선포하기도 했죠. 한 번은 우리가 듣고 있는데, 특히 유명한 수리공들의 이름을 읊기도 했어요. 당신 이름은 뭐죠? 어쩌면 그가 언급했을지도 몰라요."

"하피 해링턴." 기형아가 말했다. "하지만 내 이름을 언급했을 리 없어요. 난 숨어 지내고 있거든요. 아직은 세상에 내 이름을 알릴 때가 아니에요. 언젠간 그러겠지만. 여기 사람들에게는 내 능력을 맛보기로 보여주고 있지만 다들 별말 안 할 거예요."

"그렇겠죠." 엘던이 말했다. "당신을 잃을 수는 없으니까. 우린 수리공을 잃어버렸거든요. 그 공백을 피부로 느껴요. 혹시 볼리나스에 잠깐 와줄 수 없나요? 교환할 물건은 많아요. 비상 사태 때 산을 넘어와 침입한 사람이 거의 없었기 때문에 우린 상대적으로 온전해요."

"볼리나스에 가본 적이 있어요." 하피가 말했다.

"사실 여기저기 여행했죠. 새크라멘토처럼 내륙 깊은 곳까지도. 나만큼 많이 가본 사람도 없어요. 난 내 카트를 타고 **하루에 80킬로미터**나 갈 수 있어요." 하피의 야윈 얼굴이 뒤틀렸다. 곧 그가 더듬거리며 말했다. "볼리나스에 다시 가진 않을 거예요. 거기 바다에는 바다 괴물이 있거든요."

"누가 그래요?" 엘던이 물었다. "그냥 미신이에요. 누가 그런 얘기를 했는지 말해봐요."

"데인저필드였던 것 같아요."

"아니에요." 엘던이 말했다. "그는 믿을 만한 사람이에요. 그런 쓰레기 같은 소문을 퍼뜨렸을 리 없어요. 방송에서 그런 미신에 대해 얘기하는 걸 한 번도 못 들었는데요. 농담이었겠죠. 농담인데 당신이 진지하게 받아들인 게 분명해요."

"수소폭탄이 바다 괴물을 깨웠어요. 심연에서요." 하피는 진지하게 고개를 끄덕이며 말했다.

"우리 마을에 와봐요." 엘던이 말했다. "다른 도시보다도 질서가 잡혀 있고 발달한 곳이에요. 가로등도 다시 복구했는걸요. 저녁에 1시간 동안 4개를 켜지요. 수리공이 그런 미신을 믿다니 놀랍군요."

하피는 기분이 상한 것 같았다. "그걸 어떻게 알아요." 하피가 중얼거렸다. "어쩌면 데인저필드한테 들은 게 아닐지도 몰라요."

아래쪽에서 말이 길을 따라 올라왔다. 말발굽 소리가 들리자 둘 다 그쪽을 바라봤다. 덩치 크고 얼굴이 불그스름한 남자가 말을 타고 그들을 쳐다보며 다가오고 있었다. 남자가 다가오며 소리쳤다. "안경 장수! 맞소?"

"맞아요." 엘던이 대답하자 말은 풀이 말라버린 길을 따라 라웁 부부의 집 쪽으로 방향을 바꿨다. "항생제가 있나요?"

"준 라웁이 가져올 거요." 얼굴이 불그레한 남자가 말고삐를 당기며 말했다. "뭘 갖고 있는지 좀 봅시다, 안경 장수 양반. 난 근시고 왼쪽 눈에 난시가 심해요. 해결할 수 있겠소?" 남자가 엘던을 응시한 채 걸어왔다.

"지금은 안 돼요." 엘던이 말했다. "하피 해링턴이 날 묶어놓았어요."

"맙소사, 하피." 남자가 호들갑을 떨며 말했다. "어서 풀어드려. 난 몇 달 동안이나 기다렸단 말이다. 더 이상 못 기다리겠다고."

"알았어요, 르로이." 하피가 뚱한 투로 대답했다. 엘던을 옥죄고 있던 올가미가 땅 위로 미끄러지며 다시 반짝거리더니 정교한 카트 중심부로 빨려 들어갔다.

위성이 시카고 상공을 지나갈 때 날개처럼 뻗어 있는 센서가 미약한 신호를 붙잡았다. 월터 데인저필드의 이어폰을 통해 희미하고 감이 먼 목소리가 들렸다.

"……그리고 〈왈칭 마틸다〉를 틀어주세요. 많이들 좋아하거든요. 그리고 〈우드펙커송〉도요." 희미한 신호가 사라지고 잡음만이 들렸다. 레이저 빔은 아니었던 게 분명하군. 데인저필드는 짓궂게 중얼거렸다.

데인저필드는 마이크를 향해 말했다. "안녕하세요, 여러분. 〈왈칭 마틸다〉를 틀어달라는 신청이 들어왔습니다." 데인저필드는 테이프 운반기의 스위치를 켰다. "〈왈칭 마틸다〉에서는 훌륭한 베이스 바리톤 피터 도슨의 목소리를 들을 수 있습니다. 유명한 스카치위스키 브랜드명이기도 하죠." 데인저필드는 오래된 기억을 더듬어 제대로 된 테이프를 선택했고, 곧 테이프를 옮겨와 틀기 시작했다.

데인저필드는 음악이 나가는 동안 그 미약한 신호를 다시 잡을 수 있을까 하여 수신기를 조절했다. 그러나 그 대신 일리노이 주 어딘가에서 치안 활동을 하고 있는 군부대 사이의 통신이 들렸다. 그 짧은 대화가 흥미로웠던 나머지 데인저필드는 음악이 끝날 때까지 듣고 있었다.

"제복 입은 친구들에게 행운을!" 데인저필드가 마이크에 대고 말했다. "그 화폐 방화범들 꼭 잡으시길. 그리고 여러분 모두 축복받으시길." 데인저필드는 킬킬거리며 웃었다. 지금 이 세상에 복수로부터 자유로운 사람이 있다면 그건 바로 자기 자신이었다. 지구상의 누구도 데인저필드를 잡으러 올 수 없었다. 비상사태 이후로 여섯 번의 시도가 있었지만, 한 번도 성공하지 못했다. "나쁜 놈들 꼭 잡……, 아니 **착한** 사람들이라고 해야 하나. 하긴 요새 착한 사람이 어디 있겠어요?" 데인저필드의 수신기는 지난 몇 주 동안 군대의 무자비함에 대해 불평하는 소리를 수없이 잡아냈다. "내 말 좀 들어보시죠." 매끄러운 목소리로 그가 말했다. "다람쥐 잡는 총을 조심하세요. 그게 답입니다." 데인저필드는 위성에 있는 테이프 보관함을 뒤적여 〈우드펙커송〉을 찾았다. "그게 다라고요, 여러분." 데인저필드가 말하며 테이프를 틀었다.

아래쪽 지구는 어둠에 휩싸여 있었다. 위성을 향한 지역은 지금 밤이었다. 하지만 데인저필드는 벌써 가장자리가 밝게 빛나는 모습을 볼 수 있었다. 곧 그 지역을 통과할 터였다. 그가 7년 전에 떠난—전혀 다른 목적과 목표 때문이었지만—행성의 표면에 구멍이 뚫린 듯 여기저기서 불빛이 반짝였다.

지구 주위를 도는 위성은 하나가 아니었다. 하지만 생명이 있는 위성은 오로지 하나였다. 다른 사람들은 오래전에 죽어버렸다. 물론 그들은 리디아와 월터 데인저필드처럼 다른 행성에서 수십 년을 살 준비가 되어 있지 않았다. 데인저필드는 운이 좋았다. 식량과 물, 공기뿐만 아니라 수없이 많은 비디오와 음악이 있어 지루하지 않았다. 그리고 이제 데인저필드는 그것을 가지고 사람들, 처음에 자기를 우주로 쏘아 올렸던 문명의 잔여 인원을 즐겁게 해주었다. 데인저필드를 화성으로 보내는 건 실패했지만, 오히려 다행이었다. 실패는 사람들에게 귀중한 이

득을 안겨주었다.

"후드 후드 후~" 데인저필드는 마이크에 대고 노래했다. 원래는 단지 수백 킬로미터가 아니라 수백만 킬로미터가 넘는 거리를 건너 그의 목소리를 전해줬어야 할 마이크였다. "옛날 RCA사의 세탁기 겸 건조기에서 빼낸 타이머로 뭘 할 수 있을까요. 제네바에 사는 한 수리공이 알려주셨습니다. 고마워요, 게오르그 실퍼 씨. 직접 육성으로 이 방법을 들려주신다면 다들 좋아할 것 같군요." 데인저필드는 송신기에 수리공이 직접 말하는 소리를 녹음한 테이프를 넣었다. 미국 오대호 근방에 사는 사람들은 이제 모두 게오르그의 비법에 대해 알게 될 터였다. 곧바로 적용해 쓰리라는 것도 분명했다. 세상은 데인저필드가 없다면 여기저기 숨겨져 있어서 처음 발견된 지역에서만 쓰이고 말 지식에 굶주려 있었다.

게오르그의 이야기가 끝나자 데인저필드는 미리 준비해두었던 『인간의 굴레』 녹음을 틀어놓은 뒤 뻣뻣한 몸을 일으켰다.

가슴에서 느껴지는 통증이 걱정스러웠다. 언젠가 하루는 가슴뼈 바로 아래서 통증이 일기 시작했다. 데인저필드는 벌써 수십 번째 의료 정보가 담긴 마이크로필름을 꺼내 심장과 관련된 항목을 조사했다. 엄지손가락 아래 손바닥으로 숨을 못 쉬게 쥐어짜는 느낌인가? 데인저필드가 중얼거렸다. 누가 온몸으로 짓누르는 느낌인가? 애초에 '무게'라는 게 뭔지 기억하기도 어려웠다. 아니면 그냥 화끈거리는 느낌인지……, 만약 그렇다면 언제? 밥 먹기 전에? 아니면 나중에?

지난주에 데인저필드는 도쿄의 한 병원과 연락이 닿아 증상을 설명했다. 의사들은 확신하지 못한 채 심전도 검사를 해야 한다고 말했다. 하지만 인공위성 안에서 어떻게 혼자 심전도 검사를 한단 말인가? 누군들 그럴 수 있으랴? 일본 의사들은 과거 속에 살고 있었다. 아니면 데인저필드나 다른 누구의 생각보다 훨씬 더 많이 과거를 복구해낸 듯했다.

내가 이렇게 오래 살아남았다니 놀랍군. 데인저필드는 문득 생각했다. 하지만 시간을 인식하는 능력이 맛이 가버렸기 때문에 그다지 오랜 시간처럼 느껴지지 않았다. 게다가 데인저필드는 바빴다. 지금 이 순간에도 녹음기 여섯 개가 가장 많이 쓰이는 주파수 여섯 개의 신호를 기록하고 있었다. 서머셋 모음의 작품 낭독이 끝나기 전에 그 녹음을 다시 들어봐야 했다. 아무것도 없을 수도 있고, 의미 있는 이야기가 몇 시간이나 녹음돼 있을 수도 있었다. 아무도 모르는 일이었다. 고속 전송 기술을 쓸 수 있다면…… . 데인저필드가 생각했다. 하지만 쓸 만한 해독기는 이제 없었다. 몇 시간의 기록을 몇 초로 압축할 수 있다면 각각의 지역에 순서대로 완벽한 이야기를 들려줄 수 있을 터였다. 하는 수 없이 데인저필드는 조금씩 반복해가며 이야기를 들려줄 수밖에 없었다. 때로는 이런 식으로 소설 한 권을 낭독하는 데 몇 달이 걸리기도 했다.

하지만 최소한 데인저필드는 위성의 송신 주파수를 낮춰 지상의 사람들이 평범한 AM 라디오로도 낭독을 듣게 할 수 있었다. 이것이 그가 이룬 큰 성취였다. 그 결과 데인저필드는 지금처럼 될 수 있었다.

낭독이 끝나자 테이프가 저절로 다시 돌아갔다. 다른 지역 사람들을 위해 처음부터 반복되게 되어 있었다. 데인저필드는 신경 쓰지 않고 마이크로필름에 담긴 의료 정보를 읽어나갔다. 그냥 유문판幽門瓣 경련인 것 같군. 페노바르비탈*이 있으면 좋겠는데, 몇 년 전에 다 써버렸잖아. 마지막으로 심각한 자살 충동을 겪던 아내가 전부 써버렸던 것이다. 희한하게도 아내가 우울증을 일으킨 건 소련의 우주정거장이 갑자기 침묵하기 시작한 뒤였다. 그전까지만 해도 그녀는 무사히 지구로 돌아갈 수 있으리라 생각했다. 러시아인들은 10명 모두 굶어 죽었다. 하지만 임무에 충실한 그들은 마지막 몇 시간 전까지만 해도 과학에 대한 이야기만 했기 때문에 아무도 그들이 굶어 죽으리라고는 예상하지 못했다.

"후드 후드 후~" 데인저필드가 유문판 경련에 대해 읽으며 중얼거렸다. "이 웃기는 통증은 내가 너무 열정적이어서 생겼나 봅니다, 여러분. 내게 필요한 건 진통제겠죠?" 데인저필드는 마이크를 켜고 방송에 끼어들었다. "오래전 광고 기억나세요?" 그는 어둠 속에서 보이지 않는 애청자들을 향해 말했다. "전쟁 전에는, 봅시다. 어떻게 했었죠? 수소폭탄은 더 많이 만드는데 더 즐겁지는 않았죠?" 데인저필드가 낄낄거렸다. "수소폭탄 전쟁에 당했나요? 뉴욕, 내 목소리가 들려요? 여러분 모두가 내 목소리가 들리는 곳에 있으면 좋겠군요. 65명 여러분

---

* 최면 · 진정 · 항경련 작용이 있는 바르비투르산 유도체.

143

모두, 어디 있는지 알 수 있게 빨리 성냥을 켜보세요."

이어폰에서 소리가 크게 들렸다. "데인저필드 씨, 여기는 뉴욕 항구입니다. 날씨가 어떨지 말해줄 수 있나요?"

"아." 데인저필드가 말했다. "날씨는 **좋을** 거예요. 작은 보트를 타고 나가서 방사능에 오염된 물고기를 잡아도 괜찮아요. 걱정할 것 없어요."

다른, 이번에는 익숙한 목소리가 들렸다. "데인저필드 씨, 갖고 있는 오페라 아리아 좀 틀어줄 수 없나요? 〈라보엠〉에 나오는 〈그대의 찬 손〉이면 특히 좋을 것 같아요."

"젠장, 그 노래는 나도 **부를 수 있다고요.**" 데인저필드는 마이크를 입에 대고 흥얼거리며 테이프를 향해 손을 뻗었다.

그날 밤, 볼리나스로 돌아온 엘던은 먼저 아이에게 항생제를 먹인 뒤 재빨리 아내를 옆으로 잡아끌었다. "여보, 웨스트 마린에 최상급 수리공이 있는데 쉬쉬하고 있더라고. 여기서 30킬로미터밖에 안 떨어져 있어. 몇 명 파견해서 여기로 납치해 오는 게 좋을 것 같아." 엘던은 덧붙였다. "팔다리가 없는 기형아인데, 그가 직접 만들었다는 카트를 당신이 봤어야 해. 우리한테 있었던 수리공 누구도 그 절반만큼도 못할 거야." 엘던은 울 재킷을 다시 걸치며 방문을 나섰다. "위원회 투표에 부쳐야겠어."

"그런데 우리 법은 이상한 사람을 허용하지 않잖아." 아내인 패트리샤가 반박했다. "월레스 부인이 이번 달 회장이라고. 그 사람 알잖아. 기형아가 우리 마을에 와서 사는 꼴을 못 볼 거야. 지금 있는 4명에 대해서도 항상 불평하고 있어."

"그 법은 공동체에 경제적 부담이 되는 기형아에 한해 허용하지 않고 있는 거야." 엘던이 말했다. "나도 알아. 내가 초안을 썼잖아. 하피 해링턴은 부담이 아니야. 오히려 자산이지. 그 법은 상관없어. 내가 월레스 부인하고 싸워서라도 공식 허락을 얻어낼 거야. 할 수 있어. 납치할 방법도 생각해뒀단 말이지. 위성 방송을 들을 수 있도록 우릴 초대했거든. 그러니까 가서 데인저필드의 방송을 듣는 척하다가 사람들이 거기에 빠졌을 때 하피를 납치하는 거야. 녀석의 포코모빌을 고장 낸 다음에 끌고 오면 돼. 절대 들키지 않을 거야. 찾는 사람이 임자인 거지. 그다음부터는 우리 경찰력으로 지키면 돼."

패트리샤가 말했다. "난 기형아가 무서워. 그들에겐 자연스럽지 않은 이상한 힘이 있어. 사람들도 다 알아. 아마 그 녀석도 이상한 마법으로 그 카트를 만들었을 거야."

엘던은 어처구니없다는 듯 웃었다. "그러면 더 좋지. 우리에게 그게 필요할지도 몰라. 마법. 마을 전용 마법사. 그거 좋네."

"그웬이 어떤지 보러 갈래." 패트리샤는 장막을 쳐둔 방 구석으로 갔다. 거기엔 그웬이 간이 침대에 누워 있었다. "난 그러고 싶지 않아. 당신이 하려는 일은 끔찍해."

엘던은 방을 나서서 밤의 어둠 속으로 사라졌다. 곧 엘던은 월레스 부인의 집을 향해 걸었다.

웨스트 마린 카운티의 주민이 한 명씩 포레스터 홀에 들어와 앉자, 준 라웁은 12볼트짜리 자동차 라디오의 가변 콘덴서를 조절했다. 하피가 또 위성 방송을 듣는 모임에 빠진 게 눈에 들어왔다. 뭐라고 했더라? **"아픈 사람 얘기 듣는 건 싫어요."** 희한하기도 해라. 준은 속으로 생각했다.

라디오 스피커에서 잠시 잡음이 나오다가 위성에서 나오는 희미한 신호음이 잡혔다. 몇 분 뒤면 선명하게 들리리라. 요전 날 한번 그랬듯이 라디오에 전원을 공급하는 습식 배터리가 나가버리지만 않는다면.

줄줄이 늘어앉은 사람들은 잡음 뒤에 나오는 데인저필드의 첫 목소리를 경청했다. 'XX형 티푸스가 워싱턴 주에서 캐나다 국경에 이르는 지역에 퍼지고 있다고 하네요." 데인저필드가 말했다. "그쪽에 가지 말아야겠습니다, 여러분. 이 소식이 사실이면 아주 나쁜 징조거든요. 그리고 포틀랜드와 오레곤에서는 좀 더 좋은 소식이 있네요. 동양에서 온 배 두 척이 도착했답니다. 환영할 만한 소식이죠. 안 그래요? 화물선 두 척이라는데요, 제가 들은 바에 따르면 중국과 일본의 작은 공장에서 제조한 물건이 있다고 합니다."

홀을 가득 채운 사람들이 흥분해 웅성거렸다.

"에, 그리고 하와이에 사는 푸드 컨설턴트가 가사 정보를 하나 알려왔네요." 데인저필드가 계속 말했지만 목소리가 희미해져가더니 다시 잡음만 들렸다. 준이 소리를 키웠지만 소용없었다. 사람들의 표정에 실망감이 역력했다.

하피는 어디 간 거야. 준이 생각했다. 하피라면 더 잘 조정할 수 있을 텐데. 준은 초조해하며 남편에게 도와달라는 시선을 보냈다.

"날씨 때문인가 봐요." 맨 앞줄에 앉아 있던 래리 라웁이 말했다. "잠시 기다려봅시다."

하지만 몇몇 사람은 적대감을 담아 준을 노려보았다. 마치 위성 방송이 안 나오는 게 그녀 때문이기라도 한 듯이. 준은 어쩔 수 없다는 몸짓을 해 보였다.

포레스터 홀의 문이 열리더니 남자 셋이 쭈뼛거리며 들어왔다. 둘은 초면이었고 다른 한 명은 바로 안경 장수였다. 그들은 어색하게 자리를 찾아 두리번거렸다. 사람들이 모두 그쪽을 쳐다봤다.

"댁들은 누구쇼?" 사료용 창고를 운영하고 있는 스폴딩이 물었다. "누가 여기 오라고 했소?"

"내가 볼리나스에서 온 대표단을 초대했어요. 같이 방송을 듣자고요. 라디오가 망가졌대요." 준이 말했다.

"쳇." 몇몇 사람들이 말했다. 방송이 다시 들리고 있었다.

"……어쨌든." 데인저필드는 말했다. "잠자리에 들 때와 먹기 전에 주로 아파요. 먹을 때는 괜찮은 걸 보면 심장이 아니라 위궤양 같기도 해요. 혹시 송신기가 있는 의사분이 듣고 있다면 절 호출해서 의견을 들려주실 수 있나요? 필요하면 정보도 더 드릴 수 있어요."

준은 데인저필드가 자기 몸의 문제에 대해 계속해서 더욱 구구절절 늘어놓는 걸 듣고 깜짝 놀랐다. 이게 하피가 말했던 건가? 준은 생각했다. 데인저필드는 건강염려증 환자가 돼버렸어. 그리고 감각이 아주 예민한 하피 빼고는 아무도 그 변화를 눈치채지 못했어. 준은 몸을 떨었다. 저 불쌍한 남자는 계속해서 지구를 돌다가 러시아인처럼 식량이나 공기가 떨어져 죽을 운명이야.

그러면 우리는 어떡하지? 준이 중얼거렸다. 데인저필드가 없으면 우리는 어떻게 살아가지?

08

웨스트 마린 학교 이사회의 회장인 오리온 스트라우드는 다
용도실에 모인 4명의 이사회 임원 모두가 새 교사를 잘 볼 수
있도록 휘발유등을 켜서 불을 밝혔다.

"몇 가지 질문을 하겠습니다."

스트라우드가 일동을 향해 말했다.

"먼저 여기 이분은 반즈 선생님입니다. 오레곤에서 오셨죠.
과학과 야생 식품을 잘 안다고 하셨죠. 맞나요?"

카키색 셔츠와 작업복 바지를 입은, 키가 작고 젊어 보이는
새 교사는 긴장한 표정으로 목청을 가다듬고 대답했다. "네. 화
학과 동식물의 생태에 대해 잘 압니다. 특히 딸기류나 버섯처
럼 숲에서 자라는 종류를 잘 압니다."

"우리가 최근에 버섯 때문에 좀 안 좋았어요." 비상사태 이전

부터 이사회 임원이었던 톨만 노부인이 말했다. "요새 버섯은 건드리지 않아요. 버섯 때문에 몇 명이 죽었는데, 그건 그 사람들이 욕심이 많았거나 부주의했거나, 아니면 그저 무지했기 때문이지요."

스트라우드가 말했다. "하지만 반즈 선생님은 무지하지 않아요. 데이비스에서 대학을 나왔거든요. 거기서 독이 있는 버섯을 구별하는 방법을 배웠답니다. 종류를 대충 찍거나 아는 체하는 게 아니에요. 맞죠, 반즈 선생님?" 그는 동의를 구하며 새로 온 교사를 쳐다보았다.

"확실히 독버섯이 아니면서도 영양가가 있는 종류가 있습니다." 반즈가 고개를 끄덕이며 말했다. "이 지역의 목초지와 숲을 둘러봤는데 괜찮은 종류가 있더군요. 모험을 하지 않고도 식단을 풍성하게 만들 수 있을 겁니다. 학명까지 알고 있는 종류예요."

임원들이 웅성거렸다. 스트라우드는 학명까지 안다는 말이 인상적이었다고 생각했다.

"오레곤은 왜 떠났습니까?" 교장인 조지가 무뚝뚝한 어조로 물었다.

새 교사가 그쪽으로 고개를 돌리며 말했다. "정치적인 문제였습니다."

"누가 문제였죠?"

"상대방 쪽이었죠." 반즈가 말했다. "전 정치적이지 않습니다. 아이들에게 잉크나 비누는 어떻게 만드는지, 거의 다 자란

양의 꼬리를 어떻게 자르는지를 가르쳐줄 뿐이죠. 전 책도 갖고 있습니다." 반즈는 옆에 몇 권 쌓아둔 책 하나를 집어 들며 상태가 얼마나 좋은지 보여주었다.

"이것도 압니다. 혹시 캘리포니아 이쪽에서는 종이를 만드는 방법을 알고 있나요?"

톨만 부인이 말했다. "알았죠. 하지만 지금은 잘 몰라요, 반즈 선생. 나무 껍데기로 만드는 것 같던데, 맞나요?"

새 교사의 얼굴에 알 수 없는, 다소 꺼리는 듯한 표정이 떠올랐다. 스트라우드는 톨만 부인의 말이 맞지만, 새 교사가 그 부분을 정확하게 알려주고 싶어 하지 않는다는 사실을 깨달았다. 아직 고용된 상태가 아니었으므로 지식을 알려주고 싶지 않았던 것이다. 지금은 지식을 전달할 때가 아니었다. 공짜로는 안 된다. 그건 당연했다. 스트라우드는 그 점을 눈치챘고, 반즈의 생각을 존중했다. 공짜로 지식을 넘기는 건 바보나 하는 짓이었다.

이사회의 가장 신참 임원인 코스티건이 처음으로 발언했다. "저도 버섯에 대해서는 좀 알아요, 반즈 선생님. 독버섯이 아니라는 걸 확인하기 위해 맨 처음 무엇을 보시나요?"

코스티건은 사실 관계를 확실히 해두겠다는 듯 새 교사를 쳐다보았다.

"파리버섯은 아래 줄기에 덮개막이 있어요." 반즈가 대답했다. "독버섯은 그게 있지만, 다른 종류는 대부분 없습니다. 그리고 외피막도 봅니다. 일반적으로 치명적인 독버섯에는 하얀

포자가 있어요. 물론 하얀 주름도 있고요."

반즈는 코스티건에게 미소를 지었고 코스티건도 미소로 화답했다.

톨만 부인은 쌓아놓은 책 더미를 살펴보고 있었다. "칼 융의 『심리유형론』이 있네요. 심리학도 잘 아는 분야인가요? 좋네요. 먹을 수 있는 버섯 찾는 방법을 가르칠 수 있는 동시에 프로이트와 융에 대해 잘 아는 선생님이라니."

"별로 큰 의미는 없어요." 스트라우드가 신경질을 부리며 말했다. "우린 비실용적인 흰소리가 아니라 쓸모 있는 과학이 필요해요." 그는 개인적으로 실망스러웠다. 반즈가 자기한테는 순수 이론에 관심이 있다고 이야기해주지 않았던 것이다. "심리학 갖고는 정화조도 팔 수 없다고요."

"이제 투표를 해도 될 것 같은데요." 코스티건이 말했다. "전 반즈 선생님을 뽑는 데 한 표에요. 임시직으로라도요. 반대 있으세요?"

톨만 부인이 반즈에게 말했다. "아시겠지만, 지난번 선생은 우리가 죽였어요. 그래서 새로 뽑으려고 스트라우드 씨가 해안가를 따라 돌아다니다가 선생을 찾은 거예요."

딱딱한 표정으로 반즈가 고개를 끄덕였다. "알아요. 상관없습니다."

"그 사람 이름은 오스투리아스였어요. 그 사람도 버섯을 잘 알았죠." 톨만 부인이 말했다. "사실 자기만 쓰려고 버섯을 모았지만요. 우리한테는 버섯에 대해 가르쳐주지 않았어요. 우리는 그 이유를 이해했어요. 그러니까 그것 때문에 죽은 건 아니었어요. 거짓말을 했기 때문이 죽었죠. 그 사람의 진짜 목적은 가르치는 일과 상관이 없었어요. 잭 트리라는 사람을 찾고 있었는데 알고 보니 이 지역에 살더라고요. 이사회 임원인 켈러 부인과 그분의 남편이자 여기 교장선생님인 조지 켈러 씨가 트리 씨 친구였어요. 켈러 부인이 우리한테 상황을 알렸고, 우리는 당연히 법에 따라 공식적으로 경찰서장인 얼 콜비그 씨를 통해서 행동했지요."

"알겠습니다." 반즈는 굳은 표정으로 끼어들지 않고 끝까지 말을 들었다.

스트라우드가 목소리를 높여 말했다. "형을 내리고 집행한 배심원은 나하고 웨스트 마린에서 땅을 가장 많이 갖고 있는 카스 스톤 씨와 톨만 부인, 준 라웁 부인이었습니다. 내가 '집행'이라고 했지만, 그자를 총으로 쏜 건 얼이었어요. 일단 웨스트 마린 공식 배심원이 결정을 내리면 그때부터는 그의 일이니까요." 스트라우드는 반즈를 쳐다보았다.

"제가 보기엔 아주 공식적이고 합법적인 것 같습니다. 딱 제가 관심 있어 하는 내용이네요." 반즈는 임원들을 향해 웃어 보였다. "그리고 버섯에 대한 **저의** 지식은 공유할 겁니다. 지난번 오스투리아스 씨처럼 숨기지 않을 겁니다."

다들 알겠다는 듯 고개를 끄덕였다. 방 안을 채우고 있던 긴장이 누그러지며 사람들이 웅성거렸다. 앤드류 길의 최상품 골드라벨 담배에 누군가 불을 붙였다. 풍성하고 향기로운 냄새가 퍼지며 사람들을 기분 좋게 만들어주었고, 그 덕분에 새로 온 교사와 사람들은 친근감을 느낄 수 있었다.

반즈는 담배를 보자 묘한 표정을 지으며 쉰 목소리로 말했다. "여기에는 담배도 있나요? 7년이나 지났는데도요?" 반즈는 도무지 믿을 수 없었다.

톨만 부인이 재미있다는 듯 웃으며 말했다. "우린 담배가 없어요, 반즈 선생. 아무도 안 기르니까. 하지만 담배 전문가가 있지요. 그 사람은 묵힌 채소와 자기만 알고 있는 약초를 이용해 이 최상품 골드라벨 담배를 만든답니다. 비법은 당연히 비밀이고요."

"값이 얼마나 하나요?" 반즈가 물었다.

"캘리포니아 화폐로 치면 하나에 백 달러 정도지요." 스트라우드가 말했다. "전쟁 전 은화로 치면 하나에 5센트고요."

"5센트 있어요." 반즈가 말하며 떨리는 손을 코트 주머니에 넣어 동전을 꺼내더니 다리를 꼬고 편안하게 앉아서 담배를 피우는 조지에게 내밀었다.

"미안합니다." 조지가 말했다. "나는 팔 생각이 없어요. 길 씨에게 직접 가는 게 나을 거예요. 낮에 가게에 가면 있으니까. 포인트 러예스 스테이션에 있는데, 길 씨는 여기저기 돌아다니느라 없을 수도 있어요. 말이 끄는 폭스바겐 미니버스가 있거든요."

"알아두지요." 반즈는 아주 조심스럽게 동전을 다시 챙기며 말했다.

"페리에 타실 건가요?" 직원이 물었다. "아니면 차를 좀 빼주세요. 입구를 막고 있잖아요."

"그러죠." 스튜어트는 대답했다. 그는 다시 차에 타고 고삐를 휘둘러 웨일스의 에드워드 왕자를 움직이게 했다. 엔진이 없는 1975년형 폰티악은 입구를 지나쳐 부두로 나아갔다.

파도가 치는 푸른색 만이 양쪽으로 펼쳐졌다. 차창 밖으로 갈매기 한 마리가 날아와 말뚝에서 뭔가 먹을 것을 낚아채는 모습이 보였다. 낚싯줄도 보였다. 사람들이 저녁거리를 잡고 있었다. 몇 명은 옛날 군복을 입고 있었다. 부두 아래에 사는 군인 출신들이려니 하고 스튜어트는 차를 몰았다.

샌프란시스코에 전화를 할 수 있으면 좋을 텐데. 하지만 해저케이블은 또 끊겼고, 전화는 산호세까지 한참 내려갔다가 다시 반대편에서 반도를 따라 올라오는 경로를 따라 연결됐다. 샌프란시스코로 전화를 연결하는 데만도 은화 5달러는 들 터였다. 부자가 아닌 한 전화는 할 수 없었다. 페리가 떠나려면 2시간은 기다려야 했지만, 그렇게 오래 서서 기다릴 수 있을지 의문이었다.

스튜어트는 아주 중요한 일을 맡고 있었다.

얼마 전 폭발하지 않은 소련의 유도미사일이 발견됐다는 소문이 떠돌았다. 벨몬트 근처의 땅에 묻혀 있는 것을 농부가 쟁기질하다 발견했다는 이야기였다. 그 농부는 미사일을 분해해서 부품을 하나씩 팔고 있었다. 유도장치에서 나온 부품만도 수천 개였다. 농부는 부품 하나에 큰돈을 요구하지 않았다. 스튜어트는 직업상 그런 부품이 많이 필요했고, 그건 다른 사람들도 마찬가지였다. 결국은 선착순이었다. 빨리 벨몬트로 건너가지 못하면 너무 늦어버려서 스튜어트가 쓸 수 있는 전자 부품은 하나도 안 남을 터였다.

스튜어트는 작은 전자 덫을 팔았다(만드는 건 하디라는 다른 사람이 했다). 쥐 같은 동물이 돌연변이를 일으켜 평범한 덫은 아무리 복잡한 것이라도 무용지물이었다. 특히 고양이도 이전과 달라져서, 하디는 쥐나 개를 잡는 덫보다 훨씬 뛰어난 고양이 덫을 만들었다.

어떤 사람들은 전쟁 이후에 고양이가 언어 능력을 발달시켰다고 추정했다. 밤이 되면 사람들은 어둠 속에서 고양이들이 예전과 다르게 거친 소리로 활발하게 서로 울어대는 소리를 들을 수 있었다. 게다가 고양이들은 작은 무리를 지어서—이것만은 확실했다—다니며 미래를 위한 먹이를 찾아다녔다. 하지만 새로운 울음소리보다도 더 사람들을 놀라게 한 건 바로 이 교묘하게 숨겨서 보관해둔 비축용 먹이였다. 어쨌거나 고양이는 쥐나 개처럼 위험했다. 고양이는 작은 애들을 잡아먹기도 했다. 적어도 소문은 그랬다. 물론 당연하게도 사람들도 잡을 수만 있다면 이런 동물을 잡아먹기도 했다. 특히 쌀로 속을 채운 개는 별미였다. 버클리의 소규모 주간지인 《버클리 트리뷴》은 개를 이용한 수프나 스튜, 심지어는 푸딩을 만드는 요리법까지 실었다.

개 푸딩에 대해 생각하자 스튜어트는 배가 고팠다. 폭탄이 떨어진 이후로 배가 고프지 않았던 적이 없는 것 같았다. 마지막으로 제대로 먹은 게 그 기형아 녀석이 사후 세계를 보는 모습을 보이던 그날, 프레드의 파인 푸드에서 먹은 점심이었다. 그러자 문득 그 기형아가 어떻게 됐는지 궁금해졌다. 몇 년 동안 그 생각을 하지 않았다.

이제는 물론 기형아가 많이 보였다. 거의 대부분은 하피가 타고 있던 것과 비슷한 카트에 몸을 누이고 있었다. 자기만의 우주 한가운데 들어앉은, 팔 혹은 다리 없는 신처럼. 스튜어트는 아직도 그런 광경이 역겨웠다. 하지만 그런 역겨운 볼거리가 많은 시대다. 기형아는 그중 하나일 뿐 최악은 아니었다. 가장 보기 싫은 건 사람 여러 명이 한 몸으로 합쳐져 몸속 장기를 공유하는 공생체가 길을 걷는 모습이었다. 그건 과거 블루스겔드의 역작인 샴쌍둥이의 결정판이었다. 2명만 합쳐지는 것도 아니었다. 스튜어트는 6명까지 합쳐진 꼴도 보았다. 그런 과정은 자궁 속에서만이 아니라 태어난 직후에도 이뤄졌다. 필수적인 장기가 없는 채로 태어나 살기 위해서 공생체가 되어야만하는 아이들은 그렇게 해서 새 생명을 얻었다. 예를 들면 여러명이 췌장 하나를 함께 쓰는 식이었다. 생물학의 승리인 것이다. 그러나 스튜어트가 보기에 그런 미완의 아이는 죽는 게 나았다.

다리가 없는 전직 군인 하나가 오른편 바다에서 튀어나오더니 뗏목을 타고 침몰한 배임이 분명한 쓰레기 더미를 향해 노를 저어갔다. 그 위에는 낚싯줄이 여러 개 있었다. 그 전직 군인은 놓아둔 낚싯줄을 확인하는 모양이었다. 뗏목이 멀어지는 모습을 보면서 스튜어트는 그걸 타고 건너갈 수 있을지를 생각했다. 편도에 50센트를 줄 생각도 있었다. 안 될 게 뭐 있는가? 스튜어트는 차에서 나와 물가로 걸어갔다.

"저기요." 스튜어트가 소리쳤다. "잠깐만요." 주머니에서 1페니를 꺼내 부두 바닥에 떨어뜨리자 그 전직 군인은 즉시 뗏목의 방향을 돌리더니 빠른 속도로 돌아왔다. 속도를 내기 위해 힘을 쓰는 그의 얼굴에서 땀이 흘렀다. 그 사람이 손을 귀에 갖다 대며 스튜어트를 향해 웃어 보였다.

"생선이요?" 그 사람이 외쳤다. "오늘은 못 잡았어요. 조금만 기다리면 잡힐지도 모르는데. 아니면 작은 상어는 어때요? 확실히 안전해요." 그 사람은 허리에 끈으로 묶어둔, 여기저기 우그러진 가이거 계수기*를 들어 보였다. 뗏목에서 떨어뜨리거나 누가 훔쳐 갈까봐 저렇게 했군. 스튜어트가 생각했다.

"아니오." 스튜어트가 부두 가장자리에 쭈그려 앉으며 말했다. "샌프란시스코에 가고 싶은데요. 편도에 25센트 드리죠."

"그러면 낚싯줄을 이대로 두고 가야 하는데요." 전직 군인이 웃음을 거두며 말했다. "거둬들이지 않으면 내가 없는 사이에 다 도둑맞을 텐데……."

"35센트." 스튜어트가 말했다.

결국 45센트에 합의했다. 스튜어트는 아무도 훔쳐가지 못하도록 자신의 말인 '웨일스의 에드워드 왕자'의 다리를 함께 묶

---

* 방사능의 세기를 측정하는 장치. 가이거-뮐러 계수기라고도 함.

어서 잠갔다. 잠시 후 스튜어트는 위아래로 출렁거리는, 전직 군인이 노 젓는 뗏목을 타고 샌프란시스코로 향했다.

"무슨 일 하세요?" 전직 군인이 말했다. "세금 징수원은 아니죠?" 그는 스튜어트를 가만히 노려보았다.

"아니에요." 스튜어트가 말했다. "덫 판매원입니다."

"그런데 말이죠." 전직 군인이 말했다. "나도 말뚝 아래서 애완용 쥐 한 마리를 키웠거든요? 똑똑한 녀석이에요. 플루트도 불 수 있어요. 거짓말하는 거 아니에요. 진짜예요. 내가 나무로 작은 플루트를 만들었는데 녀석이 코로 불었어요. 인도에 있는 것 같은 아시아 코피리죠. 음, 아무튼 그랬는데 얼마 전에 깔려 죽었어요. 내 눈앞에서요. 난 구하지도 못하고 아무것도 못했죠. 뭔가를, 아마도 옷 조각을 가지러 부두를 가로질러 갔거든요. 내가 만들어준 침대가 있는데 돌연변이가 되면서 특히 털이 없어져서 항상 감기에 걸리, 아니 걸렸거든요."

"저도 본 적 있어요." 스튜어트는 대답하며, 털 없는 갈색 쥐들이 하디의 전자 덫을 얼마나 잘 피하는지 떠올렸다. "믿을 수 있어요." 스튜어트가 말했다. "쥐를 잘 알거든요. 하지만 회갈색 줄무늬 고양이에 비할 바는 아니죠. 아마 당신은 플루트는 직접 만들어야 했을 거예요. 쥐는 그걸 만들 수 없을 테니까."

"그렇죠." 전직 군인이 말했다. "하지만 녀석은 예술가였어요. 그 녀석 연주를 들어봐야 하는 건데. 낚시를 마친 밤에는 청중을 모아놓고 연주하기도 했어요. 바흐의 샤콘느 라단조를 가르치려고 했는데."

"전 그 줄무늬 고양이 한 마리를 잡은 적이 있어요." 스튜어트가 말했다. "한 달 정도 길렀는데 도망쳐버렸죠. 그 놈은 깡통 뚜껑을 가지고 날카로운 물건을 만들 수 있었어요. 휘거나뭐 그런 식으로요. 하지만 실제로 하는 걸 본 적은 없어요. 어떻게 했는지는 모르겠지만, 하여간 놈들은 사악해요."

전직 군인이 노를 저으며 말했다. "요새 샌프란시스 남쪽은어때요? 내가 육지로 올라갈 수가 없어서요." 그는 몸 아랫부분을 가리켰다. "항상 뗏목에서 지내요. 화장실에 가고 싶으면아래쪽에 뚫어놓은 문을 이용해요. 죽은 기형아를 찾아서 카트를 가져야겠어요. 그걸 포코모빌이라고 부르더라고요."

"예전에 그런 기형아를 한 명 알았어요." 스튜어트가 말했다. "전쟁 전에요. 걔는 영리했죠. 어떤 것이든 고칠 수 있었어요." 스튜어트는 모조 담배에 불을 붙였다. 전직 군인이 갈망하듯그 모습을 쳐다보았다. "아시겠지만, 샌프란시스코 남부는 모조리 무너졌잖아요. 심하게 폭격당했거든요. 지금은 거의 농장지대예요. 아무도 건물을 다시 짓지 않았죠. 거기가 원래 주택지대였잖아요. 그래서 쓸 만한 지하실도 별로 없나 봐요. 지금은 완두콩하고 콩, 옥수수를 길러요. 지금 난 농부 하나가 발견한 큰 로켓을 보러 가는 길이에요. 계전기나 진공관 같은 전자부품이 있어야 하디 씨가 덫을 만들 수 있거든요." 스튜어트는잠시 말을 멈췄다. "쓸 만한 덫 하나 사세요."

"왜요? 난 어부에요. 쥐를 싫어할 이유가 없잖아요? 난 쥐가좋아요."

"나도 좋아해요." 스튜어트가 말했다. "하지만 실용적으로 생각해야죠. 미래를 염두에 둬야 해요. 방심하고 있다가 언젠가는 쥐가 미국을 점령할 거라고요. 쥐를 잡아 죽이는 건 국가에 대한 의무예요. 특히 지도자가 될 만한 똑똑한 놈들을요."

전직 군인이 스튜어트를 바라보며 말했다. "그냥 팔아먹으려고 하는 말이잖아요."

"난 진심이에요."

"그래서 내가 영업사원을 꺼려요. 자기가 한 거짓말을 믿는다니까. 수백만 년에 걸친 진화 과정에서 쥐가 **가장** 잘할 수 있는 게 어쩌면 사람한테 충실한 하인이 되는 것일 수도 있다고요. 소식도 전달할 수 있고 간단한 작업을 할 수도 있죠. 그런데 위험하다니……." 전직 군인은 고개를 저었다. "그 덫은 하나에 얼마예요?"

"은화 10달러예요. 주에서 발행한 임시 지폐는 안 받아요. 하디 씨는 나이가 많거든요. 나이 많은 사람 알잖아요. 임시 지폐는 돈으로 취급 안 하는 거." 스튜어트는 웃었다.

"내가 일전에 본 영웅적인 쥐 이야기를 해줄게요." 전직 군인이 말했지만, 스튜어트가 말을 잘랐다.

"내게도 생각이 있어요." 스튜어트가 말했다. "그 일로 논쟁하지는 맙시다."

그리고 둘 다 조용해졌다. 스튜어트는 사방에 펼쳐진 경치를 감상했고, 전직 군인은 노를 저었다. 날씨가 좋았다. 뗏목은 출렁거리며 샌프란시스코를 향해 나아갔다. 스튜어트는 공장으로 가져갈 부품에 대해 생각했다. 하디의 공장은 한때 캘리포니아 대학의 서쪽 지역이었던 폐허 근처의 산 파블로 거리에 있었다.

"그건 무슨 담배죠?" 잠시 후 전직 군인이 물었다.

"이거요?" 스튜어트가 꽁초를 보며 말했다. 거의 다 피워서 비벼 끈 다음에 주머니에 있는 금속 상자에 담으려던 참이었다. 상자 안에는 꽁초가 가득했는데, 사우스 버클리에 사는 담배장수 톰 프랜디는 이런 꽁초를 가져다 새 담배로 만들었다. "이건 수입한 거예요. 마린 카운티에서요. 최상품 골드라벨인데 만든 사람이⋯⋯." 스튜어트는 괜히 그의 애를 태우려고 말을 멈췄다. "그것까지 말할 필요는 없을 것 같네요."

"앤드류 길이군요." 전직 군인이 말했다. "온전한 걸로 하나 사고 싶은데요. 10센트 드리리다."

"하나에 15센트짜리예요." 스튜어트가 말했다. "니카시오 너머 어딘가에서 루카스 밸리 로드를 따라 블랙포인트랑 시어스 포인트까지 돌아서 오는 거라고요."

"나도 한 번 앤드류 길의 최상품 골드라벨을 피워본 적이 있어요." 전직 군인이 말했다. "페리에 타던 사람 주머니에서 떨어진 거였죠. 내가 건져내서 말렸어요."

갑자기 스튜어트가 그에게 꽁초를 내밀었다.

"오, 맙소사." 전직 군인이 스튜어트를 쳐다보지도 못하며 말했다. 그는 더욱 빨리 노를 저었다. 눈이 깜빡였고, 입술이 떨렸다.

"난 더 있어요."

"참 좋은 분이시군요. 인사성이 밝으시네요. 요즘엔 정말 정말 귀한 건데요."

스튜어트는 고개를 끄덕였다. 전진 군인의 말에서는 진심이 느껴졌다.

보니는 작은 나무 오두막의 문을 두드리며 말했다. "잭? 안에 있어요?" 문을 열어보았지만 잠겨 있었다. 보니는 반즈를 향해 말했다. "밖에 양떼랑 있나 봐요. 양 치는 계절이거든요. 그런데 요새 고생이 많아요. 돌연변이가 많이 태어나는데, 도와주지 않으면 산도를 통과하지 못하거든요."

"양이 몇 마린데요?" 반즈가 물었다.

"300마리요. 근처 협곡에 있어요. 풀어놓아서 정확한 수는 못 세요. 양을 무서워하나요?"

"아뇨."

"그럼 걸어가보죠."

"먼첫번 교사가 그 사람을 죽이려 했다면서요?" 반즈가 중얼거렸다. 그들은 양이 뜯어먹은 풀밭을 지나 전나무와 관목으로 뒤덮인 낮은 산등성이로 향했다. 반즈가 보니 관목은 많이 뜯어 먹힌 상태였다. 헐벗은 가지가 많은 것으로 보아 트리 씨의 양이 이 근처에 꽤 많이 있다는 걸 알 수 있었다.

"맞아요." 주머니에 손을 넣은 채 걷고 있던 보니가 재빨리 덧붙였다. "하지만 왜 그랬는지는 모르겠어요. 잭은 그냥 양 치는 사람이거든요. 경작할 수 있는 땅에서 양을 기르는 게 불법인 건 알지만, 보시다시피 그 사람 땅 중에서 경작이 가능한 곳은 얼마 안 돼요. 대부분은 협곡이라고요. 어쩌면 오스투리아스 씨는 그냥 질투를 했는지도 몰라요."

반즈는 속으로 생각했다. 이 여자 말은 믿을 수 없어. 그러나 반즈는 그 일에 별로 관심이 없었다. 트리 씨라는 사람이 누구건, 뭐건 간에 전임자의 실수를 반복하고 싶지 않을 뿐이었다. 반즈가 듣기에 그 트리 씨라는 사람은 마치 살아 있는 사람이 아닌 환경의 일부가 된 존재 같았다.

"길 씨가 같이 못 와서 유감이네요." 웨스트 마린으로 오기 전부터 들었던 유명한 담배 전문가를 반즈는 아직도 만나지 못했다. "음악 동호회가 있다고 하셨죠? 부인도 악기를 연주하시나요?" 한때는 첼로를 켰었기에 반즈 역시 흥미가 있었다.

"앤드류 길 씨와 잭은 리코더를 불어요." 보니가 말했다. "난 피아노를 치고요. 헨리 퍼셀이나 요한 파헬벨 같은 초기 작곡가의 곡을 연주하지요. 스톡스틸 박사도 가끔 오고요. 하지만……." 보니는 얼굴을 찡그리며 말을 멈췄다. "박사님은 너무 바빠요. 여러 마을을 돌아다니거든요. 저녁이 되면 녹초가되죠."

"누구든 갈 수 있나요?" 반즈가 기대에 찬 목소리로 물었다.

"뭘 연주하시는데요? 미리 말해두는데 우리는 아주 정통파예요. 그냥 아마추어가 모인 게 아니라고요. 난 조지와 잭하고 비상사태 전부터 같이 연주했어요. 9년 전에 시작했죠. 길 씨는

164

비상사태 뒤에 합류했고요." 보니가 웃었다. 반즈는 그녀의 아름다운 치아를 볼 수 있었다. 비타민 결핍과 방사능 오염으로 고통받는 사람들 중 많은 수가 치아가 없었다. 그래서 이 대신 잇몸을 사용했다. 반즈는 자기 이를 최대한 감췄다. 상태가 예전처럼 좋지 않았다.

"예전에 첼로를 했어요." 반즈가 대답했다. 아무 쓸모없는 재주라는 건 알고 있었다. 요즘에는 첼로가 아예 없기 때문이었다. 금속으로 된 악기를 했더라면…….

"안타깝네요."

"이 근처에 현악기는 아예 없나요?" 반즈는 필요하다면 비올라라도 배울 수 있었다. 그렇게라도 그 모임에 들어갈 수 있다면 기꺼이 그럴 생각이었다.

"전혀요."

앞쪽에 양 한 마리가 나타났다. 얼굴이 검은 서포크종이었다. 양은 그들을 가만히 보더니 갑자기 펄쩍 뛰면서 방향을 돌려 도망갔다. 살도 토실토실하고 털도 풍성하게 잘생긴 암컷이었다. 반즈는 한 번이라도 털을 깎은 적이 있는지 궁금했다.

입에 침이 고였다. 양고기를 먹어보지 못한 게 벌써 몇 년이었다.

반즈가 보니에게 물었다. "잡아먹기도 하나요, 아니면 털만 깎나요?"

"양털용이에요." 보니가 대답했다. "그 사람은 도살에 공포증이 있어요. 뭘 주더라도 응하지 않을걸요. 물론 사람들이 몰래

와서 훔쳐 가긴 하지요. 양을 얻으려면 그 방법밖에 없어요. 하지만 충고해두는데, 그 사람은 양을 잘 보호하고 있어요."

보니가 가리키는 방향을 보자 언덕 꼭대기에 개 한 마리가 서서 내려다보는 게 보였다. 반즈는 개를 보자마자 그게 아주 심한 돌연변이이며 동시에 아주 유용한 녀석이라는 사실을 알 수 있었다. 녀석의 생김새는 새로운 의미에서 지성적이었다.

"그 사람 양 근처로는 가지 말아야겠네요." 반즈가 말했다. "지금은 우릴 안 건드리겠죠? 부인을 알아보나요?"

보니가 말했다. "저 개 때문에 내가 같이 오겠다고 한 거예요. 한 마리밖에 없긴 하지만 그거면 충분하거든요."

개가 그들을 향해 다가오고 있었다.

반즈는 그 개가 회색 또는 검은색 독일 셰퍼드종일 거라고 추측했다. 귀와 주둥이 부분을 보면 알 수 있었다. 하지만 반즈는 곧 완전히 몸이 굳은 채 개가 다가오기만을 기다렸다. 주머니에는 언제나처럼 칼이 있었고, 그 칼로 위기를 모면한 적도 많았다. 하지만 지금은 쓸모가 없을 게 분명했다. 반즈는 조심스럽게 걷는 보니 옆에 딱 붙었다.

"안녕." 보니가 개에게 말했다.

개는 그들 앞에 멈춰 서서 입을 열고 으르렁거렸다. 소름끼치는 소리였다. 반즈는 몸을 떨었다. 뇌성마비 환자가 억지로 망가진 발성기관을 움직이려는 듯한 소리였다. 으르렁거리는 소리 속에서 반즈는 단어를 들었다. 아니, 들은 것 같았다. 확실하지는 않았지만, 보니는 이해한 듯했다.

"잘 했어, 테리." 보니가 개에게 말했다. "고마워, 착한 테리야." 개가 꼬리를 흔들었다. 보니가 반즈에게 말했다. "이 길을 따라 몇 백 미터만 가면 된대요." 보니가 걷기 시작했다.

"저 개가 뭐라고 했죠?" 개한테서 멀어지자 반즈가 물었다.

보니는 웃었다. 그러자 반즈는 짜증이 나서 얼굴을 찡그렸다.

"오, 맙소사. 진화의 사다리를 수백만 년이나 뛰어넘었는데. 이건 생명 진화의 가장 위대한 기적이라고요. 그런데 당신은 알아듣지 못했다니."

보니가 눈가를 닦으며 말했다. "미안해요. 너무 웃겨서요. 그 개가 어디로 듣는지 안 물어본 게 다행이네요."

"놀란 건 아니에요." 반즈가 변호하듯 말했다. "특별히 신기하진 않았어요. 부인은 이런 작은 시골에서 사니까 이게 대단해 보이겠죠. 난 해안을 따라 다니면서 많은 걸 봤어요. 부인이라면……!" 반즈는 말을 이어가려다가 잠시 멈추고 다시 말을 했다. "그 개는 아무것도 아니에요. 그 자체만 놓고 보면 대단한 일이지만 상대적으로 보면 아무것도 아니라고요."

보니는 계속 웃으며 반즈의 팔을 잡았다. "알았어요. 당신은 그 대단한 외부에서 온 사람이에요. 못 본 게 없겠죠. 당신 말이 맞아요. 반즈 씨는 어떤 걸 봤죠? 알다시피, 내 남편은 당신 상사예요. 그리고 오리온 스트라우드는 내 남편의 상사고요. 왜 여기로 왔죠, 이렇게 먼 데까지? 시골이 너무 좋아서? 여기는 살기 좋은 곳이에요. 안정된 공동체도 있죠. 하지만 당신 말처럼 신기한 건 거의 없어요. 방사능이 강한 큰 도시와 달리 기적도 없고 병신들도 없죠. 물론 하피는 있어요."

"망할." 반즈가 말했다. "기형아는 흔해 빠졌어요. 어딜 가도 있죠."

"하지만 당신은 여기서 일자리를 잡았죠." 보니가 반즈를 쳐다보며 말했다.

"말했잖아요. 자기가 왕인 줄 아는 웃기지도 않는 놈들하고 정치적인 문제가 있었다고요."

생각에 잠겨 있던 보니가 말했다. "오스투리아스 씨도 정치 문제에 관심이 많았죠. 당신처럼 심리학에도 관심이 있었고요." 보니는 걸어가면서 반즈를 계속 훑어보았다. "그 사람은 별로 잘생기지 않았지만 당신은 잘생겼죠. 그 사람 머리는 사과처럼 동그랬어요. 뛸 때마다 다리는 휘청거렸죠. 아예 뛰질 말았어야 했어요." 이제 보니는 차분해져 있었다. "그는 버섯 스튜를 맛있게 끓였어요. 먹물버섯하고 꾀꼬리버섯으로요. 그 사람은 모든 버섯의 종류를 다 알았어요. 언제 저녁에 버섯 요리할 때 초대해줄래요? 너무 오래됐어요. 우리도 나름대로 찾아보려고 했는데, 톨만 부인 말처럼 잘 안 됐어요. 바로 병에 걸렸죠."

"그러지요."

"내가 매력적이라고 생각해요?"

반즈는 깜짝 놀라 더듬거리며 말했다. "무, 물론이죠." 반즈는 보니의 팔을 꽉 쥐었다. 마치 보니가 길을 이끌고 있다는 듯이. "그건 왜 물어요?" 마음속 깊은 곳에서 꾸며낼 수 없는 자연스러운 감정이 자라는 걸 느끼며 반즈가 조심스럽게 물었다. 그 감정은 흥분과 비슷했지만 어딘가 차갑고 이성적인 면이 있었다. 어쩌면 감정이 아니라 의식인 건지도 몰랐다. 자기 자신과 예를 들어 풍경처럼 주위를 둘러싼 것에 대한 예민한 직감. 그중에서도 특히 보니와 관련된 부분을 받아들인 듯했다.

찰나의 시간이 흐른 뒤 반즈는—그다지 많은 않은 정보로—보니가 어쩌면 담배업자 앤드류 길이나 혹은 트리 씨, 오리온 스트라우드와 바람을 피우고 있을지도 모른다는 사실을 눈치챘다. 상대가 누구든 이 외도는 끝났거나 거의 끝났고, 이제 그녀는 새로운 상대를 찾고 있는 것이다. 보니는 눈망울을 반짝이며 낭만을 찾는 소녀처럼 직관적이고 실용적인 방식으로 상대를 찾고 있었다. 그녀는 지금까지 여러 번 바람을 피운 게 분명했다. 어떤 사람이 적당할지 타진하는 데 있어서는 전문가인 셈이었다.

나로군. 반즈는 생각했다. 내가 맞을지도 모르겠어. 위험하지 않을까? 맙소사. 남편이 교장, 내 상사랬잖아.

하지만 그건 반즈의 상상에 불과할 수도 있었다. 공동체의 지도부에 있는 매력적인 여성이 잘 알지도 못하는 반즈를 외도 상대로 선택했을 리가 없어 보였기 때문이었다. 하지만 사실 보니는 아직 반즈를 선택하지 않았다. 그저 알아보는 단계일 뿐이었다. 반즈는 시험을 받고 있지만 아직 성공하지 못한 상태였다. 반즈의 자부심은 조금 전에 있었던 차가운 이성적 직관을 화려하게 덧칠해버린 진지한 감정으로 승화됐다. 생각을 왜곡시키는 힘은 순식간에 효력을 나타냈다. 반즈는 그 즉시 성공하고 싶다는, 선택받고 싶다는 충동을 느꼈다. 어떤 위험이 있든 간에. 보니를 향한 사랑이나 성적인 욕망은 없었다. 아직은 먼 얘기였다. 그저 자부심, 자기에게 시선을 머물게 하고자 하는 욕망뿐이었다.

이상하군. 반즈는 생각했다. 얼마나 단순한지, 그런 자기 자신이 놀라웠다. 반즈의 정신은 불가사리 같은 하등동물처럼 움직였다. 이거 아니면 저거였다. 그게 다였다.

"저기요." 반즈가 말했다. "트리 씨라는 분은 어디 있죠?" 반즈는 보니 앞으로 걸어 나가며 나무와 꽃으로 덮여 있는 앞쪽 산등성이를 주의 깊게 살펴보았다. 어두운 구덩이에 버섯 하나가 보였고, 반즈는 곧바로 그쪽을 향했다. "봐요." 반즈가 말했다. "숲속의 닭고기라고 부르죠. 기분이 좋은데요. 자주 볼 수 있는 게 아니에요."

보니가 다가와 허리를 굽혀 버섯을 봤다. 반즈는 보니가 버섯 옆 풀밭에 앉을 때 무릎의 창백한 맨살을 흘긋 보았다. "딸 거예요?" 보니가 물었다. "아니면 트로피처럼 가져갈 건가요?"

"가져가야죠." 반즈가 말했다. "하지만 트로피는 아니에요. 기름하고 함께 프라이팬으로 들어갈 녀석이죠."

보니의 매력적인 검은 눈이 침울한 기색으로 반즈를 뚫어지게 바라보았다. 보니는 마치 무슨 말을 하려는 듯 머리를 뒤로 쓸어 넘겼다. 하지만 아무 말도 없었다. 분위기가 어색해졌다. 반즈의 행동을 기다리는 게 분명했다. 반즈는 단순히 자기가 말하기를 기다리는 게 아니라는 것을 깨닫고 등골이 서늘해졌다. 보니는 반즈가 행동하기를 기다리고 있었다.

둘은 서로를 응시했다. 반즈가 무서워한다고 느꼈는지 이제 보니도 두려운 표정을 짓고 있었다. 그러나 둘 다 아무것도 하지 않았다. 그저 가만히 앉아서 상대가 움직이기를 기다렸다. 반즈는 문득 만약에 손을 댔다가는 보니가 뺨을 때리거나 도망가버릴 거라는 느낌을 받았다. 그러면 결과는 좋지 않을 터였다. 보니는 어쩌면……. 맙소사, 지난번 선생은 죽어버렸잖아. 갑자기 그 생각이 반즈의 머리를 강력하게 때렸다. **이것 때문이었을까?** 보니가 그 사람하고 바람을 피웠는데, 그 사람이 남편이나 다른 이들한테 말했나? 이게 그렇게 위험한 일일까? 만약 그렇다면 내 자존심은 지옥까지 떨어질 거야. 이러면 안 돼.

보니가 말했다. "저기 잭이 오네요."

말할 수 있도록 돌연변이가 되어버린 개가 산등성이를 넘어 다가오고 있었다. 그리고 그 뒤에 얼굴이 초췌하고 어깨가 구부정한 남자가 있었다. 도시 사람들이 입는 초라한 코트와 더러운 청회색 바지를 입고 있었다. 어떻게 봐도 농부 같지는 않았다. 반즈는 그 사람이 한 달 정도 숲에서 헤맨 중년 보험회사 직원처럼 보인다고 생각했다. 시꺼먼 뺨이 부자연스러울 정도로 하얀 피부와 왠지 기분 나쁘게 대조돼 보였다. 반즈는 그 사람을 보자마자 반감을 느꼈다. 하지만 그게 단지 트리 씨의 외모 때문이었을까? 반즈는 분명 지난 몇 년 동안 불구가 됐거나 화상을 입었거나 다쳤거나 비쩍 마른 사람이나 이상한 동물을 수도 없이 봤다. 아니, 트리 씨에 대한 그런 반응은 그의 독특하게 걷는 습관 때문인지도 몰랐다. 멀쩡한 사람이 아닌 아주 아픈 사람의 걸음걸이였다. 그것은 반즈가 일찍이 알지 못하는 종류의 아픔 같았다.

"안녕하세요." 보니가 일어서며 말했다.

개가 마치 평범한 개처럼 자연스럽게 주위를 뛰어다녔다.

"전 반즈라고 합니다. 새로 온 학교 교사죠." 반즈도 일어서서 손을 내밀며 말했다.

"난 트리요." 트리 씨가 대답하며 손을 마주 내밀었다. 반즈가 잡은 손은 이상할 정도로 축축했다. 계속 붙잡고 있기가 불가능할 정도였다. 반즈는 곧바로 손을 놓았다.

보니가 말했다. "반즈 씨는 양이 다 자라서 파상풍 감염 위험이 높을 때도 양의 꼬리를 자르는 방법을 잘 안대요."

"그렇구만." 트리 씨는 고개를 끄덕였다. 하지만 그냥 무의미한 동작인 것처럼 보였다. 정말로 관심이 있다거나 그 말을 이해하는 것 같지는 않았다. 트리 씨는 개를 손으로 툭 치며 똑똑히 말했다. "반즈." 마치 개에게 이름을 알려주려는 듯이.

개가 으르렁거렸다. "…브은즈…." 개가 기대에 가득한 눈으로 주인을 바라보며 짖었다.

"잘했어." 트리 씨가 웃으며 말했다. 치아가 거의 없어 잇몸만 보였다. 나보다 훨씬 상태가 나쁘군. 반즈는 생각했다. 폭탄이 떨어졌을 때 아마도 저 아래쪽, 샌프란시스코 근처에 있었나 보군. 아니면 나처럼 먹을 걸 제대로 못 먹었을 수도. 어쨌든 반즈는 그쪽을 쳐다보지 않고 주머니에 손을 찌른 채 다른 곳으로 걸어갔다.

"땅을 많이 갖고 계시네요." 반즈가 어깨 너머로 말했다. "어디를 통해서 권리를 사신 거예요? 마린 카운티요?"

"권리는 없어요." 트리 씨가 말했다. "그냥 쓰는 거지. 웨스트 마린의 시민위원회하고 계획위원회에서 그렇게 하게 해줬거든. 보니가 많이 도와줬지."

"걔가 멋지네요." 반즈가 돌아서며 말했다. "진짜 말을 하잖아요. 제 이름을 분명히 말했어요."

"반즈 씨에게 '안녕하세요'라고 해보렴." 트리 씨가 개에게 말했다.

개가 낮은 소리를 내더니 으르릉거렸다. "아녀하세요, 브은 즈 시." 개가 다시 낮은 소리를 냈다. 이번에는 반응을 기다리는 듯 반즈를 쳐다보았다.

반즈는 속으로 한숨을 쉬며 대답했다. "정말 대단하구나." 개는 즐겁다고 낑낑거리며 펄쩍펄쩍 뛰었다.

반즈는 그 모습에 약간 동정이 갔다. 대단한 건 맞았다. 그러나 트리 씨와 마찬가지로 반즈는 개도 꺼려졌다. 숲속에 홀로 떨어져 살기 때문에 정상적인 현실에서 단절돼 있는 것처럼 둘 다 고립되고, 왜곡된 특성이 있었다. 거칠어진 건 아니었으니 아직 야만적이라고 할 수는 없었다. 다만 자연스럽지 않을 뿐이었다. 반즈는 그냥 그 둘이 싫었다.

하지만 보니는 좋았다. 도대체 어떻게 트리 씨 같은 괴상한

173

사람과 어울리게 됐는지 의아할 정도였다. 양을 많이 갖고 있다는 게 이런 작은 마을에서는 큰 권력이 되는 걸까? 아니면 다른 뭔가가 있을까? 전임 교사가 트리 씨를 죽이려고 한 이유를 설명해주는 뭔가가?

호기심이 일었다. 새로운 버섯을 보면 그게 정확히 어떤 종인지 알아내 분류하고자 하는 강렬한 열망이 이는 것과 똑같았다. 균류와 비교하다니, 트리 씨가 알면 기분 나쁘겠군. 반즈는 조심스럽게 생각했다. 하지만 사실이었다. 트리 씨나 이상한 개나 반즈에게는 그렇게 느껴졌다.

트리 씨가 보니에게 말했다. "딸은 같이 안 왔네."

"에디는 아파요." 보니가 말했다.

"심한가?" 트리 씨가 갈라진 목소리로 물었다. 걱정스런 표정이었다.

"그냥 배가 아프대요. 툭하면 그래요. 아주 옛날부터 그랬어요. 배가 딱딱하게 부풀어 있어요. 맹장염인 거 같은데 요새 수술은 위험하잖아요." 보니가 말을 끊더니 반즈에게 다시 말했다. "내 딸이에요. 아직 못 봤죠? 딸애는 이 개, 테리를 좋아해요. 좋은 친구예요. 여기 나올 때마다 같이 얘기하죠."

트리 씨가 말했다. "에디하고 남동생 말이야."

"잭." 보니가 말했다. "그 얘긴 이제 지겨워요. 에디한테도 그만하라고 했어요. 사실 그것 때문에 여기 와서 테리와 놀게 하는 거라고요. 진짜 놀이친구가 있어야 내성적인 성격도 버리고 망상도 그만두지요. 안 그래요, 반즈 씨? 당신은 선생님이잖아요. 아이들도 현실감각이 있어야 한다고요. 그렇죠?"

"요즘에는 환상에 빠지는 아이들을 이해할 수 있을 것 같아요." 반즈가 신중하게 말했다. "아이들 탓만 할 수는 없겠죠. 어쩌면 우리 모두 그러고 있는걸요." 반즈는 미소를 지어 보였지만 보니나 트리 씨는 화답하지 않았다.

브루노 블루스겔드는 한순간도 이 새로 온 젊은 교사—그 말이 사실인지는 모르겠지만—에게서 눈길을 떼지 않았다. 카키색 바지와 작업용 셔츠를 입은 이 키 작은 젊은이가 과연 보니 말대로 교사일까.

이 자도 날 추적해 온 건가? 블루스겔드가 속으로 자문했다. 지난번 녀석처럼? 그럴 거야. 그런데 보니가 이자를 데려왔단 말이야. 그러면 보니도 그쪽 편에 가담했다는 말인가? 나를 적으로 돌리고?

그렇게 믿기는 어려웠다. 지금까지 도와준 것만 봐도 그랬다. 게다가 오스투리아스가 웨스트 마린에 온 진짜 이유를 밝혀낸 것도 보니였다. 보니가 목숨을 구해준 셈이고, 블루스겔드도 그 점에 대해 고맙게 생각했다. 보니가 아니었다면 지금 살아 있지 않을 터였다. 그 일은 영원히 잊을 수 없었다. 어쩌면 이 반즈라는 자도 진짜 교사가 맞고, 걱정할 필요가 없을지도 몰랐다. 블루스겔드는 마음이 좀 놓였다. 차분해진 그는 반즈에게 새로 태어난 서포크종 새끼 양을 보여주고 싶어졌다.

하지만 곧 누군가 나를 찾아와 죽일 거야. 블루스겔드는 속으로 중얼거렸다. 시간문제일 뿐이야. 놈들은 모두 나를 혐오하고 있으니 절대 포기하지 않을 거야. 세상은 그 모든 일을 책임질 사람을 찾고 있어. 사람들을 탓할 수는 없지. 그럴 만도 해. 결국 나는 수백만 명의 목숨과 날아가버린 세계의 4분의 3을 어깨에 짊어지고 있으니까. 사람들이나 나나 모두 잊을 수 없어. 오로지 신만이 인류에 대한 엄청난 범죄를 용서하고 잊을 수 있어.

블루스겔드는 생각했다. 나라면 오스투리아스를 죽이지 않았을 거야. 날 죽이게 내버려뒀겠지. 하지만 보니랑 다른 사람들은……. 결정은 내가 아니라 그들의 몫이었지. 난 더 이상 결정할 수 없거든. 신이 허락하지 않아. 난 그럴 자격이 없다고. 내 일은 여기서 양을 돌보며 기다리는 거야. 마지막으로 정의를 실현할 **그 누군가가 오기를**. 세상의 복수를 해줄 그 누군가.

언제 올까? 블루스겔드는 궁금했다. 곧? 벌써 몇 년을 기다렸는데. 난 지쳤어. 더 오래 끌지 않았으면 좋겠어.

정신을 차리니 반즈가 말을 걸고 있었다.

"양을 치기 전에는 무슨 일을 하셨나요, 트리 씨?"

"원자핵공학자였어요." 블루스겔드가 말했다.

보니가 서둘러 끼어들었다. "잭은 선생님이었어요. 물리학을 가르쳤죠. 고등학교에서요. 이 근처에서는 아니었어요."

"선생님이요?" 반즈가 말했다. "그럼 우린 공통점이 있네요." 반즈는 블루스겔드를 향해 미소를 지었고, 블루스겔드도 반사적으로 웃어 보였다. 보니가 초조한 기색으로 그 둘을 바라보

왔다. 뭔가 두려운 일이 벌어질까 봐 걱정스러운 듯이 두 손을
꼭 맞잡고 있었다.

"우리 더 자주 만나야겠군요."

블루스겔드가 차분하게 고개를 끄덕이며 말했다.

"가끔 얘기 좀 합시다."

09

샌프란시스코 반도 남쪽으로 갔다가 이스트 베이로 돌아온 스튜어트는 누군가가—부두 아래 사는 전직 군인들일 게 뻔했지만—자기 말인 웨일스의 에드워드 왕자를 잡아먹었다는 사실을 알게 됐다. 남아 있는 거라곤 어디에도 쓸 데가 없는 뼈와 다리, 머리, 엉덩이 뿐이었다. 스튜어트는 그 잔해 옆에 서서 생각에 잠겼다. 값비싼 여행이었다. 목적지에도 늦어서 스튜어트가 갔을 땐 이미 농부가 소련 미사일 부품을 모두 처분한 뒤였다.

물론 하디가 다른 말을 구해줄 터였다. 하지만 스튜어트는 웨일스의 에드워드 왕자가 좋았다. 말은 다양한 용도로 유용하게 쓸 수 있었기 때문에 죽이는 건 매우 잘못된 일이었다. 지하실에 사는 사람들이 겨울을 따뜻하게 나기 위해 나무를 때기 때문에, 나무를 연료로 하는 자동차들은 항상 나무가 모자랐다. 그러므로 말은 주요 교통수단이었다. 재건축에도 말이 필요했다. 전기가 없는 상황에서 말은 주요 동력원이기도 했다. 스튜어트는 에드워드를 죽인 멍청한 행동에 화가 났다. 야만적인 놈들. 사람들은 모두 야만적인 무질서를 두려워했다. 환한 대낮에 오클랜드 시내 한가운데서 이런 일이 일어나다니. 중국의 적군赤軍들이나 저지를 법한 일이었다.

스튜어트는 천천히 산 파블로 거리를 향해 걸었다. 해는 지기 시작하여 드넓고 강렬한 석양이 깔렸다. 비상사태 이후로 익숙해진 풍경이었다. 스튜어트는 거의 의식하지도 못했다. 다른 직업을 찾아볼까. 그는 중얼거렸다. 동물 잡는 덫이라……. 먹고살 만은 하지. 하지만 발전이 없어. 이런 분야에서 커봤자 뭐가 되겠어?

그는 말을 잃어버려서 기분이 우울했다. 스튜어트는 갈라진 틈으로 풀이 자라는 보도를 내려다보며 한때 공장이었던 돌무더기를 지나 길을 걸었다. 공터에 나 있는 구멍 속에서 이글거리는 눈동자가 스튜어트가 지나가는 모습을 바라보았다. 가죽을 벗기고 뒷다리를 묶어서 매달아야 할 녀석이로군. 스튜어트는 우울한 기분으로 생각했다.

이래서 하피가 당연히 사후 세계라고 생각했던 거였어. 스튜어트는 생각했다. 이 폐허와, 자욱한 연기가 너울거리는 창백한 하늘……. 이글거리는 눈동자는 여전히 스튜어트를 응시하며 안전하게 공격할 수 있을지를 계산하고 있었다.

스튜어트는 몸을 굽혀 날카로운 콘크리트 조각을 들어 구멍을 향해 던졌다. 구멍은 유기물과 무기물이 정체를 알 수 없는 하얀 점액으로 엉겨 붙은 채 층층이 두껍게 쌓여 있는 곳에 있었다. 그 생물은 주위의 잔해를 어떻게 해서인지 유화시켜 쓸모 있는 반죽으로 만들었다. 영리한 짐승이 분명하군. 스튜어트는 생각했다. 하지만 상관하지 않았다. 영리하고 광기 어린 생명체가 대낮에 기어 나와 돌아다니지 않았던 과거에도 세상은 잘 돌아갔다.

나도 진화했어. 스튜어트는 녀석이 쫓아 나와 뒤에서 공격할까 봐 마지막으로 한 번 더 돌아보며 생각했다. 난 예전보다 훨씬 지혜로워졌다고. 너 따윈 언제든 상대할 수 있어. 그러니까 포기해. 괴생명체도 같은 생각인지 구멍에서 다시는 기어 나오지 않았다.

난 진화했지만 감정이 있어. 스튜어트는 생각했다. 잃어버린 말이 그리운 건 진짜였다. 빌어먹을 범죄자 새끼들 같으니라고. 스튜어트는 중얼거렸다. 아마 뗏목을 타고 떠나자마자 몰려나와 에드워드를 덮쳤을 거야. 도시를 떠날걸 그랬어. 잔인한 범죄 행위가 없는 넓은 시골로 갈걸. 그 정신분석의가 그랬지. 비상사태가 일어난 뒤에 말이야. 스톡스틸 박사는 이스트 베이를 벗어날 만했지. 떠나던 모습을 봤어. 그 사람은 똑똑했어. 옛날 생활로 돌아가려고 하지 않았잖아. 나처럼 예전에 하던 일을 그대로 이어서 하지 않아.

내 말은, 지금이 그 빌어먹을 비상사태 전보다 나을 게 하나도 없단 말이야. 스튜어트는 생각했다. 그땐 TV를 팔았고, 지금은 전자 덫을 팔아. 다른 게 뭔데? 둘 다 똑같이 별로잖아. 내 인생은 내리막길이라고. 스튜어트는 우울한 마음을 달래려 남아 있는 최상품 골드라벨 담배를 하나 꺼내 불을 붙였다.

바다 건너편까지 가는 헛수고를 하느라 하루를 날려버린 셈이었다. 이제 2시간이면 밖은 어두워지고 스튜어트는 하디가 매달 은화 1달러씩에 빌려준, 고양이 가죽이 깔린 지하실에서 잠을 청할 터였다. 물론 잠시 기름등잔에 불을 켜고 책을, 아니 책의 일부를—스튜어트가 가진 책은 대부분 망가지거나 없어지고 남은 일부였다—읽을 수도 있었다. 아니면 하디 부부와 함께 앉아서 위성방송을 듣거나.

언젠가 스튜어트도 웨스트 리치몬드의 개펄 위에 있는 송신기로 데인저필드에게 곡을 신청한 적이 있었다. 어렸을 때 들었던 옛날 노래 〈굿 록킹 투나잇〉이었다. 데인저필드가 그 노래를 가지고 있는지는 몰랐다. 어쩌면 헛되이 기다리고 있었는지도 몰랐다. 스튜어트는 길을 걸으며 혼자 노래를 흥얼거렸다.

Oh, I heard the news(오, 난 소식을 들었네)

There's good rockin' tonight(오늘 밤 끝내주게 놀 거라고)

Oh I heard the news!(오, 난 소식을 들었네)

There's good rockin' tonight!(오늘 밤 끝내주게 놀 거라고)

Tonight I'll be a mighty fine man(오늘 밤 나는 멋지고 강한 남자가 될 거야)

I'll hold my baby as tight as I can(있는 힘껏 그대를 안아주 겠어)

예전 세상에서 듣던 오래된 노래를 떠올리자 눈물이 나왔다. 이젠 모두 사라졌어. 스튜어트는 중얼거렸다. 사람들 말처럼 블루스겔드 때문에 사라졌어. 그 대신에 우리에게 남은 건 코피리를 불 수 있는 쥐인데, 그 쥐도 깔려 죽어버려서 없지.

예전에 좋아하던 노래가 또 있었다. 칼을 가진 남자에 관한 노래였다. 어떻게 불렀는지 떠올리려 했다. 이빨인지 예쁜 이빨인지가 있던 상어에 관한 노래도 있었는데, 기억이 가물거렸다. 결국 기억은 나지 않았다. 어머니가 틀어주던 노래로, 목소리가 걸걸한 남자가 불렀는데, 아름답게 들렸다는 정도만 기억에 남아 있었다.

그 노래는 쥐가 연주하지 못할 거야. 스튜어트는 중얼거렸다. 백만 년이 지나도 안 되지, 암. 그건 신성한 음악인데. 아무리 영리하다고 해도 성스러운 과거의 노래를 짐승이나 기형아들은 공유할 수 없어. 과거는 오로지 우리 같은 완전한 인간의 것이라고. 예전의 하피처럼 할 수 있으면 좋겠어(이 생각을 하자 몸이 떨렸다). 혼수상태에 들어가는 거야. 하지만 녀석처럼 미래를 보는 게 아니라, 과거로 돌아가고 싶어.

만약 하피가 살아 있으면 할 수 있을까? 해봤을까? 녀석이 어디 있는지 궁금해.

예고. 맞아! 녀석이 바로 예고였어. 첫 번째 기형아. 그놈은 탈출해서 목숨을 구한 게 분명해. 아마도 중국 놈들이 북쪽에 상륙했을 때 넘어갔을 거야.

그때로 돌아갈 거야. 스튜어트는 생각했다. 짐 퍼제슨을 처음 만났던 때로. 난 직장을 구하고 있었고, 당시는 검둥이가 대중을 상대로 하는 일자리를 구하기 힘든 시절이었지. 그게 퍼제슨 씨의 장점이었어. 편견이 없다는 것. 그날이 기억나. 나는 집집마다 돌아다니며 알루미늄 냄비를 팔다가, 브리태니커 백과에 취직했지. 하지만 그것도 집집마다 다니며 파는 거였어. 맙소사. 스튜어트는 깨달았다. 내 첫 번째 진짜 직장은 퍼제슨 씨 밑에서 일한 거였어. 방문 판매원은 경력으로 안 쳐준다고.

폭격 당시에 세상을 떠난 퍼제슨에 대해 생각하는 사이 스튜어트는 산 파블로 거리에 도착했다. 그 거리에는 여기저기 작은 가게와 옷걸이부터 마약까지, 없는 게 없는 노점상이 있었다. 그리 멀지 않는 곳에 '하디의 자율조절 동물용 전자 덫'이 있었다. 스튜어트는 그곳으로 향했다.

스튜어트가 들어서자 하디가 뒤쪽에 있는 작업대에서 고개를 들었다. 그는 아크등* 불빛 아래서 일하고 있었다. 주위에는 캘리포니아 북부 여기저기서 모아온 전자 부품이 무더기로 쌓여 있었다. 상당수는 리버모어에 있는 폐허에서 나왔다. 하디는 주 정부와 연줄이 있어서 제한된 구역에 들어가 수거해올

---

* 아크 방전을 이용한 전등. 두 개의 탄소봉을 접촉시켜 강한 전류를 통하게 하면서 조금씩 떼면, 불꽃이 그 사이를 나는 동시에 탄소봉이 백열화하여 강렬한 빛을 내는 원리의 조명.

수 있는 허가를 얻었다.

과거 딘 하디는 오클랜드 시내에 있는 AM라디오 방송국의 기술자였다. 마르고 말투가 조용조용한 늙은 남자로 지금도 녹색 스웨터를 입고 넥타이까지 매고 있었다. 요즘 세상에 넥타이란 진귀한 물건이었다. 곱슬머리가 하얗게 센 하디의 모습을 보면 스튜어트는 턱수염이 없는 산타클로스가 떠올랐다. 하디는 익살스러운 표정에 짓궂은 유머 감각도 있었다. 몸은 좀 작아서 고작 55킬로그램밖에 나가지 않았다. 하지만 성격은 꽤 거칠었다. 스튜어트는 그를 존중했다. 하디는 거의 60세에 가까웠다. 여러 면에서 스튜어트에게는 아버지와 같은 존재였다. 70년대에 세상을 떠난 스튜어트의 진짜 아버지는 보험업에 종사했다. 마찬가지로 조용했고, 스웨터에 넥타이 차림으로 다녔다. 하지만 하디처럼 거칠지는 않았다. 만약 폭발한 적이 있었다고 해도 스튜어트가 한 번도 못 봤거나 아니면 기억을 못하고 있는 게 분명했다.

그리고 딘 하디는 짐 퍼제슨과도 비슷했다. 그 사실이 3년 전 하디를 처음 만났을 때 다른 무엇보다도 스튜어트에게 와 닿았다. 스튜어트도 그 사실을 알았고, 부정하거나 그러고 싶다는 생각을 한 적도 없었다. 스튜어트는 짐 퍼제슨을 그리워했다. 그리고 그와 비슷한 사람에게 끌렸다.

스튜어트가 하디에게 말했다. "제 말이 잡아먹혔어요." 스튜어트는 가게 앞에 있는 의자에 앉았다.

그 말을 하자마자 하디의 부인인 엘라 하디가 뒤쪽에 있는 거실에서 나타났다. 부인은 저녁을 준비하고 있었다. "말을 **내 버려두고** 갔어?"

"네." 스튜어트는 인정했다. 만만치 않은 여성인 하디 부인은 책망하는 눈길로 스튜어트를 바라보았다. "오클랜드 시의 공공 부두는 괜찮을 줄 알았어요. 거기엔 공무원들도 있으니까……."

"항상 일어나는 일이야." 하디가 지친 목소리로 말했다. "그 놈들, 거기 구덩이에 사는 전직 군인 놈들이겠지. 거기 부두 아래에 청산가리 폭탄을 떨어뜨려야 한다니까. 그 아래에 수백 명이나 있다고. 차는? 차도 두고 왔겠구만."

"죄송해요." 스튜어트가 말했다.

하디 부인이 날카롭게 지적했다. "에드워드는 은화로 85달러나 나갔는데. 일주일 수익이 사라졌잖아."

"제가 갚을게요." 스튜어트가 딱딱하게 대꾸했다.

"됐어." 하디가 말했다. "말은 오린다에 있는 가게에 더 있어. 로켓에서 나온 부품은?"

"운이 없었어요." 스튜어트가 말했다. "제가 갔을 땐 다 끝났더라고요. 이것만 빼고요." 스튜어트는 트랜지스터를 한 움큼 내밀었다. "그 농부가 이건 못 봤나 봐요. 그냥 집어 왔어요. 쓸모 있는지는 모르겠지만요." 스튜어트는 다가가 작업대 위에 트랜지스터를 내려놓았다. "하루를 날린 것치고는 성과가 없네요." 스튜어트는 정말 우울했다.

하디 부인은 아무 말 없이 부엌으로 들어가며 등 뒤로 커튼을 쳤다.

"같이 저녁 먹고 갈 테냐?" 하디가 불을 끄고 안경을 벗으며 물었다.

"모르겠어요." 스튜어트가 말했다. "기분이 이상해요. 돌아와서 에드워드가 잡아먹힌 걸 보니 혼란스러웠어요." 스튜어트는 가게 안을 이리저리 돌아다녔다. 이제 우리와 동물 사이의 관계는 달라졌어. 스튜어트는 생각했다. 훨씬 가까워. 예전과 같은 엄청난 격차가 없어. "만의 반대편에서 처음 보는 동물을 봤어요." 스튜어트가 말했다. "박쥐처럼 날아다녔는데, 박쥐는 아니었어요. 머리가 크고 길고 날씬한 게 족제비에 가까웠죠. 거기 사람들은 그것들이 유리창으로 날아와 안을 들여다본다고 해서 '엿보는 톰'에서 따온 '토미'라고 불러요."

하디가 말했다. "다람쥐야. 나도 본 적이 있어." 그는 의자 깊숙이 몸을 젖히며 넥타이를 느슨하게 풀었다. "골든게이트 공원에 있던 놈들이 진화한 거야." 하디는 하품을 했다. "그 녀석들을 써먹어볼까 궁리도 했었지. 최소한 이론적으로는 쓸모가 있거든. 소식을 전하는 데 말이야. 활공하는 건지 날아가는 건지는 모르겠지만 1.5킬로미터는 갈 수 있어. 하지만 너무 야생성이 강해. 한 마리 잡아보고는 그만뒀지." 하디는 오른손을 들어 보였다. "내 엄지손가락에 있는 흉터를 봐. 그놈 때문에 찢어진 거야."

"제가 얘기해본 사람 말로는 맛있다고 하던데요. 옛날의 닭고기처럼요. 샌프란시스코 시내 노점에서도 팔아요. 노부인들이 요리해서 한 조각에 25센트씩 팔죠. 따뜻하고 신선해요."

"먹지 마." 하디가 말했다. "거의 다 독이 있어. 그놈들이 먹는 것 때문에 그래."

"하디 씨." 스튜어트가 갑자기 입을 열었다. "저 도시를 떠나 시골로 가고 싶어요."

하디는 스튜어트를 조용히 쳐다보았다.

"여긴 너무 야만적이에요." 스튜어트가 말했다.

"어디나 다 그래."

"도시에서 아주 멀리, 수십, 수백 킬로미터 벗어나면 안 그래요."

"그러면 해먹고 살 게 없지."

"시골에서도 덫을 파시나요?"

"아니."

"왜요?"

"해로운 짐승은 폐허가 있는 도시에 살아. 알잖아, 스튜어트. 자네는 몽상가야. 시골엔 아무것도 없어. 도시에서 아이디어가 물밀 듯 떠오르던 시절이 그리워질걸. 시골에서는 아무 일도 일어나지 않아. 그저 농장에서 위성방송을 듣는 게 고작이지. 게다가 시골에서는 검둥이에 대한 오래된 인종차별까지 맞닥뜨리게 될 거야. 그런 데선 옛날 관습으로 돌아가거든." 하디는 안경을 쓴 뒤 아크등을 켜고 다시 앞에 놓인 덫을 조립하기 시작했다. "그만큼 커다란 신화도 없지. 시골의 우월함이라니. 장담하건대 일주일이면 돌아올 거다."

"덫을 종류별로 가져가고 싶어요. 나파 같은 곳으로요." 스튜어트가 우겼다. "아니면 세인트헬레나 계곡으로요. 와인으로 바꿀 수도 있을 거예요. 거기선 옛날처럼 포도를 키운대요."

"그래봤자 맛이 달라." 하디가 말했다. "땅이 변했거든. 그 와인은……." 하디가 손짓을 해보였다. "맛을 직접 봐야 해. 말로는 설명 못해. 하지만 진짜 끔찍하지. 맛대가리 없어."

둘은 잠시 말이 없었다.

"그래도 사람들은 마시잖아요." 스튜어트가 말했다. "여기서도 마시는 걸 봤어요. 나무 트럭이 실어 와요."

"당연하지. 요즘에야 손에만 들어오면 뭐든지 마시니까. 너도 그렇고. 나도 그렇지." 하디는 고개를 들고 스튜어트를 쳐다보았다. "누가 술을 갖고 있는지 알아? 진짜 술 말이야. 전쟁 전의 걸 보관하고 있다 파낸 건지 새로 만든 건지 구별도 못할걸."

"베이 에어리어에 그런 사람은 없어요."

"그 담배 전문가인 앤드류 길이야."

"설마요." 스튜어트는 깜짝 놀라 숨을 들이켰다.

"아, 그 사람은 많이 만들지 않아. 나도 5분의 1 갤런짜리 브랜디 한 병밖에 못 봤어. 그걸로 한 잔 마셨지." 하디는 묘한 미소를 지어 보였다. "너도 좋아했을 거야."

"얼마에 팔아요?" 스튜어트는 애써 평범하게 들리도록 노력하며 말했다.

"너는 감당 못해."

"그래도 정말 진짜 같아요? **전쟁 전의?**"

하디는 웃더니 다시 덫을 조립했다. "그렇지."

앤드류 길은 어떤 사람일까. 스튜어트는 속으로 중얼거렸다. 아마도 덩치 크고 턱수염이 있고 조끼를 입고 있을 거야. 은장식이 달린 지팡이를 짚고 구불거리는 백발에 외국산 외알 안경을 쓴 훌륭한 사람. 상상이 돼. 아마 재규어를 몰 거야. 힘이 좋은 마크 16 살롱 같은 걸로. 물론 지금은 나무 엔진으로 바뀌었겠지만 그래도 멋져.

스튜어트의 표정을 본 하디가 얼굴을 들이대며 말했다. "그 사람이 또 뭘 파는지 알고 있지."

"영국산 브라이어 파이프 담배요?"

"그래. 그것도 있지. 그리고……." 하디가 목소리를 낮췄다. "여자 사진. 예술적인 포즈, 그런 거 알잖아."

"오, 맙소사." 스튜어트가 말했다. 상상력이 끓어올랐다. 생각보다 더 대단했다. "믿을 수 없어요."

"진짜야. 전쟁 전의 진짜 여자 사진이 있는 달력이라고. 1950년까지 있어. 그것만 해도 한 재산이지. 1962년의 《플레이보이》 달력이 은화 천 달러에 팔렸다고 들었어. 저기 동부의 네바다나 뭐 그런 곳에서나 일어날 법한 일이지." 그쯤 되자 하디는 시름에 잠긴 기색이었다. 만들던 덫은 잊은 채 허공을 응시했다.

"폭탄이 떨어졌을 때 제가 일하던 모던TV의 지하실 수리 부서에는 여자 사진 달력이 아주 많았어요." 스튜어트가 말했다. "물론 전부 불타버렸죠." 아마도 그랬을 거라고 스튜어트는 짐작했다.

하디는 어쩔 수 없다는 듯 고개를 끄덕였다.

"만약 누가 폐허를 쑤시고 다니다가 여자 사진 달력이 꽉 찬 창고를 발견했다고 생각해봐요." 스튜어트가 말했다. "상상이 되세요?" 머릿속이 핑핑 돌아갔다. "얼마나 벌 수 있을까요? 수백만? 부동산하고 바꿀 수도 있어요. 나라 전체를 살 수도 있다고요!"

"그렇겠지." 하디가 고개를 끄덕이며 말했다.

"엄청난 부자가 될 거라니까요. 저기 동양, 일본에서도 조금 만들지만 그건 별로예요."

"나도 봤어." 하디가 동의했다. "조잡하지. 그 기술에 대한 지식은 쇠퇴했어. 망각 속으로 사라졌지. 죽어버린 예술이야. 어쩌면 영원히."

"혹시 이제 더 이상 그렇게 생긴 여자들이 없기 때문이라고는 생각하지 않으세요?" 스튜어트가 말했다. "지금은 전부 다 뼈만 남았고 이빨도 없어요. 모두 방사능으로 인한 화상을 입은 데다가 이빨도 없는데 무슨 달력이 되겠어요?"

하디가 곧바로 대꾸했다. "여자는 있을 거야. 어딘지 난 모르겠지만. 스웨덴이나 노르웨이, 아니면 솔로몬 제도같이 멀리 떨어진 데 있을지도 모르지. 배를 타고 들어오는 사람들 얘기를 들어보니 확실해. 미국이나 유럽이나 러시아, 중국처럼 폭탄을 맞은 곳에는 없어. 그 점에 대해선 너와 의견이 같군."

"그런 여자를 찾아서 달력 사업을 할 수 있을까요?" 스튜어트가 말했다.

하디가 잠시 생각하더니 말했다. "필름도 없고, 현상할 약품도 없고. 사진기는 거의 다 파괴됐거나 없어져버렸지. 달력을 대량으로 인쇄할 방법도 없어. 만약 인쇄한다고 해도……."

"하지만 전쟁 전이랑 똑같이 화상도 없고 이빨도 멀쩡한 여자를 찾을 수 있다면……?"

"들어봐." 하디가 말했다. "유망한 사업 분야를 알려주지. 여러 번 생각한 거야." 하디는 깊은 생각에 잠긴 듯한 표정으로 스튜어트를 보았다. "재봉틀 바늘이야. 부르는 게 값이라고. 얼마든 받을 수 있어."

스튜어트는 벌떡 일어나 가게 안을 거닐었다. "사장님, 전 뭔가 큰 걸 해보고 싶어요. 이제 물건 파는 일은 그만두고 싶어요. 지겨워요. 알루미늄 주전자, 냄비, 백과사전, TV에 지금은 동물 덫을 팔고 있지요. 덫은 훌륭하고 사람들도 덫을 찾지만, 저를 위한 다른 일이 있을 것 같은 느낌이 들어요."

하디가 얼굴을 찡그리며 투덜거렸다.

"사장님을 모욕하는 건 아니에요." 스튜어트가 말했다. "하지만 전 더 크고 싶어요. **커야만 해요.** 성장하지 않으면 결국 썩어서 열매도 못 맺고 죽어버린다고요. 전쟁 때문에 몇 년이나 뒤처졌어요. 우리 모두가요. 전 10년 전과 마찬가지에요. 그 정도로는 만족 못하겠어요."

하디가 코를 긁적이며 말했다. "그래서 뭘 할 생각이지?"

"어쩌면 돌연변이 감자를 찾아내서 세상 사람들의 굶주림을 해결할 수도 있겠죠."

"감자 하나로?"

"한 종류를 말한 거예요. 아니면 루터 버뱅크처럼 식물을 기를 수도 있고요. 도시에 괴상한 동물이나 기형아들이 있는 것처럼 시골에는 온갖 종류의 이상한 식물이 있을 거예요."

하디가 말했다. "잘하면 지능이 있는 콩을 찾을지도 모르겠군."

"농담하는 거 아니에요." 스튜어트가 조용히 말했다.

둘은 말없이 서로를 바라보았다.

"돌연변이 고양이나 개, 쥐, 다람쥐를 잡아 죽이는 덫을 만드는 건 인류에 대한 공헌이야." 마침내 하디가 말했다. "내가 보기에 네 생각은 어린애 수준이야. 어쩌면 샌프란시스코 남부에 가 있는 동안 말이 잡아먹힌……."

그때 하디 부인이 들어왔다. "저녁 준비됐수. 뜨거울 때 먹는 게 좋을걸. 구운 대구 머리하고 쌀이야. 대구 머리를 구하려고 이스트쇼어 고속도로에서 3시간이나 줄을 섰다니까."

남자 둘은 자리에서 일어났다. "같이 먹을 테냐?" 하디가 스튜어트에게 물었다.

구운 생선 머리를 생각하자 입에 침이 고였다. 스튜어트는 거절하지 못하고 고개를 끄덕이고는 하디 부인을 따라 작은 거실과 뒤쪽에 딸린 부엌으로 갔다. 생선을 먹어본 지 한 달은 된 것 같았다. 만에는 물고기가 거의 남아 있지 않았다. 물고기 떼는 대부분 한 번 쓸려나가면 다시 돌아오지 않았다. 가끔씩 잡히는 놈들은 방사능에 오염된 경우가 많았다. 하지만 상관없었다. 그래도 사람들은 금세 적응하고 먹었다. 목숨이 왔다 갔다 하는데 못 먹을 건 거의 없었다.

보니의 어린 딸은 검사용 탁자 위에 앉은 채 몸을 떨었다. 스톡스틸 박사는 아이의 창백하고 마른 몸을 조사했다.

박사는 전쟁 전에 텔레비전에서 본 농담이 떠올랐다. 스페인인 복화술사가 알을 낳은 닭을 통해 이야기하던 내용이었다.

"내 아들아." 닭이 알을 향해 말했다.

"확실해? 딸이 아니고?" 복화술사가 닭에게 물었다. 그러자 닭이 엄숙하게 대답했다. "내 일은 내가 잘 알아."

이 아이는 보니 켈러의 딸이긴 하지만 스톡스틸 박사는 조지 켈러의 딸은 분명히 아니라고 생각했다. 확실해. 내 일은 내가 잘 안다고. 7년 전에 보니가 누구랑 바람을 피웠더라? 이 아이는 전쟁이 시작되던 날과 아주 비슷한 시기에 잉태된 게 분명해. 하지만 폭탄이 떨어지기 전은 아니야. 그건 분명해. 어쩌면 바로 그날일지도 몰라. 스톡스틸 박사는 곰곰이 생각했다. 보니답게 말이야. 폭탄이 떨어지고 세상이 종말을 맞이하는 와중에 누군가와 광란의 사랑을 나누는 거야. 어쩌면 모르는 사람하고 그랬을지도 몰라. 첫 번째로 마주친 남자와. 그리고 그 결과가 이 아이인 거지.

아이가 웃자 스톡스틸 박사도 마주 보고 웃었다. 겉으로만 보면 에디 켈러는 정상 같았다. 기형아 같지는 않았다. 스톡스틸은 그 망할 놈의 엑스레이 촬영기만 있었으면 얼마나 좋을까 생각했다. 왜냐하면…….

스톡스틸 박사가 큰 소리로 말했다. "네 남동생에 대해 더 얘기해주렴."

"음." 에디가 나약하고 부드러운 목소리로 말했다. "전 항상 남동생에게 말을 걸어요. 그러면 가끔은 대답이 들리는데, 자고 있을 때가 더 많아요. 동생은 거의 항상 자고 있어요."

"지금도 자고 있니?"

에디가 잠시 조용히 있다가 말했다. "아뇨. 깨어 있어요."

스톡스틸 박사는 일어서서 에디에게 다가가며 말했다. "남동생이 어디 있는지 정확히 알려주렴."

에디는 왼쪽 아랫배를 가리켰다. 맹장 근처군. 스톡스틸 박사는 생각했다. 아픈 곳은 거기였다. 보니와 조지는 그 때문에 걱정이 돼 딸을 데리고 왔다. 부모도 남동생에 대해서는 알고 있었지만, 어린 딸이 상상 속에서 만들어낸 가상의 놀이 상대로만 생각했다. 스톡스틸 박사도 처음에는 그렇게 생각했다. 병력 기록에는 남동생에 대한 언급이 없었지만, 에디가 항상 이야기했기 때문이었다. 남동생 빌은 에디와 나이가 똑같았다. 에디 말로는 당연히 자기와 똑같은 시간에 태어났다고 했다.

"왜 당연하니?" 스톡스틸 박사는 검사를 시작하면서 물었다. 부모가 있으면 말을 편하게 못하기 때문에 다른 방으로 보낸 뒤였다.

에디는 조용하고 진지하게 대답했다. "쌍둥이니까요. 그렇지 않으면 어떻게 제 안에 있겠어요?" 에디는 마치 스페인 복화술사의 닭처럼 권위와 확신에 가득 찬 목소리로 말했다. 에디 역시 자기 일을 잘 알았다.

전쟁 이후 스톡스틸 박사는 수많은 기형아를 진찰했다. 이제는 형체가 정말 이상하고 기이하게 변형된 사람들이 훨씬 더 관대한 하늘—연기로 가려지긴 했지만—아래서 잘 살고 있었다. 더 이상 놀랄 수도 없었다. 하지만 이 아이는 아랫배 안에 남동생이 살고 있다고 하지 않는가. 스톡스틸 박사는 빌 켈러가 7년 동안 그 안에서 살아왔다고 이야기하는 이 소녀를 믿었다. 가능한 일이었다. 예전에도 이런 경우가 있었다. 만약 엑스레이 촬영기만 있었다면 작고 야윈, 아마도 새끼 토끼보다도 작은 형체를 볼 수 있을 터였다. 사실 손으로도 외형을 느낄 수 있었다. 스톡스틸이 조심스럽게 아이의 배를 만지자 안쪽에 있는 단단한 포낭 같은 게 느껴졌다. 언젠가 아이가 세상을 떠나 부검을 하게 된다면 그 속에서 작고 주름진 남자의 형체를 발견할 수 있을 것이다. 앞이 안 보이는 눈과 눈처럼 하얀 턱수염이 있는……, 여전히 새끼 토끼보다 작은 남동생이…….

빌은 대부분 잠을 자지만 가끔씩 서로 이야기를 나눈다고 했다. 빌은 무슨 이야기를 하는 걸까? 아는 게 얼마나 있다고?

에디는 이 질문에 대답했다. "음. 빌은 아는 게 많지는 않아요. 아무것도 못 보지만 생각은 해요. 그래서 빌이 놓치지 않게 내가 무슨 일이 벌어지는지 얘기해줘요."

"뭐에 관심이 있다니?" 스톡스틸 박사가 물었다. 검사는 끝나 있었다. 빈약한 장비로는 할 수 있는 검사가 얼마 없었다. 원인은 확인했고 그것도 대단한 일이었지만, 태아를 보거나 제거하려는 시도는 할 수 없었다. 사실 제거하는 게 바람직하긴 했지만 불가능했다.

195

에디가 잠시 생각하더니 말했다. "음. 아, 음식에 대한 이야기를 좋아해요."

"음식!" 스톡스틸 박사가 재미있다는 듯 말했다.

"네. 빌은 먹지 않잖아요. 제가 저녁으로 뭘 먹었는지 계속 이야기해주는 걸 좋아해요. 좀 있으면 그게 자기한테 가거든요. 어떻게 먹는지는 잘 모르겠지만……. 그래야 살 수 있지 않나요?"

"맞아." 스톡스틸 박사가 대답했다.

"나한테서 얻어요." 에디가 블라우스를 입고 천천히 단추를 채우며 말했다. "그리고 그 안에 뭐가 들었는지 알고 싶어 해요. 특히 제가 사과나 오렌지를 먹었을 때 좋아해요. 그리고 이야기도 좋아해요. 언제나 장소에 대해 듣고 싶어 해요. 뉴욕처럼 아주 먼 곳이요. 엄마가 뉴욕에 대해 이야기해줘서 나도 빌한테 말했어요. 어떻게 생긴 곳인지. 언젠가 가보고 싶대요."

"하지만 볼 수 없잖니."

"전 볼 수 있잖아요." 에디가 말했다. "그 정도면 충분하거든요."

"동생을 잘 보살펴주거라, 알았지?" 스톡스틸 박사는 매우 감동해 말했다. 에디에게 이건 당연한 일이야. 평생을 그렇게 살아왔고, 다른 존재에 대해서는 전혀 몰라. 스톡스틸 박사는 생김새의 자연스러움이란 없다는 사실을 다시 한 번 깨달았다. 그건 논리적으로 불가능한 개념이야. 통계적인 관점을 제외한다면 기형아도, 비정상인도 없는 셈이지. 색다른 상황이지만 무섭지는 않아. 오히려 우리를 행복하게 해줄 게 분명해. 삶은 그 자체로 좋은 거야. 생명이 취한 하나의 형태일 뿐. 특별히 고통받을 일도, 무자비함도 없어. 있다면 근심과 예민한 감정이 있겠지.

"무서워요." 갑자기 에디가 말했다. "빌이 죽을까 봐요."

"그럴 것 같지는 않구나." 스톡스틸 박사가 말했다. "그보다 빌이 더 크게 자랄 가능성이 커. 그러면 문제가 될지도 모른단다. 네 몸속에 살기가 어려워질 테니까."

"그러면 어떻게 되나요?" 에디가 크고 어두운 눈으로 스톡스틸 박사를 바라보며 물었다. "그러면 빌도 태어날 수 있나요?"

"아니." 스톡스틸 박사가 대답했다. "그렇게는 안 돼. 수술로 빼내야 하지. 하지만 빌은 살 수 없어. 빌이 살 수 있는 유일한 방법은 지금처럼 네 안에 있는 거란다." 기생하는 거지. 스톡스틸 박사는 말로는 하지 않고 속으로만 생각했다. "그건 그때가 오면 걱정하자꾸나." 그가 아이의 머리를 쓰다듬으며 말했다. "그런 일이 일어나면 말이다."

"엄마랑 아빠는 몰라요." 에디가 말했다.

"그렇구나." 스톡스틸 박사가 말했다.

"빌에 대해 이야기는 했어요. 하지만……." 에디가 여기까지 말하더니 웃었다.

"걱정 마라. 가서 평소처럼 행동하면 돼. 다 잘 해결될 거야."

에디가 말했다. "남동생이 있어서 좋아요. 제가 외롭지 않게 해주거든요. 자고 있을 때도 전 동생이 있다는 걸 느껴요. 뱃속에 아기가 들어 있는 느낌이에요. 유모차에 태워서 돌아다니거나 옷을 입혀주지는 못하지만 얘기하는 것도 아주 재미있어요. 밀드레드에 대해서도 얘기할 수 있거든요."

"밀드레드?"

"아시잖아요." 스톡스틸 박사가 어리둥절해하자 에디가 웃었다. "계속 필립한테 돌아와서 인생을 망치는 여자요. 매일 밤 듣잖아요. 위성에서요."

"그렇지." 데인저필드가 읽어주는 모음의 책 이야기였다. 징그러워. 스톡스틸 박사는 생각했다. 항상 축축한 에디 뱃속의 어둠 속에서 피를 통해 양분을 섭취하고, 유명한 소설에 대한 이야기를 우리는 상상할 수도 없는 방식으로 간접적으로 듣는 기생충이라니. 그렇게 빌 켈러는 우리 문화의 일부가 되겠지. 동시에 괴상한 사회적 존재 양태를 이어나가고. 빌이 그 이야기를 어떻게 이해할지는 아무도 몰라. 그 소설과 우리 삶에 환상을 갖고 있을까? 우리에 대한 **꿈**을 꿀까?

스톡스틸 박사는 허리를 굽혀 에디의 이마에 입을 맞췄다. "이제 됐다." 스톡스틸 박사는 아이를 문 쪽으로 이끌며 말했다. "이제 가도 돼. 그리고 난 너희 부모님과 잠깐 얘기 좀 해야겠다. 대기실에 아주 오래된 전쟁 전의 진짜 잡지가 있으니까 읽고 있으렴. 대신 조심스럽게 다뤄야 한다."

"네, 그러면 저녁은 집에 가서 먹을 수 있겠네요." 에디가 기쁜 듯 말하며 대기실로 통하는 문을 열었다. 조지와 보니가 근심으로 가득한 얼굴을 한 채 일어섰다.

"들어오세요." 스톡스틸 박사가 말했다. 스톡스틸 박사는 문을 닫은 뒤 그들에게, 특히 잘 알고 지내던 보니에게 말했다. "암은 아니에요. 커지는 건 분명하지만 얼마나 커질지는 잘 모르겠군요. 하지만 걱정할 필요는 없다고 말씀드리고 싶군요. 너무 커져서 문제가 될 때쯤이면 수술 기술도 발달할 테니까요."

켈러 부부는 안도의 한숨을 내쉬었다. 몸이 떨리는 게 보일 지경이었다.

"샌프란시스코에 있는 병원에 데려가도 좋아요." 스톡스틸 박사가 말했다. "간단한 수술은 거기서 하거든요. 하지만 솔직히 나라면 안 그러겠어요." 모르는 게 약이니까. 그는 생각했다. 진실을 마주한다면, 특히 보니 당신은 정말 힘들 거야. 임신했을 때의 상황을 생각한다면 죄책감을 느끼기 쉬워. "에디는 건강하고 즐겁게 지내고 있어요." 스톡스틸 박사가 말했다. "일단 내버려두지요. 태어날 때부터 그랬으니까요."

"정말요?" 보니가 말했다. "몰랐어요. 내가 좋은 엄마가 아닌가 봐요. 마을 공동체 활동에 너무 몰두해 있다 보니……."

"스톡스틸 박사님." 조지가 끼어들었다. "하나만 물어봅시다. 에디가……, 좀 특별한 아이인가요?"

"특별하다고요?" 스톡스틸 박사는 신중한 눈길로 조지를 응시했다.

"내 말뜻 아시잖아요."

"그러니까, 기형아냐고요?"

조지의 얼굴이 창백해졌다. 하지만 강렬하고 굳은 표정 그대로 대답을 기다렸다. 스톡스틸 박사는 이 사람이 몇 마디 말로 그냥 넘어가지 않으리라는 사실을 알 수 있었다.

"그런 말씀이신 것 같은데, 왜 물으시죠? 에디가 어떤 면에서 그래 보이던가요? 겉모습이요?"

"그렇지 않아요." 보니가 걱정이 됐는지 당황하며 말했다. 손으로는 남편의 팔을 꼭 붙들고 매달렸다. "맙소사. 당연하잖아. 에디는 완벽하게 정상이라고. 빌어먹을. 조지, 도대체 왜 그래? 자기 딸 일인데 어떻게 그런 소름끼치는 생각을 할 수 있어? 요새 무슨 문제 있어?"

"겉으로 안 드러나는 기형아도 있어." 조지가 말했다. "어쨌든 그런 애들이 많잖아. 난 우리 마을 애들을 모두 본다고. 그러다보니 구별할 수 있게 됐어. 감이 와. 그리고 보통은 맞아. 알잖아. 학교는 그런 애들이 있으면 캘리포니아 주에 넘겨서 특별 교육을 받게 해야 한다고. 이……."

"난 집에 갈 거야." 보니가 말했다. 보니는 몸을 돌려 대기실로 통하는 문으로 향했다. "안녕히 계세요, 선생님."

스톡스틸 박사가 말했다. "보니, 기다려요."

"이런 얘기, 하고 싶지 않아요." 보니가 말했다. "역겨워요. 둘 다 역겨워요. 선생님, 만약에 어떤 식으로든 에디가 기형이라는 말을 한다면 두 번 다시는 내 얼굴 볼 생각 마세요. 조지, 당신도 마찬가지야. 진심이야."

잠시 후 스톡스틸 박사가 입을 열었다. "그런 소리 하지 말아요, 보니. 난 그런 말을 흘리지 않았어요. 그럴 이유가 없으니까요. 에디는 복강에 양성 종양이 있는 거예요. 그것뿐이에요."

스톡스틸 박사는 화가 났다. 사실은 진실을 말하고 싶은 충동을 느꼈다. 보니는 그 얘기를 들어도 쌌다.

하지만 그는 또 생각했다. 보니가 누군가와 바람을 피워 비정상적인 아이를 낳은 일을 가지고 스스로 비난하고 죄책감을 느낀다면 그 결과는 에디에게 돌아갈 거야. 보니는 에디를 미워하고 에디에게 모두 풀어버리겠지. 언제나 그런 식이야. 아이는 부모가 과거에 저지른 일에 대한 비난의 대상이지. 전쟁이 갓 시작된 그 순간 무슨 일이 일어났는지를 깨닫고 그 충격에 그만 각자의 방식으로 미쳐버린 나머지 은밀한 악행을 저지른 일 따위 말이야. 우리 중 어떤 이들은 살기 위해 살인을 했고, 어떤 이들은 도망쳤고, 또 어떤 이들은 다른 사람을 속여 넘겼지……. 보니는 광란에 빠져 있었던 게 분명해. 잠시 정신을 놓은 거지. 하지만 그녀는 지금도 변함이 없어. 다시 그럴지도 몰라. 어쩌면 벌써 그랬는지도. 보니도 그걸 아주 잘 알고 있어.

스톡스틸 박사는 또다시 아이 아빠가 누군지 궁금했다.

언젠가 단도직입적으로 물어봐야겠다. 스톡스틸 박사는 결심했다. 혹시 보니도 모를지도 몰라. 우리 인생에서 그 시기는 기억이 모호하니까. 끔찍한 시절이었지. 아니, 보니에게도 그랬을까? 어쩌면 아름다운 기억일지도 모르지. 모든 제약에서 벗어나 두려워하지 않고 원하는 대로 했을 수도 있지. 어쨌든 보니, 아니 우리는 **모두 살아남지 못할 거라고** 생각했으니까.

보니는 그 상황을 최대한 즐겼어. 스톡스틸 박사는 생각했다. 언제나처럼 말이야. 어떤 일이 닥쳐도 보니는 인생을 최대한 즐겨. 나도 그러면 좋으련만……. 그는 아이를 향해 걸어가는 보니의 모습을 보며 부럽다고 느꼈다. 예쁘고 날씬한 보니는 10년 전이나 지금이나 똑같이 매력적이었다. 삶을 살아가는 사람에게 다가오는 쇠퇴, 그 비정한 변화도 보니만큼은 건드리지 않는 듯했다.

노래하는 베짱이. 그게 바로 보니였다. 전쟁이라는 암흑 속에서 모든 것이 파괴되고 끝도 없이 돌연변이가 생겨날 때도 보니는 즐겁게, 열정적으로, 그리고 근심 걱정 없이 노래를 불렀다. 현실조차도 보니를 이성적으로 만들 수 없었다. 운 좋은 사람들. 바로 보니처럼 변화와 쇠퇴의 힘보다 강한 정신을 가진 이들이었다. 보니는 이미 자리 잡은 쇠퇴의 힘을 피해갔다. 우리 머리 위로는 지붕이 무너져 내렸지만 보니에게는 아니었다.

스톡스틸 박사는 《펀치》인가에 실렸던 만화를 떠올렸다.

그때 보니가 끼어들며 말했다. "선생님, 새로 온 교사인 할반즈 씨를 만나 보셨나요?"

"아뇨." 스톡스틸 박사가 말했다. "아직요. 멀리서만 잠깐 봤어요."

"맘에 들 거예요. 첼로를 켜고 싶대요. 물론 첼로는 없지만요." 보니는 즐겁게 웃었다. 순수한 생기로 가득한 눈동자가 춤을 췄다. "안타깝지 않아요?"

"그렇네요." 스톡스틸 박사가 동의했다.

"그게 다예요?" 보니가 말했다. "첼로가 없으니. 그러면 뭐가 남죠?"

"망할." 스톡스틸 박사가 말했다. "몰라요. 전혀 모르겠어요."

보니가 웃으며 말했다. "아, 선생님은 너무 진지해요."

"나한테도 그 소릴 해요." 조지가 희미하게 웃으며 말했다. "보니는 인류가 일만 하다 사라지는 쇠똥구리라고 보거든요. 당연히 자기는 빼고요."

"보니는 당연히 아니죠." 스톡스틸 박사가 말했다. "행여라도 그런 생각 안 하면 좋겠네요."

조지는 못마땅하다는 듯 스톡스틸 박사를 흘겨보고는 어깨를 으쓱해 보였다.

보니도 바뀔지 몰라. 스톡스틸 박사는 생각했다. 딸에 대해 알게 되면 그렇게 될 수도 있어. 그 정도 충격은 받아야 할 거야. 전례 없는 예상치 못한 충격을. 어쩌면 자살할지도 몰라. 즐거움과 생기가 완전히 반대로 바뀔 수도 있거든.

"언제 그 새로 온 교사 좀 소개해주세요." 스톡스틸 박사가 큰 소리로 말했다. "첼로 연주해봤다는 사람을 만나보고 싶군요. 빨래통하고 짐 쌀 때 쓰는 끈으로 뭔가 만들어볼 수도 있겠죠. 연주는……."

"말총으로 하면 돼요." 보니가 말했다. "활은 만들 수 있어요. 쉬워요. 필요한 건 낮은 음을 낼 수 있는 커다란 공명통이에요. 옛날에 쓰던 삼목나무 상자를 구할 수 있을지 모르겠네요. 그 정도면 될 텐데요. 꼭 나무여야 해요."

조지가 말했다. "반으로 자른 통은 어떨까."

그러자 다들 웃었다. 아빠가 무슨 말을 했는지 듣지 못한 에디도 어느새 다가와 함께 웃었다. 아빠인지, 아니면 그냥 엄마의 남편인지. 스톡스틸 박사는 생각했다.

"해변에 떠내려온 걸 주울 수 있을지도 몰라." 조지가 말했다. "나무로 만든 물건이 많이 떠내려온대. 특히 폭풍이 지나간 다음에. 예전에 침몰한 중국 배에서 나오는 게 분명해."

보니 가족은 즐겁게 스톡스틸 박사의 병원을 떠났다. 스톡스틸 박사는 에디를 사이에 두고 부부가 떠나는 뒷모습을 서서 지켜보았다. 세 식구라. 아니, 보이지 않지만 에디 안에 실재하는 존재까지 치면 네 식구인가.

그는 깊은 생각에 잠긴 채 문을 닫았다.

내 아이일 수도 있었어. 스톡스틸 박사는 생각했다. 하지만 아니야. 7년 전에 보니는 여기 웨스트 마린에 살았고, 난 버클리에 병원을 차리고 있었잖아. 그런데 내가 만약 그날 보니와 가까운 곳에 있었다면…….

그때 누가 여기 살았지? 스톡스틸 박사는 궁금했다. 폭탄이 떨어졌을 때 누가 보니와 함께 있을 수 있었을까? 그는 누군지 모르는 그 남자에 대해 이상한 감정을 느꼈다. 그 사람은 기분이 어땠을까? 스톡스틸 박사는 생각했다. 자기 아이, 아니 **아이들**에 대해 알았다면. 어쩌면 만날 수 있을지도 몰라. 보니한테는 말 못하겠지만, 그 남자에게는 말할 수 있을지도 모르겠군.

10

포레스터 홀에 모인 웨스트 마린의 주민들은 인공위성에 타고 있는 남자의 병에 대해 논의하고 있었다. 그들은 흥분해서 서로 말하려고 마구 끼어들었다. 『인간의 굴레』 낭독이 시작됐지만, 아무도 들으려 하지 않았다. 모두 우울한 얼굴을 하고 중얼거리고 있었다. 준이 말했듯이 DJ가 죽는다면 어떤 일이 벌어질지 깨닫고는 불안한 상태였다.

"설마 진짜로 그렇게 아프겠어." 웨스트 마린에서 가장 넓은 땅을 보유하고 있는 카스 스톤이 외쳤다. "다른 사람한테 말한 적은 없지만, 사실 진짜 괜찮은 의사를 알거든. 심장 전문인데 산 라파엘에 살아. 그 사람이 송신기를 통해서 데인저필드에게 뭐가 문제인지 알려주게 하겠어. 그러면 나을 수 있다고."

"그래봤자 저 위에는 약이 없어." 마을에서 가장 연장자인 룰리 부인이 말했다. "전에 죽은 아내가 다 써버렸다고 말한 적이 있어."

"나한테 퀴니딘이 있어." 약사가 소리 높여 말했다. "아마 그게 필요할 거야. 그런데 가져다 줄 방법이 없군."

웨스트 마린의 경찰서장인 얼 콜비그가 말했다. "샤이엔에 있는 군인들이 올해 말에 데인저필드에게 가려고 시도할 거라던데."

"퀴니딘을 샤이엔으로 가져가." 카스가 약사에게 말했다.

"샤이엔에?" 약사가 떨리는 목소리로 말했다. "시에라 너머로는 길도 나지 않았어. 절대 못 갈걸."

준이 최대한 침착한 목소리로 말했다. "어쩌면 그 사람은 실제로 아픈 게 아닐지도 몰라요. 몇 년 동안이나 혼자 외롭게 고립돼 있다 보니 건강염려증이 생긴 것뿐일지도 모른다고요. 증상을 자세하게 묘사하는 방식을 보니까 그런 것 같아요." 그러나 아무도 그 말을 듣지 않았다. 볼리나스에서 온 세 대리인이 조용히 라디오 옆으로 다가가 낭독을 들으려고 몸을 숙이는 모습이 눈에 띄었다. "안 죽을지도 모른다니까요." 준은 거의 혼잣말하다시피 말했다.

그 말을 듣고 안경 장수는 준을 올려다보았다. 준은 안경 장수의 얼굴에서 충격을 받아 멍한 표정을 보았다. 인공위성에 탄 사람이 병에 걸려 죽는다는 사실을 받아들이기 힘든 듯했다. 딸아이가 아픈 것 때문에 충격이 더 큰가 보네. 준은 생각했다.

갑자기 준에게서 먼 쪽에 있는 사람들이 조용해졌다. 준은 이유가 궁금해서 그쪽을 바라보았다. 문을 통해 반짝이는 기계장치가 굴러들어 오고 있었다. 하피가 온 것이다.

"하피, 자네 그거 알아?" 카스가 외쳤다. "데인저필드가 자기가 아프다고 말했어. 심장 문제인 것 같다는데."

사람들이 모두 하피의 대답을 기다리며 조용해졌다.

하피는 카트를 굴려 사람들을 지나쳐 라디오로 갔다. 카트를 멈춘 하피는 기계팔을 뻗어 세심하게 손잡이를 만지작거렸다. 볼리나스의 대리인 셋은 얌전하게 그 옆에 서 있었다. 잡음이 커지다가 곧 사라지더니 월터 데인저필드의 목소리가 크고 명확하게 들렸다. 아직 낭독이 진행 중이었다. 하피는 카트 가운데 앉아 집중해 들었다. 하피와 홀에 있는 다른 사람들은 마침내 위성이 수신 범위를 넘어가버려 소리가 사라질 때까지 아무 말 없이 방송을 들었다. 잠시 후 다시 잡음만 들렸다.

갑자기 하피가 데인저필드와 똑같은 목소리로 말했다. "자, 안녕하십니까. 다음엔 뭘로 재미있게 놀아볼까요?"

이번 흉내 내기는 너무나 완벽해, 몇몇 사람들은 숨을 몰아쉬어야 할 정도로 놀랐다. 다른 사람들은 박수를 쳤고, 하피는 웃었다. "저글링을 더 하면 어때?" 약사가 외쳤다. "난 그거 좋던데."

"저글링." 기형아가 말했다. 이번에는 약사의 신경질적이고 떨리는 목소리를 그대로 따라 했다. "난 그거 좋던데."

"아니야." 카스가 말했다. "데인저필드 목소리를 듣고 싶어.

그것 좀 더 해봐, 하피. 어서."

하피는 카트를 빙글 돌려 청중을 마주했다. "후드 후드 후~"
하피는 누구에게나 익숙한 낮고 편안한 웃음소리를 냈다. 준은
숨이 막힐 것 같았다. 섬뜩했다. 하피의 흉내 내는 능력은 언제
나 당황스러웠다. 눈만 감으면 실제로 데인저필드가 이야기하
고 있다고, 여전히 데인저필드의 방송을 듣고 있다고 상상할
수 있을 정도였다. 준은 의도적으로 그런 기분을 느끼기 위해
눈을 감았다. 그 사람은 아프지 않아. 죽지 않을 거야. 준은 속
으로 중얼거렸다. 들어봐. 마치 그녀의 속마음에 대답하기라도
하듯 친근한 목소리로 중얼거리는 소리가 들렸다. "여기 가슴
이 좀 아파요. 하지만 별것 아니에요. 걱정할 필요는 없답니다,
여러분. 배탈이나 뭐 그런 거겠죠. 너무 멋대로 살았나 봐요.
그럴 때에 뭘 먹어야 하죠? 기억나는 사람 있나요?"

청중 중 한 사람이 소리쳤다. "기억나요. 알카 셀처*를 먹고
알칼리성이 되어야죠!"

"후드 후드 후~" 따뜻한 목소리가 킬킬거리며 웃었다. "맞아
요. 잘했어요. 이번에는 짜증 나는 해충 걱정 없이 글라디올러
스 구근을 겨우내 보관하는 방법을 알려드리죠. 간단해요. 알
루미늄 호일에 싸세요."

홀 안의 사람들이 모두 박수쳤다. 준은 누군가 근처에서 말
하는 소리를 들었다. "데인저필드라면 정말로 그렇게 말했을
거야." 볼리나스에서 온 안경 장수였다. 준은 눈을 뜨고 그 사

---

* 바이엘 사가 만든 소화제, 진통제.

람의 얼굴에 떠오른 표정을 보았다. 나도 아마 저런 표정이었을 거야. 하피가 처음 데인저필드를 흉내 내는 소리를 들었던 그 밤에 말이야.

"자, 이제 그동안 연습한 몇 가지 재주를 보여드리죠." 하피가 여전히 데인저필드의 목소리로 말했다. "진짜 재미있을 거예요. 잘 보라고요."

볼리나스에서 온 안경 장수, 엘던은 기형아가 자기 카트에서 1미터 정도 떨어진 곳에 동전을 하나 놓는 모습을 바라보았다. 기계팔을 거둬들인 하피는 계속해서 데인저필드의 목소리로 중얼거리며 동전에 집중했다. 그러자 갑자기 동전이 덜그럭거리더니 바닥을 미끄러져 하피를 향해 움직였다. 홀 안의 사람들이 박수를 쳤다. 기뻐서 얼굴이 붉어진 기형아는 고개 숙여 인사하고는 다시 한 번 동전을 바닥에 놓았다. 이번에는 아까보다 더 먼 거리였다.

마법이네. 엘던은 생각했다. 패트리샤가 말한 대로야. 기형아들은 팔이나 다리가 없이 태어난 데 대한 보상으로 마법을 쓸 수 있다고 하더니. 그들이 생존할 수 있게 도와주는 자연의 방식이지. 이번에도 동전은 카트를 향해 미끄러졌고, 포레스터 홀에 모인 사람들은 박수갈채를 보냈다.

엘던이 준에게 물었다. "매일 밤 저걸 하나요?"

"아뇨." 준이 말했다. "여러 가지 재주가 있어요. 이번 건 나도 전에 본 적이 없어요. 하지만 내가 항상 여기 있는 건 아니니까요. 우리 마을이 제대로 기능하게 도우려면 할 일이 많거든요. 어쨌거나 대단한 재주 아니에요?"

이렇게 먼거리에서 동전을 움직이다니. 엘던은 생각했다. 그래. 이건 대단해. 따라서 **우리는 저 녀석을 꼭 데려가야 해.** 엘던이 속으로 중얼거렸다. 이제 보니 의심의 여지가 없었다. 월터 데인저필드가 죽는다면—곧 그렇게 되리라는 건 점점 분명해지고 있었다—이 기형아가 타고난 능력으로 데인저필드를 다시 되살려 그를 기억할 수 있게 해줄 터였다. 영원히 재생할 수 있는 레코드판처럼.

"무서우신가요?" 준이 물었다.

"아뇨. 그래야 하나요?" 엘던이 말했다.

"글쎄요." 준은 생각에 잠긴 목소리로 말했다.

"위성으로 송신해본 적이 있나요?" 엘던이 물었다. "다른 수리공들은 많이 시도했는데요. 저 사람이 저런 능력을 갖고도 안 했다면 이상한데요."

준이 말했다. "그러려고 했어요. 작년에 송신기를 만들기 시작했죠. 지금까지 붙들고 있는데 아직 아무 성과도 안 나온 모양이에요. 하피는 온갖 계획을 세우고 있어요. 항상 바쁘죠……. 아마 송신탑을 볼 수 있을 거예요. 잠깐 나와보세요. 보여드리죠."

엘던은 준을 따라 포레스터 홀 밖으로 나갔다. 그들은 어둠 속에 선 채 눈이 보일 때까지 기다렸다. 그러자 특이하게 생긴 굽은 돛대 같은 게 밤하늘을 향해 솟아오르다 중간에 끊어진 듯한 모양으로 서 있는 게 보였다.

"저기가 하피의 집이에요." 준이 말했다. "송신탑은 지붕에 있어요. 우리 도움 없이 혼자 만든 거예요. 하피는 뇌에서 나오는 충격을 증폭시킬 수 있어요. 서보 어시스트라고 부르더군요. 그래서 하피가 다른 정상인보다 훨씬 더 힘이 센 거죠." 준은 잠시 조용히 있다가 다시 입을 열었다. "우리는 모두 하피에게 감탄하고 있어요. 우리를 위해 많은 일을 했죠."

"그렇군요." 엘던이 말했다.

"당신들은 하피를 납치해 가려고 왔어요." 준이 조용히 말했다. "그렇죠?"

엘던은 깜짝 놀라 항변했다. "아니에요, 준. 정말 위성방송을 들으려고 왔어요. 아시잖아요."

"예전에도 그런 적이 있어요." 준이 말했다. "하피가 원하지 않기 때문에 못할 거예요. 하피는 당신네 마을을 좋아하지 않아요. 당신네 마을의 법은 여기까지 소문이 났어요. 우리 마을엔 그런 차별이 없죠. 하피는 그 점에 대해 감사하고 있어요. 그는 자기 문제에 있어서는 아주 예민하게 굴어요."

당황한 엘던은 준의 곁을 떠나 다시 홀로 들어가는 문으로 향했다.

"기다려요." 준이 말했다. "걱정 안 해도 돼요. 아무한테도 말 안 할 테니까요. 하피를 데려가고 싶어 한다고 해서 비난할 생각은 없어요. 애초에 하피가 웨스트 마린에서 태어난 것도 아닌데요, 뭘. 3년 전인가, 어느 날 하피가 카트를 타고 마을로 왔어요. 지금 타고 있는 게 아니라 비상사태 전에 정부가 만들어준 옛날 카트였죠. 하피 말로는 샌프란시스코에서 여기까지 그 카트를 타고 왔다는 거예요. 정착할 곳이 필요했고, 우리에게 오기 전에는 아무도 그를 받아주지 않았죠."

"그렇군요." 엘던이 중얼거렸다. "알겠어요."

"요즘에는 뭐든지 낚아채 가죠." 준이 말했다. "힘만 충분하면 돼요. 당신네 경찰차가 길 아래쪽에 서 있는 걸 봤어요. 당신하고 같이 온 남자 둘이 그쪽 마을 경찰이라는 것도 알아요. 하지만 하피는 자기가 원하는 대로 해요. 만약 당신들이 강제로 데려가려 한다면 하피는 당신을 죽일 거예요. 별로 힘든 일도 아니고 주저하지도 않을 거예요."

잠시 침묵이 흐른 뒤 엘던이 말했다. "소, 솔직하게 얘기해줘서 감사합니다."

그들은 조용히 함께 포레스터 홀로 들어갔다.

사람들은 모두 데인저필드를 흉내 내는 데 몰입해 있는 하피를 쳐다보고 있었다. "……먹을 때는 괜찮은 걸 보면 심장이 아니라 위궤양 같기도 해요." 기형아가 이야기하고 있었다. "혹시 송신기가 있는 의사분이 듣고 있다면……."

청중 중의 한 사람이 끼어들었다. "산 라파엘에 있는 내 주치의에게 연락하겠어. 난 농담 같은 건 안 한다고. 지구를 빙빙 도는 시체를 하나 늘릴 수는 없잖아." 아까도 말했던 그 사람이었다. 아까보다 훨씬 더 진지하게 들렸다. "아니면 준의 말처럼 정말로 마음속 문제라면 스톡스틸 선생이 도와줄 수 있지 않을까?"

212

엘던은 생각했다. 그런데 데인저필드가 이 말을 할 때 하피는 여기 없었잖아. 듣지도 않은 걸 어떻게 흉내 내는 거지?

엘던은 곧 깨달았다. 답은 뻔했다. 하피의 집에는 라디오 수신기가 있었다. 포레스터 홀에 오기 전에 집에서 위성방송을 들었던 것이다. 그건 곧 웨스트 마린에는 제대로 작동하는 라디오가 둘이나 있다는 뜻이었다. 반면 볼리나스에는 하나도 없었다. 엘던은 화가 나고 절망스러웠다. 우린 아무것도 없어. 그리고 이자들은 모든 게 있잖아. 심지어 단 한 명을 위한 여분의 개인 라디오까지.

마치 전쟁 전과 같아. 엘던은 멋대로 생각하기 시작했다. 이 사람들은 예전처럼 잘살고 있잖아. **이건 불공평해.**

엘던은 몸을 돌려 홀을 뛰쳐나와 어둠 속으로 사라졌다. 아무도 눈치채지 못했다. 상관도 하지 않았다. 사람들은 데인저필드의 건강 상태를 논의하느라 정신이 없어 다른 것에 신경 쓸 여유가 없었다.

길을 따라 걷던 엘던은 등유 램프를 든 세 사람과 마주쳤다. 키가 크고 마른 남자와 머리가 검붉은 젊은 여자, 그리고 그 사이에 있는 어린 소녀였다.

"낭독이 끝났나요?" 여자가 물었다. "너무 늦었어요?"

"모르겠어요." 엘던은 대충 대답하고는 그들을 지나쳐 갔다.

"아아, 우리가 놓쳤나 봐요." 어린 소녀가 소리쳤다. "빨리 가야 한다고 했잖아요!"

"어쨌든 들어가보자." 남자가 아이에게 말했다. 목소리는 점점 희미해졌다. 엘던은 많은 것을 가진 부유한 웨스트 마린 사람들의 존재와 그들의 목소리로부터 점점 멀어지며 어둠 속으로 걸음을 옮겼다.

데인저필드 흉내를 내던 하피가 고개를 들자 켈러 부부와 어린 딸이 들어와 뒷줄에 앉는 모습이 보였다. 좋았어. 관객이 더 많아지자 하피는 기뻐서 중얼거렸다. 하지만 그 순간 하피는 긴장했다. 어린 소녀가 유심히 자기를 관찰하고 있는 게 보였다. 소녀가 바라보는 방식이 묘하게 기분 나빴다. 에디는 항상 그랬다. 하피는 그게 싫었다. 갑자기 하피는 하던 짓을 그만두었다.

"계속해, 하피." 카스가 외쳤다.

"계속하라고." 다른 사람들도 가세했다.

"쿨 에이드를 해봐." 여자 하나가 외쳤다. "그거 불러줘. 쿨 에이드 쌍둥이가 부르는 짧은 노래 있잖아."

"쿨 에이드, 쿨 에이드, 참을 수 없어요~." 하피는 노래를 부르다 다시 중단했다. "오늘 밤은 이 정도로 된 것 같아요." 하피가 말했다.

실내가 조용해졌다.

"내 동생이 말하는데요." 켈러 부부의 어린 딸이 소리 높여 말했다. "데인저필드가 이 방 어딘가 있대요."

하피가 웃으며 흥분한 목소리로 말했다. "그렇지."

"낭독은 끝났어요?" 에디가 물었다.

"응, 그래. 낭독은 끝났어." 얼이 말했다. "우리는 안 듣고 있었지만 말이야. 우린 하피가 재주 부리는 걸 보고 있었어. 오늘 밤 아주 재미있는 걸 보여줬지. 안 그래, 하피?"

"에디에게 동전 마술을 보여줘." 준이 말했다. "재미있어 할 거야."

"그래. 한 번 더 해." 약사가 자리에서 소리쳤다. "그거 좋겠군. 다시 보고 싶다고. 아마 다들 그럴 거야." 약사는 참지 못하고 뒷자리에 사람이 앉아 있다는 것도 잊은 채 자리에서 벌떡 일어섰다.

"동생은 낭독을 듣고 싶어 해요." 에디가 조용히 말했다. "그래서 온 거예요. 동전으로 뭘 하든 관심 없어요."

"조용히 해." 보니가 에디에게 말했다.

동생이라. 하피는 생각했다. 에디는 동생이 없는데. 하피는 에디의 말에 큰 소리로 웃었다. 청중 중 몇 명도 자동적으로 따라 웃었다. "동생이라고?" 하피는 카트를 움직여 에디에게 다가갔다. **동생?** 하피는 카트를 에디 바로 앞에 세우고는 웃으며 말했다. "나도 낭독을 할 수 있어. 책에 나오는 필립과 밀드레드나 다른 인물이 될 수 있다고. 데인저필드도 될 수 있어. 가끔은 정말로 그렇게 되기도 해. 오늘이 바로 그랬고, 그래서 네 동생이 데인저필드가 여기 있다고 생각한 거야. 사실은 그게 나였다고." 하피는 사람들을 둘러보았다. "안 그래요, 여러분? 바로 이 하피가 아니었나요?"

"맞아, 하피." 카스가 고개를 끄덕이며 동의했다. 다른 이들도 모두, 아니 적어도 대부분은 고개를 끄덕였다.

"맙소사, 하피." 보니가 날카로운 목소리로 말했다. "진정하라고. 카트에서 떨어지겠어." 보니는 위에서 내려다보는 특유의 방식으로 하피를 바라보았고, 하피는 순간 움츠러들었다. 그는 자기도 모르게 뒤로 물러났다. "도대체 무슨 일이에요?" 보니가 물었다.

약사인 프레드 퀸이 말했다. "아, 하피가 월터 데인저필드 흉내를 너무 잘 내서 진짜라는 생각이 들 정도야!"

다른 사람들도 동의한다는 듯 고개를 끄덕였다.

"에디, 넌 동생이 없어." 하피가 에디에게 말했다. "동생도 없는데 왜 동생이 낭독을 듣고 싶어 한다는 얘길 하는 거지?" 하피는 계속 웃었다. 에디는 가만히 있었다. "동생을 나한테 보여줄 수 있어?" 하피가 물었다. "아니면 얘기 좀 할 수 있어? 동생이 얘기하는 걸 들려줘. 그러면 내가 똑같이 흉내 낼 테니까." 하피는 이제 너무 웃어서 앞이 안 보일 지경이었다. 눈물이 흘러서 기계팔로 닦아내야 했다.

"그 흉내 한번 재밌겠구만." 카스가 말했다.

"나도 들어보고 싶어." 얼도 말했다. "해보라고, 하피."

"할 거예요." 하피는 말했다. "에디 동생이 내게 말을 하기만 하면요." 하피는 카트 가운데 앉은 채로 기다렸다. "기다리고 있잖니." 하피가 말했다.

"그만 해." 보니가 말했다. "내 딸을 건드리지 말라고." 보니는 화가 나 볼이 새빨개졌다.

하피는 보니를 무시하고 에디에게 말했다. "동생은 어디 있지? 말해봐. 근처에 있어?"

"몸을 숙여요." 에디가 말했다. "내 쪽으로요. 그러면 동생이 말할 거예요." 에디도 엄마인 보니처럼 굳은 표정을 지었다.

하피는 에디를 향해 몸을 굽히고 짐짓 주의 깊게 듣겠다는 듯이 한쪽 귀를 가져다 댔다. 그러자 마치 내면의 일부인 듯한 목소리가 몸 안쪽에서 들렸다. "그 교환기는 어떻게 고쳤지? **솔직히** 어떻게 한 거냐?"

하피가 비명을 질렀다.

다들 창백한 표정으로 하피를 바라보았다. 모두 자리에서 일어난 채 뻣뻣이 굳어 있었다.

"짐 퍼제슨의 목소리야." 하피가 말했다.

에디는 차분하게 하피를 바라보았다. "제 남동생이 말하는 걸 더 듣고 싶으세요, 해링턴 씨? 몇 마디 더 해드려, 빌. 더 듣고 싶으시대."

다시 하피의 내부에서 목소리가 들렸다. "그건 마치 치유한 것 같았어. 부러진 용수철을 교체한 게 아니라."

하피는 거칠게 카트를 돌리더니 복도를 가로질러 방 끝으로 움직였다. 에디에게서 멀리 떨어진 하피는 다시 카트를 돌리고 숨을 헐떡였다. 심장이 방망이질했다. 하피는 에디를 바라보았고 에디도 말없이 마주보았다. 하지만 에디의 입술에는 이제 희미한 미소가 떠올라 있었다.

"제 동생 목소리를 들었죠?" 에디가 말했다.

"그래." 하피가 말했다. "그랬지."

"이제 동생이 어디 있는지 알겠네요."

"그래." 하피는 고개를 끄덕였다. "다시는 그러지 마. 제발. 네가 싫다면 다시는 흉내 내기를 하지 않을게. 알았지?" 하피는 애원하듯 에디를 바라보았지만, 대답이나 약속은 듣지 못했다. "미안해." 하피가 에디에게 말했다. "이제 널 믿어."

"맙소사." 보니가 부드럽게 말했다. 보니는 의문이 담긴 시선을 남편에게 보냈다. 조지는 말없이 고개만 흔들었다.

에디는 천천히, 하지만 또박또박 말했다. "원하면 볼 수도 있어요, 해링턴 씨. 동생이 어떻게 생겼는지 볼래요?"

"아니." 하피가 말했다. "보고 싶지 않아."

"무서워요?" 이제 에디는 드러내놓고 웃고 있었다. 하지만 그 웃음은 공허하고 차가웠다. "아저씨가 날 괴롭혀서 동생이 갚아준 거예요. 동생이 화가 났거든요. 그래서 그런 거죠."

조지가 하피에게 다가가며 말했다. "무슨 일이야, 하피?"

"아무것도 아니에요." 하피가 잘라 말했다.

무서웠어. 하피는 생각했다. 짐 퍼제슨을 흉내 내서 날 놀리다니. 완전히 당했어. 진짜 퍼제슨이 돌아왔는 줄 알았잖아. 에디는 짐 퍼제슨이 죽은 날 잉태됐잖아. 보니가 예전에 그렇게 말했지. 아마 동생도 동시에 생겼을 거야. 하지만 그건 사실이 아니야. 그가 아니었다고. 그건 **흉내 내기**였어.

"이제 아시겠죠? 빌도 흉내 내기를 해요." 에디가 말했다.

"그래." 하피가 몸을 떨며 대답했다. "그렇구나."

"잘하죠?" 에디의 검은 눈에 불꽃이 튀었다.

"그래, 아주 잘했어." 하피가 말했다. 나만큼이나. 하피는 생각했다. 어쩌면 나보다 잘할지도 몰라. 에디의 동생이라는 빌을 조심해야겠어. 가까이 가지 말아야지. 진짜 교훈을 얻었어.

진짜 그 안에 짐 퍼제슨이 있을 수도 있어. 하피는 생각했다. 다시 태어난 퍼제슨. 환생이라고 해야 하나. 어쩌면 폭탄이 내가 이해할 수 없는 작용을 했을지도 모르지. 그러면 흉내 내기가 아니라 처음 생각이 옳았던 거야. 그런데 어떤 게 진실인지 어떻게 알지? 나한테는 말 안 할 텐데. 날 싫어하잖아. 에디를 놀려서 그런가 본데 실수였어. 그러지 말걸.

"후드 후드 후~" 하피가 말했다. 그러자 몇몇 사람이 하피 쪽으로 고개를 돌렸다. 산발적으로 하피에게 주의를 기울이는 사람이 생겼다. "자, 여러분의 오랜 친구가 돌아왔습니다." 하피가 말했다. 하지만 마음에서 우러나지 않았다. 목소리가 떨렸다. 하피가 청중을 향해 웃었지만, 아무도 마주 웃어주지 않았다. "낭독을 좀 더 할까요." 하피가 말했다. "에디의 남동생이 듣고 싶답니다." 하피는 기계팔을 뻗어 손잡이를 조작해 라디오 소리를 키웠다.

원하는 대로 해주지. 하피는 속으로 중얼거렸다. 낭독이든 뭐든. 그 안에 얼마나 있었지? 고작 7년? 하지만 마치 영원히 존재한 듯한 느낌이야. 언제나 있었던 것처럼. 하피에게 말을 한 건 끔찍이도 오래되고 여위고 하얀 무엇이었다. 단단하고 작은, 그리고 둥둥 떠다니는. 입술은 과하게 크고, 솜털같이 성

219

기고 건조한 머리카락이 흐느적거리는 머리통. 퍼제슨이 분명해. 하피는 중얼거렸다. 그 사람 같은 **느낌**이었어. 퍼제슨이 그 안에 있어. 이 아이 뱃속에 말이야.

그러면 혹시 밖으로 나올 수도 있을까?

에디가 동생에게 말했다. "뭘 했기에 그 사람이 겁먹은 거야? 정말 무서워하던데."

내부에서 익숙한 목소리가 울렸다. "난 오래전에 그 사람이 알던 사람이었어. 죽은 사람이지."

"아." 에디가 말했다. "그거였구나. 그럴 줄 알았어." 에디는 재미있었다. "그 사람한테 또 그럴 거야?"

"내 마음에 들지 않으면 더 할 수도 있어. 어쩌면 다른 짓을 할 수도 있지."

"그 죽은 사람은 어떻게 알았어?"

"아." 빌이 말했다. "알잖아. 나도 죽어 있기 때문이지." 빌은 에디의 뱃속 깊은 곳에서 울었다. 뱃속이 떨리는 게 느껴졌다.

"아냐." 에디가 말했다. "넌 나처럼 살아 있는 사람이야. 그러니까 그런 소리 하지 마. 옳지 않아." 그런 생각은 에디를 무섭게 했다.

"그냥 그런 척한 거야. 미안해. 그 사람 얼굴을 봤어야 했는데. 어땠어?"

"끔찍했어." 에디가 말했다. "네가 그 말을 했을 때는 완전히 개구리처럼 기겁을 했어. 하지만 넌 개구리가 어떻게 생겼는지

220

모르는구나. 어떻게 생겼는지 아는 게 하나도 없으니까 얘기해 줘봤자 소용이 없어."

"나도 밖으로 나가면 좋겠어." 빌이 담담한 투로 말했다. "다른 사람들처럼 태어날 수 있으면 좋겠다. 나중에라도 그럴 수 있을까?"

"스톡스틸 박사님이 안 된댔어."

"그러면 그 사람이 밖으로 나갈 수 있게 만들어주면 안 돼? 저번엔 그렇게……."

"내가 잘못 알았어." 에디가 말했다. "배에 조그만 구멍을 내면 되는 줄 알았지. 그런데 박사님이 안 된대."

뱃속 깊숙이 있는 동생은 침묵했다.

"기분 나빠 하지 마." 에디가 말했다. "내가 계속 세상이 어떤지 말해줄게." 에디는 동생을 위로하고 싶었다. "내가 저번처럼 화가 나서 바깥 얘기를 안 해주는 일은 없을 거야. 약속이야."

"어쩌면 내가 스톡스틸 박사님이 날 꺼내도록 만들 수 있을지도 몰라." 빌이 말했다.

"그런 걸 할 수 있다고? 못할 거야."

"난 원하면 할 수 있어."

"아냐." 에디가 말했다. "거짓말이야. 넌 잠자는 거, 죽은 사람하고 이야기하는 거, 그리고 아까처럼 흉내 내는 거 빼면 아무것도 못해. 할 수 있는 게 별로 없어. 하지만 나는 실제로 그보다 더 많은 걸 할 수 있다고."

빌에게서는 아무런 대꾸가 없었다.

"빌." 에디가 말했다. "그거 알아? 이제 나 말고 두 사람이 너에 대해 알고 있어. 하피 해링턴하고 스톡스틸 박사님이야. 예전에 넌 아무도 너에 대해 알아채지 못할 거라고 했잖아. 그러니까 넌 그렇게 똑똑하지 않아. 난 네가 아주 똑똑하다고 생각하지 않아."

빌은 에디 안에서 잠들어버렸다.

"네가 나쁜 짓을 하면 난 너한테 독이 되는 걸 먹을 수도 있어." 에디가 말했다. "알았지? 그러니까 얌전히 굴도록 해."

에디는 갈수록 빌이 두려웠다. 방금 한 말도 사실은 자신감을 북돋우기 위해 자기 자신에게 한 말이었다. 어쩌면 네가 정말 죽는 게 좋을지도 몰라. 에디는 생각했다. 다만 그래도 나는 너를 품고 다녀야겠지. 그건 즐겁지 않을 거야. 싫어.

에디는 몸을 떨었다.

"내 걱정은 하지 마." 빌이 갑자기 말했다. 다시 깨어났거나 처음부터 잠들지 않았는지도 모른다. 어쩌면 잠든 척했을 수도 있었다. "나도 아는 게 많아. 스스로 돌볼 수 있다고. 너도 돌봐줄게. 기뻐하라고. 난 그렇게 할 수 있거든. 음, 넌 이해 못하겠지만 말이야. 내가 죽은 사람을 볼 수 있다는 건 알잖아. 아까 내가 흉내 낸 사람처럼 말이야. 에, 그런 사람이 아주 많아. 수십, 수백억 명이나 되는데 각자 다 달라. 내가 자고 있을 때는 그 사람들이 중얼거리는 게 들려. 아직도 사방에 있어."

"어디에?" 에디가 물었다.

"우리 밑에." 빌이 말했다. "지하에 있어."

"으으." 에디가 말했다.

빌은 웃었다. "사실이야. 우리도 그곳으로 가게 될 거야. 엄마랑 아빠도. 다른 사람들도 전부. 동물도 마찬가지야. 그 개 있잖아. 그 말하는 개도 거의 그쪽으로 갔어. 아직은 아니지만, 간 거나 마찬가지야. 나중에 알게 될 거야."

"난 듣기 싫어." 에디가 말했다. "난 낭독을 듣고 싶어. 그러니까 조용히 해줘. 넌 듣고 싶지 않아? 언제는 낭독이 좋다고 했잖아."

"그 사람도 곧 그쪽으로 갈 거야." 빌이 말했다. "위성에서 낭독을 하는 남자 말이야."

"아니야." 에디가 말했다. "난 안 믿어. 확실해?"

"응." 빌이 말했다. "거의 확실해. 그리고 그 전에, 안경 장수라는 사람 알지? 모른다고? 어쨌든 그 사람도 금방 그쪽으로 갈 거야. 얼마 안 남았어. 그리고 나중에는……." 빌이 말을 끊었다. "말 안 할래."

"하지 마." 에디도 동의했다. "말하지 마. 정말 듣고 싶지 않다고."

높이 솟아 있는 구부러진 돛대 모양의 송신탑을 길잡이 삼아 엘던은 하피의 집으로 향했다. 지금 아니면 기회가 없어. 엘던은 생각했다. 시간이 별로 없어. 아무도 그를 제지하지 않았다. 하피를 비롯해 마을 사람들은 모두 홀에 모여 있었다. 라디오를 들고 도망가자. 엘던은 중얼거렸다. 하피는 데려가지 못해도 최소한 뭔가를 가지고 볼리나스로 가는 거야. 송신탑은 코앞에 있었다. 엘던은 하피가 짓고 있는 구조물이 앞에 있음을 느꼈다. 그때 엘던은 뭔가에 걸려 넘어지면서 팔을 뻗은 채 땅위를 뒹굴었다. 땅바닥에 낮게 깔려 있는 울타리의 잔해였다.

이제 집, 혹은 예전에 집이었을 건물이 보였다. 토대와 한쪽 벽이 남아 있고, 그 가운데에 잔해를 덕지덕지 붙이고 타르를 바른 종이로 비가 새지 않게 만든 육면체 모양의 방이 있었다. 굵은 철사를 묶어서 고정시켜놓은 라디오 송신탑은 작은 금속 굴뚝 뒤에 똑바로 서 있었다. 송신탑은 작동하고 있었다.

진공관이 내뿜는 푸르스름한 빛을 보기도 전에 웅웅거리는 소리가 들렸다. 방문 아래 틈으로는 더 밝은 빛이 흘러나왔다. 엘던은 손잡이를 잡고 잠시 멈췄다가 재빨리 돌렸다. 마치 안에서 누가 기다리고 있었다는 듯 아무 저항 없이 문이 열렸다.

친근감 있는 목소리가 들렸다. 섬뜩해진 엘던은 믿을 수 없었지만, 하피가 있을 거라고 예상하며 방 안을 둘러보았다. 하지만 목소리는 라디오에서 나오고 있었다. 라디오는 도구와 계측기와 수리용 부품이 제멋대로 놓여 있는 작업대 위에 있었다. 위성이 지나간 지 꽤 되었지만 데인저필드는 아직도 방송을 하고 있었다. 이건 다른 사람들은 이루지 못한 성과야. 엘던은 깨달았다. 여기 웨스트 마린에는 이런 것도 있구나. 그런데 왜 큰 송신탑을 켜뒀지? 그걸로 뭘 하는 걸까? 엘던은 서둘러 주위를 둘러보기 시작했다.

그때 라디오에서 흘러나오던 친숙한 목소리가 갑자기 변했다. 더 사납고 날카로운 목소리였다. "안경 장수. 내 집에서 뭘 하는 거지?" 하피의 목소리였다. 엘던은 당황해서 멍청하게 머리를 소매로 문질러 닦았다. 이해하려고 노력했지만 마음속 깊숙한 곳에서는 절대 이해하지 못할 거라는 사실을 알고 있었다.

"하피." 엘던이 겨우 입을 열었다. "어디 있는 거지?"

"여기." 라디오에서 목소리가 흘러나왔다. "지금 가고 있어. 거기서 기다리라고, 안경 장수 양반." 문이 열리면서 포코모빌에 탄 하피가 들어왔다. 그는 날카롭고 이글거리를 눈으로 엘던을 쳐다보았다. "우리 집에 온 걸 환영해." 하피가 조심스럽게 말했다. 목소리는 하피와 라디오 스피커에서 동시에 흘러나왔다. "위성방송이 저 라디오에 잡힌다고 생각했나?" 하피는 기계팔 하나를 뻗어 라디오를 껐다. "그랬을지도 모르겠군. 아니면 앞으로 언젠가는 그럴지도 모르고. 어쨌든 말해보라고, 안경 장수. 여기서 뭘 하는 거지?"

엘던이 말했다. "원하는 건 없어. 가게 해줘. 그냥 구경하고 있었을 뿐이야."

"라디오를 원하는군. 그렇지?" 하피가 무덤덤하게 말했다. 전혀 놀라지 않았고, 체념한 듯한 말투였다.

엘던이 말했다. "송신탑이 왜 작동하는 거지?"

"위성에 송신을 하고 있기 때문이지."

"날 가게 해준다면 내가 가진 안경을 전부 주겠어." 엘던이 말했다. "캘리포니아 북부에서 몇 달 동안 뒤져서 찾은 거야."

"지금은 안경을 갖고 있지 않잖아." 하피가 말했다. "서류가 방이 안 보이는걸. 하지만 가도 좋아. 내가 보기에 여기서 나쁜 짓을 하지는 않았으니까. 내가 그럴 기회를 안 주기도 했지만." 하피는 특유의 활기차지만 더듬거리는 투로 웃었다.

엘던이 말했다. "위성을 떨어뜨릴 생각인가?"

기형아는 엘던을 바라보았다.

"그렇군." 엘던이 말했다. "이 송신기로 위성의 최종 단계를 점화시킬 생각이야. 역추진 로켓처럼 만들어서 대기권으로 도로 들어오게 해서 결국 떨어뜨리려는 거로군."

"그런 건 할 수 없어." 마침내 하피가 말했다. "하고 싶어도 안 돼."

"넌 멀리서 물건에 힘을 줄 수 있잖아."

"내가 뭘 하는지 알려주지, 안경 장수 양반." 카트를 굴려 엘던을 지나쳐 간 하피는 기계팔을 뻗어 작업대에서 물건을 하나 집어 들었다. "이거 알아볼 수 있어? 녹음테이프야. 이걸 아주 엄청난 속도로 위성에 전송하면 몇 시간짜리 정보를 순식간에 전달할 수 있어. 동시에 위성이 지나가는 동안 받은 소식도 전부 고속으로 나한테 전달이 돼. 원래 이런 일을 하려고 설계한 거라고, 안경 장수. 비상사태 전에, 여기 있는 감시 장치가 없어지기 전에 말이야."

엘던은 작업대 위의 라디오를 보고는 다시 문가를 흘긋 보았다. 포코모빌이 움직여서 이제 문으로 가는 쪽이 막혀 있지 않았다. 엘던은 자신이 생각하고 있는 게 가능한지, 기회가 있을지

226

계산해보았다.

"난 500킬로미터까지 전송할 수 있어." 하피는 계속 이야기하고 있었다. "캘리포니아 북부의 청취자에게 모두 전송할 수 있다고. 직접 전송하는 건 거기까지가 한계야. 하지만 내가 소식을 위성으로 보내 녹음하고 공전한 뒤 계속 틀어준다면……."

"세계 어디든 닿을 수 있겠군."

"맞아." 하피가 말했다. "그것에 쓸 수 있는 장치가 위성에 있지. 지상에서도 모두 조종할 수 있어."

"그러면 네가 데인저필드가 되겠군."

기형아는 웃으며 더듬더듬 말했다. "아무도 차이점을 모를 거야. 난 할 수 있어. 준비는 다 되어 있어. 아니면 뭐가 있겠어. 침묵이지. 위성은 언젠가 조용해질 거야. 그러면 세상을 하나로 묶어주던 목소리도 사라지고 세상은 몰락할 거야. 난 언제라도 데인저필드를 잘라낼 준비가 되어 있어. 그자가 정말로 죽을 거라는 확신이 들면 그렇게 할 거야."

"데인저필드도 너에 대해 알고 있나?"

"아니."

"내 생각을 말해보지." 엘던이 말했다. "데인저필드는 오래전에 죽었어. 우리가 듣고 있던 목소리는 실제로는 너였던 거야." 엘던은 말을 하면서 동시에 작업대 위에 놓은 라디오를 향해 조심스럽게 움직였다.

"그렇지 않아." 기형아가 차분한 목소리로 말했다. 그리고 곧 덧붙였다. "하지만 곧 그렇게 될 거야. 데인저필드가 그런 상태에서 살아 있다는 건 대단한 일이야. 군대가 사람을 잘 뽑은 것 같더군."

엘던은 그 순간 라디오를 낚아채 팔에 끼우고는 문을 향해 뛰었다.

깜짝 놀란 하피는 입을 쩍 벌렸다. 엘던은 하피의 얼굴에 떠오른 표정을 흘긋 보고 바로 밖으로 나가 경찰차를 세워둔 곳을 향해 어둠 속을 달렸다. 녀석을 교란시켰어. 엘던은 중얼거렸다. 저 빌어먹을 불쌍한 기형아 녀석은 내가 뭘 하려는지 몰랐을 거야. 괜히 왜 떠들었겠어? 멋지게 속여 넘기려고 의미 없는 말을 지껄인 거라고. 그 녀석은 여기 앉아서 온 세상을 향해 이야기하고, 온 세상의 이야기를 듣고, 온 세상을 자기 청중으로 만들려고 하지……. 하지만 데인저필드 말고 아무도 그럴 수 없다고. 아무도 위성의 기계 장치를 이 아래서 조작할 수 없어. 기형아 녀석은 직접 위성에 올라가야 할걸. 그리고 그건 불가능해.

갑자기 뭔가가 엘던의 목 뒷부분을 잡았다.

어떻게? 엘던 블레인은 끝까지 라디오를 부여잡은 채 속도를 더 내며 생각했다. 녀석은 집 안에 있고 난 여기 있어. 멀리서 힘을 가하는 건가! 녀석이 날 잡았어. 아닌가? 설마 이렇게 멀리까지 힘이 닿는 건가?

뒷목을 잡은 힘이 목을 졸랐다.

11

폴 디이츠는 격주간으로 나오는 웨스트 마린의 지역 신문인
《뉴스 앤 뷰》의 초판을 집어 들고 자기가 쓴 머리기사를 자세히
확인했다.

볼리나스 출신의 남자 목뼈 골절로 사망

4일 전 캘리포니아 볼리나스 출신의 안경 판매업자 엘던 블레
인이 사업상 우리 지역을 방문하던 중 목이 부러진 시체로 발견
됐다. 상처 자국으로 보아 누군가가 폭력을 가한 것으로 추정된
다. 웨스트 마린의 경찰서장인 얼 콜비그는 집중적인 수사를 시
작했으며 사건 당일 블레인을 목격한 사람들의 증언을 수집하고
있다.

그 자체로 완전한 기삿거리였다. 디이츠는 읽고선 깊은 만족
감을 느꼈다. 이번 호는 머리기사가 괜찮았다. 많은 사람들이
관심을 가질 테고, 그러면 다음 호에는 광고를 몇 개 더 딸 수
있을 터였다. 주 수입원은 매번 담배와 주류 광고를 하는 앤드
류 길과 약사인 프레드 퀸이었다. 물론 작은 광고도 몇 개 있었
다. 하지만 옛날 같지는 않았다.

기사에서 빠진 내용은 물론 볼리나스의 안경 업자가 웨스트
마린에 온 이유가 불분명하다는 사실이었다. 모두 알고 있는
사실이었다. 그자가 수리공을 납치해 가기 위해 여기에 온 거
라는 추측도 있었다. 하지만 그건 단순한 추측에 불과했기 때
문에 기사에 담지는 않았다.

디이츠는 다음으로 중요한 기사를 읽었다.

월터 데인저필드, 고통스러워하다

매일 밤 벌어지는 위성방송 청취 모임에 참석한 사람들의 증
언에 따르면 월터 데인저필드는 최근 "위궤양이나 심장 문제로
추정되는 병으로 인해 아프다"며 의학적 처치가 필요하다고 말
했다. 포레스터 홀에 모인 청취자들은 대단한 근심을 표했으며,
참석자 중 한 명인 카스 스톤은 마지막 수단으로 산 라파엘에 사
는 개인 주치의와 상담하겠다고 《뉴스 앤 뷰》에 밝히기도 했다.
포인트 러예스 약국의 프레드 퀸이 데인저필드에게 필요한 약을
갖고 샤이엔에 있는 군부대 본부까지 여행하는 방안에 대한 논
의도 있었지만 뚜렷한 결론을 내리지는 못했다.

이 외에는 누가 누구와 저녁을 먹었고, 누가 근처 무슨 마을에 다녀왔다는 등 그다지 흥미롭지 않은 지역 문제였다. 디이츠는 그런 내용은 대충 봐 넘기고 광고가 완벽하게 인쇄됐는지 확인했다. 그리고 나머지를 계속 인쇄했다.

물론 신문에 나가지 않은, 절대 인쇄할 수 없는 기삿거리도 있었다. 하피 해링턴이 7살짜리 아이 때문에 겁에 질렸다는 사실 같은 거였다. 디이츠는 그 기형아가 사람들 많은 곳에서 발작하듯 겁에 질렸다는 보고를 생각하며 웃었다. 그리고 보니 켈러가 또다시 외도를 하고 있었다. 이번 상대는 새로 온 학교 교사인 할 반즈였다. 이건 꽤 괜찮은 기삿거리였다. 양목장 주인인 잭 트리는 누군가 양을 훔쳐 갔다고—이미 수도 없이—신고했다. 또 뭐가 있더라? 어디 보자. 디이츠는 생각했다. 도시에서 온 누군가가 유명한 담배 전문가인 앤드류 길을 방문했지. 아마도 앤드류의 담배와 주류 사업을 도시로 진출시키는 문제와 아직 알려지지 않은 커다란 도시의 기업 연합체와 관련이 있겠지. 생각이 거기까지 미치자 디이츠는 얼굴을 찌푸렸다. 만약 앤드류가 이 지역에서 떠난다면《뉴스 앤 뷰》는 가장 꾸준한 광고주를 잃는 셈이었다. 그건 전혀 좋지 않았다.

이걸 실어야겠어. 그는 생각했다. 무슨 꿍꿍이인지는 모르겠지만 일단 앤드류에 대한 지역감정을 휘저어놓는 거야. 우리 지역의 담배 사업에 미치는 외부의 영향……. 이런 식으로 쓸 수 있겠군. 어디서 왔는지 모르는 외지인이 근처에서 목격됐다. 이런 식으로 풀어나가면 돼. 그러면 앤드류를 막을 수 있을지도 몰라. 어쨌든 그도 새로 들어온 사람이잖아. 이건 예민한 문제라고. 기껏해야 비상사태 이후부터 여기 살았으니까 진정한 우리 주민은 아니야.

앤드류를 찾아왔다는 이 망할 작자는 도대체 누구야? 마을 사람들 모두가 궁금해하고 있지. 아무도 그자를 좋아하지 않아. 누가 말하길 검둥이라고 하던데, 또 누군가는 방사능 화상 때문에 그렇게 된 거랬어. 전쟁검둥이, 그렇게 부르지.

어쩌면 그자도 볼리나스의 안경 장수처럼 그런 식으로 당할지도 모르겠군. 디이츠는 추측했다. 외부의 영향을 반기지 않는 사람은 너무나 많았다. 괜히 돌아다니면서 간섭하는 일은 위험했다.

엘던 블레인의 죽음은 자연스럽게 오스투리아스를 떠올리게 했다. 비록 오스투리아스의 죽음은 의회와 배심원이 공개적이고 합법적으로 처리한 문제였지만, 본질적으로는 거의 다르지 않았다. 두 사건 다 마을의 정서를 표출하고 있다고 봐야 했다. 앤드류 주변에서 어슬렁거린다는 검둥이 혹은 전쟁검둥이가 갑자기 사라져버린다고 해도 마찬가지였다. 외지인인 앤드류에게 보복이 이뤄질 가능성 역시 언제나 있었다.

하지만 앤드류에게는 켈러 부부 같은 힘 있는 친구가 있었다. 그리고 수많은 사람들이 그가 만드는 담배와 술에 의존했다. 오리온 스트라우드와 카스 스톤도 상당한 양을 구입했다. 그러니 아마도 앤드류는 무사할 터였다.

하지만 그 검둥이는 아니야. 그자를 변호할 생각은 없어. 도시 출신이라 시골 마을에 뿌리박힌 이런 지역 감정을 몰라. 우리는 여기서 굳게 뭉쳐 있어. 그리고 그게 침범당하는 꼴을 보고 싶지 않아. 디아츠는 생각했다.

어쩌면 혹독한 대가를 치러야만 할 수도 있어. 우리는 또 하나의 죽음을 봐야 할지도 모르지. 검둥이 살해라……. 어떤 면에서는 최고지.

포인트 러예스 거리 한가운데를 굴러 내려가던 하피는 카트 한가운데서 몸을 곧추세웠다. 눈에 익은 흑인을 봤기 때문이었다. 그는 오래전에 모던TV에서 일하면서 알던 스튜어트 맥콘치처럼 보였다.

하지만 그때 하피는 그게 빌의 또 다른 흉내 내기라는 데 생각이 미쳤다.

에디의 몸속에 있는 존재가 갖고 있는 힘을 생각하자 하피는 두려워졌다. 그는 환한 대낮에 이런 일까지 할 수 있는 걸까? 그에 비해 나는 무엇을 할 수 있을까? 지난밤 퍼제슨의 목소리에 당했던 것처럼 하피는 또 당한 것이다. 지니고 있는 엄청난 능력이 무색했다. 어떡해야 할지 모르겠어. 하피는 미칠 것 같은 심정으로 중얼거렸다. 하피는 일단 검둥이를 향해 카트를 굴려 갔다. 하지만 검둥이는 사라지지 않았다.

어쩌면 빌은 내가 안경 장수에게 한 짓을 알고 있을지도 몰라. 하피는 생각했다. 그래서 앙갚음을 하는 걸지도. 애들은 그런 식이잖아.

카트를 돌려 옆길로 빠진 하피는 속도를 올려 스튜어트의 허상과 가까운 곳에서 벗어나려고 했다.

"어이." 어디선가 조심하라는 듯한 목소리가 들렸다.

주위를 둘러본 하피는 자기가 스톡스틸 박사를 칠 뻔했다는 걸 깨달았다. 하피는 미안해하며 카트를 천천히 멈췄다. "죄송해요." 하피는 눈을 가늘게 뜨고 스톡스틸 박사를 바라보며 생각했다. 그러고 보니 여기 또 오래전, 비상사태 전부터 알고 있던 사람이 있군. 스톡스틸 박사는 버클리에서 정신과 병원을 운영했었다. 하피는 샤터크 거리에서 그를 종종 봐왔다. 그런데 이 사람이 왜 여기 있지? 스톡스틸 박사는 어떻게 하피처럼 웨스트 마린에 정착하게 된 것일까? 그저 우연일까?

그때 하피는 생각했다. 어쩌면 스톡스틸 박사는 베이 에어리어에 첫 폭탄이 떨어지던 날 이후로 생긴 끊임없이 계속되는 허상일지도 몰라. 그게 빌이 잉태된 날이 맞지?

보니 켈러가 모든 일의 원흉이야. 하피는 생각했다. 공동체에서 생기는 문제는 다 그래. 오스투리아스 문제만 해도 우리를 둘로 나눠 으르렁거리게 하는 바람에 공동체를 거의 무너뜨릴 뻔했잖아. 보니가 오스투리아스를 죽게 한 거야. 실제로 죽어야 할 사람은 저기서 양을 키우는 잭 트리, 그 퇴물이었어야 했어. 학교 선생이 아니라 그자가 총을 맞았어야 했다고.

오스투리아스는 좋은 사람이었어. 친절했지. 하피는 오스투리아스에 대해 생각했다. 나를 빼고는 거의 아무도 그 같잖은 재판에서 그를 공개적으로 지지하지 않았지.

스톡스틸 박사가 하피를 향해 신랄하게 말했다. "그 카트 좀 조심해서 몰아라, 하피. 나한테 좋은 일 한다고 생각하고."

"죄송하다고 했잖아요."

"뭐를 무서워하는 거지?"

"아무것도 아니에요." 하피가 말했다. "난 세상에 무서운 게 없어요." 그러자 포레스터 홀에서 있었던 사건과 자기가 어떻게 행동했는지가 떠올랐다. 그 이야기는 마을 전체에 퍼져 있었다. 그 자리에는 없었지만 스톡스틸 박사도 들어서 알고 있었을 터였다. "난 공포증이 있어요." 하피는 충동적으로 말했다. "그것도 박사님 전공인가요, 아니면 이제 그런 분야는 그만뒀나요? 제 공포증은 갇히는 상황에 대한 거예요. 예전에 한번 지하실에 갇혔었죠. 첫 폭탄이 떨어진 날에요. 목숨은 건졌지만……." 하피는 몸을 떨었다.

"그렇구나."

"켈러 부부의 딸을 진찰했나요?"

"그랬지."

하피가 예리한 질문을 던졌다. "그러면 아시겠군요. 아이가 하나가 아니라 둘이란 걸요. 이유는 모르겠지만 둘은 합쳐져 있어요. 선생님이라면 아마 정확한 이유를 아시겠지만, 전 몰라요. 상관도 없고요. 어쨌든 그 아이는 기형이에요. 아니, 남매라고 해야 하나요?" 하피의 입에서 씁쓸한 감정이 그대로 말로 쏟아져 나왔다. "걔들은 겉으로는 멀쩡해요. 그래서 그냥 넘어가지요. 사람들은 겉모습에만 신경 쓰니까요. 그렇지 않나

235

요? 하지만 선생님은 진찰하면서 알아내셨을 거예요. 그렇죠?"

"대강은 알아냈지."

"주 법률에 따르면 조금이라도 기형인 미성년자와 아이들은 야만적이든 아니든 새크라멘토에 있는 당국에 넘겨야 한다고 들었는데요."

스톡스틸 박사는 대꾸하지 않고 조용히 하피를 바라보았다.

"당신은 켈러 부부의 불법 행위를 돕고 있는 거예요."

잠시 후 스톡스틸 박사가 말했다. "뭘 원하지, 하피?" 그의 목소리는 낮고 차분했다.

"아—무것도요." 하피가 더듬거렸다. "정의를 원할 뿐이죠. 사람들이 법을 준수하기를 바라는 거예요. 그게 잘못인가요? 난 법을 지키고 있어요. 미국 우생학*국에 등록돼 있죠." 하피는 쿨럭거리며 말을 이었다. "생물학적 돌연변이로요. 무섭긴 하지만 난 해요. 협조한다고요."

"하피." 스톡스틸 박사가 조용히 말했다. "볼리나스에서 온 안경 장수에게 무슨 짓을 했지?"

하피는 카트를 빙글 돌려 스톡스틸 박사를 내버려둔 채 재빨리 그 자리를 떠났다.

내가 무슨 짓을 했냐고? 하피는 생각했다. 죽였지. 당신도 알면서 왜 물어? 뭐가 신경 쓰이는 거야? 그자는 이 지역 밖에서 왔다고. 중요하지 않은 사람이야. 우리 모두 알잖아. 게다가 준의 말로는 그자가 날 납치하려고 했다잖아. 그 정도면 누구에

---

* 유전 법칙을 응용해서 인간 종족의 개선을 연구하는 학문.

게나 충분한 이유지. 얼 콜비그나 오리온 스트라우스, 카스 스톤 그리고 함께 공동체를 이끄는 톨만 부인과 켈러 부부, 준 라움에게는 충분한 이유라고.

스톡스틸 박사는 내가 엘던을 죽인 걸 알아. 하피는 생각했다. 내 몸을 한 번도 검사하게 하지는 않았지만 스톡스틸 박사는 나에 대해 많은 걸 알고 있어. 내가 원거리에서 힘을 쓸 수 있다는 것도 알지. 하지만 그건 누구나 알아. 그래도 아마 그 의미를 이해하는 건 저 박사 하나뿐일 거야. 그는 배운 사람이 잖아.

문득 하피에게 어떤 생각이 떠올랐다. 만약 스튜어트 맥콘치의 허상이 또다시 보이면 힘을 써서 죽여야겠어. 그래야만 해.

하지만 다시 보고 싶지는 않아. 하피는 생각했다. 죽은 사람을 보는 건 견딜 수 없어. 그게 내 공포증이지. **무덤**. 난 분해되지 않은 퍼제슨의 몸 일부와 함께 무덤에 묻혔다고. 끔찍했어. 내가 알았던 그 누구보다도 나를 생각해줬던 사람의 몸 반쪽과 함께 그 지하실에서 2주를 보냈어. 나를 의자에 앉히고 분석한다면 나에게 무슨 소리를 해줄 건가, 스톡스틸 박사? 그 트라우마를 일으킨 사건에 대해 흥미를 보일 건가, 아니면 지난 7년 동안 그런 정도의 일은 너무 많았다고 할 건가.

에디에게 있는 그 빌이라는 녀석은 어떻게 했는지 몰라도 죽은 자들과 함께 있어. 하피가 중얼거렸다. 반은 이승에, 반은 저승에 있는 거야. 하피는 자기가 저세상과 접촉할 수 있다고 상상했던 시절을 생각하며 쓸쓸하게 웃었다. 꽤 괜찮은 농담이었지. 하피는 생각했다. 누구보다도 나 자신을 가장 많이 속이긴 했지만 다른 사람들은 끝내 몰랐지. 스튜어트 맥콘치와 쥐라니. 스튜어트는 앉아서 그걸 맛있게 먹어······.

그 순간 하피는 깨달았다. 그건 곧 스튜어트가 살아남았다는 뜻이었다. 비상사태 때 죽은 게 아니었다. 최소한 퍼제슨처럼 폭탄이 터지자마자 죽은 건 아니었다. 따라서 하피가 방금 본건 허상이 아닐 수도 있었다. 하피는 몸을 떨며 카트를 멈추고 앉아서 재빨리 머리를 굴렸다.

그자가 나에 대해 알까? 하피는 생각했다. 날 곤란하게 할 수 있을까? 아닐걸. 예전에 나는 어땠지? 그저 정부가 만들어준 카트에 앉아 허섭스레기 같은 일이라도 뭐든 던져주면 좋아했던 불쌍한 인간에 불과했어. 하지만 지금은 많은 게 변했어. 나는 이제 웨스트 마린에 꼭 필요한 인물이라고. 하피는 중얼거렸다. 난 최고의 수리공이야.

왔던 길로 카트를 돌려 간 하피는 다시 큰길로 나와 스튜어트 맥콘치를 찾았다. 예상대로 그는 앤드류 길의 담배 및 주류 공장으로 향하고 있었다. 하피는 그 뒤를 따라 움직이기 시작했다. 곧 아이디어가 떠올랐다.

하피는 스튜어트가 넘어지게 만들어보았다.

카트에 앉아 검둥이가 넘어질 뻔하다가 다시 일어나는 모습을 지켜본 하피는 씩 웃었다. 스튜어트는 얼굴을 찡그리며 바닥을 보더니 깨진 시멘트 조각과 잡초 사이로 좀 더 조심스럽게 발을 디디며 다시 천천히 걸었다.

하피는 그 뒤를 쫓아가다가 등 뒤에서 말했다. "스튜어트 맥콘치, 쥐를 날것으로 먹는 TV 판매원."

검둥이는 충격을 받은 듯 비틀거렸다. 그는 돌아보지는 않은 채 그 자리에 서서 팔을 손가락까지 쫙 폈다.

"사후 세계는 어떤가?" 하피가 말했다.

잠시 후 스튜어트가 쉰 목소리로 말했다. "괜찮아." 스튜어트는 돌아서서 하피와 카트를 위아래로 살펴보았다. "너도 살았구나."

"그래." 하피가 말했다. "살아남았지. 쥐는 안 먹었지만."

"여기 수리공이겠군." 스튜어트가 말했다.

"맞아." 하피가 대답했다. "두 손 없는 수리공 하피. 그게 나야. 여기서 뭘 하는 거지?"

"난, 음, 동물용 덫을 팔고 있어."

하피는 낄낄거리며 웃었다.

"그게 뭐가 그렇게 웃기지?"

"아니." 하피가 말했다. "미안. 네가 살아남아서 기쁘군. 또 누가 살았지? 모던TV 맞은편에 있던 정신분석의는 여기 있어. 스톡스틸 박사. 퍼제슨 씨는 죽었고."

둘 다 잠시 침묵했다.

"잭은 죽었어." 스튜어트가 말했다. "밥 루벤스타인도. 웨이트리스였던 코니와 토니도 죽었지. 물론 기억하겠지."

"응." 하피가 고개를 끄덕이며 말했다.

"보석상인 코디 씨는 어떻게 됐는지 아나?"

"아니." 하피가 말했다. "모르겠는걸."

"그 사람은 불구가 됐어. 두 팔과 시력을 잃었지. 하지만 헤이워드에 있는 정부 병원에서 살고 있어."

"여긴 왜 온 거야?"

"사업상."

"앤드류 길의 최상품 골드라벨 담배의 제조법을 훔쳐 가려고 왔나?" 하피는 또다시 낄낄거렸다. 하지만 속으로 생각했다. 사실일 거야. 외부에서 이곳까지 기어 들어오는 놈들은 다들 누구를 죽이거나 뭔가 훔쳐 가려는 꿍꿍이니까. 안경 장수 엘던을 보라고. 그자는 훨씬 더 가까운 볼리나스에서 왔잖아.

스튜어트가 딱딱한 투로 대꾸했다. "난 사업상 여행을 많이 다녀. 캘리포니아 북부에 안 가본 곳이 없다고." 그리고 잠시 후 덧붙였다. "내 말인 웨일스의 에드워드 왕자가 있었을 땐 특히 더 그랬지. 지금은 2등급 말이 차를 끄는 바람에 어디를 가려면 더 오래 걸려."

"잘 들어." 하피가 말했다. "아무한테도 예전부터 날 알았다고 이야기하지 마. 그러면 난 정말 기분이 나쁠 거야. 알아듣겠어? 난 몇 년 동안이나 이 지역에 꼭 필요한 인물이었고, 뭐가 됐든 그 상황을 바꾸고 싶지 않아. 잘하면 내가 네 사업을 빨리 처리하고 떠날 수 있게 도와줄 수도 있어. 어때?"

"좋아." 스튜어트가 말했다. "최대한 빨리 떠나도록 하지." 스튜어트가 뚫어지게 쳐다보는 바람에 하피는 자신이 어떻게 보이는지 너무 의식이 됐다. "그러니까 정착할 곳을 찾았군."

스튜어트가 말했다. "잘됐네."

하피가 말했다. "내가 앤드류에게 소개해주지. 호의를 베푸는 거야. 그는 나와 친한 친구거든. 당연하지만."

스튜어트가 고개를 끄덕이며 말했다. "좋아. 고맙군."

"그리고 쓸데없는 짓은 하지 마. 알겠지?" 하피는 자기 목소리가 올라가는 것을 느꼈다. 억제할 수가 없었다. "누구를 납치하거나 범죄를 저지르지 말란 소리야. 그러면 정말 끔찍한 일이 벌어질 테니까. 알았어?"

검둥이는 음울한 표정으로 고개를 끄덕였다. 하지만 겁을 먹은 것 같지는 않았다. 스튜어트가 움츠러들지 않자 하피는 더욱더 걱정이 됐다. 이 자식이 어서 여기를 떠나면 좋겠는데. 하피는 생각했다. 빨리 여기를 떠나 더 이상 나를 성가시게 하지 말라고. 애초에 이 녀석을 몰랐다면 좋았을걸. 비상사태 전에 외부에서 만난 사람들 전부 처음부터 몰랐다면 좋았을걸. 생각도 하기 싫어.

"난 보도에 숨어 있었어." 스튜어트가 뜬금없이 말했다. "첫 폭탄이 떨어졌을 때 말이야. 난 배수구를 통해 지하로 들어갔지. 피난하기에 괜찮은 장소였어."

"그 얘길 왜 하는 거야?" 하피가 날카롭게 말했다.

"그냥. 궁금해할까 봐."

"궁금하지 않아." 하피가 말하며 기계팔로 귀를 덮었다. "그 때 일은 듣기도 생각하기도 싫다고."

"음." 스튜어트는 생각에 잠긴 듯 아랫입술을 물어뜯으며 말했다. "그러면 앤드류 길 씨나 만나러 가자."

"내가 널 어떻게 할 수 있는지 안다면 무서울 거야. 나는……." 하피는 말하다 중간에 멈췄다. 자신도 모르게 안경 장수 엘던 블레인의 일을 언급할 뻔했다. "난 물건을 움직일 수 있어." 하피가 말했다. "멀리 떨어져서. 일종의 마법이지. 난 마법사야!"

스튜어트가 말했다. "그건 마법이 아니야." 단조로운 말투였다. "우리는 그냥 **병신 심령술**이라고 부르지." 스튜어트는 미소를 지었다.

"아, 아냐." 하피가 더듬거렸다. "그게 무슨 소리야? 병신 심령술이라니. 그런 말 처음 들어봐. 그냥 심령술 같은 건가?"

"맞아. 하지만 병신이나 기형아들이 하는 거지."

이놈은 날 무서워하지 않아. 하피는 깨달았다. 내가 아무것도 아니던 시절부터 날 알고 있었기 때문에 어쩔 수가 없어. 이 검둥이는 너무 멍청해서 상황이 전부 바뀌었다는 걸 이해하지 못해. 스튜어트는 하피가 마지막으로 봤던 7년 전이나 지금이나 거의 똑같았다. 돌멩이처럼 둔한 인간이었다.

하피는 위성을 떠올렸다. "조금만 기다려봐." 하피가 숨을 죽인 채 스튜어트에게 말했다. "곧 너희 같은 도시 사람들도 나에 대해 알게 될 거야. 온 세계 사람들이 이곳 사람들처럼 나에 대해 알게 될 거라고. 얼마 안 남았어. 난 준비가 거의 다 됐다고!"

스튜어트가 참을성 있게 웃으며 말했다. "먼저 그 담배 전문가를 소개해준다면 좀 더 신뢰가 갈 텐데."

"내가 뭘 할 수 있는지 알아?" 하피가 말했다. "난 앤드류 길의 비법을 금고든 어디든 그가 숨겨놓은 곳에서 끄집어내서 네 손에 쥐어줄 수도 있다고. 그건 어떻게 설명할 건데?" 하피는 웃었다.

"그냥 만나게나 해줘." 스튜어트가 반복해 말했다. "그거면 돼. 난 그 사람의 비법에는 관심 없어." 스튜어트는 지친 표정 이었다.

담배를 말다가 고개를 든 앤드류 길의 눈에 자기가 별로 좋아하지 않는 하피 해링턴이 누군지 모르는 검둥이를 데리고 공장으로 들어오는 모습이 보였다. 그 순간 앤드류는 불안해졌다. 그는 담배 말던 종이를 내려놓고 자리에서 일어섰다. 옆에 있는 기다란 작업대에 나란히 앉은 직원들은 일을 계속했다.

앤드류는 8명을 고용하고 있었다. 그것도 담배 제작부에서만 이었다. 브랜디를 만드는 양조장에는 12명의 직원이 더 있었다. 하지만 양조장은 북쪽 소노마 카운티에 있었으므로 이 마을 사람들은 아니었다. 앤드류 길은 오리온 스트라우드의 농장과 잭 트리의 양 목장을 빼면 웨스트 마린에서 가장 커다란 기업체를 운영했다. 그의 상품은 캘리포니아 북부 전역에서 팔렸다. 앤드류가 만든 담배는 천천히 단계적으로 마을에서 마을로 퍼져나가 심지어는 동부 해안까지 이름이 알려져 있었다.

"뭐지?" 앤드류가 하피에게 말했다. 그리고 하피의 카트 앞에 서서 작업장 근처로 가지 못하게 막았다. 예전에 이곳은 마을 빵집이었다. 시멘트로 지었기 때문에 폭발을 견뎌냈고 앤드류의 작업에 이상적인 공간이 되었다. 그리고 당연히 그는 직원들에게 거의 봉급을 주지 않았다. 하지만 직원들은 얼마를 받건 직업이 있다는 것에 기뻐했다.

하피가 더듬거렸다. "이, 이 사람이 버클리에서 당신을 만나러 왔어요, 앤드류 씨. 자기 말로는 중요한 사업가래요. 맞아?" 하피가 스튜어트를 향해 고개를 들렸다. "나한테 그렇게 말했잖아, 맞지?"

스튜어트는 손을 내밀며 말했다. "전 캘리포니아 버클리의 '하디 자율조절 동물용 전자 덫'에서 왔습니다. 길 씨가 내는 이익을 6개월 만에 3배로 늘릴 수 있는 놀랄 만한 제안을 드리려고 왔습니다." 스튜어트의 검은 눈이 반짝였다.

아무도 말이 없었다.

앤드류는 큰 소리로 웃고 싶은 충동을 억눌렀다. "그렇군요." 그리고는 고개를 끄덕이며 손을 주머니에 찔러 넣었다. 그는 진지한 척 가장하고 말했다. "아주 흥미롭군요, 미스터……?" 앤드류는 말끝을 흐리며 검둥이를 보았다.

"스튜어트 맥콘치입니다." 검둥이가 말했다.

그들은 악수했다.

"저희 사장님이신 하디 씨는 완전히 자동화된 담배 제조 기계에 대해서 길 씨에게 설명해드리도록 제게 권한을 위임했습니다. 저희는 길 씨의 담배가 순전히 전통적인 방식, 즉 수작업으로 만들어지는 것으로 알고 있습니다." 스튜어트는 공장 뒤쪽의 작업대에서 일하고 있는 직원들을 가리켰다. "그건 백 년은 뒤처진 방법입니다, 길 씨. 최상품 골드라벨 담배는 품질이 뛰어나지만."

"그래서 저는 그 품질을 유지하고 싶습니다만." 앤드류가 조용히 말했다.

스튜어트가 말했다. "저희 자동 기계는 대량 생산을 하면서도 전혀 품질을 떨어뜨리지 않을 겁니다. 사실……."

"잠깐만요." 앤드류가 말했다. "이 문제를 지금 논의하고 싶지는 않군요." 그는 근처에 카트를 세워놓고 듣고 있는 기형아를 바라보았다. 하피는 얼굴이 붉어지더니 곧바로 카트를 돌려 자리를 비켜섰다.

"전 갈게요." 하피가 말했다. "재미없는 얘기네요. 잘 있어요." 하피는 열린 문을 통해 공장 밖으로 나갔다. 둘은 하피가 사라질 때까지 뒷모습을 쳐다보았다.

"우리 수리공이지요." 앤드류가 말했다.

스튜어트는 입을 열려다가 생각을 바꿔 목을 가다듬고는 몇 걸음 물러서 공장과 일하고 있는 직원들을 살펴보았다. "멋진 곳이군요, 길 씨. 제가 길 씨의 상품에 얼마나 감탄을 하고 있는지 당장이라도 말씀드리고 싶군요. 이 분야에서 최고인 건 당연하지요."

이런 말은 7년 만이야. 앤드류는 깨달았다. 이런 말투가 아직도 세상에 남아 있다는 걸 믿기 힘들었다. 너무 많은 것이 변했지만, 여기 이 스튜어트 맥콘치라는 남자는 그대로야. 앤드류는 매우 기뻤다. 이 영업사원의 말을 듣고 있으니 행복했던 옛날이 떠올랐다. 앤드류는 이 남자에게 호감을 느꼈다.

"고마워요." 앤드류는 진심을 담아 말했다. 어쩌면 세상은 과거의 것들을 다시 되살려가기 시작하는 건지도 몰랐다. 예의와 관습, 몰입 등 세상을 진정으로 아름답게 만들어주던 형식들을. 스튜어트 맥콘치가 하는 이런 말, 이런 게 진짜야. 앤드류는 생각했다. 단순한 흉내가 아니라 살아남은 자야. 이 사람은 어떻게 해서인지 그 모든 일이 벌어지는 동안에도 과거의 세계관과 열정을 보존해냈어. 여전히 계획을 짜고 궁리하고 허풍을 치고 있지. 아무것도 그를 막을 수 없을 거야.

이 사람은 훌륭한 영업사원이야. 앤드류는 생각했다. 수소폭탄 전쟁과 사회가 붕괴된 것도 이 사람을 바꿔놓지 못했어.

"커피 한잔 어때요?" 앤드류가 말했다. "10분이나 15분쯤 쉬는 시간이 있는데 그때 그 자동 기계인지 뭔지에 대해 설명해줘요."

"진짜 커피요?" 스튜어트가 말했다. 순간적으로 마음이 풀려 즐거워하는 표정이 얼굴에 나타났다. 그는 갈망하는 눈빛으로 앤드류를 바라보았다.

"미안해요." 앤드류가 말했다. "대체품이죠. 하지만 나쁘지는 않아요. 마음에 들 거예요. 도시의 '커피' 가게라는 곳에서 파는 것보다 낫죠." 앤드류는 주전자에 물을 담으러 갔다.

"여긴 아주 멋진 곳이에요." 물이 끓기를 기다리는 동안 스튜어트가 말했다. "아주 인상적이네요. 다들 부지런하고요."

"고맙군요." 앤드류가 말했다.

"여기 오는 건 오랜 꿈이었어요." 스튜어트가 말을 이었다. "여기 오는 데 일주일이 걸렸죠. 전 최상품 골드라벨 담배를 처음 피워본 이래 쭉 이곳에 대해 생각해왔습니다. 그건……." 그는 자기 생각을 표현할 단어를 찾아 더듬거렸다. "이 야만적인 시대에 홀로 남아 있는 문명의 섬이에요."

앤드류가 말했다. "시골에 대해서는 어떻게 생각하나요? 이런 작은 마을 말이에요. 도시와 비교하면…… 매우 다르겠죠."

"방금 도착해서요." 스튜어트가 말했다. "곧바로 여기로 온 겁니다. 돌아다닐 시간이 없었어요. 말의 오른쪽 말굽을 갈아야 해서 작은 다리를 지나면 있는 첫 번째 마구간에 맡기고 왔습니다."

"아, 그렇군요." 앤드류가 말했다. "스트라우드가 하는 곳이에요. 어딘지 알겠어요. 거기 대장장이가 일을 잘하죠."

스튜어트가 말했다. "여기는 삶이 평화로워 보입니다. 도시에서는 말을 혼자 뒀다간……. 음, 얼마 전에 만을 건너가려고 말을 혼자 뒀었거든요. 그런데 돌아와보니 누가 말을 잡아먹어버렸죠. 이런 일 때문에 도시가 역겨워져서 떠나고 싶어진 겁니다."

"이해해요." 앤드류는 동의한다는 듯 고개를 끄덕였다. "도시에는 가난하고 집 없는 사람들이 너무 많아서 야만적이죠."

"그 말을 정말 좋아했거든요." 스튜어트가 슬픈 표정을 지으며 말했다.

"음. 시골에서는 항상 동물의 죽음을 접하죠." 앤드류가 말했다. "그건 시골 생활에서 기본적으로 가장 아쉬운 점이에요. 폭탄이 떨어졌을 때 여기 있는 동물 수천 마리가 끔찍한 부상을 당했어요. 양과 소들이……. 하지만 그건 물론 당신이 온 곳에서처럼 사람이 다치는 것과 비교할 수 없지요. 비상사태 뒤로 정말 끔찍하게 고통받는 사람들을 봤겠군요."

스튜어트는 고개를 끄덕였다. "그것도 그렇고 또 돌연변이도 생겼지요. 동물과 사람 둘 다요. 저, 하피는……."

"하피는 원래 여기 출신이 아니에요." 앤드류가 말했다. "전쟁 뒤에 우리가 낸 수리공 구인 광고를 보고 찾아왔어요. 나도 여기 출신이 아니고요. 폭탄이 떨어진 날 우연히 이곳을 지나가고 있었죠. 그러다가 여기 남아 있을 수 있게 허락받았어요."

커피가 완성되자 둘은 함께 마시기 시작했다. 한동안 둘 다 아무 말도 하지 않았다.

"맥콘치 씨 회사는 어떤 종류의 동물 덫을 만드나요?" 이윽고 앤드류가 물었다.

"수동 덫이 아닙니다." 스튜어트가 말했다. "자율조절 기능으로, 그러니까 자기가 알아서 쥐나 고양이, 아니면 개를 쫓아 요즘 버클리 아래 복잡하게 나 있는 구멍까지 들어갑니다. 차례대로 쥐를 추적해서 하나를 죽이고 다음 목표를 쫓아 움직이죠. 연료가 떨어지거나 쥐가 덫을 파괴하기 전까지요. 가끔은 영리한 쥐가 있어서 하디 씨의 자율조절 동물 덫을 무력화시키는 방법을 알기도 하지만요. 돌연변이가 진화 단계에서 상위에 있다는 거 아시잖아요. 하지만 많지는 않아요."

"인상적이네요." 앤드류가 중얼거렸다.

"이제 저희가 제안하려는 담배말이 기계에 대해⋯⋯."

"그게 말이죠." 앤드류가 말했다. "난 당신이 마음에 들어요. 하지만 문제가 있네요. 내게는 당신네 기계를 살 돈이나 하다 못해 교환할 물건이 없어요. 그리고 다른 누구와 동업할 생각도 없고요. 그러면 선택의 여지가 없죠?" 앤드류는 웃었다. "지금처럼 계속할 수밖에요."

"잠깐만요." 스튜어트가 서둘러 말했다. "방법이 있을 겁니다. 어쩌면 담배말이 기계를 일정 수량의 담배를 대가로 대여할 수도 있어요. 최상품 골드라벨을 매주 한 번씩 몇 주 동안 지불하는 식으로요." 그의 표정에 활기가 넘쳐흘렀다. "예를 들어 '하디 자율조절 동물용 전자 덫'이 길 씨의 담배를 독점 공급할 수도 있고요. 우리는 어디서나 길 씨의 대리인으로 활동할 수 있고, 북부 캘리포니아 전체를 망라하는 체계적인 공급망을 만들 수도 있습니다. 지금 같은 주먹구구식 판매와는 다르죠. 그건 어떠세요?"

"흐음." 앤드류가 말했다. "그건 확실히 흥미롭게 들리는군요. 지금까지는 분명히 공급에 신경 쓰지 않았어요. 지난 몇 년 동안 조직적으로 일을 해야 할 필요가 있다는 생각만 해왔지요. 보시다시피 공장이 이런 시골에 있다 보니 특히 더 그래요. 심지어는 도시로 이사 갈 생각까지 해봤지만, 거긴 납치니 파괴니 하는 문제가 너무 크더라고요. 그리고 도시로 다시 가고 싶지도 않고요. 여기가 내 집이니까요."

앤드류는 보니 켈러에 대해서는 언급하지 않았다. 사실은 그게 웨스트 마린에 남아 있는 가장 큰 이유였다. 보니와 저지른 외도는 몇 년 전에 끝났지만, 그 뒤로 보니에 대한 사랑은 더욱 깊어졌다. 앤드류는 보니가 이 남자 저 남자를 거치며 갈수록 만족하지 못하는 모습을 지켜보았다. 그리고 마음속으로 언젠가 보니를 다시 얻을 수 있으리라고 믿고 있었다. 게다가 보니는 딸아이의 엄마였다. 앤드류는 에디 켈러가 자기 딸이라는 사실을 잘 알았다.

앤드류가 갑자기 물었다. "당신이 내 담배 제조 비법을 훔쳐 가려고 온 게 아닌 건 확실하지요?"

스튜어트는 웃었다.

"웃기만 하고 대답은 안 하는군요." 앤드류가 말했다.

"아닙니다. 그래서 온 거 아니에요." 스튜어트가 말했다. "우린 전자 제품을 만드는 일을 합니다. 담배가 아니라요." 하지만 앤드류가 보기에는 스튜어트가 뭔가 숨기는 듯했다. 목소리가 너무 태연하고 자신감에 차 있었다. 그 즉시 앤드류는 불편해졌다.

아니면 시골 사람이 돼서 그런 건가? 앤드류는 속으로 생각했다. 고립되어 살다 보니 내가 변한 건가. 외지인, 혹은 이상한 것만 보면 의심부터 하잖아.

신중하게 생각해야겠어. 앤드류는 그렇게 마음을 먹었다. 이 사람이 전쟁 전의 좋았던 시절을 생각나게 한다고 해서 무턱대로 따라가면 안 돼. 아주 조심스럽게 조사해봐야지. 아니면 하피에게 그런 기계를 설계해서 만들어달라고 해도 되잖아. 하피는 그런 일은 잘할 것 같으니까. 지금 제안한 일은 **나 혼자서도** 얼마든지 할 수 있어.

어쩌면 외로운 건지도 몰라. 앤드류는 생각했다. 그런 걸까. 도시인과 그들의 사고방식이 그리운 거야. 시골은 날 따분하게 해. 《뉴스 앤 뷰》에 나온 포인트 러예스는 시시껄렁한 소문으로 가득 차 있어. 게다가 제대로 된 인쇄도 아닌 등사판이잖아!

"도시에서 막 오셨다니까 말인데요." 앤드류가 큰 소리로 말했다. "물어볼 게 있군요. 최근에 내가 듣지 못한 재미있는 국내 소식이나 국제 소식이 있나요? 위성방송이 나오기는 하지만, 솔직히 DJ가 떠드는 말이나 노래는 지겨워요. 게다가 그 끝도 없는 낭독이라니."

그들은 함께 웃었다. "이해합니다." 스튜어트가 커피를 한 모금 마시고 고개를 끄덕이며 말했다. "음. 뭐가 있더라. 자동차를 다시 생산하려는 시도를 하고 있다고 들었어요. 디트로이트의 잔해 근처에서요. 거의 합판으로 만들었지만 등유를 연료로 쓴다고 하더군요."

"등유를 어디서 구할 수 있을지 모르겠네요." 앤드류가 말했다. "자동차를 다시 만들기 전에 정유소부터 다시 돌려야겠군요. 넓은 도로도 좀 고치고요."

"아, 다른 것도 있어요. 정부가 록키 산맥을 넘는 길 하나를 올해 안에 재개통할 계획이랍니다. 전쟁 후 처음인 셈이죠."

"그거 좋은 소식이군요." 앤드류가 기뻐하며 말했다. "그건 몰랐네요."

"그리고 전화 회사들은……."

"잠깐만요." 앤드류가 일어서며 말했다. "커피에 브랜디 좀 타드릴까요? 로얄 커피 마셔본 지 얼마나 됐어요?"

"몇 년은 됐죠." 스튜어트는 대답했다.

"이게 우리 5등급짜리예요. 우리가 판매하는 상품이죠. 소노마 카운티에서 가져온 거예요." 앤드류는 스튜어트의 컵에 땅딸막한 병에 들어 있는 브랜디를 좀 따랐다.

"이것도 흥미 있어 하실지 모르겠네요." 스튜어트는 코트 주머니에 손을 넣어 접힌 종이를 꺼냈다. 열어서 펼치자 봉투가 하나 보였다.

"그게 뭐죠?" 앤드류는 봉투를 집어 들고 살펴보았다. 특별해 보이는 건 없었다. 주소와 소인이 있는 평범한 봉투였다……. 그때 앤드류는 깨달았다. 자기 눈을 믿을 수가 없었다. **우편물.** 뉴욕에서 온 편지였다.

"맞습니다." 스튜어트가 말했다. "저희 사장님이신 하디 씨에게 온 거죠. 동부 해안에서요. 4주밖에 안 걸렸습니다. 샤이엔의 정부에 있는 군인들이 배달하고 있어요. 소형 비행선과 트럭, 말을 조금씩 이용하고 있지요. 마지막 배달은 걸어서 하고요."

"맙소사." 앤드류가 말했다. 그리고 5등급 브랜디를 자기 커피에도 따랐다.

12

"볼리나스의 안경 장수를 죽인 건 하피야." 빌이 에디에게 말했다. "그리고 곧 다른 사람도 죽일 계획이야. 잘은 모르겠지만, 그다음에도 비슷한 일을 또 할 거야."

에디는 다른 아이들과 함께 가위바위보를 하고 놀던 중이었다. 빌이 말을 걸자 에디는 펄쩍 뛰며 일어나더니 학교 운동장 가장자리로 재빨리 달려갔다. 거기서라면 마음 놓고 빌과 이야기할 수 있었다. "그걸 어떻게 알아?" 에디가 흥분해 말했다.

"블레인 씨하고 얘기했거든." 빌이 말했다. "지금 저 아래에 있어. 다른 사람들도 올 거야. 나, 나가서 하피를 혼내주고 싶어. 블레인 씨는 내가 그래야 한대. 내가 태어날 수 없는지 스톡스틸 박사한테 다시 물어봐줘." 빌이 애처로운 목소리로 말했다. "잠깐만이라도 내가 태어날 수 있다면⋯⋯."

"내가 혼내줄 수 있을지도 몰라." 에디가 잠시 생각하더니 말했다. "블레인 씨한테 어떻게 하면 되냐고 물어봐. 난 하피가 좀 무섭거든."

"난 흉내 내기로 죽일 수 있어." 빌이 말했다. "밖으로 나가기만 한다면 말이야. 내가 굉장한 사람들을 좀 알아. 내가 하피의 아빠 흉내 내는 걸 들어봐야 하는데. 정말 잘하거든. 한번 볼래?" 낮은 어른 남자 목소리로 빌이 말했다. "케네디가 어디서 세금을 깎겠다고 하는지 알겠어. 내가 생각하는 것보다 더 미친 방법으로 경제를 살릴 수 있다고 생각한다면 그거야말로 미친 짓이지."

"날 해봐." 에디가 말했다. "내 흉내를 내봐."

"어떻게?" 빌이 말했다. "넌 아직 안 죽었잖아."

에디가 말했다. "죽는다는 건 어떤 거야? 나도 언젠간 죽을 거니까 알고 싶어."

"그건 좀 웃긴 거야. 구멍에 빠져서 위를 올려다보는 거야. 그리고 약간 맥이 빠진 듯한 건데, 음, 그러니까 텅 빈 것처럼 말이야. 뭔지 알겠어? 그랬다가 잠시 후에 다시 돌아오는 거야. 날아가버렸다가 날아가버린 곳으로 다시 돌아오는 거라고! 이거, 무슨 말인지 알겠어? 그러니까 다시 말하자면, 네가 지금 있는 곳으로 돌아온다는 거야. 그것도 빵빵하고 살아 있는 채로."

"아니." 에디가 말했다. "하나도 모르겠어." 에디는 지루했다. 하피가 어떻게 블레인 씨를 죽였는지 알고 싶었다. 어느 시점이 지나자 죽은 사람들이 하는 얘기는 별로 재미없어졌다.

죽은 사람은 아무것도 하지 않고 그저 말만 하며 기다리기만 했기 때문이었다. 블레인 씨 같은 사람들은 온종일 죽이는 생각만 했고, 다른 사람들은 그저 식물처럼 멍하니 있었다. 빌은 재미있다고 생각했는지 몇 번이나 에디에게 이런 이야기를 했다. 빌은 그게 중요하다고 생각했다.

빌이 말했다. "에디, 동물 실험 다시 해보자. 응? 작은 동물을 잡아서 배에다 대고 있어. 그러면 내가 밖으로 나가서 동물 속으로 들어갈 수 있는지 해볼게. 알았지?"

"벌써 해봤잖아." 에디가 말했다.

"다시 해보자고! 진짜 작은 놈으로 잡아봐. 그거 뭐더라. 알잖아. 껍데기가 있고 끈적끈적한 거."

"민달팽이."

"아니."

"그냥 달팽이."

"그래, 그거야. 달팽이를 잡아서 최대한 가깝게 내 쪽으로 갖다 대. 내 머리 쪽에 대서 내가 달팽이 소리를 듣고 달팽이도 내 소리를 들을 수 있게 말이야. 해줄 거지?" 빌은 협박하듯 말했다. "안 그러면 1년 동안 잠만 잘 거야." 그리고 빌은 침묵했다.

"잠이나 자, 그럼." 에디가 말했다. "난 상관없어. 난 다른 사람하고도 얘기할 수 있지만, 넌 못하잖아."

"그럼 난 죽을 거야. 그건 못 참겠지? 왜냐하면 넌 내 시체를 영원히 뱃속에 넣고 다녀야 할 테니까. 아니면 그렇게 해야겠다. 그래, 그거야. 만약 네가 동물을 잡아다 내 쪽으로 가져오지 않으면 난 더 빨리 크게 자랄 거야. 그러면 내가 너무 커져서 넌 펑 터질 거야. 그, 그거처럼. 뭐더라…….”

“가방이겠지.”

“맞았어. 난 그렇게 밖으로 나갈 거야.”

“나올 수야 있겠지.” 에디는 동의했다. “하지만 혼자 그냥 굴러다니다가 죽을 거야. 넌 살지 못해.”

“꼴 보기 싫어.”

“네가 더 꼴 보기 싫어.” 에디가 말했다. “내가 먼저 널 싫어했어. 오래전에 널 처음 알게 됐을 때부터.”

“알았어.” 빌이 무뚝뚝하게 말했다. “내가 상관하나 봐라. 그 말 그대로 되돌려줄게.”

에디는 아무 말도 하지 않았다. 에디는 다시 친구들에게 돌아가 가위바위보를 했다. 빌이 떠드는 소리보다는 이쪽이 훨씬 더 재미있었다. 빌은 아는 것도 없고, 하는 것도 없고, 볼 수 있는 것도 없이 그냥 뱃속에 있을 뿐이었다.

하지만 하피가 블레인 씨의 목을 졸랐다는 부분은 흥미로웠다. 에디는 하피가 다음에 누구의 목을 조를지, 이 이야기를 엄마나 경찰인 콜비그 씨한테 해야 하는지 갈등했다.

빌이 갑자기 말을 걸었다. “나도 같이 해도 돼?” 에디는 주위를 흘긋 돌아보고 다른 아이들이 듣고 있지 않다는 사실을 확인했다. “내 동생도 같이 해도 돼?” 에디가 물었다.

“넌 동생이 없잖아.” 윌마 스톤이 놀리듯 말했다.

“네가 상상해낸 거잖아.” 로즈 퀸이 상기시켰다. “뭐 그러니까 해도 상관없어." 로즈가 에디에게 말했다. "같이 하자."

"하나, 둘, 셋." 아이들은 한 손을 뻗으며 각자 손가락으로 모양을 만들었다.

"빌은 가위를 냈어." 에디가 말했다. "그러니까 빌이 윌마를 이겼어. 가위는 보를 이기니까. 그리고 로즈 넌 빌을 때리면 돼. 바위는 가위를 부수니까. 빌은 나하고 있어."

"어떻게 때리란 말이야?" 로즈가 말했다.

에디가 생각하더니 말했다. "내 여기를 아주 약하게 때려." 에디는 치마의 허리띠 바로 위쪽을 가리켰다. "손 옆으로 살짝. 조심해. 빌은 연약하니까."

로즈는 조심스럽게 다가가 에디가 가리킨 곳을 두드렸다. 빌이 에디에게 말했다. "괜찮아. 다음엔 내가 이길 테니까."

운동장 건너편에서는 에디의 아버지이자 학교장인 조지가 새로 온 교사인 반즈와 함께 걷고 있었다. 그들은 잠시 멈춰 서서 세 아이들을 보고 미소 지었다.

"빌도 같이 하고 있어요." 에디가 아빠를 발견하고 말했다. "방금 한 대 맞았어요."

조지는 웃으며 반즈에게 말했다. "상상의 존재란 게 그렇지요, 뭐. 항상 맞는 거예요."

"빌은 날 어떻게 때리지?" 윌마가 걱정스러워하며 말했다. 윌마는 뒤로 물러서 교장과 선생님을 바라보았다. "빌이 날 때린대요." 윌마가 설명했다. "세게 때리지 마." 윌마는 에디가 있는 방향을 향해 말했다. "알았지?"

"빌은 세게 때리지 못해." 에디가 말했다. "그렇게 하고 싶어
도 못해." 맞은편에 있던 윌마가 살짝 움찔했다. "안 아프지?"
에디가 말했다. "세게 때리려고 해봤자 그게 다야."

"나 안 맞았어." 윌마가 말했다. "그냥 놀란 거야. 빌은 겨냥
을 잘 못하는구나."

"볼 수가 없어서 그래." 에디가 말했다. "내가 대신 때려주는
게 낫겠다. 그게 더 공평해." 에디가 몸을 숙이더니 잽싸게 윌
마의 손목을 때렸다. "이제 다시 하자. 하나, 둘, 셋."

"빌은 왜 못 보니, 에디?" 반즈가 물었다.

"왜냐하면 눈이 없거든요." 에디가 대답했다.

반즈는 조지에게 말했다. "음. 그럴 듯한 대답이네요." 그들
은 함께 웃고는 가던 길을 갔다.

에디 안에서 빌이 말했다. "네가 달팽이를 잡아 오면 난 잠깐
달팽이가 될 수 있고, 그러면 기어 다니면서 볼 수 있어. 달팽
이는 볼 수 있잖아, 맞지? 더듬이에 눈이 있다고 예전에 네가
그랬잖아."

"더듬이가 아니라 뿔이야." 에디가 정정했다.

"제발 좀." 빌이 말했다.

에디는 생각했다. 이렇게 해야겠어. 벌레를 갖다 대는 거야.
빌이 벌레에 들어가면 지금하고 똑같겠지. 벌레는 보지도 못하
고 흙 파는 것 말고는 아무것도 못하니까. 그러면 빌도 놀라지
않을 거야.

"좋아." 에디가 대답하며 일어섰다. "동물을 잡아서 대줄게.

258

내가 찾을 때까지 기다려. 먼저 찾아야 하니까 참으라고."

"아, 고마워." 빌이 초조함과 갈망이 잔뜩 담긴 목소리로 말했다. "내가 나중에 보답할게. 내 명예를 걸고."

"뭘 해줄 수 있는데?" 에디가 벌레를 찾아 운동장 가장자리에 나 있는 수풀을 뒤지며 물었다. 지난밤에 비가 온 뒤로 벌레들이 많이 있는 곳이었다. "너 같은 게 누구한테 뭘 해줄 수 있어?" 에디는 재빠른 손놀림으로 풀을 휘저어가며 열심히 찾았다.

빌은 대답하지 않았다. 에디는 빌의 침묵 속에서 슬픔을 느꼈고, 속으로 웃었다.

"잃어버린 걸 찾니?" 머리 위에서 남자 목소리가 들렸다. 에디가 올려다보자 반즈가 서서 아래를 보며 웃고 있었다.

"벌레를 찾고 있었어요." 에디가 수줍게 말했다.

"꽤 털털한 아가씨로구나." 반즈가 말했다.

"누구한테 얘기하는 거야?" 빌이 혼란스러워하며 물었다. "누군데?"

"반즈 선생님." 에디가 설명했다.

"왜?" 반즈가 말했다.

"선생님이 아니라 동생한테 말한 거예요." 에디가 말했다. "누구냐고 물어서요. 반즈 선생님은 새로 오신 우리 선생님이야." 에디는 빌에게 설명했다.

빌이 말했다. "알겠어. 그 사람을 이해할 수 있어. 가까워서 마음속이 보여. 그는 우리 엄마를 알아."

"우리 엄마?" 에디가 놀라며 말했다.

"응." 빌이 당황한 목소리로 말했다. "이해는 안 가지만 그 사람 우리 엄마를 알아. 그리고 아무도 안 볼 때는 맨날 만나. 둘이서." 빌은 말을 끊었다. "끔찍해. 그리고 나빠. 그건……." 빌이 목이 멘 듯했다. "말할 수 없어."

에디는 입을 벌린 채 선생님을 바라보았다.

"저기." 빌은 혹시나 하는 심정으로 말했다. "내가 너한테 뭔가 나쁜 짓을 했지? 네가 절대 알아서는 안 될 비밀을 말해버렸어. 그거 나쁜 짓인 거지?"

"응." 에디가 멍한 표정으로 고개를 끄덕이며 천천히 말했다. "그런 것 같아."

할 반즈는 보니에게 말했다. "오늘 당신 딸을 봤어요. 그런데 그 애가 분명히 우리 사이에 대해 알고 있는 느낌을 받았어요."

"맙소사. 걔가 어떻게요?" 보니가 말했다. "그건 불가능해요." 보니는 손을 뻗어 기름 등잔불을 밝혔다. 탁자와 의자, 그림이 보이자 실제에 가까운 거실의 본 모습이 드러났다. "어쨌든 상관없어요. 걔는 상관 안 할 거예요."

반즈는 속으로 중얼거렸다. 하지만 조지 켈러한테 말할 수는 있잖아.

보니의 남편을 생각하자 저절로 눈길이 달빛을 받아 빛나는 창밖의 그림자와 길가로 향했다. 움직이는 사람은 없었다. 도로에는 아무도 없었고, 오로지 이파리만이 경사진 언덕을 굴러 다녔다. 그리고 저 아래로 평평한 농장 터가 보였다. 평화로운 시골 풍경이로군. 반즈는 생각했다. 학교장인 조지는 학부모 회의에 가서 몇 시간 동안은 돌아오지 않을 예정이었다. 에디는 물론 자고 있었다. 시간은 저녁 8시였다.

반즈는 빌에 대해 생각했다. 에디가 말하는 그 빌은 어디 있는 걸까? 집 근처를 돌아다니며 어디선가 우리를 감시하고 있을까? 반즈는 기분이 불편해져서 옆에 누워 있는 보니에게서 몸을 떨어뜨렸다.

"왜 그래요?" 보니가 놀라며 말했다. "무슨 소리라도 들려요?"

"아뇨. 그냥." 반즈는 어깨를 으쓱했다.

보니가 팔을 뻗어 다시 반즈를 자기 쪽으로 잡아당겼다. "이럴 수가. 당신 겁쟁이였군요. 전쟁을 겪으면서 인생에 대해 배운 것도 없어요?"

"배운 게 있지요." 반즈가 말했다. "내 존재를 중요하게 여기고 함부로 내던지지 말 것. 전쟁은 제게 안전하게 살라고 가르쳐줬어요."

보니는 투덜거리며 일어나 앉았다. 옷을 주섬주섬 챙기더니 다시 블라우스 단추를 채웠다. 이 남자는 완전 반대였다. 언제라도 누가 지나가다 볼 수 있는 떡갈나무 가로수 길가의 열린 공간에서 환한 대낮에도 언제나 사랑을 나누던 앤드류 길과는 달랐다. 앤드류는 할 때마다 처음인 것처럼 보니에게 빠져들었다. 그는 벌벌 떨지도, 종알거리지도, 우물거리지도 않고 보니를 확 잡아끌었다……. 앤드류에게 다시 돌아가는 게 나을지도 모르겠어. 보니는 생각했다.

아니면 전부 다 버리는 게 나을지도 몰라. 반즈건 조지건 정신 나간 딸이건 전부. 공개적으로 앤드류와 함께 살아야 해. 공동체고 뭐고 다 무시하고 바꿔보는 거야.

"흠. 사랑을 나누지 않을 생각이라면 포레스터 홀에 가서 위성방송이나 들어요." 보니가 말했다.

"정말로요?"

"물론이죠." 보니는 벽장으로 가 코트를 챙겼다.

"당신이 원하는 건 사랑을 나누는 것뿐이군요." 반즈가 천천히 말했다. "우리 관계에서 그것 말고는 관심이 없군요."

"그럼 뭘 원하는데요? **대화?**"

반즈는 침울한 표정으로 보니를 바라볼 뿐 대답하지 않았다.

"당신은 바보야." 보니가 고개를 저으며 말했다. "불쌍한 바보. 애초에 웨스트 마린에 왜 왔죠? 조그만 애들을 가르치고 돌아다니면서 버섯이나 따려고요?" 보니는 혐오스럽다는 표정을 지었다.

"오늘 운동장에서 있었던 일은……" 반즈가 입을 열었다.

"아무 일도 없었어요." 보니가 끼어들었다. "당신의 빌어먹을 죄책감이 발동한 거라고요. 가요. 데인저필드의 방송이 듣고 싶어요. 적어도 그 사람 얘기는 재미있기라도 하죠." 보니는 코트를 입고 빠른 걸음으로 걸어가 현관문을 열었다.

"에디는 괜찮을까요?" 반즈는 함께 길을 걸어 내려오면서 물었다.

"당연하죠." 보니는 당장은 에디에게 신경 쓸 여유가 없었다.

불에나 타버리라지. 보니는 중얼거렸다. 보니는 울적한 기분으로 손을 코트 주머니에 깊숙이 찔러 넣은 채 터덜터덜 길을 걸었다. 반즈는 보니의 걸음을 맞추려고 애쓰며 그녀의 몇 발자국 뒤에서 걸었다.

굽은 길을 도니, 그들 앞에 두 사람의 형체가 나타났다. 보니는 둘 중 하나가 조지인 줄 알고 깜짝 놀라 걸음을 멈췄다. 이윽고 보니는 키가 더 작고 덩치 있어 보이는 쪽이 잭 트리임을 알아챘다. 그녀는 아무 일도 없다는 듯이 걸어가며 다른 한 명을 확인하려고 애를 썼다. 그 사람은 스톡스틸 박사였다.

"이리 와요." 보니는 어깨 너머로 차분하게 반즈를 불렀다. 그러자 반즈가 주저하며, 돌아서서 도망가고 싶다는 듯한 분위기를 풍기며 나타났다. "안녕하세요." 보니는 스톡스틸 박사와 블루스겔드, 아니 잭 트리에게 말했다. 잭 트리라고 불러야 한다고 염두에 두지 않으면 실수하기 십상이었다. "이건 무슨 풍경인가요, 깜깜한 밤에도 정신분석을 하시나요? 그럼 더 효과가 좋아요? 그럴 법도 하겠지만요."

잭이 갈라지고 쉰 목소리로 숨을 몰아쉬며 말했다. "보니, **나 그 녀석을 다시 봤어.** 전쟁이 일어났던 날 내가 스톡스틸 선생의 병원에 갈 때 나에 대해 알고 있던 검둥이 말이야. 기억나? 당신이 날 보냈잖아."

스톡스틸 박사가 농담처럼 말했다. "옛말처럼 그 사람들은 다 똑같이 생겼죠. 게다가……."

"아냐. 똑같은 사람이야." 잭이 말했다. "여기까지 날 따라왔

어. 이게 무슨 뜻인지 알지?" 잭은 보니를 보다가 스톡스틸 박
사, 그리고 반즈에게 차례차례 시선을 돌렸다. 두 눈은 공포에
휩싸여 팽팽하게 부풀어 있었다. "다시 시작된다는 뜻이라고."

"뭐가 다시 시작돼요?" 보니가 말했다.

"전쟁." 잭이 보니에게 말했다. "왜냐하면 저번에도 이래서
시작됐거든. 그 검둥이가 날 보더니 내가 한 짓을 이해했어. 놈
은 내가 누군지 알았고, 지금도 마찬가지야. 그놈이 날 보는 순
간⋯⋯!" 잭은 숨을 씩씩거리더니 고통스럽게 기침을 했다.
"미안." 그는 중얼거렸다.

보니가 스톡스틸 박사에게 말했다. "검둥이 한 명이 와 있는
건 맞아요. 내가 봤거든요. 길 씨에게 담배를 팔라고 이야기하
러 온 게 분명해요."

"같은 사람일 리가 없어요." 스톡스틸 박사가 말했다. 그러고는
보니와 함께 잠시 옆으로 물러나 둘이서만 살짝 이야기했다.

"같은 사람일 거예요." 보니가 말했다. "하지만 상관없어요.
어차피 환각일 테니까요. 그 사람이 그런 얘길 하는 건 수도 없
이 들었어요. 전에도 어떤 검둥이가 길가를 쓸고 있다가 자기
가 병원에 들어가는 걸 봤다는 거예요. 마침 그날 전쟁이 일어
나서 마음속에서 그 둘을 연관시킨 거죠. 아마도 이제 잭이 나
빠질 대로 나빠진 것 같아요. 그렇지 않나요?" 보니는 체념했
다. 언젠가 이런 일이 생길 줄은 알고 있었다. "이제 부적응 정
도가 안정을 보이던 시기도 끝나가는 것 같네요." 어쩌면 우리
도 마찬가지야. 보니는 생각했다. 우리 모두. 언제까지나 이런

식으로 살 수는 없어. 양을 치는 블루스겔드와 나, 그리고 조지⋯⋯. 보니는 한숨을 쉬었다. "어떻게 생각해요?"

스톡스틸 박사가 말했다. "스텔라진이 있으면 좀 좋을 텐데, 그날 이후로는 모두 사라졌어요. 그거면 좀 나아질 텐데. 난 이미 포기했어요. 무슨 뜻인지 알죠, 보니?" 스톡스틸 박사도 체념한 듯한 말투였다.

"저이는 다른 사람들한테 다 말하고 다닐 거예요." 보니가 방금 자기와 스톡스틸 박사에게 한 이야기를 반즈에게 반복하고 있는 블루스겔드를 바라보며 말했다. "사람들은 그가 누군지 알게 될 거고, 결국 그를 죽이겠죠. 그가 걱정하는 것처럼. 저 사람 말이 옳아요."

"난 막을 수 없어요." 스톡스틸 박사가 온화하게 말했다.

"특별히 관심은 없으신 것 같군요." 보니가 말했다.

그는 어깨를 으쓱해 보였다.

보니는 블루스겔드에게 돌아가며 말했다. "잭, 우리 길 씨네 가게로 가서 그 검둥이를 만나봐요. 내기할래요? 난 그 사람이 그날 당신을 보지도 않았다는 데 은화 25센트 걸겠어요."

"왜 당신이 전쟁을 일으켰다고 하는 거죠?" 반즈가 블루스겔드에게 이야기하고 있었다. 반즈는 어리둥절한 표정으로 보니를 바라보았다. "이 사람 뭐예요? 전쟁 미치광이? 그리고 전쟁이 또 일어난다고 하잖아요." 반즈는 블루스겔드에게 다시 말했다. "다시 일어날 가능성은 없어요. 이유는 50가지도 더 댈 수 있겠네요. 우선 남아 있는 수소폭탄이 없어요. 둘째는⋯⋯."

보니가 반즈의 어깨에 손을 올리며 말했다. "조용히 해요." 그리고 다시 블루스겔드에게 말했다. "내려가요. 우리 다 같이 가서 위성방송을 들어요. 알았죠?"

블루스겔드는 중얼거렸다. "위성이 뭐지?"

"미치겠네." 반즈가 말했다. "이 사람은 당신이 무슨 얘길 하는지 몰라요. 정신이 이상하다고요." 반즈는 스톡스틸 박사에게 말했다. "의사 선생님. 사람이 문화나 가치에 대해 아무것도 모른다면 정신분열증 아닌가요? 이 사람이 그래요. 들어보시라니까요."

"들었어요." 스톡스틸 박사가 건성으로 대답했다.

보니가 스톡스틸 박사에게 말했다. "선생님, 트리 씨는 내게 아주 소중한 사람이에요. 예전에는 아버지나 마찬가지였다고요. 제발 어떻게 좀 해주세요. 이런 모습은 더 이상 못 보겠어요. 참을 수가 없어요."

스톡스틸 박사는 어쩔 수 없다는 듯 두 팔을 벌리며 말했다. "보니, 아이처럼 생각하지 말아요. 간절히 원한다고 해서 원하는 대로 다 되는 건 아니라고요. 그건 마법이죠. 난 트리 씨를 도울 수가 없어요." 스톡스틸 박사는 몸을 돌려 마을을 향해 몇 걸음 걸었다. "빨리 와요." 스톡스틸 박사가 어깨 너머로 말했다. "켈러 부인 말대로 하자고요. 홀에 앉아서 20분 동안 위성방송을 듣자고요. 그러면 기분이 훨씬 더 좋아질 겁니다."

반즈는 다시 한 번 열정적인 태도로 잭에게 이야기하는 중이었다. "트리 씨 논리가 어디서 잘못됐는지 설명해줄게요. 비상사태 당일에 특정 인물, 한 검둥이를 봤어요. 좋아요. 그런데 7년이 지난……."

"닥쳐요." 보니가 반즈의 팔뚝을 세게 움켜쥐며 말했다. "제발 좀……." 그리고 스톡스틸 박사를 따라 걸었다. "참을 수가 없어." 보니가 말했다. "이게 이 사람의 마지막이에요. 그 검둥이를 다시 본다면 더 이상 견디지 못할 거예요."

눈물이 고였다. 보니는 눈물이 흘러내리는 것을 느꼈다. "망할." 보니는 쓸쓸하게 중얼거리며 마을과 포레스터 홀을 향해 최대한 빠른 속도로 다른 사람들을 앞질러 걸었다. 위성이 뭔지도 모른다니. 그렇게나 고립되고, 정신이 쇠퇴하다니……. 그렇게까지 된 줄은 몰랐어. 내가 어떻게 참을 수 있지? 어떻게 일이 이렇게 될 수 있지? 한때는 그렇게 영리하던 사람이었는데. TV에 출연도 하고, 책도 쓰고, 가르치고, 논쟁하고…….

뒤에서 블루스겔드가 중얼거렸다. "똑같은 사람이 분명하다고요, 스톡스틸 선생. 왜냐하면 내가 길에서 그놈과 마주쳤을 때, 그때 난 사료 가게에서 사료를 사고 있었는데, 녀석이 이상한 표정으로 날 보더라고. 마치 놀리는 것처럼. 그런데 녀석이 알아챈 거요. 나를 놀리면 내가 다시 그런 일이 벌어지게 할 수 있다는 걸. 이번에는 녀석이 겁먹었지. 예전에 한 번 봤으니까 아는 거요. 그건 **사실** 아니오, 스톡스틸 선생? 지금도 녀석은 알 거요. 내 말이 맞지요?"

"그 사람이 당신이 살아 있다는 걸 알기나 할까요." 스톡스틸 박사가 말했다.

"하지만 난 살아 있어야만 한다오." 블루스켈드가 대답했다. "아니면 세상이⋯⋯." 목소리가 희미해지면서 보니는 이어지는 내용을 듣지 못했다. 오로지 자기 구두 뒷굽이 잡초가 무성한 포장도로의 잔해와 부딪칠 때 나는 소리만 들렸다.

남은 우리 모두가 미친 거야. 보니는 중얼거렸다. 내 딸은 가상의 남동생이 있고, 하피는 먼 거리에서 동전을 움직이거나 데인저필드의 흉내를 내고, 앤드류 길은 매년 수작업으로 담배를 하나씩 말고 있어. 죽음만이 우리를 여기서 벗어나게 해줄 거야. 어쩌면 죽음도 못할지도 모르지. 너무 늦었을지도 몰라. 우리는 다음 생애까지 이 황폐함을 끌고 갈 거야.

차라리 그날 다 같이 죽는 게 나았을지도 몰라. 보니는 생각했다. 그러면 병신이나 기형아나 방사능 검둥이나 돌연변이로 지능이 높아진 동물을 보지 않을 수 있었을 테니까. 전쟁을 시작만 해놓고 끝장을 안 봤어. 난 지쳤고 이제 쉬고 싶어. 이런 상황에서 벗어나 어디든 가서 눕고 싶어. 어둡고 아무도 말하지 않는 곳으로 가서 영원히.

그러자 좀 더 현실적인 생각이 떠올랐다. 어쩌면 이 문제는 모두 내가 아직 알맞은 남자를 못 찾았기 때문에 생긴 건지도 몰라. 그러면 아직 안 늦었어. 난 아직 젊고 뚱뚱하지도 않잖아. 그리고 다들 내 치아 상태가 좋다고 말하지. 아직 할 수 있어. 계속 살펴봐야 해.

앞쪽에 하얀 나무 건물에 창문은 판자로 덧댄 구식 건물이 보였다. 포레스터 홀이다. 유리창을 갈아본 적도, 앞으로 그럴 일도 없었다. 만약 데인저필드가 위에서 피를 흘리며 죽지 않았다면 내 광고를 틀어줄지도 몰라. 보니는 생각했다. 이 마을은 그 광고에 어떤 반응을 보일까? 궁금해. 아니면 《뉴스 앤 뷰》에 광고할 수도 있어. 그 술주정뱅이 폴 디이츠가 내 대신 6개월 정도 작은 공지를 하게 하면 되겠지.

포레스터 홀의 문을 열자 익숙하고 친숙한 데인저필드의 목소리가 들렸다. 녹음해둔 낭독이었다. 보니는 줄줄이 늘어선 얼굴을 둘러보았다. 어떤 사람은 초조한 기색으로, 어떤 사람은 편안하게 즐기며 방송을 듣고 있었다. 구석에 눈에 띄지 않게 앉아 있는 두 남자가 보였다. 앤드류 길과 날씬하고 잘생긴 젊은 흑인이었다. 바로 그가 아슬아슬하게 사회부적응자의 경계에 놓여 있는 블루스겔드의 마음속 지붕을 무너뜨린 사람이었다. 보니는 문가에 서서 어찌할 줄을 모르고 있었다.

보니 뒤에는 반즈와 스톡스틸 박사, 그리고 블루스겔드가 함께 걸어오고 있었다. 남자 셋은 보니를 지나치며 반사적으로 청중 속에서 빈자리를 찾았다. 전에는 한 번도 방송을 들으러 오지 않았던 블루스겔드는 사람들이 뭘 하고 있는지 모르겠다는 듯 혼란스러워했다. 그는 배터리로 작동하는 라디오에서 흘러나오는 소리가 무슨 소리인지 전혀 몰랐다.

당황한 블루스겔드는 보니 옆에 서서 이마를 문지르며 실내에 있는 사람들을 살펴보았다. 그는 멍한 표정으로 이게 뭐냐는 듯 보니를 바라보다가 반즈와 스톡스틸 박사를 뒤쫓아가기 시작했다. 그리고 그때 그 검둥이를 보았다. 그는 그 자리에 멈추더니 돌아서서 다시 보니를 향해 다가왔다. 표정이 바뀌어 있었다. 마음을 좀먹는 끔찍한 의심을 담은 표정이었다. 보니는 자신이 이미 블루스겔드가 방금 본 광경의 의미를 이해했다고 확신했다.

"보니." 그가 웅얼거렸다. "저 녀석을 쫓아내야 해."

"못해요." 보니는 짧게 대꾸했다.

"안 그러면 내가 폭탄이 다시 떨어지게 만들 거야." 블루스겔드가 말했다.

그를 쳐다보던 보니는 미처 생각을 정리하기도 전에 쌀쌀맞은 말부터 내뱉었다. "정말요? 그게 당신이 원하는 거예요, 브루노?"

"그래야만 해." 블루스겔드는 공허한 눈길로 보니를 보며 무미건조한 말투로 중얼거렸다. 완전히 자기만의 생각에 빠져 있었다. 마음속에서 오만 가지 생각이 떠올랐다 사라졌다. "미안해. 하지만 우선 나는 고고도 시험용 폭탄이 다시 폭발하게 만들 거야. 지난번에도 그렇게 시작했지. 그래도 안 되면 폭탄을 지상으로 가져올 거야. 모두 다 낙진을 맞는 거야. 용서해줘, 보니. 하지만 신이시여! 나는 나 자신을 보호해야 해." 블루스겔드는 웃으려 했지만 치아가 없는 입은 일그러진 모양으로 떨릴 뿐이었다.

보니가 말했다. "**정말** 그럴 수 있어요, 브루노? 확실해요?"

"그래." 블루스겔드는 고개를 끄덕이며 말했다. 확실했다. 블루스겔드는 언제나 자기 힘에 확신이 있었다. 이미 예전에 한 번

전쟁을 일으켰고, 사람들이 압박하면 또다시 할 수도 있었다. 보니는 그의 두 눈에서 일말의 의심도, 주저함도 보지 못했다.

"한 사람이 갖기에는 너무 끔찍한 힘이에요." 보니가 말했다. "한 명이 그렇게 큰일을 저지를 수 있다니 이상하지 않아요?"

"맞아." 블루스겔드가 말했다. "세상의 모든 힘이 한데 뭉친 거야. 내가 중심이지. 신께서 그렇게 의도하신 거야."

"신이 실수를 했군요." 보니가 말했다.

블루스겔드가 슬픈 눈빛으로 보니를 바라보았다. "너마저도." 그가 말했다. "보니, 너만은 내게 등을 돌리지 않으리라 생각했는데."

보니는 아무 말도 하지 않고 빈 의자로 가 앉았다. 더 이상 블루스겔드에게 신경을 쓰고 싶지 않았다. 그럴 수가 없었다. 지난 몇 년 동안 기운을 모두 소진해버려 이제 그에게 아무것도 해줄 수가 없었다.

근처에 앉은 스톡스틸 박사가 몸을 기울이며 말했다. "그 검둥이가 여기 있어요. 알아둬요."

"네." 보니가 고개를 끄덕였다. "알아요." 보니는 꼿꼿이 앉은 채로 라디오에서 나오는 말에 집중했다. 데인저필드의 이야기를 들으며 주위에 있는 모든 사람과 사물에 대해 잊으려고 노력했다.

이제 내 손을 벗어났어. 보니는 중얼거렸다. 블루스겔드가 뭘 하든, 무슨 일이 일어나든 내 잘못이 아니야. 우리에게 같은 일이 일어난다고 해도 난 더 이상 책임을 질 수 없어. 이제 너무 오래 끌었어. 마침내 거기서 벗어난다니 기뻐.

마음이 푹 놓여. 보니는 생각했다. 고맙기도 해라.

이제 다시 시작해야 하는군. 블루스겔드는 생각했다. 전쟁. 선택의 여지가 없어. 내게 강요한 거야. 사람들에게는 미안하군. 모두 고통받을 거야. 하지만 어쩌면 사람들은 거기서 깨달음을 얻을지도 몰라. 장기적으로 봤을 때는 좋은 일일지도 모르지.

블루스겔드는 팔짱을 끼고 눈을 감은 채 앉아서 힘을 모으는 일에 집중했다. 힘이여 자라라. 그가 중얼거렸다. 세계 어디서든 내 명령을 들어라. 과거에 그랬듯이 모두 힘을 합쳐 강력해져라. 그대들 모두에게 고한다.

그러나 라디오 스피커에서 나오는 목소리가 정신을 산만하게 해서 집중하기 어렵게 만들었다. 잠깐. 블루스겔드는 생각했다. 난 방해받으면 안 돼. 계획이 어긋난다고. 누가 이렇게 떠드는 거지? 전부 이자의 말을 듣고 있어. 이자로부터 지시를 받는 건가?

블루스겔드는 뒷자리에 앉은 사람에게 물었다. "우리가 지금 누구 말을 듣고 있는 거요?"

나이 지긋해 보이는 남자가 짜증을 내며 블루스겔드를 쳐다보았다. "거, 월터 데인저필드잖습니까." 그는 기가 막힌다는 듯한 투로 대답했다.

"처음 들어보는구려." 블루스겔드가 말했다. 그는 예전에도 한 번도 라디오 방송 같은 걸 듣고 싶다고 생각해본 적이 없었다. "이 사람은 어디서 말하는 거요?"

"위성이요." 중년 남자는 윽박지르듯 말하고 다시 라디오를 듣는 데 집중했다.

이제 기억나. 블루스겔드는 중얼거렸다. 그래서 여기 온 거였지. 위성방송을 들으려고. 머리 위에 있는 남자의 이야기를 들으려고.

파괴돼라. 블루스겔드는 하늘을 향해 생각을 집중했다. 죽어라. 너는 의도적으로 나를 괴롭히고 내 일을 방해하고 있어. 블루스겔드는 기다렸다. 하지만 목소리는 계속 이어졌다.

"왜 멈추지 않지?" 그는 반대편에 앉은 남자에게 물었다. "어떻게 계속 말할 수 있는 거요?"

남자는 약간 뒤로 물러앉으며 대답했다. "그 사람 병 말이에요? 이건 오래전에 녹음한 거예요. 아프기 전에요."

"아프다." 블루스겔드가 되뇌었다. "그렇군." 그는 위성에 탄 남자를 아프게 만들었다. 대단한 일이었지만 충분하지는 않았다. 죽어라. 블루스겔드는 하늘을 지나는 위성을 향해 계속 생각을 보냈다. 그러나 목소리는 아무 문제없이 이어졌다.

나를 막는 방어막을 설치해놓았나? 블루스겔드는 의아했다. 놈들이 그건 걸 준비했나? 부숴버리겠어. 내 공격을 막기 위해 오랫동안 대비한 게 분명하군. 하지만 그래봤자 소용없을 거야.

수소폭탄아 생겨라. 블루스겔드는 중얼거렸다. 이 남자의 인공위성 근처에서 터져라. 저항을 무너뜨려라. 그리고 그자가 누구를 상대하는지 완전히 깨달은 상태로 죽게 하라. 블루스겔드는 두 손을 맞잡고 집중한 채 마음 깊은 곳에서 힘을 쥐어짜 냈다.

그래도 낭독은 계속됐다.

네놈 매우 강하구나. 블루스겔드는 깨달았다. 경탄할 만한 상대였다. 그 생각을 하자 사실 살짝 웃음이 나왔다. 그러면 수소폭탄이 연달이 폭발하게 하라. 블루스겔드는 계속해서 의지를 보냈다. 위성이 그 사이에서 튕겨 다니게 하라. 그자가 진실을 깨닫게 하라.

스피커에서 나오던 목소리가 마침내 멈췄다.

음. 이제 됐군. 블루스겔드는 중얼거렸다. 그는 힘을 집중하던 일을 그만두었다. 한숨을 내쉰 뒤 다리를 꼬고 머리를 가다듬으며 왼쪽에 앉은 남자를 흘긋 보았다.

"이제 끝났소." 블루스겔드가 말했다.

"네." 남자가 대답했다. "에, 이제 뉴스를 전해주겠네요. 몸이 괜찮으면 말이지요."

블루스겔드는 깜짝 놀라며 말했다. "하지만 그 사람 죽었는걸." 오히려 더 놀란 남자가 항변했다. "죽었을 리 없어요. 믿을 수 없어요. 저리 가요. 이상한 사람 아니야?"

"사실이오." 블루스겔드가 말했다. "위성은 완전히 파괴됐고 아무것도 남지 않았소이다." 아니 그걸 몰랐단 말인가? 아직 세상에 소식이 안 퍼졌던가?

"빌어먹을." 남자가 말했다. "당신이 누구고 왜 그런 소리를 하는지 모르겠지만 정말 우울하기 짝이 없는 사람이구만. 잠깐만 기다려보쇼. 다시 들을 수 있을 테니까. 원한다면 미국정부 발행 동전으로 5센트 걸겠소."

라디오는 조용했다. 사람들의 걱정과 동요로 홀은 웅성거리기 시작했다.

그래. 시작된 거야. 블루스겔드는 중얼거렸다. 첫 번째로 고고도에서 폭탄이 터졌어. 예전처럼. 그리고 곧 여기 있는 사람들에게 일이 닥치겠지. 세상은 전과 마찬가지로 다시 사라지고, 점점 깊어지던 잔인함과 복수심도 끝장날 거야. 더 늦기 전에 끝내야 하는 거야. 블루스겔드는 검둥이가 있는 쪽을 보며 웃었다. 검둥이는 그를 못 본 체했다. 옆에 앉은 남자와 의논하는 척하고 있었다.

너도 알고 있잖아. 블루스겔드는 생각했다. 난 알 수 있어. 넌 날 속이지 못해. 무슨 일이 벌어지고 있는지 넌 누구보다 잘 알고 있잖아.

뭔가 이상해. 스톡스틸 박사는 생각했다. 왜 월터 데인저필드가 계속하지 않는 거지? 색전증 같은 병 때문에 괴로워하고 있나?

그때 스톡스틸 박사는 블루스겔드의 치아 없는 얼굴이 괴상한 승리의 웃음을 짓고 있다는 사실을 눈치챘다. 스톡스틸 박사는 즉시 그 이유를 떠올렸다. 마음속으로 이게 자기 때문이라고 생각하고 있는 거야. 전지전능하다는 강박적 환각에 시달

275

리고 있군. 모든 게 다 자기 때문에 일어난다는 거지. 혐오감을 느낀 그는 의자를 움직여 블루스겔드가 안 보이는 방향으로 돌려버렸다.

곧 스톡스틸 박사는 젊은 검둥이에게 주의를 돌렸다. 그래. 스톡스틸 박사는 생각했다. 수년 전에 버클리의 내 병원 맞은편에 있던 TV 가게를 열곤 하던 판매원하고 같은 사람일 수도 있겠군. 가서 물어봐야겠다.

스톡스틸 박사는 일어서서 앤드류 길과 그 검둥이가 있는 곳으로 향했다. "잠시만요." 그는 허리를 굽히며 물었다. "혹시 예전에 버클리의 샤터크 거리에서 TV를 판매하지 않았나요?"

검둥이가 말했다. "스톡스틸 박사님." 그는 손을 내밀었고 둘은 악수를 나눴다. "좁은 세상이네요." 검둥이가 말했다.

"데인저필드는 왜 그러죠?" 앤드류 길이 걱정스러운 듯 물었다. 그즈음 준이 라디오 곁으로 다가와 손잡이를 조작하고 있었다. 다른 사람들도 그 주위에 모여서 근심스러운 표정으로 서로 중얼거리거나 참견했다. "이제 끝인 것 같군요. 선생 생각은 어때요?"

"그게 사실이라면 비극이군요." 스톡스틸 박사가 말했다.

뒤쪽에서 블루스겔드가 일어서더니 쉰 목소리로 외쳤다. "세상의 파괴가 시작됐다. 여기 있는 모든 사람들은 죄를 고백하고 진심으로 회개할 수 있도록 특별히 유예받았다."

실내가 조용해졌다. 사람들이 하나둘씩 그쪽으로 고개를 돌렸다.

"여기는 목사도 있어요?" 검둥이가 스톡스틸 박사에게 말했다.

스톡스틸 박사는 앤드류를 향해 재빨리 말했다. "저 사람은 병들었어요. 여기서 내보내야 해요. 날 좀 도와줘요."

"그러죠." 앤드류가 대답하고 스톡스틸 박사를 따랐다. 둘은 아직 서 있는 블루스겔드를 향해 움직였다.

"내가 1972년에 폭발시킨 고고도 폭탄은 오늘에서야 지원군을 얻었다. 세상을 위한 지혜를 갖춘 신의 재가를 얻었노라. 못 믿겠다면 요한계시록을 봐라." 블루스겔드는 자기에게 다가오는 스톡스틸 박사와 앤드류를 보았다. "당신들은 스스로 정화했나?" 블루스겔드가 물었다. "곧 다가올 심판에 준비했나?"

바로 그때 라디오 스피커에서 익숙한 목소리가 울려 퍼졌다. 작고 떨렸지만 알아들을 수는 있었다. "잠시 멈춰서 미안합니다, 여러분." 데인저필드가 말했다. "하지만 잠시 동안 현기증이 났습니다. 잠깐 누워 있느라 테이프가 끝난 것도 몰랐네요. 어쨌든……." 데인저필드는 특유의 친숙한 웃음소리를 냈다. "다시 돌아왔습니다. 잠시만이지만요. 내가 뭘 하려던 참이었죠? 기억나는 사람 있나요? 잠깐만요. 빨간불이 들어왔습니다. 누가 아래서 저를 부르고 있군요. 기다리세요."

실내에 있던 사람들은 안도하며 즐거워했다. 다들 라디오가 다시 나오자 블루스겔드를 잊었다. 스톡스틸 박사도 라디오 쪽으로 갔다. 앤드류와 과거 TV 판매원이었던 검둥이도 마찬가지였다. 다들 웃으며 모여 있는 사람들 사이에 끼어 기다렸다.

"〈당신은 내겐 너무 아름다워요〉 신청이 들어왔습니다." 데인저필드가 말했다. "박자 맞출 수 있지요? 앤드류 시스터즈 기억나시죠? 흠. 믿기진 않지만 과거의 미국 정부는 친절하게도 앤드류 시스터즈의 이 촌스럽지만 널리 사랑받은 노래가 담긴 테이프를 제게 줬습니다. 제가 화성에서 일종의 타임캡슐역할을 하리라는 걸 알았나 보네요." 데인저필드는 웃었다. "자, 오대호 부근에 사시는 괴짜 노인들을 위한 〈당신은 내겐너무 아름다워요〉 나갑니다." 오래되어 삐걱거리는 듯한 음색의 음악이 흘러나왔다. 사람들은 감사하는 심정으로 즐겁게 다시 자기 자리로 돌아갔다.

블루스겔드는 의자 옆에 뻣뻣하게 선 채로 음악을 들으며 생각했다. 믿을 수 없어. 저 위에 있던 남자는 죽었다고. 내가 직접 그자가 파멸하도록 만들었어. **이건 가짜가 분명해. 속임수야. 진짜가 아니야.**

어쨌든 내 힘을 더 충실하게 끌어내야겠어. 블루스겔드는 깨달았다. 다시 시작해야만 해. 그리고 이번에는 최대한의 힘으로. 하지만 아무도 블루스겔드에게 신경을 쓰지 않고 다들 라디오에 집중했다. 블루스겔드는 자리를 떠나 조용히 홀 밖의 어둠 속으로 나아갔다.

길을 따라 난 방향으로 보이는 하피의 집에 서 있는 높은 안테나가 빛을 내며 주기적으로 깜빡거렸다. 웅웅거리는 소리도 들렸다. 방금 일어난 일에 당혹스러워하던 블루스겔드는 말을 매어둔 곳으로 걸어가면서 그 광경을 보았다. 저 기형아 녀석은 뭘 하는 거지? 타르 칠한 종이로 만든 집의 창문 너머로 빛이 작열했다. 하피는 일하느라 바쁜 모양이었다.

저 녀석도 포함시켜야겠어. 블루스겔드는 중얼거렸다. 저 녀석도 마찬가지로 사악하니까 다른 사람들과 함께 사라져야 해. 아니면 그보다 더 심하게 상대해야 해.

블루스겔드는 하피의 집 옆을 지나가면서 그쪽 방향으로 짧은 파멸의 의지를 보냈다. 그러나 불빛은 꺼지지 않았고, 안테나도 계속 웅웅거렸다. 마음의 힘이 더 필요해. 블루스겔드는 생각했다. 지금은 시간이 없으니 나중에 두고 보자.

블루스겔드는 깊은 생각에 잠긴 채 계속 앞으로 나아갔다.

13

빌 켈러는 가까운 곳에서 작은 동물, 달팽이나 민달팽이 소리가 들리자 곧바로 그 안으로 들어갔다. 하지만 빌은 속았다. 앞이 안 보였다. 빌은 에디의 몸 밖으로 나왔지만 볼 수도 들을 수도 없었다. 고작 움직이는 게 다였다.

"다시 돌아가게 해줘." 당황한 빌은 에디를 향해 외쳤다. "무슨 짓을 한 거야. 엉뚱한 것에 집어넣었잖아." 너 일부러 그랬지? 빌은 움직이며 중얼거렸다.

빌은 계속 움직이며 에디를 찾았다. 잡히기만 해봐. 빌은 생각했다. 잡는다? 위쪽으로? 하지만 빌에겐 잡을 수 있는 팔 같은 게 전혀 없었다. 드디어 밖으로 나왔는데 난 도대체 뭐가 된 거야? 빌은 위를 향해 뭔가 뻗으려고 애쓰며 생각했다. 저 위에서 빛나는 건 뭐라고 부르지? 저 하늘에 있는 빛 말이야. 눈이 없어도 볼 수 있는 건가? 아니야. 빌은 생각했다. 안 되겠지.

빌은 계속 움직이며, 가끔씩 가능한 최대로 몸을 곧추세웠다가 다시 내려와서 기었다. 기는 것이야말로 그가 새롭게 태어난 외부 세계에서 유일하게 할 수 있는 일이었다.

하늘 위를 날아가는 인공위성 속에서 월터 데인저필드는 두 손으로 머리를 감싸 쥐었다. 몸속의 고통은 점점 다른 종류로 바뀌고 자라나 마침내 다른 것을 전혀 상상할 수 없을 정도로 정신을 빼앗았다.

그 순간 데인저필드는 무엇이 보였다고 생각했다. 인공위성의 창문 너머 보이는 지구의 어두운 가장자리에서 뭔가 불빛이 번쩍였다. 저게 뭐지? 데인저필드는 생각했다. 7년 전에 보고 두려움에 떨었던 폭발 같았다. 지구 표면에서 화염이 작열했다. 다시 시작되는 건가?

데인저필드는 숨이 막힐 듯한 심정으로 일어나서 창밖을 내다보았다. 몇 초가 지났지만 또 다른 폭발은 없었다. 방금 본 폭발은 유난히도 희미하고 어렴풋하고 퍼져 보여서 마치 상상의 산물인 것처럼 비현실적이었다.

사실이라기보다는 과거의 사실에 대한 기억인 것처럼. 데인저필드는 생각했다. 별빛 같은 게 반사된 게 틀림없어. 데인저필드는 그렇게 결론을 내렸다. 아직 남아 있는—하지만 무해한—그날의 흔적이 무슨 이유에선지 우주 공간을 떠도는 거야. 그 오랜 시간 동안.

그래도 데인저필드는 두려웠다. 몸 안에 각인된 고통처럼 그 것은 잊어버리기에는 너무나 생생했다. 그것은 위험해 보였고 데인저필드는 결코 그 장면을 잊을 수 없었다.

난 아파. 데인저필드는 중얼거리며 지금 겪고 있는 가장 커 다란 불편함에 대해 다시 장황한 이야기를 계속했다. 내가 다 시 지구로 내려갈 수 있을까? 아니면 여기 하늘 위를 영원히 반 복해서 맴돌아야 할까?

데인저필드는 자기 자신을 위해 바흐의 B단조 미사곡을 틀 었다. 웅장한 합창 소리가 위성 안을 채우며 모든 것을 잊게 해 주었다. 몸속의 고통, 창밖으로 보이는 흐릿하고 오래된 폭발. 이 모두가 마음속에서 사라졌다.

"키리에 엘레이손(주여 자비를 베푸소서)." 데인저필드가 중 얼거렸다. 라틴어 글에 끼워 있던 그리스말이었다. 과거의 유 물이 아직도, 최소한 그에게만큼은 살아 있다는 사실이 이상하 게 느껴졌다. 뉴욕에 B단조 미사곡을 틀어줘야겠어. 데인저필 드는 생각했다. 사람들이 좋아할 거야. 거기엔 지식인들이 많 으니까. 애초에 내가 신청곡만 틀어야 할 이유는 없잖아? 사람 들을 따르기보다는 이끌어야 해. 그는 생각했다. 특히 내가 살 날이 얼마 남지 않았으니……. 이제 인생의 마지막이니 특별 히 훌륭한 일을 해야 해.

그때 갑자기 위성이 흔들거렸다. 데인저필드는 비틀거리며 가까운 벽을 붙잡았다. 충격파가 연달이 지나가면서 오는 진동 이었다. 물건이 떨어지거나 이리저리 부딪쳐 부서졌다. 데인저필드는 깜짝 놀라서 주위를 둘러보았다. 운석인가?

마치 누가 공격하는 것 같은 느낌이었다.

데인저필드는 B단조 미사곡을 끄고 일어서서 귀를 기울였다. 창밖 먼 곳에서 또다시 희미한 폭발이 보였다. 데인저필드는 생각했다. 저들이 나까지 공격할지 몰라. 그런데 왜지? 어차피 나는 곧 죽을 텐데 왜 그냥 기다리지 않는 거야? 그때 다른 생각이 떠올랐다. 빌어먹을. 하지만 난 아직 살아 있잖아. 산 사람처럼 행동해야겠어. 난 아직 죽지 않았다고.

데인저필드는 송신기를 낚아채고 마이크를 향해 말했다. "잠시 멈춰서 미안합니다, 여러분." 데인저필드가 말했다. "하지만 잠시 동안 현기증이 났습니다. 잠깐 누워 있느라 테이프가 끝난 것도 몰랐네요. 어쨌든……."

데인저필드는 특유의 웃음소리를 내며 창문을 통해 기이한 폭발을 계속 지켜보았다. 더 먼 곳에 희미하게 폭발 하나가 보였다. 데인저필드는 안도했다. 아마도 그에게 별 영향은 없을 듯했다. 데인저필드의 위치를 모르는 듯 범위 밖으로 벗어난 것 같았다.

저항의 의미로 갖고 있는 것 중에 가장 촌스러운 노래를 틀어야겠어. 데인저필드는 생각했다. 〈당신은 내겐 너무 아름다워요〉면 되겠어. 이른바 허세라는 걸 부려보는 거지. 데인저필드는 그 생각을 하며 다시 웃었다. 얼마나 멋진 저항인가. 자신을 제거하려는 게—그게 사실인지는 모르겠지만—누군지 몰라도 분명히 깜짝 놀랄 터였다.

어쩌면 놈들은 그저 내 촌스러운 이야기와 낭독이 지겨울 뿐인지도 몰라. 데인저필드는 추측했다. 음, 만약 그렇다면 이게 생각을 바꿔줄 거야.

"다시 돌아왔습니다." 그는 마이크에 대고 말했다. "내가 뭘 하려던 참이었죠? 기억나는 사람 있나요?"

더 이상 충격은 오지 않았다. 데인저필드는 이제 잠시나마 폭발이 끝났다는 느낌을 받았다.

"잠깐만요. 빨간불이 들어왔습니다. 누가 아래서 저를 부르고 있군요. 기다리세요."

데인저필드는 보관함에서 곡이 들어 있는 테이프를 꺼내 재생기에 넣었다.

"〈당신은 내겐 너무 아름다워요〉 신청이 들어왔습니다." 데인저필드는 저 아래쪽에서 당황하고 있는 누군가를 생각하며 진지하게 말했다. "박자 맞출 수 있지요?" 못할걸. 그는 중얼거렸다. 이 데인저필드가 앤드류 시스터즈로 복수하는 거야. 그는 씩 웃으며 테이프를 돌렸다.

에디는 아주 달콤하고 즐거운 기분으로 지렁이가 천천히 땅 위를 기어가는 모습을 지켜보았다. 에디는 남동생이 그 안에 들어가 있음을 확신했다.

지금 에디의 아랫배 속에는 벌레의 정신이 있는 게 분명했기 때문이었다. 에디는 벌레의 단조로운 목소릴 들을 수 있었다. "웅, 웅, 웅." 형언하기 어려운 생물학적 과정의 자취가 그런 식으로 나타났다.

"내 몸에서 나가, 벌레야." 에디가 말하며 웃었다. 저 벌레는 자기 존재에 대해 어떻게 생각할까? 지금 아마 빌이 그럴 것처럼 어이없어하고 있을까? 빌에게서 눈을 떼지 말아야 해. 에디는 땅 위를 기어가는 벌레를 보며 생각했다. 잃어버릴지도 모르니까. "빌." 에디가 몸을 굽히며 말했다. "너 웃겨 보여. 온통 새빨갛고 길쭉해. 그거 알아?" 그리고 에디는 생각했다. 빌을 다른 사람 몸속에 넣었어야 하는 건데 내가 왜 안 그랬지? 그러면 제대로 되는 건데. 몸 바깥에 있는, 그래서 함께 놀 수도 있는 진짜 남동생이 생기는 거잖아.

하지만 반대로 에디의 몸 안에는 잘 모르는 사람이 새로 들어앉게 될 터였다. 그건 그다지 즐거운 일은 아니었다.

누가 그러고 싶겠어? 에디는 중얼거렸다. 학교에 있는 애들 중 하나? 아니면 어른? 빌은 분명히 어른 몸에 들어가고 싶을 거야. 어쩌면 반즈 선생님, 아니면 하피 해링턴. 어차피 빌을 무서워하지만 말이야. 아니면 엄마. 에디는 환희의 비명을 질렀다. 그건 정말 쉬울 거야. 난 엄마를 가까이서 끌어안고, 베고 누울 수 있으니까. 그러면 빌이 바꿀 수 있겠지. 엄마가 내 속으로 들어오는 거야. 정말 멋지겠지? 내가 원하는 대로 엄마가 움직일 수 있어. 그리고 엄마는 내게 뭘 하라고 시키지도 못할 테고.

에디는 계속 생각했다. 더 이상 반즈 선생님은 물론 누구하고도 그 말할 수 없는 짓은 못할 거야. 그건 내가 해결할 수 있어. 빌은 절대 그러지 않을 테니까. 빌도 나만큼이나 충격을 받았는걸.

"빌." 에디는 무릎을 꿇고 조심스럽게 지렁이를 들어 손바닥 위에 올려놓았다. "잠깐만 내 계획 좀 들어봐. 그거 알아? 우리는 엄마가 나쁜 짓을 하지 못하게 할 거야." 에디는 벌레를 뱃속의 덩어리가 있는 곳 가까이 가져갔다. "다시 들어와. 벌레가 되고 싶지는 않잖아. 그건 재미없어."

곧 빌의 목소리가 다시 돌아왔다. "흥. 난 네가 싫어. 절대 용서하지 않을 거야. 나를 다리고 뭐고 아무것도 없는 데다가 앞도 안 보이는 것에 넣다니. 몸을 질질 끌고 돌아다니는 것밖에 못했다고!"

"알아." 에디는 이제 쓸모없어진 벌레를 계속 손에 쥔 채 앞뒤로 흔들며 말했다. "들어봐. 내 말 들었어? 내가 말한 대로 하고 싶어? 그렇게 할 수 있게 내가 엄마를 베고 누울까? 눈하고 귀도 생길 거야. 다 큰 어른이 되는 거라고."

빌이 초조하게 말했다. "몰라. 엄마가 돼서 돌아다니는 게 좋을지 모르겠어. 그건 약간 무섭단 말이야."

"계집애 같아." 에디가 말했다. "그렇게 하든지 아니면 두 번 다시 나올 생각 말아. 음, 엄마가 아니면 누가 되고 싶어? 말만 하면 내가 해볼게. 가슴에 십자가를 긋고 맹세해."

"알았어." 빌이 말했다. "죽은 사람들은 뭐라고 하는지 얘기 좀 해볼게. 어차피 그게 가능한지도 모르잖아. 그 작은 벌레에서 빠져나오는 것도 힘들었다고."

"무서워하는구나." 에디는 웃으며 벌레를 학교 운동장 가장 자리의 수풀에 던졌다. "겁쟁이! 내 남동생은 꼬마 계집애처럼 겁쟁이래요~!"

빌은 대꾸하지 않았다. 빌의 생각은 에디와 이 세상을 떠나 자기만이 닿을 수 있는 영역으로 가버렸다. 따분하고 괴상한, 죽은 사람들하고 이야기하고 있군. 에디는 중얼거렸다. 죽은 사람들은 아무 재미도 없어.

그때 아주 근사한 생각이 떠올랐다. 빌이 지금 죽은 사람들의 입에 오르내리고 있는 트리 씨라는 미친 사람한테 들어가게 하는 거야. 에디는 결심했다. 어제 포레스터 홀에서 트리 씨는 일어서서 회개가 어쩌고 하는 아주 멍청한 종교 얘기를 했어. 그러니까 만약 어떻게 행동하거나 말해야 하는지 모르는 빌이 들어가서 좀 이상하게 굴어도 **사람들은 신경 안 쓸 거야.**

하지만 그러면 에디는 자기 뱃속에 미친 사람을 품고 있어야 한다는 문제가 생겼다. 어쩌면 그를 죽이기 위해 내가 항상 애기했던 대로 독을 먹을 수도 있을 거야. 에디는 생각했다. 올리앤더 잎이나 아주까리 열매 같은 걸 많이 먹어서 없앨 수 있겠지. 트리 씨는 어쩔 수 없어. 날 막을 수 없어.

그래도 문제는 문제였다. 에디는 싫어하게 될 정도까지 자주 봐온 트리 씨가 자기 몸 안으로 들어온다는 게 영 내키지 않았다. 트리 씨에겐 멋진 개가 있었지만, 그게 다였다…….

테리. 그거였다. 에디는 테리 곁에 누울 수 있었다. 그리고 빌이 나와서 그 개로 들어간다면 모든 일이 순조로울 것이었다.

하지만 개는 수명이 짧았다. 테리는 벌써 7살이었다. 엄마,
아빠에 따르면 에디와 빌과 거의 비슷한 시간에 태어났다.

망할. 에디는 생각했다. 결정하기 어려워. 밖으로 나와서 보
고 듣고 싶어 하는 빌에게 무엇을 해줘야 할지는 정말 문제야.
그때 생각이 하나 떠올랐다. 내가 아는 사람 중에서 가장 내 뱃
속에서 살고 싶어 하는 사람이 누굴까? 정답은 아빠였다.

"아빠가 되고 싶어?" 에디는 빌에게 물었다. 하지만 빌은 대
답하지 않았다. 땅 밑에 있는 수많은 사람들과 이야기하느라
아직도 정신이 팔린 상태였다.

아냐. 트리 씨가 가장 나은 것 같아. 에디는 생각했다. 그 사
람은 외곽에서 양을 치고 사니까 사람을 많이 안 만나잖아. 대
화하는 법을 잘 몰라도 되니까 그게 빌에게는 편할 거야. 거기
엔 테리와 양밖에 없잖아. 게다가 지금 트리 씨는 미쳤으니까
완벽해. 빌이 트리 씨 몸에 들어가면 지금 트리 씨보다는 훨씬
잘할 거야. 확실해. 내가 걱정해야 하는 건 독이 있는 올리앤더
잎을 몇 장이나 씹어야 하냐는 거야. 트리 씨를 죽일 수 있으면
서도 나는 무사한 만큼이 얼마일까. 2장이면 될지도 몰라. 기
껏해야 3장.

트리 씨가 아주 적당한 때 미쳤어. 에디는 생각했다. 그 사람
은 알지도 못하겠지만. 하지만 알아차릴 때까지 기다려봐야지.
놀라지 않을까? 내 몸 안에서 한동안 살게 할 수도 있어. 무슨
일이 벌어졌는지 알게 하는 거야. 재미있을 것 같아. 엄마는 그
사람을 좋아했지만, 아니 어쨌든 좋다고 말했지만 난 언제나

별로였어. 그 사람은 징그러워. 에디는 몸을 떨었다.

불쌍한 트리 씨. 에디는 기분이 좋아졌다. 아저씨는 다시는 포레스터 홀에서 모임을 망치지 못할 거예요. 왜냐하면 누구한테도 설교할 수 없는 곳으로 갈 테니까요. 나한테는 할 수도 있겠지만, 안 들으면 그만이지 뭐.

어디서 하면 될까? 에디는 궁리했다. 오늘 학교 끝나면 엄마한테 거기로 데려다 달라고 해야지. 엄마가 안 해주면 혼자서 걸어가면 될 거야.

좀이 쑤셔 못 기다리겠어. 에디는 앞으로 다가올 일을 예상하며 몸서리쳤다.

수업종이 울렸고, 에디는 몇몇 아이들과 함께 교실로 향했다. 반즈 선생님이 1학년에서 6학년까지 함께 사용하는 유일한 교실문 앞에서 기다리고 있었다. 에디가 깊은 생각에 잠긴 채 지나치려 하자 반즈가 말했다. "무슨 생각하니, 에디? 오늘은 뭐가 네 마음을 붙잡고 있을까?"

"음." 에디가 걸음을 멈추고 말했다. "잠깐 동안은 선생님이었는데요, 이제 트리 씨예요."

"아, 그렇구나." 반즈가 고개를 끄덕이며 말했다. "너도 들었구나."

다른 아이들이 모두 교실로 들어가자 교실 문 앞에는 둘만 남았다. 그러자 에디가 말했다. "선생님, 우리 엄마랑 하는 걸 그만둬야 한다고 생각하지 않으세요? 그건 잘못이에요. 빌이 그렇게 말했어요. 빌도 알아요."

반즈의 얼굴색이 변했다. 하지만 입은 열지 않았다. 대신 에디에게서 돌아서서 교실로 들어가 교탁에 섰다. 얼굴은 짙게 붉어진 상태였다. 내가 잘못 말했나? 에디는 의아했다. 이제 나한테 화가 났나? 별로 나보고 남으라고 할지도 몰라. 어쩌면 엄마한테 말해서 엄마가 날 때릴지도 몰라.

낙담한 에디는 자리에 앉아서 표지도 없는 낡고 부스러질 것 같지만 귀중한 동화책 『백설공주』를 펼쳤다. 오늘 읽어야 하는 책이었다.

보니는 오래된 떡갈나무 아래 그늘진 곳에서 축축하게 썩어가는 나뭇잎 위에 누운 채 반즈의 손에 깍지를 끼고 자기 쪽으로 끌어당겼다. 속으로는 아마도 이번이 마지막이라는 생각을 하고 있었다. 보니는 지쳤고, 반즈는 겁을 먹었다. 보니는 오랜 경험에 의해 그게 치명적인 조합이라는 걸 알았다.

"괜찮아요." 보니는 중얼거렸다. "에디가 안단 말이죠. 하지만 애들이 뭘 알겠어요. 제대로 이해하고 있지 않을 거예요."

"잘못된 일이라는 건 알더군요." 반즈가 대답했다.

보니는 한숨을 쉬었다.

"지금 에디는 어디 있죠?" 반즈가 물었다.

"저기 나무 뒤에요. 우릴 보고 있어요."

반즈는 칼에라도 찔린 듯 벌떡 일어났다. 눈을 크게 뜨고 주위를 한 바퀴 돌더니 농담이었다는 걸 깨닫고 맥없이 늘어졌다. "그런 심술궂은 농담이라니." 반즈는 중얼거렸다. 하지만 보니에게 돌아가지는 않았다. 반즈는 약간 떨어진 곳에 선 채 딱딱하고 거북한 표정을 지었다. "정말 어디 있어요?"

"잭 트리 씨의 양 목장에 놀러 갔어요."

"하지만……." 반즈는 어깨를 으쓱했다. "그 사람은 미쳤다고요! 그 사람이, 내 말은 그러니까 위험하지 않겠어요?"

"그냥 테리랑 놀러 간 거예요. 그 말하는 개요." 보니는 일어나 앉아 머리에 붙은 흙을 털어냈다. "어차피 브루노는 거기 있지도 않을 거예요. 누가 마지막으로 본 게……."

"브루노." 반즈가 따라 읊으며 보니를 이상하게 바라보았다.

"잭 말이에요." 보니는 자신의 실수에 심장이 뛰었다.

"그 사람 지난밤에 1972년에 있었던 고고도 폭탄이 자기 책임이라는 둥의 얘기를 했어요." 반즈는 보니를 유심히 쳐다보았다. 보니는 기다렸다. 목에서 맥박이 고동쳤다. 어쨌거나 곧 일어날 일이었다.

"그 사람은 미쳤어요." 보니가 말했다. "그렇지 않아요? 그 사람은 자기가……."

"자기가 브루노 블루스겔드라고 믿죠. 안 그래요?" 반즈가 말했다.

보니는 어깨를 으쓱했다. "그것도 그렇고……. 그는 다른 망상들도 믿어요."

"그거 사실이죠? 그렇죠? 스톡스틸 박사는 알고 있어요. 당신도 알고요. 그리고 그 검둥이도요."

"아니에요." 보니가 말했다. "그 검둥이는 몰라요. 그리고 검둥이라고 부르지 말아요. 그 사람 이름은 스튜어트 맥콘치라고요. 앤드류와 얘기해봤는데 아주 훌륭하고 지적이며 열정적이고 활발한 사람이라더군요."

"그러니까 블루스겔드 박사는 비상사태 때 죽지 않았던 거로군요. 대신 여기로 왔어요. 사람들 사이에 섞여 여기서 살았던 거예요. 그 사태에 가장 책임이 있는 사람이 말이죠."

"가서 그를 죽여요."

반즈는 투덜거렸다.

"진심이에요." 보니가 말했다. "난 이제 상관없어요. 솔직히 당신이 정말로 그러면 좋겠어요." 아주 남자다운 일일 거야. 보니는 중얼거렸다. 분명히 변화가 생기겠지.

"왜 그런 사람을 보호하려고 했던 거죠?"

"몰라요." 보니는 더 이상 그 얘기는 하고 싶지 않았다. "마을로 돌아가요." 반즈가 피곤하게 굴었다. 보니는 스튜어트 맥콘치에 대해 다시 생각하기 시작했다. "담배가 떨어졌어요." 보니가 말했다. "담배 공장에 데려다줘요." 보니는 나무에 묶인 채로 유유자적하게 풀을 뜯어 먹고 있던 반즈의 말을 향해 다가갔다.

"그 검은 녀석이로군요." 반즈가 씁쓸하게 말했다. "이제 그 녀석과 놀아나려는 거군요. 기분 참 좋네요."

"속물 같으니라고." 보니가 말했다. "어쨌든 당신은 계속하기를 두려워하잖아요. 그만두고 싶으면서. 그러니까 다음에 에디를 보면 이제 당당하게 말할 수 있겠군요. '난 너희 엄마랑 부

끄럽거나 나쁜 짓을 하고 있지 않단다. 명예를 걸고 맹세하마.'
맞죠?"

보니는 말에 올라타 고삐를 잡고 기다렸다. "빨리 타요."

갑자기 폭발이 하늘을 밝게 비췄다. 말이 놀라 앞으로 내달
리면서 보니는 말등에서 솟아오르며 옆으로 굴러떨어져 떡갈
나무 숲 아래 수풀에 처박혔다. 브루노야. 보니는 생각했다. 정
말 그 사람일까? 보니는 머리를 감싸쥐고 누운 채 고통으로 흐
느꼈다. 나뭇가지에 머리를 찔렸는지 손가락 사이로 피가 흘러
손목을 적셨다. 곧 반즈가 몸을 굽혀 보니를 끌어당기며 자기
쪽으로 돌려 안았다. "브루노." 보니가 말했다. "망할 인간. 누
가 그자를 **죽여야** 해요. 오래전에 했어야 하는데. 1970년대에
그랬어야 했어요. 그때도 그 사람은 미쳐 있었거든요." 보니는
손수건을 꺼내 머리의 피를 닦았다. "오, 맙소사." 보니가 말했
다. "진짜로 다쳤어요. 정말로 떨어진 거예요."

"말도 가버렸어요."

"그 사람한테 힘인지 뭔지를 준 건 사악한 신이에요. 난 알아
요, 반즈. 우린 지난 몇 년 동안이나 이상한 꼴을 봤잖아요. 이
거라고 다르겠어요? 어젯밤에 말한 것처럼 전쟁을 재창조하고
다시 일으킬 수 있는 능력이에요. 어쩌면 그 사람이 우리를 제
때 함정에 빠뜨린 건지도 몰라요. 안 그래요? 우린 궁지에 빠졌
어요. 그 사람은……." 보니는 머리 위에서 두 번째 섬광이 터
지며 엄청난 속도로 지나쳐 가자 말을 멈췄다. 주위의 나무가
세차게 휘면서 흔들렸다. 여기저기서 오래된 떡갈나무가 부서

지는 소리가 들렸다.

"말이 어디로 갔는지 모르겠네." 반즈가 조심스럽게 일어나 주위를 둘러보며 말했다.

"말은 잊어버려요." 보니가 말했다. "걸어서 가야 해요. 그 방법밖에 없어요. 어쩌면 하피가 뭔가 할 수 있을지도 몰라요. 하피도 이상한 능력이 있으니까요. 우리가 하피를 찾아가서 얘기해야 할 것 같아요. 하피도 미친 사람 때문에 불에 타버리고 싶지는 않을 거예요. 안 그래요? 지금 이 시점에서 뭔가 다른 걸 할 수 있다는 생각이 안 들어요."

"좋은 생각이에요." 반즈가 여전히 말을 찾아 둘러보며 대답했다. 제대로 듣고 있지는 않은 듯했다.

"우린 벌을 받은 거예요." 보니가 말했다.

"뭐라고요?" 반즈가 웅얼거리며 말했다.

"생각해봐요. 에디가 우리의 '부끄럽고 사악한 짓'을 뭐라고 불렀는지. 전에도 생각해봤는데⋯⋯. 아마도 우린 다른 사람들하고 함께 죽었어야 했나 봐요. 어쩌면 지금 이런 일이 벌어진 게 나을지도 몰라요."

"말이 저기 있어요." 반즈가 재빨리 그쪽으로 걸어갔다. 말은 월계수 가지에 고삐가 걸려 움직이지 못하고 있었다.

하늘은 이제 숯처럼 검었다. 보니는 그 색이 익숙했다. 한 번도 완전히 잊어본 적이 없었다. 그저 조금 희미해졌을 뿐.

비상사태 이후 우리가 일궈온 작은 세상이 이리도 약하다니. 보니는 생각했다. 누더기가 된 교과서, '최상품'이라는 담배,

나무를 태워 움직이는 트럭이 있는 이 미약한 세상은 조그마한 벌도 견디지 못해. 브루노가 하는 게 아닐지도 모르지만, 지금 벌어지는 이 일은 견디지 못해. 우리에게 한 방만 떨어지면 모든 게 끝이야. 영리한 동물도 죽어버리겠지. 새롭고 기이한 종도 모두 나타났을 때처럼 순식간에 사라질 거야. 너무해. 보니는 슬픔에 젖어 생각했다. 이건 불공평해. 그 말 많은 개, 테리도 죽겠지. 어쩌면 우리가 너무 야심찼는지도 몰라. 세상을 재건하지 말고 그대로 있었어야 했는지도 몰라.

하지만 우리는 잘해왔어. 보니는 생각했다. 다함께 살아남았잖아. 사랑도 하고 앤드류의 5성급 브랜디도 마시고, 창문이 이상한 학교에서 아이들도 가르치고, 《뉴스 앤 뷰》도 발행하고, 자동차 라디오를 켜서 서머셋 모음의 작품을 매일 들었지. 더 이상 어쩌란 말이야? 빌어먹을. 보니는 생각했다. **이건 불공평해.** 이런 일이 벌어지다니, 옳지 않은 일이야. 우리에겐 보호해야 할 말과 농작물, 그리고 지켜야 할 생명이 있다고……

폭발이 다시 일어났다. 이번에는 더 먼 곳이었다. 남쪽이네. 보니는 생각했다. 오래된 도시 근처였다. 샌프란시스코.

피로에 지친 보니는 눈을 감았다. 하필 스튜어트가 나타났을 때라니. 보니는 생각했다. 운도 지지리도 없지.

개가 길 한가운데 서서 에디의 앞길을 가로막으며 특유의 힘들어 보이는 목소리로 말했다. "치이이미이이자아아느으으은 머어어처라." 개는 경고의 뜻으로 으르렁거렸다. 테리가 있는 한 에디는 나무 오두막까지 갈 수 없었다.

맞아. 에디는 생각했다. 트리 씨는 지금 바쁘겠지. 에디는 하늘에서 폭발이 일어나는 모습을 봤다. "헤이, 그거 알아?" 에디가 테리에게 말했다.

"뭐어어어?" 테리가 호기심을 드러내며 물었다. 개는 생각이 단순했고, 에디도 그걸 잘 알았다. 쉽게 속일 수 있었다.

"아무도 못 찾을 정도로 막대기를 멀리 던지는 법을 배웠어." 에디가 말하며 허리를 굽혀 근처에 있는 나뭇가지 하나를 집었다. "내가 증명해볼까?"

에디의 몸 안에서 빌이 말했다. "누구한테 얘기하는 거야?" 몸이 바뀌는 순간이 점점 다가오자 빌은 초조해하고 있었다. "트리 씨야?"

"아니." 에디가 말했다. "그냥 개야." 에디는 나뭇가지를 흔들었다. "내가 던지고 네가 못 찾는다에 지폐로 10달러 걸겠어."

"차아이즈으 수으 이써어어." 테리가 말하며 조급하게 낑낑거렸다. 이건 테리가 가장 좋아하는 스포츠였다. "그으은데 모오옷 거러어어." 테리가 덧붙였다. "나아아안 도니 으어버서."

그때 갑자기 나무 오두막에서 잭이 걸어 나왔다. 에디와 테리는 깜짝 놀라 하던 일을 멈췄다. 잭은 신경도 쓰지 않고 작은 언덕을 오르더니 반대쪽으로 사라져버렸다.

"트리 씨!" 에디가 외쳤다. "아마 지금은 안 바쁜가봐." 에디가 테리에게 말했다. "가서 물어봐. 알았지? 내가 잠깐 이야기하고 싶다고 해."

빌은 안절부절못하며 말했다. "아직 멀리 안 갔지? 거기 있는 거 알아. 난 준비됐어. 이번엔 진짜 마음먹고 할 거야. 그 사람은 아무거나 다 할 수 있는 거지? 보고, 걷고, 듣고, 냄새 맡고, 맞지? 벌레하고는 다르겠지."

"이빨은 하나도 없어." 에디가 말했다. "하지만 사람한테 있는 건 거의 다 있어." 테리가 잭을 뒤쫓아 뛰어가자 에디는 다시 길을 따라 걸었다. "오래 걸리지 않을 거야." 에디가 말했다. "이렇게 말할 거야." 할 말은 미리 생각해뒀다. "트리 씨, 그거 아세요? 사냥꾼이 쓰는 오리 호출기 하나를 제가 삼켰어요. 제 배에 가까이 대면 소리를 들을 수 있을 거예요. 어때?"

"몰라." 빌이 애타는 목소리로 말했다. "오리 호출기가 뭐야? 오리는 또 뭐고? 살아 있는 거야?" 이 상황이 감당하기 힘든 듯 빌은 갈수록 혼란스러워했다.

"겁쟁이." 에디가 쉿 하고 소리를 냈다. "조용히 해." 테리가 잭을 따라잡았다. 잭은 뒤로 돌더니 얼굴을 찡그린 채 다시 돌아오기 시작했다.

"에디, 난 아주 바빠." 그가 외쳤다. "나중에. 나중에 얘기하자. 지금은 방해하지 마." 잭은 팔을 들어 올리더니 에디를 향해 이상한 동작을 했다. 마치 음악 연주를 지휘하는 듯했다. 얼굴을 찡그리고 몸을 흔들자 에디는 웃음이 나왔다. 잭은 정말 바보같이 보였다.

"그냥 뭐 좀 보여드리려고요." 에디가 외쳤다.

"나중에!" 잭은 개를 향해 뭐라고 얘기하고 가버렸다.

"아르게스니다!" 개가 으르렁거리더니 에디를 향해 달려왔다. "아느돼." 테리가 에디에게 말했다. "머어어처."

빌어먹을. 에디는 생각했다. 오늘은 안 되겠어. 내일 다시 와 봐야지.

"가아버려어어어." 테리가 말하며 이를 드러내 보였다. 아주 단호한 지시를 받은 모양이었다.

에디가 말했다. "저기요, 트리 씨!" 하지만 에디는 곧 입을 다물었다. 이미 잭은 어디에도 보이지 않았다. 테리가 돌아서더니 낑낑거렸다. 빌은 뱃속에서 신음했다.

"에디." 빌이 외쳤다. "완전히 가버렸어. 느낄 수 있다고. 이제 난 어디로 나가지? 어떻게 해야 해?"

갑자기 공중에서 작고 검은 점이 바람에 날려 왔다. 에디는 그 점이 마치 격렬한 바람에 휘말린 듯 떠내려오는 모습을 지켜보았다. 잭이었다. 데굴데굴 구르며 연처럼 위아래로 움직이는 몸통 밖으로 팔이 이상하게 삐져나와 있었다. 무슨 일이지? 에디는 빌이 옳았다는 사실을 깨닫고 안타깝게 여기며 생각했다. 이제 에디와 빌의 계획은 영원히 수포로 돌아갔다.

뭔가가 잭을 붙잡아 죽이고 있었다. 그는 점점 높이 끌려올라갔고, 에디는 비명을 질렀다. 잭이 갑자기 떨어졌다. 마치 돌멩이처럼 수직으로 떨어졌다. 에디는 눈을 감았고 말하는 개 테리는 경악한 나머지 긴 울음소리를 냈다.

"뭐야?" 빌이 좌절한 목소리로 외쳤다. "누가 그런 거야? 죽은 거 맞지?"

"맞아." 에디는 대답하며 눈을 떴다.

잭은 뼈가 부서져 괴상한 모양으로 땅 위에 누워 있었다. 팔다리는 사방으로 꺾여 있었다. 그는 죽었다. 에디도 테리도 알았다. 테리는 잭에게 종종걸음으로 뛰어가더니 멈춰 서서 충격으로 멍한 표정을 짓고 에디를 돌아보았다. 에디는 아무 말도 하지 않고 멀찍이 떨어져 있었다. 누군지 모르겠지만 잭에게 한 짓은 끔찍했다. 볼리나스에서 온 안경 장수 같아. 에디는 생각했다. 그것도 살인이었지.

"하피가 그랬어." 빌이 신음했다. "하피는 트리 씨가 무서워서 먼 거리에서 죽였어. 트리 씨는 지금 저 아래에 죽은 사람들하고 같이 있어. 얘기하는 게 들려. 이렇게 말하고 있어. 하피가 집에 있는 채로 자기를 잡아서 공중으로 내던졌대!"

"이런." 에디가 말했다. 하피가 왜 그런 건지 모르겠어. 에디는 의아했다. 트리 씨가 하늘에서 폭발을 일으키고 있었기 때문인가? 하피는 그게 거슬렸나? 화가 났나?

에디는 두려웠다. 하피는 멀리서 사람을 죽일 수 있어. 에디는 생각했다. 다른 사람은 못하는 일이야. 조심해야겠어. 아주. 왜냐하면 하피는 우리 모두를 죽일 수 있으니까. 우리를 사방으로 날려버리거나 몸을 쥐어짤 수 있잖아.

"《뉴스 앤 뷰》 1면에 나오겠어." 에디가 누구에게랄 것도 없이 중얼거렸다.

"《뉴스 앤 뷰》가 뭐야?" 빌이 화를 내며 말했다. "도대체 무슨 일인지 모르겠어. 설명 좀 해줄래? **제발?**"

에디가 말했다. "이제 마을로 돌아가는 게 좋겠어." 에디는 찌부러진 잭의 시체 옆에 테리를 남겨둔 채 천천히 걷기 시작했다. 아까 못 바꾼 게 잘된 일인 것 같아. 에디가 생각했다. 트리 씨 안에 들어가 있었으면 네가 죽었을 테니까.

그리고 트리 씨는 내 뱃속에서 살아 있겠지. 에디는 생각했다. 적어도 내가 올리앤더 잎을 씹어 먹기 전까지는 말이야. 어쩌면 트리 씨는 내가 그러지 못하게 막는 방법을 찾아냈을지도 몰라. 이상한 힘이 있잖아. 폭발도 일으켰으니까 내 뱃속에서도 그런 일을 할 수 있을지 몰라.

"다른 사람한테 해보자." 빌이 기대에 찬 목소리로 말했다. "그러자, 응? 그걸 뭐라고 부르더라……. 아, 개? 개한테 해보는 건 어때? 그 개가 되는 것도 괜찮을 것 같아. 빨리 달릴 수도 있고 물건을 잡거나 멀리 볼 수도 있잖아. 그렇지?"

"지금은 안 돼." 에디는 말했다. 아직 두려움에 질려 있던 에디는 그곳을 빨리 벗어나고 싶었다. "다음에. 기다려." 에디는 마을을 향해 난 길을 따라 뛰어가기 시작했다.

14

모든 사람들의 목소리를 잘 듣기 위해 포레스터 홀 한가운데 자리 잡은 오리온 스트라우드는 정숙을 요청한 뒤 말했다.

"켈러 부인과 스톡스틸 박사는 웨스트 마린 공식 배심원단과 웨스트 마린 정부 시민 의회에 오늘 방금 일어난 살인 사건에 대한 중요한 소식을 들어달라고 청원했습니다."

스트라우드는 그를 둘러싸고 있는 톨만 부인, 카스 스톤, 프레드 퀸, 룰리 부인, 앤드류 길, 얼 콜비그와 코스티건을 슥 둘러보고는 모두가 참석했다는 데 만족스러워했다. 다들 이게 정말 중요한 문제라는 점을 잘 알고 집중하고 있었다. 이 마을에서 이런 일은 유례가 없었다. 안경 장수나 오스투리아스 선생 때와는 전혀 다른 사건이었다.

스트라우드가 말했다. "제가 듣기로 우리와 함께 살던 잭 트

301

리 씨는……."

청중 중에서 누군가가 말했다. "그 사람은 블루스겔드였소."

"맞습니다." 스트라우드가 고개를 끄덕이며 말했다. "하지만 이제 그 사람은 죽었습니다. 따라서 걱정할 필요는 없습니다. 그건 확실히 알아야 합니다. 그리고 그 일을 해봤던 건 하피입니다. 아니, 한 거죠." 스트라우드는 미안하다는 듯 폴 디이츠를 바라보았다. "문법에 맞게 말을 해야죠." 스트라우드가 말했다. "전부 《뉴스 앤 뷰》에 실릴 거니까요. 맞죠, 폴?"

"특별호로 나갈 겁니다." 디이츠가 고개를 끄덕이며 말했다.

"다들 아시겠지만 지금 우리는 그 일을 저지른 하피를 처벌하려고 모인 게 아닙니다. 블루스겔드는 잘 알려진 전범이었고 마법의 힘으로 예전의 전쟁을 다시 불러일으키고 있었기 때문에 그자를 죽인 건 아무 문제가 안 됩니다. 여기 계신 여러분 모두 직접 폭발을 보셨으니 잘 알고 계실 줄로 믿습니다. 이제……." 스트라우드는 앤드류를 쳐다보았다. "새로운 주민을 소개할까 합니다. 자, 스튜어트 맥콘치란 검둥이입니다. 웨스트 마린이 일반적으로 흑인을 환영하지 않는 건 인정해야 하지만, 맥콘치 씨는 블루스겔드를 추적해 왔으니 원한다면 이곳에 자리 잡도록 허락할 예정입니다."

청중들이 박수를 쳤다.

스트라우드는 계속 말했다. "무엇보다도 우리가 여기 모인 건 하피에게 감사의 뜻을 전하기 위해 어떤 보상을 해야 할지 의견을 모으기 위해서입니다. 그가 아니었다면 블루스겔드의 마법으로 인해 아마도 우리 모두 죽었을 겁니다. 따라서 우리는 하피에게 아주 큰 은혜를 입은 셈입니다. 하피는 여기 없지만……. 어쨌거나 그는 우리의 수리공인 관계로 집에서 작업 중입니다. 그것도 꽤 중요한 임무지요. 아무튼 제때 블루스겔드 박사를 죽여준 데 대해 감사의 마음을 전할 방법이 뭐가 있을지 생각나는 분 계신가요?" 스트라우드는 대답을 기대하며 주위를 둘러보았다.

앤드류 길이 일어서서 목을 가다듬고 말했다. "제가 먼저 몇 마디 해도 괜찮겠지요. 먼저 제 사업 동료인 맥콘치 씨를 환영해주신 데 대해 스트라우드 씨와 마을 전체에 감사드립니다. 그리고 이 마을, 더 나아가 세상에 대한 하피의 위대한 헌신과 관련해 적절해 보이는 보상을 제안하고자 합니다. 저는 최상품 골드라벨 담배 백 개비를 기부하겠습니다." 앤드류는 잠시 말을 멈췄다가 다시 자리에 앉으며 덧붙였다. "그리고 5성급 브랜디 한 상자도요."

청중들은 박수를 치고 휘파람을 불며 찬성의 뜻으로 발을 굴렀다.

"자." 스트라우드가 웃으며 말했다. "아주 좋습니다. 길 씨는 하피의 행동이 우리 모두를 살렸다는 사실을 잘 알고 계신 듯합니다. 베어 밸리 랜치 로드에는 블루스겔드가 일으킨 충격 때문에 쓰러진 떡갈나무가 널려 있습니다. 게다가 다들 아시겠지만, 블루스겔드의 힘은 막 남쪽에 있는 샌프란시스코를 향하고 있었다고 하더군요."

"맞아요." 보니가 소리 높여 말했다.

스트라우드가 계속해서 말을 이었다.

"그래서 어쩌면 거기 사는 사람들도 감사의 의미로 하피에게
뭔가 기부할지도 모릅니다. 그것도 나쁘진 않지만 우리가 할
수 있는 최선은 뭔가 더 있으면 좋겠는데……. 하여튼 길 씨의
최상품 골드라벨 백 개비와 브랜디 한 상자……. 하피는 고맙
게 받을 겁니다. 하지만 사실 전 뭔가 더 있으면 좋겠다는 생각
이 듭니다. 동상이나 공원, 아니면 최소한 감사패처럼 뭔가 기
념할 수 있는 것으로요. 그리고 전 기꺼이 땅을 기부할 의사가
있습니다. 카스 스톤 씨도 저와 같은 생각입니다."

"그렇지." 카스가 강조하듯 힘주어 말했다.

"다른 생각이 있으신 분?" 스트라우드가 물었다. "톨만 부인,
한 말씀 해주시죠."

톨만 부인이 말했다. "하링턴 씨를 명예 공직에 선출하는 것
도 괜찮을 듯하군요. 웨스트 마린 정부 시민 의회장이라든가,
아니면 학교 이사회 서기로요. 물론 공원이나 기념비나 브랜
디, 담배에 추가로 말이죠."

"좋은 생각입니다." 스트라우드가 말했다. "다른 분은 없나요?
우리 모두 현실적으로 생각합시다, 여러분. 하피는 우리 생명을
구했습니다. 어젯밤 낭독을 들으러 왔던 분은 다들 아시다시피
블루스겔드는 정신이 나갔습니다. 그자는 우리를 다시 7년 전
으로 되돌려놓았을 겁니다. 그리고 재건하는 데 들어갔던 우리
의 고된 노력은 무無로 돌아갔을 테고요. 완전한 무로요."

청중들은 동의한다는 듯 웅성거렸다.

"블루스젤드처럼 지식이 많은 물리학자가 가진 마법이 우리에게도 있다면 과거에도 세상은 위험에 처하지 않았을 겁니다." 스트라우드가 말했다. "안 그렇습니까? 하피가 멀리서 물건을 움직일 수 있었던 건 행운이었습니다. 하피가 몇 년 동안이나 연습해왔다니. 우린 운이 좋았습니다. 그렇게 먼 거리에서 힘을 뻗어 블루스젤드를 뭉개버릴 수 있는 사람은 아무도 없기 때문입니다."

프레드 퀸이 큰 소리로 말했다. "사건을 목격한 에디와 이야기해봤는데, 하피가 그를 메다꽂기 전에 하늘로 번쩍 들어 올려 이리저리 던졌다는군요."

"압니다." 스트라우드가 말했다. "저도 에디와 이야기했어요." 그는 사람들을 죽 둘러보았다. "자세한 설명을 원하시면 에디가 말해줄 겁니다. 그렇죠, 켈러 부인?" 보니는 굳은 자세로 앉은 채 창백한 얼굴로 고개를 끄덕였다.

"아직 무서워요?" 스트라우드가 물었다.

"끔찍했어요." 보니는 차분하게 말했다.

"그렇겠지요." 스트라우드가 말했다. "하지만 하피가 해결했어요." 그리고 스트라우드는 속으로 중얼거렸다. 덕분에 하피는 꽤 무서운 존재가 됐지. 보니는 그런 생각을 하고 있을지도 몰라. 그래서 조용히 있는 걸지도.

"내 생각에는 지금 당장 하피에게 가서 물어보는 게 가장 좋을 것 같소." 카스가 말했다. "'하피, 우리가 감사의 표시로 뭘 해주기를 원하지?' 라고 말이오. 직접이오. 아마도 우리는 모르지만 하피가 절실히 필요로 하는 게 있을지도 모르잖소."

그렇지. 스트라우드는 생각했다. 맞는 말이야, 카스. 어쩌면 하피는 우리가 모르는 걸 많이 바라고 있을지도 몰라. 그리고 언젠가—그리 오래지 않아—그걸 갖기를 바랄 거야. 우리가 대표단을 구성해서 물어보든 아니든 간에 말이야.

"보니." 스트라우드가 말했다. "얘기 좀 하시지요. 너무 조용히 앉아 계시는데요."

보니는 중얼거렸다. "전 그냥 피곤해요."

"잭 트리가 블루스겔드란 사실을 알았습니까?"

보니는 말없이 고개를 끄덕였다.

"그럼 당신이었군요. 하피에게 말해준 게?" 스트라우드가 물었다.

"아니에요." 보니가 말했다. "원래는 그러려고 했어요. 하피에게 가는 길이었죠. 하지만 벌써 일이 벌어진 뒤였어요. 하피는 알고 있었어요."

어떻게 알았을까. 스트라우드는 생각했다.

"하피는……." 룰리 부인이 떨리는 목소리로 말했다. "거의 모든 일을 할 수 있는 것 같아. 아아, 블루스겔드보다 훨씬 강력한 게 분명하잖아."

"맞아요." 스트라우드가 말했다.

청중들이 불안한 듯 웅성거렸다.

"하지만 하피는 자기 능력을 우리 마을의 복지를 위해 사용했습니다." 앤드류 길이 말했다. "그건 기억해야 합니다. 하피가 수리공으로서 데인저필드의 방송 신호가 약해졌을 때 수신할 수 있게 도와준다는 점, 우리에게 묘기를 보여준다는 점, 방송을 못 들을 때 데인저필드 흉내를 내준다는 점을 기억하세요. 핵전쟁으로부터 우리 목숨을 살렸을 뿐 아니라 이 모든 일을 다 해줍니다. 그런 고로 저는 하피와 그의 능력에 축복이 있기를 빕니다. 하피처럼 진귀한 사람이 우리에게 있다는 것에 대해 신에게 감사해야 한다고 생각합니다."

"옳소." 카스가 말했다.

"나도 동의합니다." 스트라우드가 조심스럽게 말했다. "하지만 제 생각에는 하피에게 앞으로 사람을 죽이는 일은 오스투리아스 때처럼 배심원에 의해 합법적으로 해야 한다고 말이라도 좀 해줘야 할 것 같습니다. 그러니까 하피가 한 일은 옳았고, 신속해야 할 필요도 있었지만……, 그래도 결정을 내려야 할 법적인 주체는 배심원이다 뭐 이런……. 그리고 여기 있는 얼이 집행을 해야 한다는 겁니다. 앞으로는요, 제 말은. 블루스겔드야 그런 마법이 있어서 경우가 달랐다고 치지만." 그런 힘이 있는 사람을 보통 방법으로 죽일 수는 없지. 스트라우드는 깨달았다. 하피도 마찬가지야. 누가 하피를 죽이려 한다면, 그건 불가능에 가까울 거야.

스트라우드는 몸을 떨었다.

"왜 그래?" 카스가 날카롭게 물었다.

"아무것도 아니야." 스트라우드가 말했다. "감사의 뜻을 보이려면 하피에게 뭘 해줘야 하나 고민 중이었어. 빚진 게 너무 많아서 문제야."

청중들은 하피에게 어떤 보상을 해야 할지를 두고 제각기 의논하며 웅성거렸다.

조지는 아내가 얼굴이 창백해진 채로 찡그리고 있는 것을 보고 말했다. "괜찮아?" 조지는 아내의 어깨에 손을 올렸지만, 보니는 반대편으로 피했다.

"그냥 피곤해." 보니가 말했다. "폭발이 일어났을 때 1마일은 뛴 것 같아. 하피의 집에 가려고."

"하피가 그럴 수 있을지 어떻게 알았어?" 조지가 물었다.

"아." 보니는 말했다. "누구나 알잖아. 비슷하게나마 그런 힘이 있는 건 우리 중에 하피뿐이라는 건 다들 알고 있다고. 폭발을 보자마자 우린……." 보니는 정정했다. "난 곧바로 그 생각이 나던걸." 보니는 남편의 눈치를 살폈다.

"누구랑 같이 있었는데?" 조지가 말했다.

"반즈 선생님. 베어 밸리 랜치 로드의 떡갈나무 숲 아래서 살구버섯을 따고 있었어."

조지가 말했다. "솔직히 난 하피가 무서워. 봐, 지금 여기 있지도 않잖아. 하피는 우리 모두를 경멸하는 경향이 있다고. 홀에 올 때면 언제나 늦고. 무슨 말인지 알겠어? 당신도 느꼈어? 갈수록 이 생각에 더 확신이 들어. 어쩌면 하피가 능력을 갈고 닦을수록 더 그런지도 몰라."

"아마도." 보니는 중얼거렸다.

"이제 무슨 일이 벌어질 것 같아?" 조지가 물었다. "이제 블루스겔드를 죽였잖아? 우린 훨씬 나아졌어. 훨씬 안전하다고. 다들 마음속 큰 짐을 던 거야. 누가 데인저필드에게 알려서 방송을 하라고 해야겠어."

"하피가 할 수 있어." 보니가 멍한 목소리로 말했다. "뭐든지 할 수 있잖아. 거의 뭐든지."

의장석에 앉은 스트라우드가 의사봉을 두드렸다. "하피를 찾아가 우리가 제공할 보상과 명예를 알릴 대표단에 참가하고 싶으신 분 계신지요?" 스트라우드는 실내를 둘러보았다. "자원해주십시오."

"제가 가겠습니다." 앤드류 길이 큰 소리로 말했다.

"저도요." 프레드 퀸이 말했다.

"저도 갈래요." 보니가 말했다.

조지가 보니에게 말했다. "몸은 괜찮겠어?"

"괜찮아." 보니는 건성으로 대답했다. "정말 괜찮아. 머리에 난 상처만 빼면." 보니는 반사적으로 붕대를 건드렸다.

"톨만 부인은 어떻습니까?" 스트라우드가 말했다.

"그러지요." 톨만 부인이 대답했지만, 목소리는 떨렸다.

"무서우신가요?" 스트라우드가 물었다.

"네." 톨만 부인이 대답했다.

"왜죠?"

톨만 부인은 머뭇거렸다. "글쎄요, 잘 모르겠군요."

"저도 가겠습니다." 오리온 스트라우드가 선언했다. "그러면 다섯 명이군요. 남자 셋과 여자 둘. 딱 적당해 보입니다. 브랜디와 골드라벨 담배를 가져가고 나머지 사항도 공표하도록 하겠습니다. 기념비와 시민 의회장이나 이사회 서기 등을요."

"어쩌면……." 보니가 낮은 목소리로 말했다. "돌로 하피를 쳐 죽일 대표단을 보내야 할지도 몰라요."

조지가 숨을 급히 들이키며 외쳤다. "맙소사! 보니!"

"농담 아니에요." 보니가 말했다.

"말도 안 되는 소릴 하고 있잖아." 조지는 놀랍고 화도 났다. 이해할 수가 없었다. "왜 그런 거야?"

"하지만 물론 그렇게 안 될 거예요." 보니가 말했다. "하피는 우리가 근처에 가기도 전에 뭉개놓을 거예요. 어쩌면 지금 당장 그럴지도 모르죠." 보니는 미소 지었다. "말하자면요."

"닥쳐!" 조지는 보니가 아주 무서워하고 있음을 눈치챘다.

"알았어요." 보니가 말했다. "조용히 하죠. 잭처럼 공중에 떠올랐다가 땅에 처박히고 싶지는 않으니까요."

"그렇지 않을 거야." 조지는 떨고 있었다.

"당신은 겁쟁이야." 보니는 부드럽게 웃었다. "안 그래? 내가 왜 여태까지 그걸 모르고 있었을까. 그래서 당신에 대한 내 감정이 이런가 봐."

"감정이 어떻다는 거야?"

보니는 웃었지만 대답하지 않았다. 증오가 가득한 경직된 웃음이었다. 조지는 그 웃음의 의미를 이해하지 못했다. 조지는 다른 곳으로 시선을 돌렸다. 지난 몇 년 동안 들어온 아내에 대한 소문이 결국 사실이었던 건지 궁금해졌다. 보니는 너무나 차갑고 독립적이었다. 조지는 비참한 기분이 들었다.

"빌어먹을." 조지가 말했다. "내 아내가 납작하게 뭉개지는 꼴을 보고 싶지 않다는 이유로 날 겁쟁이라고 부르다니."

"내 몸이고 내 목숨이야." 보니가 말했다. "난 내 뜻대로 하겠어. 난 하피가 두렵지 않아. 아니, 솔직히 무서워. 하지만 겁을 먹고 행동하지는 않을 거야. 당신이 그 차이를 이해할지는 모르겠지만. 그 타르 종이로 지은 집으로 가서 솔직하게 하피랑 얼굴을 맞댈 거야. 고맙기는 하지만 앞으로는 좀 더 조심해야 할 거라고. 그렇게 나가야 해."

조지는 아내가 경탄스러웠다. "그렇게 해." 조지는 말리지 않았다. "아주 훌륭한 일이야, 여보. 하피는 우리가 어떻게 느끼는지 이해해야 해."

"고마워." 보니는 대답했다. "격려해줘서 정말 고마워, 조지." 보니는 아직 연단에서 이야기하고 있는 중인 스트라우드 쪽으로 몸을 돌렸다.

조지는 그 어느 때보다도 비참했다.

대표단은 먼저 앤드류의 공장에 들러 최상품 골드라벨 담배와 5성급 브랜디를 챙겼다. 보니는 스트라우드, 앤드류와 포레스터 홀을 떠나 함께 길을 걸었다. 모두들 맡은 일의 막중한 무게를 느끼고 있었다.

"맥콘치와는 어떤 사업을 함께 하는 거죠?" 보니가 앤드류에게 물었다.

앤드류는 말했다. "스튜어트가 내 공장에 자동 기계를 들여올 거예요."

보니는 못 믿겠다는 듯 농담을 했다. "그러면 위성으로 광고를 해야겠네요. 옛날처럼 노래 부르는 광고도 하고요. 어떻게 부르죠? 내가 하나 작곡해줘도 돼요?"

"좋죠." 그가 대답했다. "사업에 도움이 된다면요."

"자동 기계라는 거 진심이에요?" 보니는 그제서야 앤드류가 진심일지도 모른다는 생각이 들었다.

앤드류가 말했다. "버클리에 사는 스튜어트의 사장을 만나면 더 확실히 알게 될 거예요. 스튜어트와 난 곧 떠날 겁니다. 버클리에는 몇 년 동안이나 못 가봤어요. 스튜어트 말로는 다시 재건하고 있다더군요. 물론 예전처럼은 아니지만요. 하지만 언젠가는 예전 같아지겠죠."

"글쎄요." 보니가 말했다. "하지만 상관없어요. 어차피 그렇게 좋은 곳도 아니었는걸요. 새로 건물 좀 짓는다고 뭐가 달라지겠어요."

앤드류는 주위를 슬쩍 보고 스트라우드가 듣지 못한다는 것을 확인하더니 보니에게 말했다. "보니, 스튜어트와 나와 함께 떠나는 게 어때요?"

보니는 깜짝 놀라며 말했다. "왜요?"

"조지와 헤어지는 데 도움이 될 거예요. 영원히 끝낼 수 있을지도 모르죠. 조지나 당신을 위해서라도 그래야 해요."

보니는 고개를 끄덕이며 말했다. "하지만……." 불가능해 보였다. 너무 앞서 나간 말이었다. 그런 겉모습이 끝까지 유지될 리 없었다. "사람들이 전부 알게 될 거예요." 보니가 말했다. "그렇지 않아요?"

앤드류가 말했다. "보니, 지금도 다 알아요."

"아." 보니는 누그러진 태도로 순순히 고개를 끄덕였다. "음. 놀랍네요. 그동안 난 망상 속에서 살아온 게 분명하군요."

"우리와 함께 버클리로 갑시다." 앤드류가 말했다. "새로 시작하는 거예요. 어떤 면에서는 나도 그래요. 회전판 위에서 작은 천 조각 갖고 손으로 하나씩 담배를 말던 시대를 끝내는 거지요. 나도 예전, 전쟁 전과 같은 공장을 갖게 되는 거예요."

"전쟁 전과 같은." 보니가 읊조렸다. "그게 좋은 건가요?"

"그럼요." 앤드류가 말했다. "이제 손으로 마는 건 끔찍하게 지겨워요. 벌써 몇 년째 자유로워지고 싶었다고요. 스튜어트가 내게 방법을 제시했어요. 아직은 희망 사항일 뿐이지만요." 앤드류는 손가락으로 행운을 비는 모양을 만들어 보였다.

대표단이 공장에 도착했다. 뒤쪽에는 일꾼들이 열심히 담배를 말고 있었다. 보니는 생각했다. 그러니까 이런 모습이 곧 우리 삶에서 영원히 사라진단 말이지. 내가 여기에 애착이 있어서 감상적이 됐나 봐. 하지만 앤드류가 옳아. 이건 상품을 생산하는 방식이 아니야. 너무 느리고 지루해. 그리고 따지고 보면 만드는 수도 너무 적어. 제대로 된 기계만 있으면 앤드류는 나라 전체에 공급할 수 있을 텐데. 그리고 배달할 운송수단만 있으면 말이야.

일꾼들 사이에 껴 있는 스튜어트 맥콘치는 앤드류의 상급 모조 담배통 옆에서 몸을 굽힌 채 품질을 조사하고 있었다. 흠. 보니는 생각했다. 지금쯤이면 앤드류의 최상품 골드라벨의 배합을 알아냈거나, 아니면 아예 관심이 없는 거겠군. "안녕하세요." 보니가 말을 걸었다. "담배가 생산 라인에서 대량으로 나오면 그만큼 수요가 있나요? 그 부분에 대해서도 계획이 있겠죠?"

"물론이죠." 스튜어트가 말했다. "대량의 물품을 유통할 계획은 세워뒀습니다. 제 고용주신 하디 씨는……."

"저한테 그런 영업용 말은 하지 마세요." 보니가 끼어들었다. "그렇다고 하시니 믿을게요. 그냥 궁금했던 거예요." 보니는 캐묻는 눈길로 쳐다보았다. "앤드류가 저보고 버클리에 함께 가자고 하네요. 어떻게 생각해요?"

"좋습니다." 스튜어트가 모호하게 대답했다.

"난 접수계에서 일할 수 있어요." 보니가 말했다. "당신네 본사에서요. 도시 한가운데 있죠, 맞죠?" 보니는 웃었지만, 스튜어트나 앤드류는 함께 웃지 않았다. "내가 민감한 내용을 건드렸나요?" 보니가 물었다. "제 농담이 너무 가볍게 들렸다면 죄송해요."

"괜찮습니다." 스튜어트가 말했다. "그저 걱정됐을 뿐입니다. 아직 해결해야 할 세부 사항이 많거든요."

"어쩌면 나도 따라갈지 몰라요." 보니가 말했다. "그러면 내 문제는 마침내 해결될지도 모르죠."

이제 스튜어트가 보니를 눈여겨 바라볼 차례였다. "무슨 문제가 있으신가요? 이곳은 따님을 기르기에 아주 좋은 환경 같은데요. 부군께서는 교장선생님이시고……."

"그만요." 보니가 말했다. "다른 사람이 내가 받은 축복을 읊어대는 건 듣고 싶지 않아요. 내버려두세요." 보니는 하피에게 선물해줄 담배를 금속 상자에 담고 있는 앤드류에게 걸어갔다.

이 세상은 너무 순진해. 보니는 중얼거렸다. 우리에게 닥친 그 모든 일을 겪은 지금조차도 말이야. 앤드류는 내 불안감을 없애주려고 하지. 스튜어트 맥콘치는 내가 여기서 얻지 못하는 게 뭔지, 뭘 바라는지 상상도 못해. 하지만 어쩌면 그들이 옳고 내가 틀린 걸지도 몰라. 어쩌면 내가 내 인생을 쓸데없이 복잡하게 만들었을지도 몰라……. 버클리에는 나를 구해줄 기계도 있을 수 있겠지. 내 문제도 자동으로 사라지게 할 수 있을지도 몰라.

구석에서는 스트라우드가 하피에게 전할 말을 쓰고 있었다. 보니는 그 엄숙한 광경을 생각하며 웃었다. 하피가 깊은 인상을 받을까? 아니면 우스워하거나 씁쓸한 경멸만 가득 품을까? 아니야. 보니는 생각했다. 하피는 좋아할 거야. 그런 느낌이 들어. 하피가 간절히 원하던 모습일 테니까. 자기를 알아준다는 건 하피를 아주 기쁘게 할 거야.

하피는 우리를 받아들일 준비를 하고 있을까? 보니는 궁금했다. 세수를 하고, 면도를 하고, 평소와 다른 깨끗한 옷을 입을지, 우리가 도착하기를 기대하고 있을까? 이 일이 인생의 가장 커다란 성과일까?

보니는 지금 하피가 무엇을 하고 있을지 상상해보려 했다. 몇 시간 전, 하피는 사람을 죽였다. 보니는 에디가 한 말을 통해 사람들이 모두 하피가 안경 장수를 죽였다고 믿는다는 사실을 알고 있었다. 마을의 쥐잡이꾼이라. 보니는 중얼거리며 몸을 떨었다. 다음은 누가 될까? 다음번에도 하피는 상을 받을까? 이제부터 한 명에 하나씩?

앞으로 계속 선물을 주러 가고, 또 가야 할지도 몰라. **보니는 버클리에 가야겠다고 마음먹었다. 가능한 한 여기서 멀어지고 싶어.**

보니는 생각했다. 가능한 한 빨리. 가능하다면 오늘, 지금 당장이라도. 보니는 코트 주머니에 손을 넣은 채 스튜어트와 앤드류가 있는 곳으로 재빠르게 걸어갔다. 그들 곁에 서자 떠날 것을 의논하는 이야기에 완전히 집중하여 들을 수 있었다.

스톡스틸 박사는 못 믿겠다는 듯이 하피에게 말했다. "그 사람이 내 말을 들을 수 있는 게 확실해? 분명히 위성까지 가는 건가?" 스톡스틸 박사는 시험 삼아 다시 마이크 버튼을 건드렸다.

"그 사람이 들을 수 있다는 사실을 확신시켜드릴 수는 없지요." 하피가 킬킬거리며 말했다. "확신시켜드릴 수 있는 건 이게 500와트짜리 송신기라는 거예요. 예전 기준으로 보면 별거 아니지만, 위성까지는 충분해요. 난 수도 없이 해봤다고요." 하피는 특유의 날카롭고 거만한 웃음을 지었다. 영리해 보이는 갈색 눈은 생기로 가득 차 번쩍였다. "해보세요. 데인저필드에게 소파가 있는지 모르겠네요. 아니 그건 없어도 되겠죠?" 하피는 그렇게 말하고 웃었다.

스톡스틸 박사가 말했다. "소파는 없어도 되네." 그는 버튼을 누르고 말했다. "데인저필드 씨, 저는, 음, 지상의 웨스트 마린에 사는 의사입니다. 데인저필드 씨 건강이 걱정스럽습니다. 물론 여기 사는 모두가 그렇습니다. 전, 음, 어쩌면 제가 도울 수 있을 것 같습니다."

"사실대로 말해요." 하피가 말했다. "정신분석의라고."

스톡스틸 박사는 마이크에 대고 조심스럽게 말했다. "저는 전에 정신분석의였습니다. 물론 지금은 일반 진료를 봅니다. 제 말 들립니까?" 스톡스틸 박사는 구석에 설치된 스피커에 귀를 기울였지만 잡음만 들렸다. "못 듣는 것 같은데." 그는 낙담하며 하피에게 말했다.

"연결이 되려면 시간이 걸려요. 다시 해봐요." 하피가 킬킬거리며 말했다. "박사님은 그게 순전히 마음속에 있다는 거죠. 건강염려증이라⋯⋯. 확실해요? 음. 그렇게 생각하셔야겠죠. 만약 그게 아니라면 사실상 박사님이 할 수 있는 일은 아무것도 없으니까요."

스톡스틸 박사는 마이크 버튼을 누르고 말했다. "데인저필드 씨, 전 캘리포니아 마린 카운티의 스톡스틸 박사라고 합니다. 전 의사입니다." 전혀 가망이 없어 보였다. 계속해야 할까? 하지만 반면⋯⋯.

"그에게 블루스겔드 얘기를 해봐요." 갑자기 하피가 말했다.

"좋아." 스톡스틸 박사가 말했다. "그러지."

"내 이름을 말해도 돼요." 하피가 말했다. "내가 그를 죽였다고 해요. 잘 들어요, 박사님. 데인저필드가 그 소식을 말하면 이렇게 들릴 거예요." 기형아는 괴상한 표정을 지었다. 그리고는 전에 그랬던 것처럼 입에서 데인저필드의 목소리가 흘러나왔다. "자, 여러분, 오늘은 좀 좋은 소식이 있습니다. 다들 좋아할 거예요. 마치……." 하피는 말을 멈췄다. 스피커에서 희미한 소리가 들렸기 때문이었다.

"……하세요, 선생님. 월터 데인저필드입니다."

스톡스틸 박사가 곧바로 마이크에 대고 말했다. "좋아요, 데인저필드 씨. 당신이 겪고 있다는 통증에 대해 이야기하고 싶은데요. 저기, 위성에 종이봉투가 있습니까? 탄산가스요법을 시도해보려고요. 우리 함께요. 종이봉투를 들고 그 안에 숨을 내쉬세요. 그 안에다 숨을 내쉬고 들이쉬기를 계속하세요. 그러면 마지막엔 순수한 탄산가스를 들이마시게 될 겁니다. 이해하시겠죠? 사소해 보이지만 합당한 근거가 있는 요법이에요. 아시다시피 산소가 너무 많으면 간뇌의 특정 반응을 유발해 자율신경계에 나쁜 순환을 일으킵니다. 자율신경계가 너무 활성화되어서 나타나는 증상 중 하나가 연동항진인데요, 그것 때문에 통증이 오는 걸지도 모릅니다. 기본적으로 그건 근심 걱정 때문에 오는 증상입니다."

하피는 고개를 젓더니 몸을 돌려 다른 곳으로 가버렸다.

"죄송합니다……." 스피커에서 희미한 목소리가 흘러나왔다. "이해가 안 가요, 선생님. 종이봉투 안에 숨을 쉬라고요? 폴리에틸렌 통은 안 될까요? 질식하지는 않나요?" 불신이 가득한 목소리는 떨리고 있었으며, 분명하지 않게 들렸다. "여기 있는 성분으로 페노바르비탈을 합성하는 방법은 없나요? 갖고 있는 성분 목록을 말해줄게요. 그러면……." 잡음이 끼어들었다. 잠시 후 다시 목소리가 들렸을 때는 다른 이야기를 하고 있었다. 어쩌면 저 남자의 정신이 오락가락하고 있는지도 몰라. 스톡스틸 박사는 생각했다.

"우주에 고립되면 예전에 선내공포증이라고 부르던 것과 같은 혼란스러운 현상이 일어납니다." 스톡스틸 박사가 끼어들었다. "무중력 상태의 불안감에 대한 반응으로 일어나기 때문에 육체적인 문제가 있는 것처럼 느껴집니다." 스톡스틸 박사는 말을 하면서도 얘기가 제대로 전달되고 있지 않다는, 이미 실패했다는 느낌이 들었다. 하피는 듣기 싫었는지 아예 다른 곳에 가서 어슬렁거리고 있었다. "데인저필드 씨." 스톡스틸 박사가 말했다. "이 반응을 멈추려는 건데, 탄산가스요법이 도움이 될지도 모릅니다. 긴장이 완화되면 심리치료를 시작할 수 있습니다. 잊고 있던 트라우마의 원인도 회상해보고요."

DJ는 무미건조하게 말했다. "트라우마의 원인은 잊지 않았답니다, 선생님. 지금도 경험하고 있는걸요. 사방에 널려 있어요. 일종의 폐소공포증이죠. 정말 정말 심해요."

"폐소공포증은 공간 감각의 혼란이라는 점에서 직접적으로 간뇌와 연관된 공포증이에요. 실제 위험이나 상상의 위험 때문에 공황 상태에 빠지는 것과 관련이 있어요. 도망치고 싶은 욕구에 대한 억압인 겁니다."

데인저필드가 말했다. "흠, 제가 어디로 도망갈 수 있을까요, 선생님? 현실적으로 생각해보자고요. 도대체 정신분석의가 제게 뭘 해줄 수 있단 거죠? 전 아픈 사람이에요. 당신이 떠드는 헛소리가 아니라 수술이 필요하다고요."

"확실합니까?" 스톡스틸 박사가 물었다. 자신이 쓸모없고 바보처럼 느껴졌다. "이건 분명히 시간이 걸리는 일입니다. 하지만 우리는 최소한 연락을 했잖습니까. 당신은 여기 있는 내가 당신을 도우려 한다는 걸 알고, 난 당신이 듣고 있다는 걸 알지요." 듣고 있는 거 맞지? 스톡스틸 박사는 생각했다. "따라서 내 생각에 우리는 이미 뭔가를 이룬 겁니다."

스톡스틸 박사는 대답을 기다렸다. 침묵뿐이었다.

"데인저필드 씨?" 스톡스틸 박사가 마이크에 대고 말했다.

조용했다.

등 뒤에서 하피가 말했다. "자기가 끊어버렸거나 위성이 너무 멀리 간 거예요. 그에게 도움이 좀 되고 있나요?"

"모르겠어." 스톡스틸 박사가 말했다. "하지만 시도할 가치는 있지."

"1년 전에만 시작했더라도……."

"하지만 아무도 몰랐지." 우리는 데인저필드의 존재를 당연하게 여겼어. 태양처럼. 스톡스틸 박사는 깨달았다. 그리고 이제 하피 말대로 좀 늦었다.

"내일 오후에는 운이 더 좋으면 좋겠군요." 하피가 옅은—거의 비웃음에 가까운—웃음을 지었다. 그래도 스톡스틸 박사는 그 안에서 깊은 슬픔을 느꼈다. 하피가 안타깝게 여기는 건 스톡스틸 박사일까, 그의 헛된 노력이었을까? 아니면 머리 위를 지나가는 인공위성에 탄 남자일까? 알아내기는 어려웠다.

"계속 시도해야겠어." 스톡스틸 박사가 말했다.

그때 누군가 문을 두드렸다.

하피가 말했다. "공식 대표단일 거예요." 여윈 얼굴에 즐거운 웃음이 활짝 피었다. 하피의 얼굴이 들뜸으로 가득 차 부풀어 오른 것 같았다. "잠시만요." 하피는 카트를 움직여 문으로 다가간 뒤 기계팔을 뻗어 문을 열었다.

문 밖에는 오리온 스트라우드, 앤드류 길, 카스 스톤, 보니 켈러, 톨만 부인이 있었다. 다들 불편하고 긴장한 모습이었다. "하피." 스트라우드가 말했다. "우리가 자네에게 줄 작은 선물을 마련했네."

"좋아요." 하피가 스톡스틸 박사를 향해 웃어 보이며 말했다. "봤죠?" 하피가 말했다. "내가 말했죠? 감사의 선물이라고요." 하피는 대표단에게 말했다. "들어오세요. 기다리고 있었어요." 하피는 문을 활짝 열고 집 안으로 대표단을 맞아들였다.

"뭘 하고 계셨어요?" 스톡스틸 박사가 송신기와 마이크 옆에 서 있는 걸 본 보니가 물었다.

스톡스틸 박사가 말했다. "데인저필드에게 연락하려고요."

"그를 치료하려고요?" 보니가 말했다.

"그래요." 스톡스틸 박사는 고개를 끄덕였다.

"그런데 잘 안 되었나 보군요."

"내일 다시 해볼 거예요." 스톡스틸 박사가 말했다.

스트라우드는 하려던 연설을 잠시 잊고 스톡스틸 박사에게 말했다. "맞아. 선생은 예전에 정신분석의였지."

하피가 조급해하며 말했다. "자, 뭘 가져오셨나요?" 하피의 시선이 스트라우드를 지나쳐 앤드류를 향했다. 하피는 담배와 브랜디가 담긴 상자를 보았다. "제 건가요?"

"맞아." 앤드류가 말했다. "감사의 표시야."

앤드류의 손에 있던 상자가 공중으로 떠올랐다. 사람들은 상자가 하피를 향해 공중으로 떠 가다가 카트 바로 앞에서 바닥에 내려앉는 모습을 눈을 껌뻑이며 바라보았다. 하피는 탐욕스럽게 기계팔로 상자를 열었다.

"어." 스트라우드가 당황하며 말했다. "할 말도 준비해왔는데. 지금 해도 될까, 하피?" 스트라우드는 걱정스러운 표정으로 하피를 바라보았다.

"다른 건 없어요?" 상자를 열어본 하피가 물었다. "보상으로 다른 건 없냐고요?"

그 광경을 보던 보니는 생각했다. 이렇게 애 같을 줄은 몰랐어. 완전 애잖아……. 물건도 훨씬 더 많이 가져왔어야 했어. 오색찬란한 리본과 카드로 화려하게 포장했어야 했어. **하피를 실망시켜서는 안 돼.** 보니는 깨달았다. 하피를 달래는 일에 우리 목숨이 달려 있어.

"더 없냐고요?" 하피는 역정을 내고 있었다.

"아직은." 스트라우드가 말했다. "하지만 더 생길 거야." 스트라우드는 대표단 일행을 향해 재빨리 눈짓했다. "네게 줄 진짜 선물은 신중하게 준비해야 하니까. 이건 시작일 뿐이야."

"그렇군요." 기형아 하피가 말했다. 하지만 납득한 말투는 아니었다.

"정말이야." 스트라우드가 말했다. "사실이라고, 하피."

"난 담배 안 피워요." 하피가 담배를 훑어보며 말했다. 하피는 그 귀한 담배를 한 움큼 집어 들어 뭉갰다. 가루가 떨어졌다. "담배는 암을 유발하죠."

"음." 앤드류가 말했다. "양면성이란 게 있긴 한데. 그게……"

하피는 킬킬거리며 웃었다. "이게 전부인가 보군요." 하피가 말했다.

"아니야. 분명히 더 있어." 스트라우드가 말했다.

스피커에서 나오는 잡음만 빼면 방 안은 조용했다. 구석에 있던 진공관 하나가 솟아오르더니 허공을 날아 벽에 큰 소리를 내며 부딪쳤다. 깨진 유리 파편이 여기저기 흩날렸다.

"더 있어." 하피는 스트라우드의 깊고 엄숙한 목소리를 흉내 냈다. "분명히 더 있어."

15

월터 데인저필드는 36시간 동안 반쯤만 의식이 있는 상태로
침상에 누워 있었다. 위궤양이 아닌 건 분명했다. 지금 겪고 있
는 건 심장마비였고, 곧 데인저필드의 목숨을 빼앗을 터였다.
스톡스틸이라는 정신분석의가 뭐라고 했건 간에.

위성의 송신기는 가벼운 협주곡을 계속해서 방송했다. 마음
을 누그러뜨리는 선율이 귓전에서 울리며 헛된 평안함을 조작
하고 있었다. 데인저필드는 일어나서 음악을 끄러 갈 기운도
없었다.

정신분석의가 종이봉투에 대고 숨을 쉬라고 이야기했었지.
데인저필드는 입맛이 썼다. 그건 마치 꿈속의 일인 듯했다. 희
미한 목소리, 충만한 자신감. 그리고 완전히 틀린 전제.

위성이 궤도를 반복해 도는 동안 온 세계에서 소식이 들어왔

다. 위성의 녹음 장치는 소식을 포착해 보관하고 있었지만, 그 뿐이었다. 데인저필드는 이제 대답할 수 없었다.

사람들에게 말해야 될 것 같군. 데인저필드는 중얼거렸다. 우리가, 모두가 예상하고 있던 시간이 마침내 다가왔어.

데인저필드는 두 손과 무릎으로 지난 7년 동안 발아래의 세상을 향해 방송해왔던 마이크 옆자리로 기어갔다. 한동안 그 자리에 앉아 있던 그는 녹음기 하나를 켜고 마이크를 집어 든 뒤 메시지를 녹음하기 시작했다. 녹음이 끝나면 협주곡을 대신해 영원히 재생될 메시지였다.

"여러분, 월터 데인저필드입니다. 우리가 함께했던 시간에 대해 여러분 모두에게 감사하고 싶습니다. 그동안 여기저기서 이야기를 나누며 우리 모두를 하나로 엮을 수 있었지요. 하지만 이제 제 병이 더 이상 그러지 못하게 합니다. 그리하여 아주 유감스럽지만 저는 방송을 마무리지어야 할……" 데인저필드는 고통스러워하며 계속 말을 이었다. 지상의 애청자들이 가능한 한 마음 아프지 않게 하려고 신중하게 단어를 골랐다. 그래도 데인저필드는 진실을 고백했다. 이제 자기는 끝이라고, 자기 없이도 다른 사람들과 소통할 수 있는 방법을 찾아야 한다고. 그리고 마이크를 끄고 오랜 습관대로 녹음을 재생했다.

테이프는 비어 있었다. 거의 15분이나 이야기했는데 아무것도 없었다.

녹음기가 무슨 이유로든지간에 고장 난 게 분명했다. 하지만 너무 아파서 거기까지 신경 쓸 수조차 없었다. 데인저필드는 마이크를 다시 켜고 제어판의 스위치를 조작했다. 이번에는 생방송으로 전달할 생각이었다. 지금 방송을 듣는 사람이 다른 사람들에게도 알려야 했다. 다른 방법은 없었다.

"여러분." 데인저필드는 다시 시작했다. "월터 데인저필드입니다. 나쁜 소식이 있습니다. 하지만……." 그때 그는 마이크가 죽어 있음을 깨달았다. 머리 위의 스피커도 꺼져 있었다. 아무것도 송신되지 않고 있었다. 그렇지 않았다면 모니터링 장치를 통해 자기 목소리를 들을 수 있을 터였다.

데인저필드는 자리에 앉은 채 뭐가 잘못됐는지 알아내려고 애썼다. 뭔가, 아주 이상하면서도 불길한 뭔가가 있었다.

데인저필드를 둘러싼 장비가 작동 중이었다. 모습을 보아하니 벌써 한동안 그랬던 듯했다. 데인저필드가 한 번도 써본 적이 없는 고속녹음재생 장치가 7년 만에 처음으로 갑자기 저절로 작동했다. 데인저필드가 지켜보고 있는 와중에도 모터가 돌아가다가 꺼졌다. 기계가 멈추더니 다른 기계가 돌아가기 시작했다. 이번에는 저속이었다.

이해가 안 돼. 데인저필드는 중얼거렸다. **이게 무슨 일이지?**

분명히 장비가 고속으로 녹음을 하고 있었다. 그러더니 그중 하나가 재생을 하기 시작했다. 하지만 누가 이걸 움직이게 한 걸까? 데인저필드는 아니었다. 계기판을 보니 위성의 송신기가 방송을 하고 있음을 알 수 있었다. 데인저필드가 그 사실을 깨닫고, 이어서 지금까지 수신해서 녹음한 메시지가 방송되고 있다는 걸 깨닫는 사이, 머리 위의 스피커가 다시 살아났다.

"후드 후드 후~" 데인저필드의 '목소리'가 웃으며 말했다. "여러분의 오랜 친구, 월터 데인저필드가 돌아왔습니다. 협주곡은 미안합니다. 더 틀지 않을 겁니다."

내가 언제 저런 말을 했지? 데인저필드는 멍하니 그 소리를 들으며 중얼거렸다. 충격을 받아 혼란스러운 상태였다. 목소리가 너무 활기차고 기운도 넘쳐나는 것처럼 들렸다. 지금 내가 어떻게 저런 소리를 내지? 데인저필드는 의아했다. 건강하고 **아내**가 살아 있던 몇 년 전에나 내던 소리인데.

"자." 목소리는 계속됐다. "저를 고통스럽게 하던 가벼운 병은 말이죠……. 알고 보니 쥐가 보급품 찬장에 숨어들었지 뭡니까. 여러분은 이 월터 데인저필드가 하늘 위에서 쥐를 피해 도망 다니는 꼴을 상상하며 웃으시겠죠. 하지만 사실이에요. 어쨌든 제 저장 식량의 일부가 상했고, 전 그걸 몰랐습니다. 그게 제 뱃속에서 탈을 일으킨 게 확실해요. 하지만!" 목소리가 익숙한 웃음소리를 냈다. "전 이제 괜찮습니다. 친절하게도 빨리 회복하라는 메시지를 보내주신 지상의 모든 분들은 이 소식을 듣고 기뻐하시겠지요. 감사의 인사를 전합니다."

데인저필드는 마이크 앞자리에서 일어나 비틀거리며 침상으로 갔다. 눈을 감고 누운 채 다시 가슴의 통증과 그 통증의 원인에 대해 생각했다. 협심증이라면 커다란 주먹이 짓누르는 듯한 느낌이어야 해. 데인저필드는 생각했다. 이건 불에 타는 듯한 느낌에 가까워. 마이크로필름에 적힌 의학 정보를 볼 수만 있다면……. 어쩌면 내가 못 보고 지나친 게 있을지도 몰라. 예를 들면 이 통증은 왼쪽으로 치우친 게 아니라 바로 가슴뼈 아래잖아. 이건 무슨 의미지?

아니면 난 멀쩡한 건지도 몰라. 데인저필드는 다시 몸을 일으키려고 애쓰며 생각했다. 어쩌면 나보고 이산화탄소로 숨을 쉬라고 했던 스톡스틸이라는 정신분석의가 옳을지도 몰라. 몇 년 동안이나 여기 고립된 탓에 내 마음에 병이 생긴 건지도 모르지.

하지만 데인저필드는 사실 그렇게 생각하지 않았다. 그러기엔 증상들이 너무 현실적이었다.

그의 병에는 혼란스러운 점이 하나 더 있었다. 고통은 항상 위성이 캘리포니아 북부를 지나갈 때 심해지곤 한다는 점이다. 아무리 노력해도 그 사실에서는 그럴 듯한 논리적인 이유를 찾아낼 수 없었기에, 데인저필드는 지상의 의사와 병원에 그 이야기를 하려고 하지도 않았다. 이제는 송신기를 조작할 힘도 없을 정도로 아프니 이미 늦은 얘기였다.

한밤중이었다. 빌이 불안해하며 웅얼거리는 소리로 누이를 깨웠다. "왜 그래?" 에디는 빌이 무슨 얘기를 하는지 이해하려고 애쓰며 졸음에 겨운 목소리로 말했다. 에디는 일어나 앉았다. 눈을 비비는 사이에도 빌의 목소리는 점점 빨라졌다.

"하피 해링턴!" 빌이 뱃속 깊은 곳에서 소리쳤다. "하피가 위성을 장악했어! 데인저필드의 위성을 빼앗았다고!" 빌은 흥분해서 그 말을 계속 반복했다.

"네가 어떻게 알아?"

"블루스겔드 씨가 그렇게 말하니까. 그 사람은 저 아래 있지만 아직 위에서 무슨 일이 일어나는지 볼 수 있어. 할 수 있는 일이 없어서 화가 나 있어. 아직 그는 이 세상 일에 대해 다 안다고. 그 사람은 자기를 죽인 하피를 증오해."

"데인저필드는?" 에디가 물었다. "그 사람은 죽었어?"

"아직 저 아래에는 없어." 빌이 잠시 침묵하더니 말했다. "죽진 않은 것 같아."

"누구한테 말해야 하지?" 에디가 말했다. "하피가 무슨 짓을 했는지 말이야."

"엄마한테." 빌이 조급하게 말했다. "지금 해."

에디는 침대에서 내려와 부모님 침실을 향해 소리를 지르며 쏜살같이 뛰어갔다. 문을 활짝 열며 외쳤다. "엄마, 얘기할 게 있……." 에디의 목소리가 잦아들었다. 엄마는 거기 없었다. 침대 위에서 자는 사람은 한 명, 아빠뿐이었다. 엄마는 가버렸고 다시 돌아오지 않을 터였다. 에디는 그 모습을 보자마자 확실히 알 수 있었다.

"엄마는 어디 있어?" 빌이 뱃속에서 외쳤다. "여기 없는 거 알아. 느낄 수가 있다고."

에디는 천천히 침실 문을 닫았다. 뭘 해야 하지? 에디는 생각에 잠겨 추운 밤공기에 떨며 목적 없이 걸었다. "조용히 해봐." 에디가 빌에게 말했다. 구시렁거리는 소리가 조금 낮아졌다.

"엄마를 찾아야 해." 빌이 말했다.

"못해." 에디가 말했다. 가망 없는 일이었다. "대신 뭘 해야 할지 생각해봐야겠어." 에디가 가운과 슬리퍼를 찾으러 다시 침실로 돌아가며 말했다.

보니가 하디 부인에게 말했다. "집이 아주 멋져요. 오랜만에 버클리에 돌아오니 기분이 이상하네요." 보니는 대단히 피곤했다. "전 이제 자야겠어요." 보니가 말했다. 새벽 2시였다. 보니는 앤드류와 스튜어트를 흘긋 보며 말했다. "여기 오는 동안 정말 즐거웠어요. 안 그래요? 1년 전만 해도 사흘은 더 걸렸을 텐데요."

"그렇죠." 앤드류가 말하며 하품했다. 그도 피곤해 보였다. 타고 온 마차가 자기 것이었던 만큼 오는 내내 거의 앤드류가 운전했다.

하디가 말했다. "이 시간쯤이에요, 켈러 부인. 우리는 보통 위성이 이렇게 늦게 지나갈 때 방송을 듣는답니다."

"아." 보니는 말했다. 사실 관심은 없었지만 어쩔 수 없다는 건 알고 있었다. 예의상 잠깐 동안은 함께 들어줘야 할 터였다. "여기서는 하루에 두 번 수신하신다는 거군요."

"맞아요." 하디 부인이 말했다. "그리고 솔직히 밤늦게 하는 방송은 안 자고 들을 가치가 있어요. 비록 지난 몇 주는……." 하디 부인은 어깨를 으쓱했다. "잘 아시겠지만요. 데인저필드는 아프잖아요."

다들 잠시 침묵을 지켰다.

하디가 말했다. "안타까운 사실이지만 우리는 지난 며칠간 데인저필드의 목소리를 전혀 듣지 못했어요. 자동으로 계속 나오는 협주곡을 빼면요. 그래서……." 하디는 다른 네 사람을 바라보았다. "그래서 이 늦은 밤 방송에 많은 희망을 걸고 있지요."

보니는 속으로 생각했다. 내일은 할 일이 많아. 하지만 하디 씨가 옳아. 우리는 자지 말고 방송을 들어야 해. 위성에서 무슨 일이 벌어지는지 알아야 해. 우리 모두에게 굉장히 중요한 일이야. 보니는 슬펐다. 월터 데인저필드, 당신은 홀로 죽어가고 있나요? 아니면 이미 죽었고 우리만 모르고 있는 건가요?

협주곡이 영원히 계속 나올까? 보니는 궁금했다. 적어도 위성이 다시 지구에 떨어지거나, 우주 공간으로 날아가버리거나, 아니면 마침내 태양에 이끌려 갈 때까지는?

"켤게요." 하디가 시계를 보며 말했다. 하디는 방을 가로질러 라디오로 가서 조심스럽게 스위치를 켰다. "달궈지려면 오래 걸려요." 하디가 사과했다. "약한 진공관이 있나 봐요. 웨스트 버클리 수리공 조합에 검사해달라고 요청했는데, 그 사람들이 워낙 바빠서 꼼짝도 못한대요. 내가 직접 고치려고 했는데……." 하디는 슬픈 듯 어깨를 으쓱했다. "지난번에 고치려다가 더 나빠지기만 했어요."

스튜어트가 말했다. "길 씨가 불안해서 도망가버리겠네요."

"아니에요." 앤드류가 말했다. "이해합니다. 라디오는 수리공의 영역이지요. 웨스트 마린에서도 마찬가지에요."

하디 부인이 보니에게 말했다. "스튜어트 말로는 여기서 사

331

셨다면서요."

"방사능 연구소에서 일했었어요." 보니가 말했다. "다음에는 리버모어 연구소에서도 일했고요. 물론……." 보니는 머뭇거렸다. "지금은 너무 변해서 버클리도 못 알아보겠어요. 여기까지 오는데 산 파블로 거리 같은 곳 빼고는 한 군데도 못 알아보겠더군요. 작은 가게들도 전부 새것 같고요."

"새 가게예요." 하디가 말했다. 이제 라디오에서는 잡음이 흘러나왔고, 하디는 허리를 굽혀 귀를 가까이 대고 주의 깊게 듣고 있었다. "보통 이 늦은 방송은 640킬로사이클에서 잡혀요." 하디는 사람들에게 등을 돌린 채 라디오에 집중했다.

"기름등잔불을 밝혀봐요." 앤드류가 말했다. "더 잘 보이게."

보니는 시키는 대로 했다. 도시에서도 원시적인 기름등잔에 의존한다는 게 놀라웠다. 보니는 최소한 부분적으로나마 전기를 복구했다고 생각했다. 어떤 면에서는 웨스트 마린이나 볼리나스보다도 뒤떨어진 게 사실이야…….

"아." 하디의 말이 보니의 생각을 멈추게 했다. "잡은 것 같아요. 그런데 협주곡이 아니에요." 하디의 얼굴이 기쁨으로 빛났다.

"오오." 하디 부인이 말했다. "데인저필드가 낫기를 하늘에 빌었어요." 그녀는 긴장하며 두 손을 맞잡았다.

스피커에서 친근하고 익숙하면서 격의 없는 목소리가 크게 울려 퍼졌다. "지상에서 밤을 지새우시는 분들 모두 안녕하세요. 안녕하세요, 안녕하세요, 안녕하세요~. 지금 이렇게 인사하는 사람이 누구일까요?" 데인저필드는 웃었다. "그렇습니다,

여러분. 제가 다시 두 발로 일어서서 미친 듯이 작은 다이얼을 만지고 조작하고 있습니다. 바로 그렇습니다." 따뜻한 목소리였다. 보니와 함께 방 안에 있는 사람 모두 안도하며 목소리에 담긴 즐거움을 듣고 미소 지었다. 다들 한마음으로 고개를 끄덕였다.

"들려요?" 하디 부인이 말했다. "아아, 나았나 봐요. 데인저필드가……, 들리죠? 그냥 말만 그런 게 아니에요. 분명히 달라요."

"후드 후드 후—" 데인저필드가 말했다. "자, 이제 함께 살펴볼까요? 무슨 소식이 있을까요? 공공의 적 제1순위에 대해 들어보셨겠죠. 우리 모두 생생히 기억하고 있는 전직 물리학자 말입니다. 우리의 좋은 친구 블루스젤드 박사, 아니 블러드머니 박사라고 불러야 할까요? 어쨌든 지금쯤이면 다들 블러드머니 박사가 이 세상 사람이 아니라는 사실을 아시겠지요? 맞습니다, 맞고요."

"그런 소문을 들었어요." 하디가 흥분하며 말했다. "웨스트마린 카운티에서 기구를 얻어 타고 온 행상인이……."

"쉿." 하디 부인이 라디오에 귀를 기울이며 말했다.

"정말입니다." 데인저필드는 계속 이야기했다. "캘리포니아 북부의 어떤 사람들이 B박사를 영원히 처리했다고 합니다. 누군지 모르겠지만 우리는 그 사람들에게 순수하고 지고한 감사의 마음을 빚진 셈이네요. 왜냐하면, 음. 그냥 이렇게 생각해보세요, 여러분. 이 사람은 다소 몸이 불편합니다. 그래도 그

333

사람은 다른 누구도 하지 못했던 일을 할 수 있었습니다." 데인
저필드의 목소리가 경직됐다. 예전에는 한 번도 들어본 적 없
는 목소리였다. 보니 일행은 불편한 기색으로 서로를 쳐다보았
다. "난 지금 하피 해링턴에 대해 이야기하는 겁니다, 여러분.
모르는 이름인가요? 알아둬야 할 겁니다. 왜냐하면 하피가 없
었다면 여러분 모두 살아남지 못했을 테니까요."

하디는 뺨을 문지르며 얼굴을 찡그린 채 알 수 없다는 표정
을 지으며 자신의 부인을 바라보았다.

"이 하피 해링턴이란 사람은 B박사를 적어도 6킬로미터는
떨어진 곳에서 뭉개버렸습니다. 게다가 쉽게요. 아주 쉽게요. 6
킬로미터 떨어진 곳에 있는 다른 사람을 건드리는 게 불가능하
다고 생각하죠? 그럼 그는 아아아아아아―주 긴 팔을 가졌겠
네요, 그렇죠? 그리고 아주 강한 손도요. 흠, 더 신기한 걸 알려
드리죠." 목소리가 아주 가까이에서 속삭이듯이 비밀스럽게 변
했다. "하피는 팔도 손도 **전혀** 없답니다." 그리고 데인저필드는
입을 다물었다.

보니가 조용히 말했다. "앤드류, 저거 걔 맞죠?"

앤드류가 의자를 돌려 보니를 마주보며 말했다. "그래요, 그
런 것 같군요."

"누구요?" 스튜어트가 물었다.

라디오에서 나오는 목소리는 계속됐다. 이제는 조금 더 차분
해졌지만 차갑고 뻣뻣한 목소리가 말했다. "해링턴 씨에게 보
상을 해주려는 시도가 있었습니다. 별거 아니었지요. 담배 몇

개하고 좋지도 않은 위스키 조금이었습니다. 그것도 '보상'인지 모르겠지만요. 거기에 허접한 시골 정치가가 공허하게 몇 마디 읊더라고요. 그게 다였습니다. 우리 모두를 구한 사람에게 말입니다. 아마……."

하디 부인이 말했다. "저건 데인저필드가 아니에요."

하디가 앤드류와 보니에게 물었다. "저게 누구죠? 말해봐요."

보니가 말했다. "하피예요." 앤드류는 고개를 끄덕였다.

"저 위에요?" 스튜어트가 말했다. "위성에요?"

"몰라요." 보니가 말했다. 하지만 그게 무슨 상관이람? "하피가 위성을 장악했어요. 그게 중요한 거예요." 그리고 우리는 버클리에 오면 벗어날 수 있다고 생각했지. 보니는 중얼거렸다. 하피를 떠날 수 있을 거라고. "놀랍지도 않네요." 보니가 말했다. "하피는 오래전부터 준비해왔어요. 다른 건 모두 이 일을 위한 연습이었던 거예요."

"하지만 충분하지 않습니다." 라디오에서 나오는 목소리가 좀 더 가벼운 투로 선언했다. "우리 모두를 구한 사람에 대한 이야기를 더 듣게 될 겁니다. 수시로 말씀드리죠……. 과거의 월터 데인저필드는 잊지 않을 겁니다. 그러는 동안 음악을 좀 들어볼까요. 정통 밴조* 연주 어때요? 과거 미국의 정통 포크 뮤직……〈페니의 농장에서〉. 위대한 포크 음악가인 피트 시거가 부릅니다."

---

* 미국의 민속 음악이나 재즈에 쓰는 현악기. 기타와 비슷하나 공명동이 작은북처럼 생겼으며 현은 4~5줄이다.

잠시 조용해지더니 스피커에서 교향악단의 연주가 흘러나왔다. 보니가 생각에 잠긴 채 말했다. "하피가 엉뚱한 걸 틀었어요. 아직 회로를 전부 장악한 건 아니에요."

교향악단의 연주가 갑자기 멈췄다. 다시 침묵이 이어지더니 잘못된 속도로 테이프가 돌아갈 때와 같은 소리가 흘러나왔다. 그 소리는 미칠 듯이 끽끽대더니 또 갑자기 멈췄다. 보니는 자기도 모르게 웃었다. 잠시 후 마침내 밴조 소리가 들렸다.

> 페니의 농장에서 보내는
> 시골의 고된 나날들~

테너 목소리가 밴조 소리와 함께 편안하게 울려 퍼졌다. 방 안에 있는 사람들은 오랜 습관대로 가만히 앉아 음악을 들었다. 라디오에서 음악이 나왔고, 사람들은 7년 동안이나 거기에 의존했다. 너무나 익숙해진 이런 반응은 몸의 일부가 돼버렸다. 하지만 보니는 그 사이에서 수치심과 절망을 느꼈다. 함께 있는 사람 중 누구도 무슨 일이 일어났는지 완벽히 이해하지 못했다. 보니는 그저 멍하고 혼란스러웠다. 데인저필드가 다시 돌아온 건지 아닌 건지, 겉으로 들리는 소리는 데인저필드지만 그 안에 있는 본질은 사실 무엇일까? 유령 같은 부자연스러운 환영일 뿐이었다. 살아 있는, 생명이 있는 존재가 아니었다. 시늉은 하지만 공허하고 생명이 없었다. 하지만 그 독특한 성질은 그대로 **남아 있었다.** 마치 추위와 고독이 위성에 타고 있는 남자를 둘러싼 새로운 껍데기가 된 것처럼, 생명체를 둘러싸고 있다가 마침내 죽어버리는 껍데기.

데인저필드의 죽음, 서서히 이루어진 파멸은 의도적이었어. 보니는 생각했다. 그리고 그 원인은 우주도, 저세상도 아닌 바로 지상, 익숙한 땅에 있었어. 데인저필드는 몇 년 동안 고립된 탓에 죽은 게 아니야. 바로 자기가 그렇게 접촉하고자 했던 세상이 원인이었어. 누군가 신중하게 조작한 거야. 만약 우리와 연락을 끊었다면 그는 아직 살아 있었겠지. 보니는 생각했다. 데인저필드는 우리가 보내는 말을 듣는 바로 그 순간순간 살해당하고 있었던 거야. 꿈에도 모른 채.

아마 지금도 모를 거야. 보니는 생각했다. 만약 지금 이 시점에서 깨닫거나 어떻게든 알게 된다면 당황스럽겠지.

"끔찍해." 앤드류가 단조로운 목소리로 말했다.

"끔찍해요." 보니도 말했다. "하지만 어쩔 수 없어요. 위성 안에 있는 데인저필드는 너무 취약해요. 하피가 아니더라도 누군가가 언젠가 같은 짓을 했을 거예요."

"우리는 뭘 해야 하죠?" 하디가 말했다. "여러분이 정말 확신한다면, 우리는……."

"아." 보니가 말했다. "확실해요. 의심의 여지가 없어요. 혹시 대표단을 만들어서 다시 하피를 찾아가야 한다고 생각하세요? 그만하라고요? 하피가 뭐라고 할지 궁금하군요." 정말 궁금해. 보니는 생각했다. 죽기 전까지 그 낯익은 작은 집에 얼마나 가까이 갈 수 있을까. 어쩌면 지금 여기 이곳도 너무 가까운지 몰라.

난 절대로 근처에 가지 않을 거야. 보니는 생각했다. 아니 오히려 더 멀리 떨어져야겠어. 앤드류와 함께 가야지. 아니면 스튜어트, 아니면 그 누구라도. 계속 멀리 갈 거야. 한군데 머무르지 않겠어. 그러면 하피로부터 안전할지도 몰라. 지금 다른 사람은 생각할 겨를이 없어. 난 너무 무섭다고. 나만 생각하기도 벅차.

"앤드류." 보니가 그에게 말했다. "저기, 나 떠나고 싶어요."

"버클리 밖으로요?"

"네." 보니는 끄덕였다. "해안을 따라 로스앤젤레스로요. 갈 수 있어요. 도착하기만 하면 우린 괜찮을 거예요. 난 알아요."

앤드류가 말했다. "난 갈 수 없어요. 웨스트 마린으로 돌아가야 해요. 사업이 있는데 버릴 수 없어요."

보니는 섬뜩한 기분을 느끼며 말했다. "웨스트 마린으로 돌아가겠다고요?"

"그래요. 왜 그러죠? 하피가 그랬다고 해서 우리가 사업을 포기할 필요는 없잖아요. 우리보고 그러라는 건 이성적이지 않아요. 하피도 그런 요구는 안 하는데요."

"하지만 그럴 거예요." 보니가 말했다. "곧 하피는 있는 대로 요구하기 시작할 거예요. 알아요. 난 알 수 있다고요."

"그러면 일단 기다려봅시다." 앤드류가 말했다. "그때까지요. 그동안에는 할 일을 하고요." 그는 하디와 스튜어트를 향해 말했다. "전 이만 자야겠습니다. 에휴, 내일 할 일이 많으니까요." 앤드류는 일어섰다. "경우에 따라서는 일이 알아서 잘 풀리기

338

도 하죠. 절망하면 안 돼요." 앤드류는 스튜어트의 등을 두드렸
다. "맞죠?"

스튜어트가 말했다. "예전에 길가에 숨어 산 적이 있어요. 또
그래야 할까요?" 스튜어트는 답변을 구하듯 주위 사람들을 둘
러보았다.

"그럴 수도요." 보니가 말했다.

"그렇다면 할 수 없죠." 스튜어트는 말했다. "하지만 난 다시
밖으로 나왔어요. 거기 머물지 않았다고요. 그리고 전 또다시
올라올 겁니다." 스튜어트도 자리에서 일어섰다. "길 씨, 저희
집에서 함께 주무시면 돼요. 보니 켈러 씨는 하디 씨 집에서 주
무시고요."

"그래요." 하디 부인이 몸을 움직이며 말했다. "우리집에는 방
이 많답니다, 켈러 부인. 머물 곳을 찾을 때까지 여기 있어요."

"좋아요." 보니가 반사적으로 대답했다. "아주 좋아요." 보니
는 눈가를 문질렀다. 하룻밤 푹 자면 나아질 거야. 보니는 생각
했다. 그다음에는? 그건 그때 가서 생각해봐야지. 내일까지도
살아 있다면 말이지만. 보니는 생각했다.

앤드류가 갑자기 보니에게 말했다. "하피가 했다는 일 말이
에요. 당신은 믿기 어렵나요, 아니면 반대인가요? 하피를 잘 알
아요? 이해할 수 있어요?"

"내 생각엔 하피가 아주 야심에 가득 차 있는 것 같아요." 보
니가 말했다. "우리가 예상했어야 했어요. 이제 하피는 어느 누
구보다도 더 먼 곳까지 손길을 뻗칠 수 있어요. 자기 말마따나

아주아주 긴 팔이 있으니까요. 아주 멋지게 기형을 보완했죠. 그건 감탄할 수밖에 없어요."

"맞아요." 앤드류가 말했다. "아주 감탄스럽죠."

"하피가 이걸로 만족할 거라고 생각했다면 이렇게까지 두렵지는 않을 거예요." 보니는 말했다.

"내가 불쌍하게 생각하는 사람은 데인저필드예요." 앤드류가 말했다. "아파서 가만히 누운 채 다른 사람이 자기 흉내를 내는 걸 듣고 있었어야만 했으니까요."

보니는 고개를 끄덕였다. 하지만 그 광경을 상상하지는 않았다. 참을 수가 없었다.

가운에 슬리퍼 차림으로 서둘러 집을 나선 에디는 하피의 집으로 가는 길을 더듬거리며 찾아갔다.

"빨리." 빌이 뱃속에서 말했다. "하피가 우리에 대해 알아. 사람들이 얘기해주고 있어. 우리가 위험에 처해 있대. 우리가 가까이 가면 내가 죽은 사람의 흉내를 내서 하피를 겁줄 수 있어. 하피는 죽은 사람을 무서워하거든. 블레인 씨가 그러는데 죽은 사람이 아빠 같아서래. 아빠가 엄청 많은 거지. 그리고……."

"조용히 해." 에디가 말했다. "생각 좀 하자고." 에디는 어둠 속이라 혼란스러웠다. 떡갈나무 숲속에서 길을 찾을 수 없자 걸음을 멈추고 숨을 깊게 들이쉬었다. 에디는 머리 위에서 희미하게 비치는 달빛에 의존해 방향을 잡으려 애썼다.

오른쪽이야. 에디는 생각했다. 내리막길이니까 넘어지면 안 돼. 하피가 소리를 들을 거야. 그는 멀리서도 거의 모든 소리를 들을 수 있어. 에디는 숨을 멈추고 한 발짝, 한 발짝 언덕을 내려갔다.

"내가 괜찮은 흉내 내기를 준비했어." 빌은 중얼거렸다. 입을 다물 생각이 없는 모양이었다. "이런 거야. 가까이 가면 내가 죽은 사람 중 한 명하고 바꾸는 거야. 음, 좀 흐늘거려서 넌 별로 안 좋아하겠지만, 몇 분만이야. 그러면 죽은 사람이 내 뱃속에서 하피와 직접 이야기할 수 있어. 하피가 일단 들으면……."

"괜찮아." 에디가 말했다. "잠시만이라면."

"음, 그러면 그 사람이 뭐라고 할지 알아? '우리는 어리석음에 대한 대가로 처절한 교훈을 얻었습니다. 이것은 우리로 하여금 깨닫게 하려는 신의 행함입니다' 누군지 알겠어? 하피가 아기였을 때 아빠 등에 업혀서 갔던 교회에서 설교하던 목사야. 아주 오래전 일이지만 하피는 기억할 거야. 인생에서 가장 끔찍한 순간이었으니까. 왠지 알아? 그 목사는 사람들이 모두 하피를 쳐다보게 만들었거든. 그건 잘못한 거였지. 하피의 아빠는 그 뒤로 그 교회에 다시는 안 갔어. 하지만 하피가 지금 이렇게 된 이유 중 큰 부분을 차지해. 그 목사 말이야. 그러니까 하피는 진짜로 그 목사를 무서워한다고. 그 사람 목소리를 다시 들으면……."

"닥쳐." 에디는 필사적이었다. 이제 하피의 집이 가까웠다. 언덕 아래에 불빛이 보였다. "제발, 빌. **제발.**"

"하지만 너한테 설명을 해야 해." 빌이 계속 말했다. "내가……."

순간 빌이 조용해졌다. 에디의 뱃속에는 아무것도 없었다. 텅 비어 있었다.

"빌." 에디가 말했다.

빌은 사라졌다.

희미한 달빛 아래 에디가 한 번도 본 적이 없는 생물이 갑작스럽게 눈에 띄었다. 그건 길고 창백한 머리카락을 꼬리처럼 늘어뜨린 채 가볍게 위로 솟아올랐다. 그리고는 곧바로 에디의 얼굴 앞까지 날아와 멈추었다. 생기 없는 눈과 크게 벌린 입이 보였다. 그건 작고 단단한 머리통에 불과했다. 꼭 야구공 같았다. 입에서 끽끽거리는 소리가 흘러나왔다. 그러다가 다시 튕겨나가듯 흔들리며 하늘로 솟아올랐다. 에디는 그게 점점 높아지며, 헤엄치듯이 나무를 헤치고, 한 번도 겪어보지 못해 익숙하지 않은 대기층을 향해 올라가는 모습을 지켜보았다.

"빌." 에디가 말했다. "하피가 널 데려갔구나. 널 내 뱃속에서 밖으로 꺼냈어." 내게서 멀어지고 있어. 에디는 생각했다. 하피가 그렇게 만들고 있어. "돌아와!" 에디는 말했지만 의미 없는 짓이었다. 빌은 에디를 벗어나서는 살 수 없었다. 에디는 잘 알고 있었다. 스톡스틸 박사가 그렇게 말했다. 빌은 태어날 수 없다고. 하피는 그 말을 듣고 빌을 태어나게 한 것이다. 빌이 죽을 걸 알면서도.

흉내 내기를 할 수 없게 됐어. 에디는 깨달았다. 내가 조용히 하라니까 내 말을 듣지 않고서……. 긴장에 휩싸여 있던 에디는 머리카락을 늘어뜨린 작고 단단한 물체가 머리 위에 떠 있는 모습을 보았다— 혹은 보았다고 생각했다. 그 물체는 조용히 사라졌다.

에디는 혼자였다.

더 갈 필요가 있을까? 이제 끝이었다. 에디는 발걸음을 돌렸다. 고개를 숙이고 눈을 감은 채 조심조심 언덕을 올라갔다. 다시 집으로, 침대로. 뱃속이 허했다. 눈물이 흘러나오는 게 느껴졌다. 네가 입만 다물었어도 하피가 못 들었을 텐데. 에디는 생각했다. 내가 말했잖아, 말했잖아.

에디는 집을 향해 지친 걸음을 옮겼다.

허공에 뜬 빌은 보고 듣는 것은 적었지만, 살아 있는 숲과 동물, 그리고 그 사이사이의 움직임을 느낄 수 있었다. 빌은 자기를 들어 올리는 힘을 느꼈다. 하지만 빌은 준비한 흉내 내기를 떠올렸고, 그대로 말을 했다. 빌의 목소리가 차가운 공기 속에서 작게 울렸다. 빌은 자기 소리가 들리자 더 큰 소리로 외쳤다.

"우리는 어리석음에 대한 대가로 처절한 교훈을 얻었습니다." 빌이 새된 소리로 크게 외치자 귓가에 목소리가 울렸다. 자기 목소리가 들리니까 기뻤다.

갑자기 힘이 사라졌다. 빌은 갑작스럽게 위로 솟아올랐다가 아래로 떨어졌다. 빌은 계속 아래로 떨어지다가 땅에 부딪치기 직전에 내면의 살아 있는 존재의 힘을 이용해 간신히 옆으로 움직여 하피의 집에 있는 안테나 위에 멈춰 섰다.

"이것은 신의 행함입니다!" 빌은 작고 가느다란 목소리로 외쳤다. "우리는 지금이 고고도 핵폭탄 실험을 중단해야 할 때임을 알 수 있습니다. 여러분 모두 존슨 대통령에게 편지를 쓰도록 하십시오!" 빌은 존슨 대통령이 누군지도 몰랐다. 아마 살아 있는 사람이겠지. 빌은 자신을 찾아 주위를 둘러보았지만 자기 몸을 볼 수 없었다. 동물이 살고 있는 떡갈나무 숲이 보였다. 빌은 거대한 부리와 부리부리한 눈을 가진 새가 소리 없이 날개를 펴고 오는 것을 보았다. 빌은 그 갈색 새가 자기를 향해 다가오는 모습을 보고 공포에 질려 비명을 질렀다.

새가 탐욕과, 빌을 갈기갈기 찢어버리려는 욕망으로 가득한 끔찍한 소리를 냈다.

"여러분 모두!" 빌이 어둠과 차가운 공기를 뚫고 도망치며 외쳤다. "항의의 편지를 쓰십시오!"

새는 눈을 번쩍이며 뒤따라왔다. 둘은 희미한 달빛을 받으며 나무숲 위를 미끄러지듯 날았다.

부엉이가 빌을 따라잡았다. 그리고 한순간에 삼켜버렸다.

16

빌은 다시 몸 안에 있었다. 잠깐 동안 볼 수 있었지만, 그 시간은 끝나고 이제 다시 보는 것이 불가능해졌다.

부엉이가 울면서 날아갔다.

빌은 부엉이에게 말했다. "내 말 들려?"

들리는 건지 안 들리는 건지 알 수 없었다. 부엉이였을 뿐이니까. 에디에게 있었던 감각은 부엉이에게 없었다. 전혀 달랐다. 네 안에서 살 수 있어? 빌이 물었다. 아무도 모르는 이곳에 숨어서……. 넌 하던 대로 위아래로 날아다니고. 부엉이의 몸속에는 쥐와 꿈틀거리는 동물의 시체가 들어 있었다. 공간은 넓어서 충분히 살아갈 만했다.

낮게. 부엉이에게 말했다. 빌은 부엉이를 통해 떡갈나무 숲을 보았다. 마치 사방이 빛으로 가득 찬 것처럼 선명하게 보였다. 수백만 개의 물체가 움직이지 않고 놓여 있었다. 그중 하나가 기어가는 게 눈에 띄었다. 동물이었다. 부엉이는 그쪽으로 방향을 돌렸다. 아무 소리도 듣지 못한 채 의심 없이 기어가던 녀석이 열린 공간으로 나왔다.

그러자 순식간에 잡아먹혔다. 부엉이는 다시 날아갔다.

멋진데. 빌은 생각했다. 또 할 건가? 밤새 이 일을 하고, 또 하고, 또 하고, 그리고 비가 오면 목욕을 하고 오랫동안 늘어지게 자는 거야. 그게 최고겠지? 그렇지.

빌은 말했다. "퍼제슨 씨는 직원들이 술을 못 마시게 해. 종교 때문이라나. 맞지?" 또 이렇게 말했다. "그 빛은 어디서 나오는 거야, 하피? 신이야? 알잖아. 성경처럼 말이야. 내 말은, 그러니까 진짜야?"

부엉이가 울음소리를 냈다.

"하피." 빌이 부엉이 뱃속에서 말했다. "지난번에는 사방이 어둡다고 했잖아. 맞아? 빛이 전혀 없었어?"

수천 명의 죽은 자들이 투덜거리며 빌의 주의를 끌려 했다. 빌은 그 말을 듣고 있다가 골라서 정리한 뒤 그대로 말했다.

"이 더러운 병신 새끼야." 빌은 말했다. "잘 들어. 거기 가만히 있으라고. 우린 지하에 있어. 이 머저리 새끼야, 지금 그 자리에 있으라고. 지금 거기. 난 올라가서 사람들을 여기 아래로 데리고 내려올 테니까, 자리 좀 비워봐, 자리. 그 사람들 자리."

부엉이가 깜짝 놀라 날개를 퍼덕거렸다. 부엉이는 빌을 피하려는 듯 높이 날았다. 하지만 빌은 죽은 사람들의 말을 계속 듣고 정리해서 말하기를 반복했다.

"거기 가만히 있으라고." 빌은 계속 말했다. 하피의 집에서 나오는 불빛이 다시 보였다. 부엉이는 그곳에서 멀어지지 못하는 듯 주위를 선회하며 다가갔다. 빌은 부엉이를 자기가 원하는 곳으로 보내는 데 성공했다. 빌은 부엉이의 비행 경로를 하피 쪽으로 유도했다. "이 머저리 새끼야." 빌이 말했다. "거기 가만히 있으라고."

부엉이는 다른 데로 가고 싶다는 울음소리를 내며 더 낮게 날았다. 부엉이는 자기 안에 뭔가가 있고, 그것에게 잡혔다는 사실을 깨달았다. 부엉이는 빌이 싫었다.

"대통령은 더 늦기 전에 우리의 호소를 들어야 합니다." 빌은 말했다.

부엉이는 필사적인 노력 끝에 평소에 하던 기술을 구사해냈다. 빌을 게워낸 것이다. 빌은 땅으로 떨어지며 기류를 타 보려고 했다. 하지만 풀밭에 떨어졌다. 빌은 새된 소리를 내며 구르다가 마침내 구덩이에 걸려 멈췄다.

해방된 부엉이는 높이 날아올라 사라졌다.

"이로 인해 인간의 동정심을 볼 수 있기를 바랍니다." 빌은 구덩이 속에서 말했다. 오래전에 살았던 목사의 목소리였다. "이렇게 한 건 우리 자신입니다. 우리는 여기서 인류가 스스로 저지른 잘못의 결과를 볼 수 있습니다."

부엉이의 눈이 사라지자 빌은 희미하게 볼 수밖에 없었다. 빛은 사라지고 남은 거라곤 근처에서 보이는 몇 가지 형체뿐이었다. 나무였다.

그리고 희미하게 빛나는 밤하늘을 배경으로 하피의 집 윤곽이 보였다. 그리 멀지 않았다.

"들어가게 해줘." 빌은 입을 움직여 말했다. 빌은 구덩이 속에서 이리저리 굴렀다. 나뭇잎이 들썩일 때까지 몸부림쳤다. "난 들어가고 싶어."

그 소리를 들은 동물 하나가 경계하며 멀리 도망갔다.

"들어가자. 들어가자. 들어가자." 빌이 말했다. "난 밖에서 오래 있을 수 없어. 죽을 거야. 에디, 어디 있는 거야?" 근처 어디에서도 에디가 느껴지지 않았다. 느껴지는 거라고는 집 안에 있는 기형아의 존재뿐이었다.

빌은 있는 힘을 다해서 그쪽으로 기어갔다.

이른 아침, 스톡스틸 박사는 타르 종이로 지은 하피의 집을 찾았다. 네 번째로 월터 데인저필드를 치료하려는 시도를 하기 위해서였다. 송신기가 켜져 있는 게 스톡스틸 박사의 눈에 띄었다. 불도 여기저기 켜져 있었다. 스톡스틸 박사는 의아해하며 문을 두드렸다.

문이 열리자 하피가 카트 가운데 앉아 있는 게 보였다. 하피는 이상하게 조심스럽고 방어적인 태도로 스톡스틸 박사를 바라보았다.

"한 번 더 해보려고 왔네." 그는 말했다. 효과가 없다는 건 알았지만 어쨌거나 계속 해보고 싶었다. "괜찮겠지?"

"네, 선생님." 하피가 말했다. "괜찮아요."

"데이저필드는 아직 살아 있나?"

"네, 선생님. 죽었으면 제가 바로 알았을 거예요." 하피는 카트를 옆으로 움직여 길을 터주었다. "아직 저 위에 있는 게 분명해요."

"무슨 일이지?" 스톡스틸 박사가 말했다. "밤새 안 잔 거니?"

"네." 하피가 말했다. "사용법을 익히고 있었어요." 하피는 카트를 이리저리 움직이며 얼굴을 찡그렸다. "어렵네요." 하피가 몰두한 채 말했다.

"이제 되돌아보니 탄산가스요법은 실수였던 것 같아." 스톡스틸 박사가 마이크 앞에 앉으며 말했다. "이번에 연결되면 자유연상법을 시도해봐야겠어."

기형아 하피는 카트를 이리저리 움직이다가 탁자 가장자리를 들이받았다. "실수예요." 하피가 말했다. "죄송해요. 일부러 그런 건 아니에요."

스톡스틸 박사가 말했다. "자네 달라 보이는데."

"똑같아요. 전 빌 켈러예요." 기형아가 말했다. "하피 해링턴이 아니고요." 그가 오른쪽 기계팔을 뻗으며 말했다. "하피는 저기 있어요. 이제부터는 저게 하피예요."

구석에 10센티미터가 좀 안 되어 보이는 말라붙은 도넛 같은 물체가 있었다. 도넛은 입구를 벌린 채 굳어 텅 빈 속을 보여주고 있었는데 어딘지 사람처럼 보이기도 했다. 스톡스틸 박사는 다가가 그것을 집어 들었다.

"그게 저였어요." 기형아가 말했다. "하지만 어젯밤에 바꿀 수 있을 정도로 가까이 다가갔죠. 하피는 열심히 싸웠지만 저를 무서워했어요. 결국 제가 이겼죠. 계속 흉내 내기를 했거든요. 목사 흉내가 하피를 잡았죠."

스톡스틸 박사는 쪼그라든 사람 형체를 든 채 아무 말이 없었다.

"송신기를 어떻게 작동시키는지 아세요?" 잠시 후 기형아가 물었다. "전 모르거든요. 해보려고 했는데 못하겠어요. 불은 알아요. 켰다 껐다 하는 거예요. 밤새 연습했어요." 빌은 그 모습을 보여주려고 카트를 굴려 벽으로 다가가 기계팔로 전등 스위치를 올렸다 내렸다 해보였다.

한참 뒤 스톡스틸 박사가 손에 든 작은 시체를 내려다보며 말했다. "밖에 나오면 못 살 줄 알았지."

"한동안 살았어요." 빌이 말했다. "1시간 정도요. 그 정도면 괜찮지 않아요? 잠깐 부엉이에 들어가 있기도 했어요. 그것도 산 걸로 칠 수 있는지 모르겠지만요."

"나, 난 데인저필드에게 연락을 해봐야겠어." 마침내 스톡스틸 박사가 말했다. "언제 죽을지 모르니까."

"네." 빌은 고개를 끄덕이며 말했다. "그거 들어드릴까요?" 빌은 기계팔을 내밀었고 스톡스틸 박사는 사람의 형체를 건네주었다. "그 부엉이가 절 먹었어요." 빌이 말했다. "기분은 안 좋았는데, 확실히 부엉이가 눈은 좋더라고요. 그 눈으로 보는 건 좋았어요."

"그래." 스톡스틸 박사는 반사적으로 대답했다. "부엉이는 눈이 굉장히 좋지. 아주 진귀한 경험이었을 거야." 하지만 스톡스틸 박사가 손에 들고 있는 그것과 몸이 바뀌는 건 전혀 가능해 보이지 않았다. 그렇다고 아주 이상해 보이지도 않았다. 그 기형아는 처음에 빌을 고작 몇 센티미터만 옮겼을 뿐이다. 그거면 충분했다. 블루스겔드에게 한 짓과 비교하면 어떤가? 하피는 빌이 누이의 몸에서 나온 뒤 다른 생물과 뒤섞이고 그러는 바람에 놓쳐버린 게 분명했다. 그리고 빌은 마침내 하피를 찾아내고 그와 뒤섞였고, 결국에는 하피를 몰아내고 몸을 차지했던 것이다.

불공평한 거래였다. 하피가 손해 보는 쪽이었다. 교환의 대가로 하피가 얻은 몸은 기껏해야 몇 분밖에 살지 못했다.

"그거 아세요?" 빌은 아직 하피의 몸을 마음대로 움직이기 어려운 듯 말을 중간 중간 끊으며 말했다. "하피가 잠시 위성에 가 있었다는 걸요. 다들 흥분했었어요. 사람들이 나를 깨워서 그 얘기를 해줬고, 내가 에디를 깨웠죠. 그래서 여기 온 거예요." 빌은 억지로 진지한 표정을 지으며 덧붙였다.

"이제 뭘 할 거냐?" 스톡스틸 박사가 물었다.

빌이 대답했다. "이 몸에 익숙해져야죠. 무거워요. 중력도 느껴져요. 그냥 떠 있는 데 익숙했거든요. 이 기계팔은 참 멋져요. 벌써 이걸로 여러 가지를 할 수 있어요." 기계팔이 갑자기 움직이더니 벽에 걸린 그림을 건드리고, 다시 송신기 쪽으로 휙 움직였다. "가서 에디를 찾아야겠어요." 빌이 말했다. "괜찮다고 말해줘야죠. 아마 내가 죽었다고 생각하고 있을 거예요."

스톡스틸 박사는 마이크를 켜고 말했다. "월터 데인저필드 씨, 웨스트 마린의 스톡스틸 박사입니다. 내 말 들립니까? 들리면 대답해주세요. 전에 시도했던 치료를 계속하고 싶습니다." 스톡스틸 박사는 잠시 기다렸다가 똑같은 말을 반복했다.

"한참 그래야 할 거예요." 빌이 그를 보며 말했다. "어려울 거예요. 데인저필드는 너무 약하거든요. 아마 일어서지도 못할 거예요. 하피가 위성을 장악했을 때 무슨 일이 벌어지는 건지 이해도 못했어요."

스톡스틸 박사는 고개를 끄덕이며 다시 마이크 버튼을 누르고 말했다.

"저 가도 돼요?" 빌이 물었다. "이제 에디를 찾으러 가도 되죠?"

"그래." 스톡스틸 박사가 이마를 문지르며 말했다. 스톡스틸 박사는 정신을 다시 끌어모으고 말했다. "조심해라. 네가 할 수 있는 한⋯⋯. 넌 다시는 몸을 바꿔서는 안 돼."

"다시 바꾸고 싶지 않아요." 빌이 말했다. "이게 좋은걸요. 왜냐하면 난생 처음으로 저 혼자뿐이잖아요." 빌은 덧붙여 설명했다. "그러니까 전 혼자라고요. 다른 사람의 일부가 아니라요. 물론 전에도 바꿔봤지만 그건 눈먼 동물이었어요. 에디가 날 속여서 그 안에 넣었죠. 그땐 아무것도 못했지만 이건 달라요." 여윈 얼굴에 미소가 떠올랐다.

"하여튼 조심해." 스톡스틸 박사가 다시 말했다.

"네, 선생님." 빌은 공손하게 대답했다. "노력할게요. 부엉이 일은 운이 안 좋았지만, 제 잘못은 아니었어요. 저도 먹히고 싶지 않았거든요. 그건 부엉이 생각이었어요."

스톡스틸 박사는 생각했다. 하지만 이건 네 생각이지. 차이가 있어. 난 알 수 있어. 그리고 그건 아주 중요하지. 스톡스틸 박사는 마이크에 대고 같은 말을 계속 반복했다. "월터, 지상의 스톡스틸 박사입니다. 아직 당신과 이야기하고 싶습니다. 당신이 이 일을 이겨내는 데 큰 도움이 될 만한 일이 많습니다. 내가 말하는 대로 하기만 하면요. 오늘은 자유연상법을 해보려 합니다. 당신이 긴장하는 근본적인 이유를 알아내려고요. 어쨌든 해는 되지 않을 겁니다. 그건 인정하시겠지요."

스피커에서는 잡음만 나왔다.

부질없는 짓인가? 스톡스틸 박사는 생각했다. 계속할 가치가 있을까?

스톡스틸 박사는 마이크 버튼을 누르고 한 번 더 말했다. "월터, 인공위성에서 당신 권한을 빼앗아간 사람, 그 사람은 이제 죽었습니다. 그 사람과 관련해서는 더 이상 걱정할 필요가 없습니다. 당신이 건강을 회복하면 자세한 얘기를 해드리죠. 아셨죠? 괜찮습니까?" 스톡스틸 박사는 귀를 기울였지만 여전히 잡음뿐이었다.

병 속에 갇힌 딱정벌레처럼 카트를 타고 돌아다니던 빌이 말했다. "이제 제가 밖으로 나왔으니 학교도 갈 수 있나요?"

"그래." 스톡스틸 박사가 중얼거렸다.

"하지만 전 벌써 많이 알고 있어요." 빌이 말했다. "에디가 학교에 있을 때 같이 들었거든요. 다시 처음부터 들을 필요는 없겠죠? 에디랑 같이 가면 될 거예요. 그렇죠?"

스톡스틸 박사는 고개를 끄덕였다.

"엄마가 뭐라고 하실지 궁금해요." 빌이 말했다.

깜짝 놀란 스톡스틸 박사가 말했다. "뭐라고?" 그리고 곧 빌의 엄마가 누구인지 떠올렸다. "보니는 떠났어." 그가 말했다. "보니는 앤드류와 스튜어트를 따라갔단다."

"저도 엄마가 떠났다는 건 알아요." 빌이 담담하게 말했다. "하지만 언젠가 다시 돌아오지 않을까요?"

"아마 아닐 거야." 스톡스틸 박사가 말했다. "보니는 특이한 여자지. 안주하지를 못해. 돌아오길 기대하지는 말아라." 보니는 아예 모르는 게 나을지도 몰라. 스톡스틸 박사는 중얼거렸다. 보니에게 아주 힘든 일이 될 거야. 아니, 애초에 보니는 빌을 알지도 못했지. 에디와 나밖에 몰랐어. 하피와 그리고 부엉이도. 스톡스틸 박사는 생각했다. "데인저필드와 이야기하는 건 포기해야겠어." 그리고 돌연히 말했다. "나중에나 다시 해보든가."

"제가 방해가 됐나 보네요." 빌이 말했다.

스톡스틸 박사는 고개를 끄덕였다.

"죄송해요." 빌이 말했다. "전 연습하는 중이었고 박사님이 오시는지 몰랐어요. 기분 나쁘게 하려던 건 아니에요. 밤에 갑자기 일어난 일이라서요. 전 하피가 알아채기 전에 굴러서

문 앞까지 왔어요. 그때는 제가 너무 가까워서 이미 늦은 뒤였죠." 빌은 스톡스틸 박사의 얼굴에 떠오른 표정을 보고 말을 멈췄다.

"그게…… 내가 한 번도 접해본 일이 아니라……." 스톡스틸 박사가 말했다. "네가 있다는 건 알았지. 하지만 그뿐이었어."

빌이 자랑스럽게 말했다. "제가 몸을 바꾸는 법을 배우는 것도 모르셨죠."

"그랬지." 스톡스틸 박사가 동의했다.

"데인저필드에게 다시 얘기해보세요." 빌이 말했다. "포기하지 마세요. 전 그 사람이 위에 있는 걸 알아요. 어떻게 알았는지는 말 안 할게요. 박사님 기분이 더 나빠질 테니까요."

"말 안 해줘서 고맙다." 스톡스틸 박사가 말했다.

그는 다시 한 번 마이크 버튼을 눌렀다. 빌은 문을 열고 밖으로 나가 길 위로 나섰다. 카트는 잠시 가다가 멈췄다. 빌이 망설이는 듯 뒤를 돌아보았다.

"가서 에디를 찾아봐." 스톡스틸 박사가 말했다. "분명히 에디에게는 큰 의미가 있을 거야."

스톡스틸 박사가 잠시 후 다시 고개를 들자 빌은 가버리고 없었다. 카트는 어디에도 안 보였다.

"월터 데인저필드 씨." 스톡스틸 박사가 마이크에 대고 말했다. "전 당신이 응답하거나 당신이 죽었다는 게 확실해질 때까지 여기서 계속 말을 걸 겁니다. 난 지금 당신 몸에 아무 이상이 없다고 말하는 게 아닙니다. 그 원인의 일부가 심리 상태에 있다는 거지요. 그리고 그건 여러 면에서 안 좋은 일인 것도 사실입니다. 안 그렇습니까? 그리고 그와 같은 일을 겪게 되면, 눈 뜬 채 위성의 통제권을 빼앗긴……."

스피커에서 감이 먼 말소리가 들렸다. 간결한 말이었다. "좋아요, 스톡스틸 박사님. 그 자유연상법이란 걸 해보지요. 다른 게 아니라 실제로 내 몸이 지독하게 아프다는 걸 박사님께 증명해보이기 위해섭니다."

스톡스틸 박사는 안도의 한숨을 쉬었다. "진작 그러셨어야죠. 지금까지 계속 듣고 있었던 겁니까?"

"그래요, 박사님." 데인저필드가 말했다. "얼마나 오래 떠들지 궁금했어요. 영원히 떠들 것 같더군요. 적어도 당신은 끈질기긴 하군요."

스톡스틸 박사는 뒤로 기대며 떨리는 손으로 최상품 골드라벨 담배에 불을 붙였다. "편하게 몸을 눕힐 수 있나요?"

"지금 **누워 있어요**." 데인저필드가 날카로운 말투로 대답했다. "지금까지 5일 동안 누워 있었습니다."

"그러면 가능한 한 완전히 긴장을 풀어주세요. 반듯이 누우시고요."

"고래처럼요." 데인저필드가 말했다. "바닷물 속에 축 늘어져 있으라는 거죠, 맞죠? 자, 이제 어린 시절의 근친상간 충동에 대해 이야기하면 될까요? 어디 보자……. 지금 어머니를 보고 있어요. 어머니는 화장대에서 머리를 빗고 계시죠. 아주 예뻐요. 아니야. 미안해요. 이게 아니죠. 이건 영화고 내가 보고 있

는 건 노마 시어러*네요. TV에서 밤늦게 했었죠." 데인저필드
는 희미하게 웃었다.

"어머니가 노마 시어러를 닮았나요?" 스톡스틸 박사가 물었
다. 박사는 연필과 종이를 꺼내 기록을 하고 있었다.

"베티 그레이블**에 가까웠죠." 데인저필드가 말했다. "기억
하시려나 모르겠지만요. 하지만 그건 박사님 시대 이전이었을
거예요. 아시다시피 난 늙었어요. 거의 천 살이죠……. 우주에
홀로 나와 있으면 나이를 먹어요."

데인저필드가 말했다. "어쩌면 지상을 향해 고전소설을 읽어
주는 대신에 어린 시절의 변기 트라우마에 대해 자유연상을 할
수도 있겠네요. 그렇죠? 그래도 재미있어하려나 모르겠어요.
개인적으로는 아주 매력적인데요."

스톡스틸 박사는 자기도 모르게 웃었다.

"박사님도 사람이군요." 데인저필드는 즐거운 기색으로 말했
다. "좋은 일이에요. 박사님에게 좀 유리해졌군요." 데인저필드는
특유의 친숙한 웃음소리를 냈다. "우리에게는 공통점이 있네요.
우리 둘 다 지금 하는 일이 아주 웃기다고 생각하고 있어요."

스톡스틸 박사는 초조해하며 말했다. "전 돕고 싶습니다."

"아, 젠장." 데인저필드의 대꾸는 희미하고 감이 멀었다. "내
가 박사님을 돕고 있는 겁니다. 박사님도 무의식 깊숙한 곳에
서는 알고 있어요. 자기가 뭔가 가치 있는 일을 하고 있다고 느

---

* Norma Shearer(1902~1983). 미국의 영화배우.
** Elizabeth Ruth Grable(1916~1973). 영화배우. 모델. 전쟁 중 군인들의 사기 진
작을 위한 핀업걸pin-up girl로 활약하며 많은 사랑을 받았다.

끼고 싶은 거죠, 그렇죠? 처음 그런 느낌을 받아본 게 언제였나요? 그냥 반듯이 누워 계세요. 여기서부터는 제가 할 테니까요." 데인저필드는 킬킬거리며 웃었다. "물론 내가 이걸 테이프에 녹음하고 있다는 건 알겠죠. 이 바보 같은 대화를 매일 밤마다 뉴욕에 틀어버릴 겁니다. 그쪽 뉴욕 사람들은 이런 지적인 걸 좋아하거든요."

"제발요." 스톡스틸 박사가 말했다. "계속합시다."

"후드 후드 후!" 데인저필드는 큰 소리로 웃었다. "그러고 말고요. 5학년 때 좋아했던 여자애 얘길 하면 될까요? 내 근친상간 판타지가 정말로 시작된 계기거든요." 데인저필드는 잠시 조용히 있더니 상념에 젖은 기색으로 말했다. "그러고 보니 마이라 생각을 안 한 지 오래됐네요. 20년은 됐군요."

"댄스파티 같은 데 데리고 갔었나요?"

"5학년 때요?" 데인저필드가 외쳤다. "바보 아니에요? 당연히 아니죠. 하지만 키스는 했어요." 데인저필드는 전보다 훨씬 편안해진 목소리로 말했다. "그건 못 평생 못 잊을 거예요." 그는 중얼거렸다.

잠시 잠음이 끼어들었다.

"……그러고는 아놀드 클라인이 내 머리를 때렸고, 난 그놈을 밀어버렸어요. 그래도 쌌죠." 다시 소리가 들렸을 때 데인저필드는 이야기를 계속하고 있었다. "듣고 있어요? 내 애청자들 중 몇 명이나 이걸 듣고 있는지 궁금하군요. 불이 들어오는 게 보여요. 여러 주파수로 내게 연락하고 있어요. 기다리세요, 박사님. 이중 몇 개는 지금 응답을 해야겠어요. 누가 알겠어요. 누군가는 더 나은 정신분석의일 수도 있죠." 데인저필드는 잠시 쉬었다가 덧붙였다. "더 싼 가격에요."

잠시 침묵이 맴돌았다. 곧 데인저필드가 다시 말했다.

"그냥 내가 아놀드 클라인의 머리를 때리는 게 당연하다고 얘기해준 사람들이었어요." 데인저필드는 즐거운 투로 말했다. "지금까지 점수가 4대 1이네요. 계속할까요?"

"그러시죠." 스톡스틸 박사는 종이에 기록하며 말했다.

"음." 데인저필드는 말했다. "그리고 제니 린하트가 있었어요. 6학년 때였죠."

궤도상의 위성이 더 가까이 다가왔다. 이제 수신 상태가 좋았다. 아니면 하피의 장비가 특별히 좋은 건지도 몰랐다. 스톡스틸 박사는 의자에 깊숙이 기대앉은 채 담배를 피우며 들었다. 목소리는 점점 커지더니 마침내 방 안을 가득 채우며 울렸다.

하피는 몇 번이나 여기서 이렇게 위성방송을 들었을까. 스톡스틸 박사는 생각했다. 계획을 세우고 실행할 날을 기다리며. 이제 그건 끝이야. 빌이 그 말라비틀어진 도넛을 가지고 갔나? 아니면 아직 근처에 있나?

스톡스틸 박사는 주위를 둘러보지 않고 이제 아주 강력하게 들리는 목소리에 집중했다. 스톡스틸 박사는 방 안의 어떤 물건에도 주의를 빼앗기지 않으려 했다.

보니는 낯선 방 안의 이상하게 생겼지만 부드러운 침대 위에서 깨어나며 혼란을 느꼈다. 이른 아침의 햇빛이 분명한 뿌옇고 노란 빛이 보니를 감쌌다. 보니도 아는 한 남자가 위에서 허리를 굽히며 팔을 뻗고 있었다. 앤드류 길이었다. 순간 보니는 지금이 7년 전, 비상사태 당일이라고 생각했다. 아니, 이 상황을 의도적으로 그렇게 생각하게 만들었다.

"안녕." 보니는 앤드류를 끌어안으며 중얼거렸다. "그만." 보니가 말했다. "너무 세게 누르지 마요. 그리고 면도도 안 했잖아요. 왜 그래요?" 보니는 앤드류를 밀어내며 바로 일어나 앉았다.

앤드류가 말했다. "그냥 편안히 있어요." 앤드류는 이불을 옆으로 걷으며 보니를 들어 올린 후 방을 가로질러 문가로 갔다.

"어디로 가는 거예요?" 보니가 물었다. "로스앤젤레스요? 이렇게 날 안고서 갈 거예요?"

"누구 얘기를 들으러 가는 거예요." 앤드류는 어깨로 문을 열고 작고 천장이 낮은 복도를 통해 내려갔다.

"누구요?" 보니가 물었다. "잠깐. 나 옷 안 입었어요." 보니는 잘 때 입었던 속옷 차림이었다.

앞쪽에 하디의 거실이 보였다. 거실의 라디오 근처에는 열망과 즐거움으로 가득 찬 얼굴을 한 스튜어트와 하디 부부, 하디의 직원 몇 명이 있었다.

스피커에서 어젯밤 들었던 목소리가 흘러나왔다. 아니, 다른 목소리인가? 보니는 귀를 기울였다. 앤드류는 보니를 자기 무릎에 앉혔다. "……그때 제니 린하트가 말했어요." 목소리는 계속 말했다. "자기가 보기엔 내가 커다란 푸들같이 생겼다고 요. 그건 아마…… 우리 큰누나가 제 머리를 자르던 방식 때문 이었을 거예요. 진짜 커다란 푸들같이 생겼었다니까요. 모욕은 아니에요. 단순한 관찰일 뿐이었죠. 그건 제니가 날 알고 있다 는 말이었어요. 아예 모르는 것보다는 큰 발전이죠. 안 그래 요?" 데인저필드는 대답을 기다리듯 잠시 말을 멈췄다.

"누구랑 이야기하는 거예요?" 보니가 말했다. 아직 잠이 덜 깨 어리둥절한 상태였다. 곧 보니는 이게 무슨 뜻인지 깨달았 다. "살아 있군요." 보니가 말했다. 그리고 하피는 사라졌다. "젠장." 보니가 큰 소리로 말했다. "누가 무슨 일인지 좀 알려 줄래요?" 보니는 앤드류의 무릎에서 내려와 선 채로 몸을 덜덜 떨었다. 아침 공기가 차가웠다.

하디 부인이 말했다. "우리도 무슨 일이 일어났는지 몰라요. 밤사이에 다시 데인저필드가 방송으로 돌아온 게 분명해요. 라 디오를 꺼놓지 않았던지라 들을 수 있었죠. 이건 우리한테 방 송하는 정규 시간이 아니에요."

"의사랑 이야기하고 있는 것 같군요." 하디가 말했다. "정신 분석의가 치료하는 모양이에요."

"맙소사." 보니가 목소리를 높이며 말했다. "그 사람이 정신 분석을 받는 건 부, 불가능해요." 하지만 보니는 생각했다. **하 피는 어디 갔지? 하피가 포기했나?** 그렇게 멀리까지 힘을 뻗치 는 게 무리였나? 하피에게도 다른 생명체처럼 한계가 있었나? 보니는 계속 귀를 기울이며 재빨리 침실로 돌아와 옷을 입었다. 아무도 신경 쓰지 않았다. 다들 라디오에 집중하고 있었다.

보니는 옷을 입으며 중얼거렸다. 그런 낡은 요술이 그를 도울 수 있었다니 믿을 수 없을 정도로 우스워. 보니는 셔츠의 단추를 잠그며 추위와 즐거움 때문에 몸을 떨었다. 데인저필드가 위성 안에서 누운 채 어린 시절에 대해 떠들고 있다니……. 오, 맙소사. 보니는 생각했다. 그리고 방송을 놓치지 않으려 서둘러 거실로 돌아갔다.

앤드류가 복도에서 보니를 멈춰 세웠다. "소리가 약해졌어요." 앤드류가 말했다. "이제 안 들려요."

"왜요?" 웃음이 멈췄다. 보니는 두려웠다.

"그거라도 들은 게 다행이에요. 데인저필드는 괜찮은 것 같아요."

"아." 보니가 말했다. "난 너무 무서워요. 데인저필드는 하피처럼 안 그러겠죠?"

앤드류가 말했다. "그럼요." 그는 커다란 손을 보니의 어깨 위에 올렸다. "들었잖아요. 당신도 진짜 그의 목소리를 들었잖아요."

보니는 말했다. "그 정신분석의는 훈장을 받아 마땅해요."

"맞아요." 앤드류는 진지하게 말했다. "정신분석의 훈장이지요. 당신이 전적으로 옳아요." 그리고 그는 말이 없었다. 여전히 손은 보니를 만지고 있었지만, 약간 떨어진 채 서 있었다. "아까 그렇게 들이닥쳐서 데리고 나간 거 미안해요. 하지만 당신도 듣고 싶어 할 거라 생각했어요."

"맞아요." 보니는 동의했다.

"아직도 꼭 더 멀리 가야겠어요? 로스앤젤레스까지요?"

"음." 보니는 말했다. "당신 사업이 있으니까 최소한 한동안은 여기 있어도 될 것 같아요. 그리고 데인저필드가 괜찮은지 두고 보지요." 보니는 여전히 하피 때문에 걱정스러워했다.

앤드류가 말했다. "아무도 완벽하게 확신할 수 없지요. 그래서 인생에 문제가 생기는 거고요. 안 그래요? 일단 인정합시다. 하피는 불사신이 아니에요. 어차피 언젠가는 죽을 거라고요. 우리처럼." 그는 보니를 내려다보았다.

"하지만 **지금**은 아니에요." 보니가 말했다. "만약 그게 몇 년 뒤나 그 정도라면 그때까지는 견딜 수 있어요." 보니는 앤드류의 손을 잡고 몸을 앞으로 기울이더니 키스했다. 시간이 됐어. 보니는 생각했다. 우리가 과거에 서로를 향해 느꼈던 사랑, 데인저필드를 향한 지금 우리의 사랑, 그리고 미래의⋯⋯. 그게 힘없는 사랑이라니 안타까워. 그 사랑이 스스로 데인저필드를 다시 튼튼하고 건강하게 만들어주지 못했다는 게 안타까워. 우리가 서로, 그리고 데인저필드를 향해 느끼는 이 감정이 말이야.

"비상사태 날이 생각나오?" 앤드류가 물었다.

"오, 그래요. 기억나요." 보니가 말했다.

"그 일에 대해 더 생각해본 적 있어요?"

보니가 말했다. "전 당신을 사랑하기로 했어요." 보니는 그런 말을 했다는 게 부끄러워 재빨리 뒤로 물러섰다. "실은 내가 정신이 잠시 나갔어요." 보니는 중얼거렸다. "미안해요. 좀 있으면 괜찮아질 거예요."

"하지만 진심이었잖아요." 앤드류가 지적했다.

"맞아요." 보니는 고개를 끄덕였다.

앤드류가 말했다. "이제 나이가 좀 들어가는 것 같군요."

"우리 모두 그래요." 보니가 말했다. "난 아침에 일어나면 이를 갈아요. 아마 좀 전에 눈치챘을지 모르지만요."

"아뇨." 그가 말했다. "이가 입 안에만 있는 한 상관없어요." 앤드류는 어색하게 보니를 쳐다보았다. "정확히 뭐라고 말해야 할지 모르겠어요, 보니. 난 우리가 여기서 아주 큰 걸 얻을 수 있을 것 같아요. 그러길 바라기도 하고요. 내 공장에 쓸 새 기계를 준비하느라 여기 온 게 번거롭고 짐스러운 일인가요? 혹시……." 앤드류는 어깨를 으쓱했다. "바보 같은 일일까요?"

"아주 멋진 일이에요." 보니가 대답했다.

하디 부인이 복도로 나오며 말했다. "잠깐 동안 다시 방송을 잡았어요. 계속 어린 시절 얘기를 하고 있더라고요. 이제는 오후 4시에 정규 방송을 할 때까지 다시 못 들을 거예요. 아침 어때요? 달걀 3개를 나눠 먹을 수 있어요. 남편이 지난주에 행상인에게 샀어요."

"달걀이라." 앤드류가 말했다. "무슨 알인가요? 닭인가요?"

"크고 갈색인데, 그런 것 같아요." 하디 부인이 말했다. "하지만 깨볼 때까지는 확실히 모르겠네요."

보니가 말했다. "맛있겠다." 보니는 아주 배가 고팠다. "그래도 달걀 값은 내야겠지요. 벌써 너무 많이 베풀어주셔서. 잠잘 곳을 제공해주신 것과 어제 저녁도 그렇고요." 요즘 같은 세상에서 사실상 상상하기 어려운 일이었다. 확실히 보니는 도시에서 이런 대접을 받으리라고는 생각도 못했었다.

"우리는 동업자잖아요." 하디 부인이 말했다. "가진 건 모두 나눠 쓰는 거지요. 안 그래요?"

"하지만 전 드릴 게 없어요." 보니는 그 사실이 뼈저리게 느껴졌다. 보니가 고개를 늘어뜨렸다. 난 받는 것밖에 못해. 주지는 못하고.

그러나 보니 말고는 그렇게 생각하지 않는 듯했다. 하디 부인은 보니의 손을 잡고 부엌으로 이끌었다. "요리를 도와줘요." 하디 부인이 말했다. "감자도 있어요. 껍질을 벗겨줄래요? 직원들한테도 아침을 주거든요. 우린 항상 함께 먹는답니다. 그게 더 싸기도 하고, 직원들에게는 부엌이 없으니까요. 스튜어트와 다른 직원들은 잠잘 방밖에 없어서 우리가 보살펴줘야 해요."

당신은 참 친절한 사람이군요. 보니는 생각했다. 도시란 이런 곳이었어. 이게 지난 몇 년 동안 우리가 피해왔던 도시라고. 우리는 끔찍한 이야기를 들었지. 도시는 그저 폐허일 뿐이며 어슬렁거리는 육식 동물과 부랑자, 기회주의자, 날라리 여자들, 쓰레기가 된 옛날 물건이 널린 곳이라는……. 우리는 전쟁 전에 그걸 피해서 도망쳤지. 우린 도시에서 살기를 두려워했어.

부엌에 들어서자 스튜어트가 하디에게 말하는 소리가 들렸다. "…게다가 이 쥐는 코피리도 불고요……." 스튜어트는 보니를 보고 말을 멈췄다. "그냥 여기서 살아가는 이야기예요. 놀라셨을지도 모르겠네요. 영리한 동물에 대한 거예요. 하지만 많은 사람들이 불쾌하게 생각하지요." 스튜어트가 사과했다.

"얘기해주세요." 보니가 말했다. "그 코피리를 분다는 쥐 얘기를 해주세요."

"제가 지금 영리한 동물 둘을 섞어서 생각하고 있는지도 몰라요." 스튜어트는 모조 커피를 타려고 물을 끓이며 말했다. 주전자로 법석을 피운 뒤 만족한 스튜어트는 나무 난로에 가 앉아서 주머니에 손을 찔러 넣었다. "어쨌든 그 전직 군인이 쥐가 원시적인 회계법을 개발했다고도 말한 것 같아요. 하지만 그건 말이 안 되죠." 스튜어트는 얼굴을 찡그렸다.

"그럴 수도 있을 것 같은데요." 보니가 말했다.

"그런 쥐라면 여기서 일을 시킬 수도 있겠지." 하디가 말했다. "우리 사업이 커지면 괜찮은 회계사가 필요할 거야. 분명히 사업은 커질 거야."

바깥, 산 파블로 거리에서는 말이 끄는 차들이 움직이기 시작했다. 보니는 말굽이 땅에 부딪치는 소리를 들었다. 거리에 활기가 도는 소리가 들리자, 보니는 창으로 다가가 밖을 내다보았다. 자전거와 커다랗고 오래된 나무 트럭이 있었다. 걸어다니는 사람도 많았다.

판잣집 아래에서 동물 한 마리가 나오더니 조심스럽게 길을 건넌 뒤 반대편 건물의 현관 아래로 사라졌다. 잠시 후 그 동물이 다시 나타났다. 이번에는 다른 녀석이 뒤를 따랐다. 둘 다 다리가 짧고 납작한 게 불도그의 돌연변이 같았다. 뒤따르던 녀석은 뒤에 조악한 썰매 같은 물체를 끌고 있었다. 그 위에는 귀중한 물건이 여럿 실려 있었다. 대부분은 음식이었다. 썰매는 집을 찾아 서둘러 움직이는 두 마리 동물에게 끌려 울퉁불퉁한 포장 도로 위를 덜컹거리며 미끄러져 갔다.

보니는 창가에 서서 계속 주의 깊게 밖을 지켜보았지만, 다리 짧은 동물 두 마리는 다시 나오지 않았다. 몸을 돌리려던 순간 뭔가가 하루 일과를 막 시작하려는 모습이 눈에 띄었다. 동그란 금속 몸통에 진흙과 나뭇가지, 나뭇잎이 덕지덕지 붙어 있었다. 보니의 시야에 들어온 그 물체는 움직임을 멈추고 부르르 진동하는 가느다란 두 개의 안테나를 이른 아침 햇살 속으로 뻗었다.

저게 도대체 뭐지? 보니는 의아했다. 그리고 곧 그게 작동 중인 하디의 자율조절 자동 덫임을 깨달았다.

행운을 빌어. 보니는 생각했다.

멈춘 상태로 사방을 살피던 덫은 머뭇거리더니 마침내 불도그 같은 동물 두 마리가 남긴 어렴풋한 흔적을 따라 움직였다. 덫은 근처에 있는 집 옆으로 돌아 사라졌다. 그 모습은 엄숙하고 고상했으며, 추적이라고 하기엔 너무 느렸다. 보니의 얼굴에 저절로 웃음이 번졌다.

하루 일과의 시작이었다. 보니를 둘러싼 도시가 다시 한 번 일상적인 삶을 누리기 위해 깨어나고 있었다.

필립 K. 딕은 대재앙의 꿈을 꾸었는가

기억을 더듬어보자면, 필립 K. 딕은 내게 충격을 안겨준 첫 번째 SF 작가였다. 초등학교에 갓 들어갔을 무렵, 어린이용 SF 문고에서 접한 어느 단편은 한 순진했던 어린이의 마음에 커다란 잔향을 남겼다. 당시 마지막 장면의 반전을 읽고 한동안 멍해 있었던 기억이 아직도 생생하다. 훗날 중학생이 되어서야 우연히 신문에서 기억에 남아 있던 줄거리를 발견하고 그 단편의 제목이 「사기꾼 로봇Imposter」이며 작가가 필립 K. 딕이라는 사실을 알게 되었다. 그리고 얼마 뒤 그 작품을 다시 찾아 읽고서는, 처음 읽었을 때 보았던 충격적 반전이 사실은 심원한 의문에 바탕을 두고 있다는 것을 깨달았다.

필립 K. 딕이 「사기꾼 로봇」에서 다룬 주제는 '인간이란 무엇인가'이다. 이는 그의 작품 활동기 전반에 걸쳐 다른 작품들에서도 여러 번 던졌던 의문이다. 그가 오늘날까지 가장 많이 회자되는 SF 작가가 된 건 아마도 이와 같은 주제 의식 때문일 것이다. 딕의 작품은 대부분 현실과 비현실의 경계가 모호하고,

뛰어난 능력으로 문제를 해결하는 영웅이 등장하는 경우도 드물다. 오히려 자아 정체성이 약하거나 강박적인 모습을 보이는 인물이 등장할 때가 많다. 딕은 비현실적인 상황 속에서 혼동을 겪으며 현실과 자아를 찾기 위해 발버둥치는 인물을 그리길 즐기는 편이다.

그는 『안드로이드는 전기양의 꿈을 꾸는가?Do Androids Dream of Electric Sheep?』, 『두 번째 변종Second Variety』과 같은 작품 속에서 인간과 비슷하게 만든 기계 또는 인조인간을 다루며 둘 사이의 경계선을 탐색한다. 로봇이 등장하지 않을 때도 마찬가지다. 딕의 작품 속에서는 비현실적인 상황이 마치 현실인 것처럼 자연스럽게 등장하곤 한다. 『유빅Ubik』에는 죽지도 살지도 않은 '반생인'이 등장하며, 『흘러라 내 눈물, 경관은 말했다Flow My Tears, the Policeman Said』의 주인공은 자기 자신이 지워져버린 세계를 마주하고 당황한다. 이런 모호한 경계는 때로는 작품 속의 인물을, 때로는 독자를 혼란스럽게 한다. 딕이 이렇게 범상치 않은 작품을 쓰게 된 것은 스스로 범상치 않은 인생을 살았다는 점과 무관하지 않다.

열렬한 SF 소설 팬이 아닌 사람에게는 〈블레이드 러너〉, 〈토탈리콜〉, 〈마이너리티 리포트〉와 같은 할리우드 대작 영화의 원작자로 더 잘 알려져 있는 필립 K. 딕은, 1928년 12월 16일 태어났다. 이란성 쌍둥이로 함께 태어난 여동생 제인은 생후 5주 만에 죽었다. 딕은 5세가 되던 해 부모의 이혼을 경험했고,

어머니와 함께 살았다. 딕이 SF에 처음 흥미를 보인 건 10대 초반이었다.

딕의 인생은 순탄치 않았다. 그는 성인이 채 되기도 전에 어머니를 떠나 레코드 가게에서 일하며 생계를 유지했다. 19세에는 재닛이라는 이름의 연상녀와 결혼했지만 이 결혼은 금세 끝나버리고, 딕은 이후 4명의 여자와 재혼한다. 또한 평생 동안 신경쇠약과 강박증에 사로잡혀 살았고, 그로 인해 대학도 1년 만에 그만두어야 했다.

그는 세 번째 부인인 앤 루빈스타인과 살던 1960년대 초중반에 가장 왕성하게 집필 활동을 하며, 『높은 성의 사내The Man in the High Castle』, 『안드로이드는 전기 양의 꿈을 꾸는가?』, 『유빅』과 같은 중요한 작품을 썼다. 1970년대 들어서서는 명성도 높아지고 수입도 많아졌지만, 그는 여전히 환상에 시달리곤 했다. 환상은 갈수록 심해졌다. 1982년 2월의 어느 날, 그는 자택에서 쓰러진 채 발견됐고, 3월 2일 세상을 떠났다. 총 44권의 장편과 100여 편이 넘는 단편을 남긴 뒤였다. 작가 스스로의 삶을 반영하듯 딕의 작품은 대부분 병적인 경향을 띤다.

이제 초점을 본서인 『닥터 블러드머니』에 맞춰보자. 1965년 네뷸러상 후보에 올랐던 『닥터 블러드머니』는 대재앙 이후의 이야기를 다룬 SF에 속한다. 제목은 1964년 스탠리 큐브릭이 발표한 영화 〈닥터 스트레인지러브, 혹은 나는 어떻게 걱정하기를 그만두고 폭탄을 사랑하게 되었나Dr. Strangelove Or:

How I Learned To Stop Worrying And Love The Bomb〉의 패
러디다.

핵전쟁이나 대규모의 전염병과 같은 대재앙 뒤의 세계에서
벌어지는 이야기는 SF에서 즐겨 다루는 주제로, 작가들이 이를
다루는 방식 또한 각양각색이다. 대재앙 직후의 황폐한 세계에
서 살아남기 위해 고군분투하는 사람들의 고통이나 심리를 다
루기도 하고, 돌연변이 같은 새로운 인류에 초점을 맞추기도
하며, 심지어는 대재앙 이전의 시대는 기억하지도 못할 정도로
아득히 먼 미래의 이야기를 그리기도 한다.

필립 K. 딕은 이런 소재를 어떻게 다뤘을까? 기본 플롯은 단
순하다. 이야기는 1981년 스튜어트 맥콘치라는 흑인 TV 판매
원이 가게 앞을 청소하는 장면으로 시작한다. 이때는 이미 물
리학자 브루노 블루스켈드가 폭탄 실험에 필요한 계산을 잘못
하는 바람에 대규모 방사능 낙진 피해가 생긴 지 몇 년이 지난
뒤다. 그리고 마침 미항공우주국은 데인저필드 부부를 화성으
로 보내려던 참이다. 해표지증에 걸린 기형아 하피 해링턴은
TV를 수리하는 일자리를 얻는다. 그리고 갑작스럽게 폭탄이
떨어지고 그때까지의 세계는 파괴된다.

이야기는 그로부터 7년 뒤, 웨스트 마린 카운티라는 시골 마
을에 정착해 살아가는 생존자들을 중심으로 펼쳐진다. 웨스트
마린 카운티에는 블루스켈드가 자신의 정체를 숨기고 살 수 있
도록 도와주는 보니 켈러를 비롯한 소수의 생존자들이 자치 위
원회를 조직해 살고 있다. 폭발이 있던 날 화성으로 떠났던 데

인저필드는, 지구 궤도를 벗어나지 못한 채 지구 주위를 공전하며 지상의 사람들에게 음악을 들려주고 책도 읽어주는 DJ로 활약하고 있다. 데인저필드의 방송은 살아남은 사람들을 하나로 뭉치게 하는 매개체인 동시에, 살아갈 힘을 주는 희망의 상징이기도 했다.

한편 폐허가 된 도시에는 방사능의 영향으로 지능을 갖게 된 돌연변이 동물들이 소수의 생존자와 함께 살고 있다. 폭발에서 살아남은 스튜어트 맥콘치는 TV 대신 지능이 높아진 동물을 추적해 사냥하는 전자 덫 판매원으로 일하고 있다. 그리고 TV 수리공이었던 하피 해링턴은 기형아임에도 불구하고 뛰어난 능력을 이용해 웨스트 마린 카운티의 없어서는 안 될 존재로 자리 잡게 된다.

재건의 기운이 꿈틀대던 무렵, 기형아로 태어나 항상 사람들의 멸시를 받으며 살아오던 하피는 기이한 능력을 바탕으로 데인저필드를 없애고 그 자리를 차지하려는 음모를 꾸민다.

이 단순해 보이는 플롯을 이해하기 위해서는 필립 K. 딕이 그려놓은 내부 세계의 특징에 익숙해질 필요가 있다. 그 세계는 또한 앞에서 서술한 그의 삶 및 작품들의 경향과도 깊은 관련이 있다.

생후 5주 만에 죽은 이란성 쌍둥이 여동생 제인은 제대로 태어나지 못한 채 에디의 뱃속에 살고 있는 쌍둥이 남동생 빌 켈러를 연상시킨다. 19세 이후 모두 5명의 여성과 결혼한 딕의 불안정한 인생 행보는, 여러 남자를 오가며 좀처럼 자기 자리를 찾지 못하는 보니 켈러의 모습과 겹친다. 적들이 항상 자기를 노리고 있다는 믿음 때문에 숨어 사는 블루스겔드에게서도, 역시 자신이 미국과 소련의 핍박을 받고 있다고 생각했던 딕의 모습이 투영되어 있음을 알 수 있다.

딕이 꾸준히 다뤄온 주제는 이 작품에서도 잘 드러나고 있다. 또한 편집증적인 성격에 약물로 인한 환각까지 경험한 딕이 주로 그리는 세계의 양상도 비슷하게 나타난다.

『닥터 블러드머니』에는 먼 거리에서 물리적인 힘을 가할 수 있는 하피, 뱃속에 살면서 죽은 자와 대화할 수 있는 빌, 자기에게 세상을 파괴할 수도 있는 대단한 힘이 있다고 믿는 블루스겔드처럼 비현실적인 인물들이 등장한다. 그러나 이들의 존재는 소설 안에서 자연스럽기 그지없고, 아무도 여기에 의심을 표시하지 않는다.

딕은 친절하게 설명하지도 명쾌하게 세상을 보여주지도 않는다. 블루스겔드가 실제로 어떤 힘을 지녔는지는 소설만 봐서는 잘 알 수 없으며, 작품의 큰 줄기가 되는 폭발의 원인도 뚜렷하게 설명되지 않는다. 중요한 것은 어떤 것이 현실인지 아닌지가 아니라 등장인물 각자의 정신세계다. 딕은 억지스러운 감동 따위에 미련을 두지 않은 채, 다소 어수선해 보이는 특유의 서술로 새로운 세상에서 살아가는 인물들의 고뇌를 서술한다.

분명히 딕은 아서 클라크처럼 과학적이지도, 로저 젤라즈니처럼 유려한 문장을 구사하지도 않는다. 하지만 그의 소설이 다 읽고 난 뒤 가볍게 책을 덮고 현실 세계로 돌아올 수 있는 종류의 것이 아님은 분명하다. SF를 통해 철학적인 사유를 하게 한다는 점에서 딕의 작품은 매번 우리에게 결코 쉽지 않은 질문을 던진다.

고호관

1928   필립 킨드리드 딕. 12월 16일 일리노이 주 시카고의 자택에서 쌍둥이 누이인 제인 샬럿 딕과 함께 예정일보다 6주 일찍 태어났다. 아버지 조셉 에드거 딕은 제1차 세계대전에 참전했다가 제대 후 농무부에서 일했다. 어머니 도로시 킨드리드 딕은 공문서를 검열하는 비서였으며, 만성 신부전증을 앓고 있어서 쌍둥이들에게 수유를 하기가 힘들었고 의사의 도움도 제대로 받지 못했다. 그래서 쌍둥이들은 둘 다 발육 상태가 좋지 않았다.

1929   1월 26일, 심각한 탈수 증세와 영양실조에 시달리던 갓난애들을 서둘러 병원으로 데려갔지만 누이는 병원으로 가던 중 사망했다. 그는 체중 5파운드*가 될 때까지 인큐베이터 신세를 지게 된다(쌍둥이 누이의 죽음에 괴로워하던 그는 훗날 이렇게 기술했다. "누이는 살기 위해, 나는 누이를 살리기 위해 발버둥을 친다, 영원히……. 그녀는 내게는 전부나 다름없다. 나는 늘 내 누이와 헤어지는 동시에 함께해야 하는 저주를 받았다"). 아버지에게 샌프란시스코로 전근해도 좋다는 농무부의 허락이 떨어졌다. 가족은 콜로라도 주 포트 모건으로 휴가를 떠났고, 그는 어머니 도로시와 함께 현지 친척의 집에 머물며 아버지의 전근 절차가 끝나기를 기다렸다. 누이는 포트 모건 공동묘지에 묻혔다. 가족은 캘리포니아의 베이 에어리어에 있는 소살리토로 이사했고, 퍼닌슐러**로

---

* 2.3킬로그램
** 샌프란시스코 반도.

옮겼다가 마지막에는 앨러미다에 자리를 잡았다.

1930 아버지가 네바다 주 리노에 위치한 국가부흥청(NRA) 서부 지부 국장으로 승진한다. 가족은 버클리에 정착했고, 아버지는 주중에는 리노에 머물며 직장과 가정을 오갔다.

1931 캘리포니아 대학의 아동 복지 연구소가 운영하는 실험적인 탁아소에 다녔다. 기억력과 언어능력 및 손의 협응력 테스트에서 높은 점수를 받았다. 음악적 재능이 뛰어나다는 칭찬도 듣게 되었다.

1933-34 어머니가 이혼을 요구하면서 부모가 별거에 들어간다. 그는 어머니와 외갓집에서 외조부모 및 매리언 이모와 함께 살게 되었다. 어머니가 정규직을 얻으면서 집에 남겨지게 된 그는 '미마Meemaw'라는 애칭으로 부르던 외할머니의 자상한 보살핌을 받으며 진보적인 성격이 강한 브루스 태틀록 스쿨 부설 유치원을 다녔다. 매리언 이모는 신경쇠약으로 가끔 병원에 입원하기도 했지만 그를 무척 귀여워했다.

1935-37 부모의 이혼 절차가 마무리되면서 어머니를 따라 워싱턴 D. C.로 이사했다. 아버지는 재혼했다. 이 시기부터 천식과 심계 항진증을 앓기 시작했다. 기숙학교로 보내라는 의사의 권유를 받고 행동장애를 가진 아동들을 위한 컨트리 데이 스쿨로 보내졌다. 그곳에서 처음으로 구토 공포증을 경험하며, 사람들 앞에서는 음식을 삼키지도, 먹지도 못하게 되었다. 6개월 뒤 귀가 조치를 받고 처음으로 심리치료사를 만난다. 프렌즈 퀘이커 데이 스쿨을 다니다가 2학년 때 공립학교로 전학했다. 학교에서는 소외감 때문에 힘들어했고 이것은 곧잘 무단 결석으로 이어졌다("그 후에는 내가 혐오하는 학교에 가는

일을 제외하면 딱히 하는 일이 없는 시기가 오래 계속되었다. 기껏해야 수집한 우표들을 만지작거리거나…… 구슬치기, 딱지치기, 볼로배트bolo bats, 당시 갓 출판되기 시작한 코믹북 읽기 같은 남자 아이들의 놀이를 하는 정도였다……"). 자연스럽게 우러나오는 마음의 평화와 감정 이입을 체험한 것도 이 시기였다. 그는 훗날 인터뷰에서 이 경험을 어린 시절의 '사토리'*라고 표현했다. 어머니의 격려를 받고 처음으로 글쓰기를 시작한 것도 이 무렵이었다.

1938 어머니와 함께 버클리로 돌아갔다. 3년 동안 만나지 못했던 아버지를 찾아갔다. 새로 전학한 공립학교에서 자신을 '짐 딕'이라고 소개하지만 곧 다시 필립이라는 이름을 사용했다. 지역 소식과 연재만화를 실은 개인 신문인 《더 데일리 딕 The Daily Dick》을 만들었다.

1940-43 고전 음악과 오페라에 열중하기 시작했고, 평생 그 열정을 가슴에 품고 살았다. 『어린 왕자』와 『호빗』, 『곰돌이 푸』 및 『오즈』 시리즈를 읽었다. 《어스타운딩》《어메이징》《언노운》 등의 SF 잡지를 발견하고 열심히 모으기 시작했다. 이 잡지들의 내용을 본떠 그림을 그리고 글을 썼다. 독학으로 타자 치는 법을 익혔고, 라디오 방송으로 접한 제2차 세계대전 소식을 들으며 친구들과 전황에 대해 곧잘 토론을 벌였다. 두 번째 개인 신문인 《진실The Truth》을 만들면서 연재만화의 주인공으로 '미래 인간Future-Human'을 등장시켰다("자신의 초超 과학기술을 인류의 복지를 위해 사용하고, 미래의 암흑가에 맞서는 인물"이었다). 지금은 소실된 첫 번째 소설 『소인국으로의 귀환Return to Liliput』을 완성했다. 《버클리

---

* Satori. 일어로 '깨달음'을 의미함.

가제트》지에 정기적으로 단편소설과 시를 기고했다. 가필드 공립 중학교와 오하이 시에 위치한 기숙사제 사립 고등학교인 캘리포니아 예비 학교를 다녔다. 정서장애를 극복하기는 여전히 어려웠지만, 급우들에게 정신의학과 심리 테스트에 관한 해박한 지식을 피력하기도 했다(1974년에 딸 로라에게 보낸 편지에서 그는 이렇게 쓰고 있다. "어떤 의미에서는, 학교에 적응을 잘하면 잘할수록 나중에 현실 세계에 적응할 수 있는 확률은 도리어 낮아진다고 할 수 있어. 그러니까 네가 학교에 제대로 적응을 못하면 못할수록, 나중에 학교에서 자유로워진 뒤에 마주치는 현실에 더 잘 대처할 확률이 높아진다고도 할 수 있겠지. 그런 날이 정말로 온다면 말이야. 아마 나는 군대에서 말하는 '안 좋은 태도'를 갖고 있는지도 모르겠구나. 제대로 하든지, 아니면 포기하든지 양자택일하라는 뜻인데, 나는 언제나 그만두는 쪽을 택했어"). 광장공포증과 공황장애로 인한 발작이 더 심해졌다.

1944-47   버클리 고등학교에 입학했다. 독일어를 배우고 칼 구스타프 융의 저서를 읽기 시작했다. 곧잘 현기증 발작을 일으켜 앓아눕곤 했다. 샌프란시스코의 랭글리 포터 클리닉에서 매주 융 학파의 심리분석가에게 치료를 받았지만 결국은 그 분석가를 철두철미하게 경멸하기에 이르렀다. 유니버시티 라디오에 판매원으로 취직했으나, 나중에 아트 뮤직으로 옮겼다. 두 곳 모두 음반, 악보, 전자기기 등을 판매하고 수리도 해주는 음악 상점이었다. 이 두 가게의 소유주인 허브 홀리스는 카리스마 넘치는 까다로운 인물이었는데, 딕에게는 멘토이자 아버지 같은 존재가 되었다(홀리스는 훗날 딕의 소설에 자주 등장하는 전제적이지만 따스한 마음을 가진 '보스'의 모델이된다). 홀리스 밑에서 일하는 동안 딕의 불안장애는 많이 나아졌지만, 학교에만 가면 악화되는 통에 마지막 1년 과정은

집에서 개인 교습을 받으며 마쳐야 했다. 같은 해 가을이 되자 집에서 나와 로버트 던컨, 잭 스파이서, 필립 라만티어 같은 작가들과 함께 창고를 개조한 공동주택으로 이사를 갔다. 대부분 동성애자로, 작가 특유의 보헤미안적 삶을 즐기던 룸메이트들은 딕의 독자적인 지적 성장의 원천이 되었다. 딕은 버클리 대학에 잠시 다니며 철학을 전공했지만 의무적으로 참가해야 하는 ROTC 훈련을 혐오했다. 광장공포증은 더욱 악화되었고, 11월에는 결국 자퇴를 하고 말았다. 훗날 그는 ROTC 훈련 도중 소총 분해결합을 거부했다는 이유로 퇴학당했다고 주장했다.

1948-49 아트 뮤직의 매니저는 여성 경험이 전무하다는 것을 알고 가게의 지하방에서 젊은 여성과 잠자리를 함께 할 수 있는 기회를 마련해준다. 재닛 말린과 알게 되고, 서둘러 결혼해 버클리의 아파트로 이사한다. 갈등으로 점철되었던 6개월 동안의 서투른 결혼 생활은 연말이 되기 전에 이혼으로 끝이 난다. 아버지와 다시 재회하고, 지금은 소실된 장편 『어스셰이커The Earthshaker』를 간간히 집필하기 시작했다.

1950 6월에 두 번째 아내인 클리오 애퍼스털리디스와 결혼한다. 버클리의 프란시스코 거리에 작은 집을 장만했고, 마지막으로 아버지를 만났다. 작문 교사이자 범죄소설과 SF 분야에서 편집자와 평론가로 활동하던 앤서니 바우처(앤서니 화이트)와 조우했고 그의 영향을 받아 다수의 SF 단편을 쓰기 시작했다(훗날 딕은 바우처를 평하며 "성숙한 어른, 그것도 분별 있고 교육받은 어른도 SF를 즐길 수 있다는 사실을 깨닫게 해준 인물"이라고 회고하기도 했다). 당시 딕은 지독한 가난에 허덕였다(훗날 출간된 단편집 『골든 맨The Golden Man』의 1980년도 판 서문에서 딕은 이렇게 술회했다. "럭키 도그 애

완동물상점에서 파는 말고기는 동물 사료로 팔던 것이었다. 그러나 클리오와 나는 그걸 먹었다. 정말 궁핍했다……").

1951-52 《판타지 앤드 사이언스 픽션》지에 처음으로 팔린 단편 「루그 Roog」로 데뷔한다. 홀리스에 대한 신의를 저버렸다는 이유로 아트 뮤직에서 해고당했다. 잡지 《플래닛 스토리즈》에 단편 「워브가 저기 누워 있다Beyond Lies the Wub」를 게재하고, 스코트 메러디스 출판 에이전시와 전속 계약을 맺는다. 최초의 사실주의적 소설인 『거리에서 들리는 목소리Voices from the Street』(2007)와 『메리와 거인Marry and the Giant』 (1987)을 집필했지만 생전에는 출간되지 못했다(훗날 딕은 이렇게 술회했다. "나는 1951년 11월에 처음으로 단편을 팔았고, 이것들은 1952년에 처음으로 잡지에 실렸다. 고등학교를 졸업할 무렵에는 꾸준히 글을 쓰면서 잇달아 장편을 탈고하곤 했지만 물론 하나도 팔리지 않았다. 나는 버클리에 살고 있었고, 주위 환경은 문학을 하기에 안성맞춤이었다. 주류 문학을 하는 소설가들은 얼마든지 있었고, 베이 에어리어에 사는 지극히 유망한 전위적 시인들과도 교류했다. 모두들 나더러 글을 쓰라고 권했지만, 꼭 그걸 팔아야 한다고 격려한 사람은 아무도 없었다. 그러나 나는 책을 팔고 싶었고, SF 소설도 쓰고 싶었다. 나의 궁극적인 꿈은 주류 문학적 소설과 SF **양쪽**을 쓰는 것이었다").

1953-54 최초의 SF 장편인 『태양계 제비뽑기Solar Lottery』(1955)와 『존스가 만든 세계The World Jones Made』(1956)를 판타지 소설 『우주 꼭두각시The Cosmic Puppets』(1957) 및 리얼리즘 소설인 『함께 모여라Gather Yourselves Together』(1994)와 함께 에이전시에 팔았다. 음반 가게인 '터퍼와 리드'에서 잠시 일하던 중 공황장애와 광장공포증이 재발했고, 폐소공

포증까지 겪었다. 공포증과 우울증 치료제로 처방받은 암페타민을 복용하기 시작했다. 수십 편의 단편을 썼고 그중 대다수를 잡지에 파는 데 성공했다. 딕은 가장 다작을 하는 SF 작가 중 한 사람이 되었다(1953년 한 해 동안에만 무려 30편의 작품이 펄프 잡지*에 실렸다). FBI 수사관 두 명이 방문해서 점잖게 그를 심문한다. 이 사건을 계기로 그는 평생 동안 감시당하고 있다는 생각을 품게 되었다. SF 작가로 이름을 알리는 것에 대한 모호한 저항감과, 사람들 앞에 나서기를 두려워하는 광장공포증에 시달리면서도 난생 처음으로 SF 컨벤션에 참가해서 A. E. 밴 보그트를 만났다. 보그트의 소설은 딕의 초기 SF 소설들에 큰 영향을 미쳤다. 단편 고료와 아내가 이런저런 시간제 일을 해서 번 돈으로 주택 융자금을 갚고, 짧은 기간이나마 재정적인 안정을 누렸다. 매리언 이모가 세상을 떠나자 딕의 어머니는 매리언의 남편인 조 허드너와 결혼하고, 조카인 8살배기 쌍둥이를 입양했다.

1955 장편 데뷔작인 『태양계 제비뽑기』가 에이스 북스에서 페이퍼백 단행본으로 출간되었다. 첫 번째 단편집 『한 줌의 암흑A Handful of Darkness』도 리치 & 코원 출판사에 의해 영국에서 간행된다. 딕은 같은 해 『농담을 한 사내The Man Who Japed』(1956)와 『하늘의 눈Eye in the Sky』(1957)을 집필했다.

1956-57 주류 문단의 인정을 받기 위한 노력의 일환으로 일반 소설인 『조지 스타브로스의 시간A Time for George Stavros』(소실됨) 『언덕 위의 순례자Pilgrim on the Hill』(소실됨), 『시스비 홀트의 깨진 거품 The Broken Bubble of Thisbe Holt』(1988), 『좁

---

* pulp magazine. 갱지를 사용한 선정적인 싸구려 잡지.

은 땅에서 빈둥거리며Puttering About in a Small Land』(1985)를 집필했다. 클리오와 두 번의 자동차 여행을 하면서 동쪽으로는 아칸소 지방까지 둘러보았다. 『한 줌의 암흑』 증보판인 『변동 인간 외外The Variable Man and Other Stories』가 에이스 북스에서 페이퍼백 단행본으로 출간되었다. 스코트 메러디스 출판 에이전시와 잠시 결별했지만 곧 재계약했다.

1958   딕은 처음으로 자신의 사실주의적 모티프를 SF 소설에 접목했고, 그 결과물인 『어긋난 시간Time Out of Joint』이 리핀코트 출판사에서 출간되었다. 그의 소설 중에서는 최초의 하드 커버였으며, SF 소설이 아니라 스릴러를 의미하는 '위협에 관한 소설Novel of Menace'로 홍보되었다. 일반 소설인 『밀튼 럼키의 구역에서In Milton Lumky Territory』(1985)와 『니콜라스와 히그Nicholas and the Higs』(소실됨)를 집필했다. 단편인 「포스터, 넌 죽었어Foster, You're Dead」가 소비에트 연방에서 무단으로 잡지에 실린 것을 알게 되었다. 이를 계기로 소련 과학자 알렉산드르 톱치예프와 편지로 아인슈타인의 상대성 이론에 관해 의견을 주고받았고, 이 편지들은 CIA에게 노출되었다(딕은 1970년대에 정보자유법에 의거해 공개 요청을 보낸 뒤에야 이 사실을 알았다). 9월에 클리오와 마린 카운티의 포인트 러예스 스테이션으로 이사했다. 10월에 앤 루빈스타인라는 미망인을 만나 격정적인 사랑에 빠졌고, 12월에는 클리오에게 이혼을 요구했다.

1959   클리오는 이혼 후 포인트 러예스 스테이션을 떠나 버클리로 돌아갔다. 딕은 앤과 함께 살며 그녀의 세 딸(헤티, 제인, 텐디)의 의붓아버지가 되었다. 이들은 가금류와 양을 키우며 아이들의 양육비 명목으로 세인트루이스에 사는 앤의 전남편 가족들이 보내준 돈으로 생계를 꾸려갔다. 앤의 정신과

의사에게서 상담을 받기 시작했는데, 이는 1971년까지 간헐적으로 이어졌다. 만우절에 멕시코의 엔세나다에서 앤과 결혼했다. 돈을 벌기 위해 초기 중편 중 2편을 장편 SF로 개작했다. 이것들은 1960년에 각각 『미래 의사Dr. Futurity』와 『불카누스의 망치Vulcan's Hammer』라는 제목으로 에이스 북스의 '더블 시리즈'*로 출간되었다. 일반 소설인 『허풍선이 과학자의 고백Confessions of a Crap Artist』(1975)을 집필했다. 이 소설은 클리오와의 이혼, 그리고 앤과의 연애에서 대부분의 소재를 얻었으며, 커노프사와 하코트사 양쪽에서 출간될 뻔했지만 결국 성사되지는 못했다. 그러나 그 과정에서 딕의 작가적 능력에 주목한 하코트 출판사는 차기 일반 소설의 선불금을 지불했다. 앤이 임신을 했고, 딕은 암페타민의 일종인 서모자이드린을 계속 복용했다.

1960 2월 25일에 첫아이인 로라 아처 딕이 태어났다. 하코트 출판사에서 일반 소설을 내고자 하는 희망은 결국 이루어지지 못했다. 편집자가 휴가를 간 사이에 출판사가 합병을 하면서, 딕이 쓴 『모두 똑같은 이를 가진 사내 The Man Whose Teeth Were All Exactly Alike』(1984)와 『조지 스타브로스의 시간』을 개작한 작품인 『오클랜드의 험프티 덤프티Humpty Dumpty in Oakland』(1986)의 출간을 제대로 추진하지 못했기 때문이었다. 가을이 되자 앤이 또 임신을 했지만 경제적으로 더 궁핍해지는 것을 두려워했던 앤은 딕의 반대에도 불구하고 아이를 낙태했다.

1961 앤의 수공예 보석상에서 잠깐 일을 했다. 변화를 다룬 중국의 고전인 『역경I Ching』을 발견하고, 향후 20년 동안 그 점괘를

---

* Ace Double. 두 작가의 각기 다른 작품을 앞뒤로 뒤집어 묶은 페이퍼백 시리즈.

참고하며 살아갔다. 딕은 자신이 '움막'이라고 부르던 곳에 틀어박혔다. 타자기와 전축, 그리고 책들이 있는 이 오두막에서 그는 『높은 성의 사내The Man in the High Castle』의 집필에 착수했다. 플롯의 일부는 『역경』의 점괘를 참조했다.

1962   『높은 성의 사내』는 퍼트넘 출판사에서 스릴러물로 출간되었고 호평을 받았지만 판매는 부진했다. 그러자 퍼트넘 출판사는 사이언스 픽션 북클럽에 판권을 팔았다. 딕은 장편 『당신을 합성해 드립니다We Can Build You』를 집필했는데, 이는 1969년에서 1970년 사이에 《어메이징》지에 'A. 링컨, 시뮬러크럼A. Lincoln, Simuacrum'이란 제목으로 연재되었다. 같은 해에 집필한 『화성의 타임슬립Martian Time-Slip』은 1963년 잡지 《월드 오브 투모로우》에 '우리는 모두 화성인All We Marsmen'이란 제목으로 연재되었다(훗날 딕은 이렇게 회고했다. "『높은 성의 사내』와 『화성의 타임슬립』을 통해 나는 실험적인 주류 소설과 SF 사이의 간극을 줄였다고 생각한다. 어느 날 갑자기 작가로서 하고 싶었던 일을 다 할 수 있는 길을 찾은 기분이었다").

1963   7월에 스콧 메러디스 출판 에이전시에서 팔리지 않는다는 이유로 10여 편 이상의 주류 소설을 돌려보냈다. 돈이 궁해진 나머지 그는 앤의 집을 담보로 레코드 가게를 시작할 것을 고려했다. 9월에는 『높은 성의 사내』가 SF 문학상 중 최고의 권위를 자랑하는 휴고상 최우수 장편상을 받았다. 그러나 결혼 생활은 악화일로를 걸었다. 딕은 친구들에게 아내가 자기를 죽이려 한다고 주장했다. 오랫동안 부부 싸움을 하다가 앤을 로스 정신병원으로 보냈고, 앤은 랭글리 포터 클리닉에서 2주간 치료를 받는 데 동의했다. 결혼이 깨지는 것을 막기 위해 두 사람은 미국 성공회 예배에 참석하기 시작했다. 딕은

이곳에서 세례를 받았다. 딕의 팬이었던 매런 해켓은 친구의 주선으로 딕을 만났다. 그녀와 그녀의 의붓딸들도 성공회 신도였다. 딕은 암페타민을 연료 삼아 『닥터 블러드머니, 혹은 폭탄이 터진 뒤 우리는 어떻게 살아남았나Dr. Bloodmoney, or How We Got Along After the Bomb』(1965), 『타이탄의 게임 플레이어The Game-Players of the Titan』(1963년, 에이스 북스에서 출간), 『시뮬라크라The Simulacra』(1964), 『작년을 기다리며Now Wait for Last Year』(1966)를 탈고했고, 『알파성의 씨족들Clans of the Alphane Moon』(1964)과 『우주의 균열The Crack in Space』(1966)을 쓰기 시작했다. 집필실이 있는 오두막으로 걸어가면서 그는 하늘에서 기괴한 가면을 쓴 인간 얼굴의 환영幻影을 보았다. 훗날 그는 이 체험을 장편 『파머 엘드리치의 세 개의 성흔The Three Stigmata of Palmer Eldritch』(1965)에 녹여내었다.

1964　버클리를 방문하는 일이 잦아졌다. 『파머 엘드리치의 세 개의 성흔』을 탈고한 후 3월에 출판 에이전시에 넘겼다. 3월 9일 이혼 소송을 제기하고 잠시 어머니 집에서 살았다. 베이 에어리어의 활기찬 SF 팬덤에 합류해서 폴 앤더슨, 매리언 짐머 브래들리, 론 굴라트와 레이 넬슨 같은 작가들을 만났다. 『높은 성의 사내』의 속편을 쓰기 시작했다가 포기했다. 『우주의 균열』, 『잽건The Zap Gun』(같은 해 '프로젝트 플라우셰어Project Plowshare'라는 제목으로 잡지에 연재되었고, 1967년에 출간됨), 『끝에서 두 번째의 진실The Penultimate Truth』을 탈고했으며, 『텔레포트 되지 않은 사내The Unteleported Man』(1966)를 쓰기 시작했다. SF 작가 아브람 데이비슨의 아내로 당시 그와 별거 중이었던 그래니아 데이비슨(훗날 '그래니아 데이비스'로 소설 출간)과 연애편지를 교환했다. 7월에는 운전 도중 차가 전복되는 바람

에 큰 부상을 입고 심각한 우울증을 겪으면서 집필 의욕을
상실했다. 오클랜드에서 열린 세계 SF 컨벤션에 참석했다.
마약이 횡행했던 집회였다. 친구인 잭과 마고 뉴컴 부부가
오클랜드에 있는 딕의 자택을 방문했다. 12월이 되자 그는
매런 해켓의 의붓딸인 21살의 낸시 해켓에게 구애를 시작했
다("네가 나를 위해 우리 집으로 들어왔으면 좋겠어. 안 그
런다면 나는 머리가 돌아버려서 점점 더 약을 찾게 될 거
고…… 결국 아무런 글도 쓸 수 없을 거야. 나에겐 자극과
영감을 줄 수 있는 네가 필요해.")

1965   3월에 낸시 해켓과 함께 살기 시작했다. 가정 생활을 시작하
며 다시 집필을 하기 시작했고 고질적인 광장공포증 역시 부
활했다. 딕은 LSD를 두 번 복용하고 불편한 환영을 경험했다
("나는 '그'를 맥동하고, 격렬하고, 마구 진동하는 존재로서
지각했다. 복수심에 불타는 위압적인 존재, 마치 형이상학적
인 IRS*요원처럼 회계 감사를 요구하는 존재라고나 할까"). 팬
진**인 《라이트하우스》에 실린 에세이 「마약, 환영 그리고 실
체에 대한 탐색Drugs, Hallucinations, and the Quest for
Reality」에서 그는 다음과 같이 술회했다. "사람들은 환각에
매달릴 필요가 없다. 착란으로 몸을 망치는 길은 하나만 있
는 것이 아니므로." 『텔레포트 되지 않은 사내』를 완성하고,
캘리포니아의 미국 성공회 주교인 제임스 파이크***와 돈독
한 우정을 쌓았다. 파이크가 비서로 채용한 낸시의 의붓어
머니인 매런 해켓은 파이크의 숨겨진 정부情婦였다. 딕은 파
이크와의 대화를 통해 신학적 고찰과 초기 크리스트교의 기
원에 관한 연구에 심취하기 시작했다. 낸시와 함께 산 라파

---

* Internal Revenue Service. 미 국세청.
** fanzine. 팬이 발행하는 잡지.
*** James A. Pike(1913~1969).

엘로 이사했다. 레이 넬슨과 공동으로 『가니메데 혁명The Ganymede Takeover』(1967)을 썼고, 『거꾸로 도는 세계 Counter-Clock World』(1967)의 집필을 시작했다.

1966 『거꾸로 도는 세계』를 탈고하고 『안드로이드는 전기양의 꿈을 꾸는가?Do Androids Dream of Electric Sheep?』(1968)와 『유빅Ubik』(1969), 아동 SF인 『농부 행성의 글리멍The Glimmung of Plowman's Planet』(1988년에 영국에서 『닉과 글리멍Nick and the Glimmung』이라는 제목으로 출간됨)을 썼다. 7월에 낸시와 결혼했다. 딕은 회의적이었지만, 파이크 주교와 매런 해켓, 낸시와 함께 영매가 주최하는 세앙스*에 참석했다. 이 모임의 목적은 자살한 파이크의 아들인 짐과 접촉하기 위한 것이었다. 『작년을 기다리며』와 『텔레포트 되지 않은 사내』, 『우주의 균열』이 출간되었다.

1967 3월 15일에 둘째딸 이솔더(이사) 프레이어 딕이 태어났다. 텔레비전 드라마 〈침략자The Invaders〉의 구성 원고를 썼지만 팔리지 않았다. 『거꾸로 도는 세계』, 『잽건』, 『가니메데 혁명』이 페이퍼백으로 출간되었다. 6월에 낸시의 의붓어머니 매런 해켓이 자살했다. IRS가 딕에게 체납된 세금과 벌금 및 이자의 납부를 요구하면서 이미 심각했던 가계 재정난이 한층 더 악화되었다. 단편 「부조父祖의 신앙Faith of Our Fathers」이 할런 엘리슨이 편집한 SF 앤솔러지 『위험한 비전 Dangeros Visions』에 실렸다. 서문에서 엘리슨은 딕이 LSD에 의한 환각 상태에서 이 단편을 썼다고 주장했지만, 이것은 딕의 고의적인 오도誤導에 의한 것이었다.

---

* séance. 교령회. 죽은 사람들의 영혼과 통교하려는 사람을 중심으로 한 모임.

1968   잡지 《램파츠》 2월호에 실린 '작가와 편집자에 의한 전쟁세 반대운동' 청원서에 서명하면서 IRS와의 갈등이 심화되었다. 낸시와 함께 '마약 SF 컨벤션Drug Con' 이라는 이명異名을 얻은 베이컨*에 참가했다. 그곳에서 로저 젤라즈니를 처음으로 만났다. 젤라즈니와는 훗날 장편 『분노의 신Deus Irae』(1976)을 공동 집필하게 된다. 『안드로이드는 전기양의 꿈을 꾸는가?』의 초판이 하드커버로 출간되었다. 이 작품의 영화 판권도 팔렸다. 『은하의 도기 수리공Galactic Pot-Healer』(1969)과 『죽음의 미로A Maze of Death』(1970)를 집필했다. 딕의 오랜 멘토였던 앤서니 바우처가 사망한다. 활자화되지는 않았지만 다음과 같은 자기소개 글을 썼다. "……기혼자이며, 두 딸과 젊고 신경질적인 아내와 함께 살고 있다……. 처음에는 스카를라티**, 다음에는 제퍼슨 에어플레인***, 그다음에는 〈신들의 황혼Götterdämmerung〉에 귀를 기울이며 대부분의 시간을 보내며, 이것들을 어떻게든 한데 엮어보려고 시도하고 있다. 각종 공포증에 시달리고 있다……. 채권자들에게 엄청난 빚을 지고 있지만 갚을 돈이 없다. 경고. 이 작자에게 돈을 빌려주지 말 것. 돈뿐만 아니라 당신의 약까지 훔치려 들 것이다."

1969   『프로릭스 8에서 온 친구들Our Friends from Frolix 8』(1970)을 썼다. 『은하의 도기 수리공』이 페이퍼백으로, 『유빅』이 하드커버로 출간되었다. 몬트리올의 한 호텔에서 거행된 존 레논과 요코 오노의 평화를 위한 '침대 시위bed-in' 에 참석한

---

* BayCon. 샌프란시스코 베이 에어리어에서 개최되는 SF, 판타지 컨벤션.

** Giuseppe Domenico Scarlatti(1685〜1757). 이탈리아 작곡가.

*** Jefferson Airplane. 1965년 결성된 미국의 사이케델릭 록 그룹.

**** Timothy Leary(1920〜1996) 미국의 심리학자. LSD와 카운터컬처 옹호자로 유명하다.

티모시 리어리****의 전화를 받았다. 리어리는 레논과 오노에
게 수화기를 넘겼고, 이들은『파머 엘드리치의 세 개의 성혼』
에 감탄했다고 말하며 영화화하고 싶다는 희망을 전했다. 저
널리스트인 폴 윌리엄스의 방문을 받았다. 처방받은 약물, 특
히 리탈린의 복용량이 크게 늘면서 결혼 생활에도 금이 가기
시작했다. 암페타민을 강박적으로 섭취한 나머지, 췌장염과
초기 신부전증 증세로 응급실 신세를 진다. 예수가 역사 인물
로서 존재했다는 증거를 찾기 위해 이스라엘로 탐사 여행을
떠났던 파이크 주교가 9월에 유대 사막에서 사망했다.

1970 『흘러라 내 눈물, 하고 경관은 말했다Flow My Tears, the
Policeman Said』(1974)를 쓰기 시작했다. 평소의 집필 습관
과는 달리 3월과 8월 사이에 여러 번 고쳐 썼다. 낸시의 동생
마이클 해켓이 아내와의 이혼 소송 중에 딕의 집으로 와서
눌러앉았다. 딕은 환각제인 메스칼린을 복용한 후 찬란한 사
랑의 비전[幻影]을 체험했고, 『흘러라 내 눈물, 경관은 말했
다』에 이를 투영했다. 7월에는 당국에 푸드 스탬프*****를 신
청했다. 중단편집『보존 기계 The Preserving Machine』가 출
간되었고, 『프로릭스 8에서 온 친구들』이 페이퍼백 단행본으
로, 『죽음의 미로』가 하드커버로 출간되었다. 9월에 낸시가
딸인 이사를 데리고 집을 떠나면서 다량의 약물―거리에서
구입한 불법 마약까지 포함한―과 암페타민의 기운을 빌린
밤샘 토론, 편집증, 보헤미안적 너저분함으로 점철된 친구들
과의 공동 생활 시대를 시작했다. 글은 거의 쓰지 않았고,
『흘러라 내 눈물, 하고 경관은 말했다』를 가끔 개고하는 정
도였다. 10월에는 톰 슈미트가 합류했다(11월에 쓴 편지에
서 딕은 이렇게 술회하고 있다. "다들 각성제를 복용하고 있

***** food stamp. 저소득자용 식량 배급권.

고, 다들 죽을 거야……. 하지만 앞으로 몇 년은 더 살겠지. 사는 동안은 지금 모습 그대로 살 거야. 어리석게, 맹목적으로. 토론하고, 함께 시간을 보내고, 농담을 나누고, 서로 의지하면서 말이야").

1971 『흘러라 내 눈물, 하고 경관은 말했다』의 미완성 원고를 엉망 진창이 된 일상으로부터 지키기 위해서 변호사에게 맡겼다. 젊은 히피와 폭주족, 중독자들이 딕의 집에 드나들자 마이클 해켓이 떠났다. 5월에 한 친구가 딕을 스탠포드 대학병원의 정신과 병동에 입원시켰다. 8월이 되자 마린 제너럴 정신병원과 로스 정신과 클리닉 양쪽에서 치료를 받았다. 자신이 FBI나 CIA의 감시를 받고 있다고 주장하고, 총을 구입한 것도 이 시기의 일이었다. 11월에는 도둑이 들어 집이 크게 부서졌다. 서류 캐비닛은 누군가에 의해 폭파되었고, 창문과 문은 박살이 났으며, 개인 서신 및 재정 관련 서류들이 도난당했다(침입자의 정체에 관해 딕은 오랫동안 숱한 추측을 했다. 정부 요원, 종교 광신도, 블랙 팬서*, 심지어는 자기 자신까지 의심했다). 딕은 결국 이 집을 포기했다.

1972 2월에 캐나다 밴쿠버에서 열린 SF 컨벤션의 주빈으로 참가했다. 그곳에서 연설한 「안드로이드와 인간」은 호평을 받았고, 딕은 캐나다에 머무르겠다는 의사를 밝혔다. 그러나 얼마 지나지 않아 밴쿠버에 환멸을 느끼고 또 다른 장소를 물색했다. 오레곤 주 포틀랜드에 있는 어슐러 K. 르 귄에게 편지를 써서 방문해도 될지 타진했다. 캘리포니아 주립대학 풀러턴 캠퍼스의 윌리스 맥넬리 교수에게 풀러턴이 살 만한 곳인지 문의했다(이 시점부터 편지를 쓰는 일이 급격하게 늘어

---

* Black Panther. 흑인 해방을 주장하는 미국의 극좌 과격파 조직.

낳으며, 이 경향은 죽을 때까지 계속되었다. 르 귄 외에도 제임스 팁트리 주니어, 스타니스와프 렘, 존 브루너, 노먼 스핀래드, 토마스 디쉬, 브라이언 올디스, 로버트 실버버그, 시어도어 스터전과 필립 호세 파머 등의 동료 작가들과 정기적으로 편지를 주고받았다). 3월에 처음으로 자살 시도를 했다. 주로 헤로인 중독자들을 위한 시설인 X-컬레이 재활센터에 입원해서 공격적 집단 요법*에 참여했다. 몇 십 년 동안이나 처방을 받아 남용해오던 암페타민을 끊었다. 맥넬리 교수와 학생들이 오렌지 카운티로 그를 초청하는 편지를 보내왔다. 딕은 풀러턴에 정착해서 일련의 룸메이트들과 함께 살았다. 젊은 친구들이 많이 생겼는데, 그중에는 작가 지망생인 팀 파워즈도 있었다. 맥넬리는 딕에게 객원 강사 자리를 알선하고 풀러턴 캠퍼스의 도서관에 다량의 딕 관련 서류를 보관했다. 개인 서신과 꿈에 관련된 글들을 모아『검은 머리의 소녀 The Dark-Haired Girl』 작업을 했다(1988년에 증보판으로 출간되었다). 그해 출판된『필립 K. 딕 걸작선The Best of Philip K. Dick』의 작품 선정을 도왔다. 7월에는 18세의 레슬리(테사) 버스비를 만나 곧 동거에 들어갔다. 9월에는 로스 앤젤레스 SF 컨벤션에 참가했다. 10월이 되자 낸시 해켓과의 이혼 소송을 마무리 짓기 위해 테사와 함께 마린 카운티로 여행을 떠났다. 낸시는 이사의 단독 양육권을 획득했다. 스타니스와프 렘과 편지를 주고받았고, 렘은『유빅』의 폴란드어 번역을 주선했다.『흘러라 내 눈물, 하고 경관은 말했다』를 완성하고, 단편「시간비행사들을 위한 조촐한 선물A Little Something for Us Tempunauts」을 썼다.

---

* confrontational group therapy. 매우 공격적인 분위기를 통해 고의적으로 환자들을 압박하는 정신 요법의 일종. 주로 약물 중독자들의 치료에 쓰인다.

1973   다시 꾸준히 글을 쓰기 시작했다. 2월에서 4월까지 『어둠 속의 스캐너A Scanner Darkly』(1977)를 썼다. BBC와 프랑스의 다큐멘터리 작가들과 인터뷰를 가졌다. 4월에 테사와 결혼했고, 7월 25일에 아들 크리스토퍼 케니스 딕이 태어났다. 당시 박사 과정을 밟고 있었던 장 피에르 고랭이 그를 방문해 프랑스 평론가들이 텔레비전에서 그를 노벨상 수상자로 추천했다는 사실을 알렸다. 런던의 《데일리 텔레그래프》지와 인터뷰를 했다. 돈 문제와 건강 문제에 계속 시달렸다. 유나이트 아티스트 영화사에서 『안드로이드는 전기양의 꿈을 꾸는가?』의 영화 판권을 매입했다.

1974   2월에 하드커버로 출간된 『흘러라 내 눈물, 하고 경관은 말했다』는 『높은 성의 사내』 이래 가장 좋은 평을 받으며 휴고상과 네뷸러상 후보에 올랐고, 1975년의 존 W. 캠벨 기념상을 수상했다. 《램파츠》 청원서에 서명했던 딕은 혹시 당국으로부터 불이익을 받지는 않을지 우려하며 4월의 납세 기간이 오는 것을 두려워했다. 2월에 사랑니 발치 수술을 받으며 소듐 펜토탈*을 투여받았는데, 이때 일련의 강렬한 환영을 경험했다. 이 환영은 3월 내내 계속되면서 한층 강도를 더해갔고, 4월이 되자 간헐적으로 나타나다가 점점 약해졌다. 이때 받은 여러 계시는 각양각색의 선하고 악한 종교적, 정치적 영향—신, 그노시스파 기독교도들, 로마 제국, 파이크 주교, KGB 등을 포함하지만 이것이 전부는 아니었다—의 산물로 치부되었지만, 딕은 남은 생애 동안 그 의미를 해석하는 데 골몰하며 많은 시간을 보낸다. "내가 『성스러운 침입The Divine Invasion』(1981)을 쓴 뒤로는 단 한 마디도 하지 않았다. 내게 들리는 계시는 구약성서에서 '신의 영혼'을 의

---

* sodium pentothal. 전신 및 국소 마취제의 상품명.

392

미하는 루아Ruah의 목소리였다. 그것은 여성의 목소리로 말했고, 메시아 예언에 관련된 얘기를 늘어놓는 경향이 있었다. 한동안은 그것의 인도를 받았다. 고등학교 시절부터 가끔 그 목소리를 듣곤 했다. 위기가 닥치면 뭔가 다시 내게 말해줄 것이다……." 딕은 '2-3-74'라고 부르게 된 것에 관한 사변적인 해설을 쓰기 시작했다. 대부분 손으로 쓴 이 난삽한 원고는 8천여 장에 달했다. 훗날 딕은 이 원고에 『주해Exegesis』라는 제목을 붙였다(전체 원고는 미출간 상태이며 읽으려는 사람도 거의 없지만, 사후에 발췌본이 출간되었다). 메러디스 출판 에이전시와 결별했다가 일주일도 되지 않아 다시 계약을 맺고 『흘러라 내 눈물, 하고 경관은 말했다』의 출판 계약을 더블데이에서 DAW로 이전하는 데 동의했다. 심각한 고혈압과 경미한 뇌졸중으로 의심되는 증세로 5일 동안 입원했다. 프랑스 영화감독인 장 피에르 고랭이 다시 찾아와서 그가 각본을 쓰는 조건으로 『유빅』의 영화화 판권을 일괄 지급하는 계약을 맺었다. 딕은 한 달 만에 『유빅』의 각본을 썼다(영화화는 되지 않았지만, 각본은 1985년에 출간되었다). 〈블레이드 러너〉라는 제목으로 영화화된 『안드로이드는 전기양의 꿈을 꾸는가?』를 각색하던 시나리오 작가들의 방문을 받았다. 《롤링스톤즈》지의 폴 윌리엄스와 인터뷰를 했다. 1971년에 겪었던 주거 침입 사건에 관한 상세한 회고와 분석이 주된 내용을 이뤘다.

1975　어깨 부상으로 수술을 받은 후 진행 중이던 장편 『발리시스템A Valisystem A』에 관한 메모를 휴대용 녹음기로 녹음했지만 2주 만에 다시 타이프라이터로 집필하기 시작했다(이 소설은 결국 사후 출간된 『앨버무스 자유 방송 Radio Free Albemuth』(1985)과 1981년에 출간된 『발리스Valis』 두 소설로 분할되었다). 《뉴요커》지는 1월호와 2월호의 '토크 오브

더 타운Talk of the Town' 란에 연속 인터뷰 기사를 싣고 딕을 '우리가 가장 좋아하는 SF 작가' 라 칭했다. 1월과 2월에 마지막으로 타오르는 듯한 비전(啓示)을 체험했다. 그노시스주의, 조로아스터교, 불교에 관한 책들을 열독하고 밤마다『주해』를 집필했다. 장편『허풍선이 과학자의 고백』을 출간했다. 이것은 딕이 쓴 초기의 사실주의적 작품 중에서 유일하게 생전에 출간된 것이다. 만화가인 아트 슈피겔만의 방문을 받았다. 딕은 옛 친구이자 영국 성공회의 사제 훈련을 받고 있던 도리스 소우터에게 점점 사랑을 느꼈다. 5월에 도리스가 암이라는 진단을 받았다. 할런 엘리슨과 사이가 틀어졌다. 공동 저자인 로저 젤라즈니와 함께『분노의 신』을 완성했다. 외국어 판의 출간으로 생겨난 인세 수입이 비교적 많아졌다. 외국에서 들어온 인세 덕에 잠시 풍족한 삶을 누리며 중고 스포츠카와 브리태니커 백과사전을 구입했지만, 몇달 지나지 않아 그의 우상이자 멘토인 로버트 하인라인에게 돈을 빌리는 신세가 되었다.『어둠 속의 스캐너』의 수정 작업을 끝냈다. 11월에《롤링스톤즈》에 실린 특집 기사에서 로큰롤 평론가인 폴 윌리엄스가 딕을 '우주 최고의 SF 마인드를 가진 인물' 로 평했다.

1976   도리스 소우터에게 청혼했지만 거절당했다. 그녀는 딕의 집안과 얽히고 싶어 하지 않았다. 2월에 크리스토퍼가 탈장으로 입원했다. 2월 말 딕과 테사는 별거했다. 그러고 나서 몇 시간도 지나지 않아 딕은 여러 방법을 동시에 동원해 자살을 시도했다. 오렌지 카운티 메디컬 센터에 수용되었다가 곧 정신병동으로 보내져 14일 동안 감시를 받으며 격리되었다. 테사가 잠시 집으로 돌아왔지만 딕은 곧 그녀와의 관계를 청산하고 도리스와 함께 산타아나의 아파트로 이사를 갔다. 그곳에서 그는 남은 인생을 보냈다(도리스와는 플라토닉한 관계

를 유지했다). 5월에 밴텀 출판사에서 복간을 목적으로『파머 엘드리치의 세 개의 성흔』,『유빅』,『죽음의 미로』판권을 매입했고, '2-3-74'를 토대로 집필 중인 소설『발리시스템 A』의 선금을 지불했다. 9월에 도리스는 그의 옆집으로 이사하기로 결정했다. 다시 우울증이 도지면서 자살 충동에 대한 두려움 때문에 딕은 10월에 세인트 조셉 병원의 정신 병동에 입원했다. 연말에는 밴텀의 편집장이『발리시스템 A』를 조금 수정해줄 것을 요구했지만 딕이 원본 전체를 대폭 수정하는 바람에『발리스』라는 다른 소설이 탄생했다(1976년에 그가 출판사에 보낸『발리시스템 A』는 1985년에『앨버무스 자유 방송』으로 출간되었다).『분노의 신』이 출간되었다.

1977   처음으로 혼자 사는 것에 적응하기 시작했다. 테사와 크리스토퍼는 정기적으로 딕을 찾아왔다. 2월에 테사와의 이혼이 마무리되었다.『어둠 속의 스캐너』가 출간되었고, 팀 파워스와의 우정은 절정에 달했다. 훗날 SF 작가로 입신하게 될 파워스와 K. W. 지터, 제임스 블레이록과 정기적으로 저녁을 함께 보냈다. 파워스와 지터에게 그가 본 '2-3-74' 비전에 관해 자세히 얘기하고 토론을 벌였다. 이 두 친구는 딕이 구상 중이던 자서전적 색채가 짙은 장편『발리스』의 등장인물들의 모델이 된다.『유빅』,『파머 엘드리치의 세 개의 성흔』과『죽음의 미로』가 복간되면서 《롤링스톤즈》지의 격찬을 받았고, 딕은 동시대인들에 의해 매우 중요한 미국 작가로 인정받는다. 4월에 32세의 사회사업가인 조안 심슨을 만나서 오렌지 카운티에서 3주 동안 함께 지낸다. 그 후 심슨을 따라 소노마로 가서 여름 동안 잠시 머물렀다. 딕은 우울증으로 인한 격렬한 발작에 시달렸다. 프랑스의 메스Metz 문학 축제에 주빈으로 초빙받아 출국했다. 해외여행을 감행한 것은 공포증에 대한 승리를 의미했다. 그곳에서 강연한「만약 이 세상이 끔찍하다고

생각하면, 다른 세상들로 가보라」는 종교적 색채가 짙었던 데다가 동시통역 문제가 겹쳐서 청중을 당혹케 했다. 귀국한 뒤에는 캘리포니아 북부에 뿌리를 내리고 사는 것을 거부한 탓에 심슨과 헤어졌다. 『주해』의 집필을 계속했다. 단편 「도매가로 기억을 팝니다We Can Remember It For You Wholesale」의 영화 판권을 팔았다(이 작품은 훗날 〈토탈 리콜Total Recall〉(1990)이라는 제목으로 개봉되었다).

1978 밴텀에서 나올 『발리스』의 수정 작업이 늦어졌다. 대신 『주해』를 집필했다. 8월에 어머니가 세상을 떴다. 배다른 딸들인 로라와 이사가 처음으로 만났고 이들은 이 만남에 감격했다. 9월이 되자 '2-3-74' 체험을 담을 적절한 소설적 구조를 모색하면서 『주해』에 이렇게 썼다. "나의 장편—및 단편들—은 지적—개념적—인 미로이다. 그리고 나는 우리가 놓인 상황을 파악하기 위해 지적인 미로에서 헤매고 있다……. 왜냐하면 현 상황 자체가 출구를 찾을 수 없는 미로이기 때문이다……." 메러디스 출판 에이전시의 새 담당자 러셀 갤런이 딕이 낸 장편들의 재간을 적극적으로 추진하고, 논픽션을 한 편 써보라고 권유한 덕분에 상당히 고무되었다. 이 권유가 계기가 되어 『발리스』를 위한 효율적인 접근 방법이 떠올랐다. 11월이 되자 2주에 걸쳐 『발리스』를 썼고, 갤런에게 이 책을 헌정했다.

1979 딸 로라와 이사가 여러 번 방문했다. 『어둠 속의 스캐너』가 프랑스의 메스 문학 축제에서 대상을 수상했다. 『주해』 집필에 심혈을 기울였고, 자신의 가장 중요한 작품이 될지도 모른다는 언급을 했다. 러셀 갤런은 딕의 신작 단편들을 잡지 《플레이보이》나 《옴니》 같은 높은 고료를 주는 시장에 내놓았다. 갤런이 오렌지 카운티를 방문했을 때 마침내 두 사람

은 직접 만났다. 그러나 딕이 평소 버릇대로 밤새도록 얘기를 나누자 갤런은 녹초가 되었다. 임대 아파트 건물이 조합 주택으로 개조되면서 딕은 자기가 살던 아파트를 매입했지만 옆집의 도리스 소우터는 자금을 마련하지 못하고 부득이 다른 곳으로 이사했다. 도리스가 떠나가자 딕은 크게 고뇌했다. 도리스에 대한 자신의 애착을 투영한 「공기의 사슬, 에테르의 그물Chains of Air, Webs of Aether」이라는 단편을 썼다. 단편 「두 번째 변종Second Variety」의 영화 판권이 팔렸다(1995년에 〈스크리머스Screamers〉라는 제목으로 개봉되었다).

1980 「공기의 사슬, 에테르의 그물」을 포함해 『발리스』의 속편으로 간주되는 『성스러운 침입』을 3월 말에 탈고했다. 『주해』의 집필은 계속했지만 연말까지는 별다른 저술 활동을 하지 않았다. 몇몇 장편소설의 아우트라인을 구상했지만 결국 쓰지는 못했다. 더 이상 환영을 통해 영감을 받지 못할지도 모른다는 불안에 시달리다가 11월 말에 급작스러운 계시를 받았다. 이 계시를 통해 그는 『주해』의 집필을 중단해야 한다는 결론을 내렸다. 5페이지에 달하는 결말부의 우화를 완성했고, 12월 2일에 '엔드End'라는 단어를 타이프로 친 다음 표제 페이지를 작성했다(이 페이지에는 『변증법: 신과 사탄, 그리고 예고되고 제시된 신의 최후의 승리/필립 K. 딕/주해/Apologia Pro Mia Vita*』라고 쓰여 있다). 열흘 뒤에 참지 못하고 강박적으로 『주해』의 집필을 재개한다.

1981 2월에 『발리스』가 출간되었다. 깊은 우정을 쌓았던 르 귄과 크게 다투었지만 금세 화해했다. 에너지가 고갈되었다는 생

---

* 라틴어로 '나의 삶을 위한 변론'을 의미한다.

각에 다이어트를 시작하고 체중을 많이 줄였다. 리들리 스코트 감독이 『안드로이드는 전기양의 꿈을 꾸는가』를 햄튼 팬처와 데이비드 피플스의 각본으로 영화화한 〈블레이드 러너〉의 제작에 착수했다. 영화화에 대한 딕의 반응은 환호와 경멸 사이를 오락가락했다. 투자자 측에서는 영화 대본을 소설화하기를 원했지만, 러셀 갤런은 딕이 쓴 원작 쪽이 영화와 함께 출간되어야 한다고 주장했다(결국 『안드로이드는 전기양의 꿈을 꾸는가』는 영화와 같은 제목으로 1982년에 재간되었다). 사이먼 & 슈스터 출판사의 편집장이었던 데이비드 하트웰이 일반 소설과 SF 소설을 한 권씩 써 달라는 제안을 했고, 딕은 이 제안을 받아들여 4월과 5월에 『티모시 아처의 환생The Transmigration of Timothy Archer』을 썼다. 이 책은 제임스 파이크 주교의 죽음을 둘러싸고 일어난 사건들을 소설화한 것으로, 1963년에 메러디스 에이전시에서 그가 쓴 주류 소설을 거부한 이래 처음으로 쓴 비非 SF였다. 딕은 6월에 갤런에게 보낸 편지에서 자신의 비 장르 작품들이 빛을 보지 못했던 것은 "나의 작가 인생에서는 비극—그것도 너무나도 오랫동안 계속된 비극—이었네"라고 술회했다. 두 달 후 SF 차기작인 『한낮의 올빼미The Owl in Daylight』를 구상하면서 그는 이렇게 썼다. "SF를 계속 쓸 작정이야. 그건 내 천직이니까……." 그러나 딕은 기력이 고갈되어 글을 쓸 수 없다는 사실을 알게 되었다. 9월 17일 밤에는 '타고르Tagore'라고 불리는 구세주의 환영을 보았다. 딕은 이 사람이 실존 인물이며 실론*에 살고 있다고 확신했고, 그에게서 지시를 받고 있다고 느꼈다. 다시 가정을 꾸릴 수 있을까 하는 희망에서 테사와의 재결합을 고려했다. 11월에는 〈블레이드 러너〉 초기 편집본의 특수 효과 영상 시사회에 초대

---

* Ceylon. 현 스리랑카.

받았다. 메스 문학 축제에도 재차 초빙을 받고 여행 계획을 세우기 시작했다. 그렉 릭맨과 일련의 인터뷰를 하기 시작했고, 릭맨에게 자신의 공식 전기작가가 되어달라고 부탁했다. 『한낮의 올빼미』에 관한 (완전히 상이한) 두 개의 아우트라인을 작성했다.

1982   미래의 부처인 마이트레야*의 세상이 도래한다는 영국의 신비주의자 벤자민 크림의 예언에 심취한다. 릭맨과의 인터뷰는 계속되었고, 딕은 영적인 문제에 대해 불안감과 피로감을 느끼고 있다고 토로했다. 도리스 소우터의 친구인 그웬 리가 대학 리포트를 쓰기 위해 딕을 인터뷰했다. 아마 그의 생애 마지막이었을 이 인터뷰에서 딕은 『한낮의 올빼미』의 세부적인 사항들에 대해 밝혔지만, 결국 쓰지 못했다. 2월 18일에 자신의 아파트에 홀로 있던 딕은 뇌졸중으로 쓰러져 의식을 잃었다. 이웃 사람들에 의해 발견되어 병원에서 의식을 되찾았지만 말을 할 수 없었고, 몸의 왼쪽이 마비되었다. 3월 2일 딕은 뇌졸중 발작 재발과 심부전으로 인해 병원에서 숨을 거뒀고, 콜로라도 주 포트 모건의 공동묘지에 잠들어 있는 쌍둥이 누이 제인 곁에 나란히 묻혔다. 『티모시 아처의 환생』은 그의 사후에 출간되었으며, 5월에 개봉된 〈블레이드 러너〉는 딕에게 헌정되었다. '필립 K. 딕 상'이 제정되었다. 이는 미국에서 처음부터 페이퍼백 단행본 형태로 출간되는 뛰어난 SF 장편을 선정해서 매년 수여하는 상이다.

---

* 미륵보살. 불교의 보살.

● 필립 K. 딕 저작 목록

■ 장편소설

1955 『Solar Lottery』

1956 『The World Jones Made』
『The Man Who Japed』

1957 『Eye in the Sky』
『The Cosmic Puppets』

1959 『Time Out of Joint』

1960 『Dr. Futurity』(에이스 더블판)
『Vulcan's Hammer』(에이스 더블판)

1962 『The Man in the High Castle』(휴고상 수상)

1963 『The Game-Players of Titan』

1964 『The Penultimate Truth』
『Martian Time-Slip』
『The Simulacra』
『Clans of the Alphane Moon』

1965 『The Three Stigmata of Palmer Eldritch』
『Dr. Bloodmoney, or How We Got Along After the Bomb』

1966 『Now Wait for Last Year』
『The Crack in Space』
『The Unteleported Man』(에이스 더블판)

1967 『The Zap Gun』
『Counter-Clock World』
『The Ganymede Takeover』(레이 넬슨 공저)

1968 『Do Androids Dream of Electric Sheep?』

1969	『Galactic Pot-Healer』
	『Ubik』
1970	『A Maze of Death』
	『Our Friends from Frolix 8』
1972	『We Can Build You』
1974	『Flow My Tears, the Policeman Said』(존 W. 캠벨 기념상 수상)
1975	『Confessions of a Crap Artist』(일반소설)
1976	『Deus Irae』(로저 젤라즈니 공저)
1977	『A Scanner Darkly』(영국 SF협회상 수상)
1981	『VALIS』
	『The Divine Invasion』(『VALIS』의 속편)
1982	『The Transmigration of Timothy Archer』
1984	『The Man Whose Teeth Were All Exactly Alike』
1985	『Radio Free Albemuth』
	『Puttering About in a Small Land』(일반소설)
	『In Milton Lumky Territory』(일반소설)
1986	『Humpty Dumpty in Oakland』(일반소설)
1987	『Mary and the Giant』(일반소설)
1988	『The Broken Bubble』(일반소설)
	『Nick and the Glimmung』(아동SF)
1994	『Gather Yourselves Together』(일반소설)
2004	『Lies, Inc.』(『The Unteleported Man』의 개정증보판)
2007	『Voices From the Street』(일반소설)

■ 단편집

1955	『A Handful of Darkness』(영국판)
1957	『The Variable Man』
1969	『The Preserving Machine』
1973	『The Book of Philip K Dick』
1977	『The Best of Philip K. Dick』

1980   『The Golden Man』

1984   『Robots, Androids, and Mechanical Oddities』

1985   『I Hope I Shall Arrive Soon』

1987   『The Collected Stories of Philip K. Dick, 1, Beyond Lies the Wub』

『The Collected Stories of Philip K. Dick, 2, Second Variety』

『The Collected Stories of Philip K. Dick, 3, The Father-Thing』

『The Collected Stories of Philip K. Dick, 4, The Days of Perky Pat』

『The Collected Stories of Philip K. Dick, 5, The Little Black Box』

1988   『Beyond Lies the Wub』(영국 Gollancz판. 『The Collected Stories of Philip K. Dick, 1, Beyond Lies the Wub』과 동일)

1989   『Second Variety』(영국 Gollancz판. 『The Collected Stories of Philip K. Dick, 2, Second Variety』와 동일)

『The Father-Thing』(영국 Gollancz판. 『The Collected Stories of Philip K. Dick, 3, The Father-Thing』과 동일)

1990   『The Days of Perky Pat』(영국 Gollancz판. 『The Collected Stories of Philip K. Dick, 4, The Days of Perky Pat』과 동일)

『The Little Black Box』(영국 Gollancz판. 『The Collected Stories of Philip K. Dick, 5, The Little Black Box』와 동일)

『The Short Happy Life of the Brown Oxford』(Citadel Twilight판. 『The Collected Stories of Philip K. Dick, 1, Beyond Lies the Wub』과 동일)

『We Can Remember It for You Wholesale』(Citadel Twilight판. 『The Collected Stories of Philip K. Dick, 2, Second Variety』에서 단편 「Second Variety」를 「We Can Remember It for You Wholesale」로 대체)

1991   『The Minority Report』(Citadel Twilight판. 『The Collected

Stories of Philip K. Dick, 4, The Days of Perky Pat』과 동일)

『Second Variety』(Citadel Twilight판. 『The Collected Stories of Philip K. Dick, 3, The Father-Thing』에 단편 「Second Variety」추가)

1992 『The Eye of the Sibyl』(Citadel Twilight판. 『The Collected Stories of Philip K. Dick, 5, The Little Black Box』에서 단편 「We Can Remember It for You Wholesale」을 제외)

1997 『The Philip K. Dick Reader』(『Second Variety』의 단편 3편을 영화화된 단편 3편으로 대체)

2002 『Minority Report』(영국 Gollancz판)

『Selected Stories of Philip K. Dick』

2003 『Paycheck』(2004년 출간. 영국 Gollancz판)

『Paycheck and 24 Other Classic Stories by Philip K. Dick』(Citadel Twilight판. 『The Short Happy Life of the Brown Oxford』와 동일)

2006 『Vintage PKD』(장편 발췌. 단편, 에세이, 서간 포함)

2009 『The Early Work of Philip K. Dick, I: The Variable Man & Other Stories』

『The Early Work of Philip K. Dick, II: Breakfast at Twilight & Other Stories』

■ 논픽션, 서간집

1988 『The Dark Haired Girl』(에세이, 시, 편지 모음)

1991 『The Selected Letters of Philip K. Dick』, 1974

1993 『The Selected Letters of Philip K. Dick』, 1975~1976

『The Selected Letters of Philip K. Dick』, 1977~1979

1994 『The Selected Letters of Philip K. Dick』, 1972~1973

1996 『The Selected Letters of Philip K. Dick』, 1938~1971

2009 『The Selected Letters of Philip K. Dick』, 1980~1982

닥터 블러드머니
Dr. Bloodmoney

초판 1쇄 펴낸날 2011년 4월 25일

지은이 I 필립 K. 딕
옮긴이 I 고호관
펴낸이 I 양숙진

펴낸곳 I 폴라북스
등록번호 I 제22-3044호
주소 I 137-905 서울시 서초구 잠원동 41-10
전화 I 2017-0280
팩스 I 516-5433
홈페이지 I www.hdmh.co.kr

ISBN 978-89-93094-33-6 04840
      978-89-93094-31-2 (세트)

＊폴라북스는 (주)현대문학의 새로운 종합출판 브랜드입니다.
＊책값은 뒤표지에 있습니다.